Manfred Böckl · Räuber Heigl

Manfred Böckl

Räuber Heigl

Der Höhlenmensch vom Kaitersberg

Historischer Roman

BUCH & KUNSTVERLAG OBERPFALZ

Die Deutsche Bibliothek – CIP-Einheitsaufnahme

Böckl, Manfred:
Räuber Heigl : der Höhlenmensch vom Kaitersberg ; historischer
Roman / Manfred Böckl. - Amberg : Buch- und Kunstverl.
Oberpfalz, 1998
     ISBN 3-924350-72-8

© 1998 bei Buch & Kunstverlag Oberpfalz
Wernher-von-Braun-Straße 1 · 92224 Amberg
ISBN 3-924350-72-8
Herstellung: Druckhaus Oberpfalz

HUNGERSNOT

Verschattet unter tiefhängenden Wolken lag das Dorf auf dem Talboden zwischen Weißem Regen und Kaitersberg. Fast den ganzen Juli dieses Jahres 1816 hindurch hatte es gegossen wie aus Kübeln. Nun – im August, im Erntemonat – faulten Hafer und Gerste auf den ohnehin mageren Feldbreiten. Die aus nördlichen Richtungen einstreichenden Regenschwaden näßten das Tal noch immer beinahe täglich ein. Selbst jetzt im Hochsommer leckte der Fluß über seine Ufer. Verschlammt lagen die Äcker da; seit Wochen dampfte es milchig von den Schindel- oder Strohdächern der armseligen Beckendorfer Höfe und Katen. Die selten durch die Wolken dringende Augustsonne vermochte der ewigen Feuchtigkeit nicht mehr Herr zu werden. Zu schlieriger, brodelnder Nebelwelt war der Talboden östlich des Marktes Kötzting geworden. Die umliegenden Wälder schienen, so weit das Auge reichte, mit grau-weißem Schimmel bepelzt.

Aus der Ordnung geraten schien die Welt – nicht nur im Bayerischen Wald – in diesen Jahren nach dem endgültigen Sturz des großen und zugleich größenwahnsinnigen Korsen Napoleon. Während der abgedankte Kaiser auf der Atlantikinsel St. Helena sein Schicksal betrauerte, während in Wien der Kongreß der Siegermächte tagte, tanzte und Europa neu aufteilte, während der frischgebackene König Maximilian Joseph in München noch immer kaum fassen konnte, daß ihm trotz allem die von Napoleon verliehene Krone geblieben war, wurde das Leben für die kleinen Leute immer härter und schwieriger. Schon die Ernte von 1815 war im gesamten süddeutschen Raum mager genug ausgefallen. Doch selbst das, was auf den Halmen ausgereift war, konnte nicht immer und überall in die Scheunen eingefahren werden. Zu viele Bauernsöhne und Knechte hatte der Krieg während der vergangenen Jahre dahingerafft; zu viele waren in Rußland, bei Waterloo oder vor Paris geblieben, zu viele verkrüppelt heimgekehrt. Oft hatten auf den Feldern nur noch die Weiber geackert und gesenst; hatten geackert und gesenst mit viel zu schwachen Händen, und die Folgen waren erstmals im Winter von 1815 auf 1816 spürbar geworden. Vor allem an die Türen der kleinen Leute hatte in diesen Frostmonaten erstmals der Hunger zu klopfen begonnen.

Jetzt, im Sommer 1816, tat der ewige Regen ein übriges. Die alte, unzulängliche Ernte war längst verzehrt, die neue verfaulte auf dem Halm. Einen Hungersommer wie seit Menschengedenken nicht mehr hatten der Krieg und seine Folgen, hatte das unnatürliche Wetter den Menschen in Süddeutschland beschert. Besonders schlimm war es in den dürren, steinigen Tälern des Bayerischen Waldes, wo die Menschen seit jeher verbissener ums Überleben zu kämpfen hatten als anderswo.

Wieder strich ein kalter Schauer von Nordosten her ins Tal des Weißen Regen ein. In Beckendorf fingen sich die Wassersträhnen zwischen den Hütten und peitschten die Pfützen auf dem schlammigen Karrenweg. Besonders heftig prasselte es gegen eine Kate, die ganz am Rand des Häuserhaufens stand. Es handelte sich um die Keuche der Heigls, der Tagelöhner, der Ärmsten im Dorf. Und dann mischte sich in das Rauschen des Regens plötzlich ein dünner, gequälter Schrei.

Im einzigen Raum lag die Gebärende mit hochgeschlagenem Rock auf dem Strohsack im Kurzbett. Die nackten, verhornten Füße der Heiglin stemmten sich gegen den Balken am unteren Ende der Bettstatt. Ihr Oberkörper war halb aufgerichtet; die Menschen jener Zeit pflegten in ihren Bettstellen halb sitzend zu schlafen. Das Häuslerweib jedoch schlief in diesem Augenblick keineswegs. Zwischen den mageren Schenkeln glänzte und schillerte es naß auf dem Strohsack. Das Fruchtwasser war bereits vor einer Stunde oder mehr abgegangen. Jetzt krümmte die Heiglin sich in den Wehen. Wieder schrie sie dünn und gequält.

Von der Stallecke her, wo ein Durchbruch aus dem Wohnraum der Kate ins Ziegengewölbe führte, glotzten die Kinder mit erschrockenen Augen. Ausgemergelte Gestalten, hockten sie drei-, vier-, fünfjährig auf dem nackten, gestampften Lehmboden; hatten sich eng zusammengerudelt, als suchten sie beieinander Schutz. Mit dem Schreien der Kreißenden mischte sich das mitleidige Aufschluchzen eines Mädchens. Der Vater, der Tagelöhner Heigl, saß auf einem Schemel seitlich der Feuerstelle, führte nun die Fuselflasche zum bartumkrusteten Mund und trank mit stumpfem Blick. Die Wehmutter, eine Alte aus der Nachbarschaft, die den Leib der Gebärenden massierte, schnaubte mißbilligend. Dann redete die Hebamme drängend wieder auf die Heiglin ein: „Nicht nachlassen! Pressen, als ging's um die ewige Seligkeit! Drück es heraus! Ja, so ist's gut..."

Die neue Wehe. Der aufgewölbte Leib der Heiglin schweißglitschig. Animalisches Stöhnen jetzt, während draußen der Regensturm jäh auffauchte. Die Lippen der Gebärenden zerbissen; das Kinn von Blutfäden gezeichnet. Jäh die Schenkel sich bäumend, auch der Unterleib. Die Greisinnenhände der Wehmutter jetzt am aufgestülpten Muttermund. „Treib's, bei der Himmelskönigin! Treib's raus!" Ein neuer Schrei der Heiglin. Endlich, im Blut- und Sekretschwall, eine winzige Schädeldecke, das Köpfchen des Kindes, das aus dem gequälten Frauenleib drängte. Hineindrängte in die Hände der Wehmutter. Erfahrenes Nachfassen der Alten, unter das nun leichter herausglitschende Körperchen hinein. Abflachendes, erlöstes Stöhnen aus der Kehle der Tagelöhnerin. Der eben noch hochgewölbte Leib zusammenfallend. Noch einmal ein Schwall von Blut und Sekret. Der Mutterkuchen. Der Säugling jetzt kopfunter im Griff der Wehmutter. Der patschende Schlag auf das winzige Gesäß. Klägliches, erschütternd dünnes Schniefen und Plärren.

„Ein Bub", sagte die Alte gegen die halb Besinnungslose, gegen den halb Betrunkenen am Feuerplatz hin. Dann nabelte sie den Säugling ab, wusch ihn und legte ihn der Mutter in die mageren Arme. Scheu schoben sich die anderen Kinder an das Bett heran. Zuletzt tappte auch der Heigl selbst herbei, die Augäpfel rotgeädert. Starrte auf den Säugling, dann auf die Ehefrau, knurrte: „Wird eh nicht lange leben, das Balg. Wo wir schon jetzt nicht genug zu fressen haben. Weiß eh keiner, wie das Maul da auch noch gestopft werden soll."

Die Wöchnerin wandte wortlos und erschrocken den Blick ab, umklammerte wie schützend den Säugling. Drückte ihn an ihre Brüste, die schlaff waren, so herzzerreißend schlaff. Sieben Kinder habe ich geboren, dachte die Frau dumpf. Und drei davon nicht durchgebracht. Und jetzt muß der Besoffene so etwas sagen! Als ob ich nicht selbst die Angst hätte. „Geh!" keuchte sie zu dem nach Fusel Stinkenden hin. „Geh! Laß mich allein!"

Beleidigt tappte der alte Heigl zur Herdstelle zurück. Die Wehmutter machte sich daran, den besudelten Strohsack zu wechseln. Das Neugeborene schlief wie tot. Seine drei kleinen Geschwister starrten und flüsterten. Draußen wütete noch immer der Regensturm, doch jetzt kam er eher von Osten her: von den waldbepelzten Hängen des Kaitersberges herunter.

* * * * *

Während der September verstrich und mit ersten Frösten der Oktober kam, wurde die Hungersnot im Waldgebirge ärger und ärger. In den Katen mischten die Weiber die letzten Gerstenvorräte mit Baumrinde, Eicheln und Bucheckern. Schon immer war der Wald die letzte Rettung gewesen, wenn die mageren Feder in den

Tälern keine Frucht mehr bringen wollten. Der Wald spendete auch Pilze und Beeren in diesem Herbst; spendete manchmal auch ein Stück Kleinwild, das arglos in die Schlinge ging. Dazu kamen in der Keuche der Heigls die Ziegen im Gewölbe neben dem einzigen Wohnraum. Wo kein Getreide mehr wuchs, konnten die Geißen immer noch das Gras an den Waldrändern rupfen, das nach dem verheerenden Sommerregen üppig aufgeschossen war.

Auf diese Weise überstanden die Menschen in der Beckendorfer Kate den Hungersommer und den Hungerherbst. Auch der Neugeborene überlebte so seine ersten Monate. Zwar blieben die Brüste seiner Mutter trocken, doch es gab Ziegenmilch, und mit ihrer Hilfe gedieh der Säugling beinahe wider Erwarten. Freilich war er ungesund gelb im Gesicht, als die Eltern ihn im September zur Taufe nach Kötzting trugen, wo der Pfarrer ihm den Namen Michael gab. Nach der hastig durchgeführten Zeremonie in der eiskalten Kirche zählte der alte Heigl dem Kleriker seine letzten Kreuzer hin. Dann wanderte er mit seinem Weib und dem einmonatigen Sohn zurück nach Beckendorf, wo unterdessen die drei anderen Kinder die Keuche und die Geißen gehütet hatten.

Als der Winter einbrach, lebte Michael Heigl immer noch. Freilich kam die Ziegenmilch jetzt dünner aus den Eutern der Tiere; das halb verrottete Laubfutter, auf das die Geißen nun angewiesen waren, besaß nur kläglichen Nährwert. Auch der Wald spendete kaum noch Nahrungsmittel. Keine Pilze, keine Beeren, keine Eicheln und keine Bucheckern mehr. Auch kein gewildertes Wildbret mehr, denn im Schnee wären die Spuren des alten Heigl zu verräterisch gewesen. Als selbst das Rindenbrot in der Keuche immer magerer wurde, war der Kätner eines Dezembermorgens verschwunden. War, in jeden greifbaren Fetzen eingemummt, nach Osten, in Richtung Lam, davongegangen. In der Hütte blieb sein Weib mit den vier Kindern zurück. Brockte den Größeren immer kleinere Stücke Rindenbrot hin und hielt den nun knapp halbjährigen Michael mit immer wäßriger werdender Ziegenmilch notdürftig am Leben. Die Heiglin wußte, daß jetzt alles von ihrem Gatten abhing; davon, ob er an der böhmischen Grenze Glück oder Pech haben würde.

Im neuen Jahr litten die in der Keuche Zurückgelassenen bohrenden Hunger. Allmählich trieben die Bäuche der Kinder auf. Doch dann polterte eines Nachts der alte Heigl in die Stube, klopfte den Schneestaub von seinen Lumpen und warf einen schweren Rupfensack auf die Tischplatte. Als sein Weib mit zitternden Händen die Verschnürung löste, konnte sie in Gerstenkörnern wühlen, förderte aus der Tiefe des Sacks zuletzt sogar eine fettschillernde Speckseite hervor. „Ihr habt die böhmischen Ochsen also gut über die Grenze gebracht..." sagte sie mit Tränen in den Augen zu ihrem Mann.

„Einmal ging es hart auf hart!" erwiderte der. „Die Grenzer, die Saubären, haben scharf geschossen! Aber was können ein paar Kugeln schon ausrichten im finsteren Wald? Wir haben es geschafft, und der Pascherkönig in Lam hat mich ehrlich ausbezahlt. Das Getreide und der Speck werden ein paar Wochen reichen – und für später ist sogar noch Geld übrig. Wir werden das Frühjahr erleben, Weib! Und unsere Bälger auch. Weil die Ochsen im Böhmischen billiger sind als im Bayerischen. Weil man deshalb ein Geschäft machen kann, wenn man sich traut..."

„Irgendwo muß noch ein Schluck Schnaps sein", sagte leise die Frau. „Du hast ihn dir verdient!" Sie kramte im Vorratsloch der Hütte, während die Kinder sich im flackernden Kienspanlicht mit großen Augen um den Tisch drängten. Der alte Heigl setzte die Flasche an, aus der er zuletzt verzweifelt bei der Geburt seines jüngsten Sohnes getrunken hatte. Dunkel erinnerte sich sein Weib an die Worte, die er damals in seiner Hilflosigkeit hervorgestoßen hatte. Er hat's nicht so gemeint, dachte sie jetzt dankbar. Er hat nur geredet, aber dann doch dafür gesorgt, daß das Balg überleben kann. Er ist nicht schlecht. Es ist nur die Armut...

Ich habe wiedergutgemacht, was ich damals im Sommer mit meinem blöden Mundwerk angerichtet habe, dachte gleichzeitig der alte Heigl. Daß die Kugeln an der Grenze doch gefährlicher gepfiffen haben, als ich ihr sagte, braucht die Alte nicht zu wissen. Hauptsache, es ist endlich wieder was zu fressen in der Keuche. Über die Schnapsflasche hinweg musterte er den knapp halbjährigen Michael. Dachte: Mager sieht er aus, wie ein Ratz. Aber jetzt kann er Gerstenbrei kriegen. Und im nächsten Sommer muß es doch endlich wieder eine richtige Ernte geben...

Er trank gelöst und beobachtete sein Weib, wie sie ein paar Fäuste Korn in der Handmühle mahlte. Mitten in der Nacht kam die erste warme Mahlzeit seit Monaten auf den Tisch der Tagelöhnerfamilie: dicker, sämiger Brei. Später, als die Kinder wieder eingeschlafen waren, schob sich der alte Heigl über den ausgemergelten Körper seines Weibs. Kurz und ängstlich dachte die Heiglin an die Gefahr einer neuen Schwangerschaft. Doch dann ließ sie ihn zu sich kommen. Er hatte die Familie gerettet, es war sein Recht. Und für alles andere war ohnehin der Herrgott zuständig. Kinder, so jedenfalls der Pfarrer in Kötzting, waren immer ein Geschenk Gottes, selbst wenn in den Waldtälern die Hungersnot herrschte...

* * * * *

Die Gerste, der Speck und die restlichen Gulden aus dem Pascherzug nach Böhmen brachten die Kätnerfamilie über den Winter und noch ein gutes Stück ins Frühjahr hinein. Dank des Gerstenbreis hatte sich die ungesunde Gesichtsfarbe des kleinen Michael mit der Zeit verloren. Trotzdem litten die Kinder und die Erwachsenen in der Keuche nach wie vor Mangel. Denn auch im neuen Jahr dauerte die Hungersnot an. Während die Feldfrüchte zögernd heranreiften, stiegen die Getreidepreise in Bayern rapide. Fünfmal soviel wie noch 1813 oder 1814 mußte für den Scheffel bezahlt werden. Kaum einer konnte sich den Wucher noch leisten. Wieder ernährten sich die Kätner von dem, was der Wald ihnen auftischte. Zusätzlich schlug sich der alte Heigl gelegentlich als Tagelöhner bei den Bauern oder den Holzfällern durch; sparte sich dort manchen Bissen vom Mund ab und brachte ihn heim.

Im August dann, als die Früchte auf den Halmen schwer wurden, schielten die Menschen des Waldgebirges immer wieder ängstlich zum Himmel. Sie fragten sich, ob auch in diesem Jahr der Regen wiederkommen würde. Doch der Himmel blieb weitgehend blank, und es konnte endlich wieder eine ausreichende Ernte in die Scheunen eingefahren werden. Die Getreidepreise sanken und erreichten den alten Stand. Die Heigls arbeiteten jetzt beinahe Tag und Nacht. Zusammen mit den Erwachsenen mühten sich die älteren Kinder ab: Sie mußten sensen, Garben zusammenstellen, später dreschen. Hatten dadurch ausreichende Nahrung und vergaßen allmählich das elende Hungerjahr, das hinter ihnen lag.

Während die Eltern und die drei Geschwister für die Bauern schufteten, lernte der kleine Michael Heigl allmählich das Laufen. Um die Dreschzeit herum war er bereits so flink geworden, daß er nicht mehr ohne Aufsicht gelassen werden konnte. Aus einem Lederriemen und einem Kälberstrick fertigte der alte Heigl eine Art Geschirr. Den Riemen um den Leib, angebunden an einen Zaun, einen Baum oder einfach einen Ziegenpflock, beobachtete Michael – zuweilen wütend plärrend – seine Familie bei der harten Arbeit auf den verschiedenen großen Höfen im Tal des Weißen Regen. Da er selbst vorerst noch zu nichts nütze war, hielt man ihn notgedrungen kaum anders als einen Kettenhund.

MUNDRAUB

Knapp fünf Jahre waren seit der Geburt des Michael Heigl im Regensturm vergangen. Im Mai 1818 hatte der König in München auf die neue konstitutionelle Verfassung Bayerns geschworen. Das Volk sollte nunmehr an der Regierung beteiligt werden, wenn auch in engen Grenzen. Bauernknechte, Tagelöhner, Hausierer, ledige Mütter waren im neuen Parlament nicht vertreten. Sitz und Stimme besaßen lediglich die Großkotzigen: die Großbürger, die Großgrundbesitzer, die Großbrauer, die christkatholischen Prälaten dazu. Auch hatte Maximilian Joseph der konstitutionellen Monarchie weniger aus Menschenfreundlichkeit, sondern vielmehr aus eiskaltem Kalkül zugestimmt. Nach wie vor war Bayern ein verarmtes, zugrunde gewirtschaftetes Land. Mit Hilfe der Reichen im Parlament hoffte der König die kleinen, mühsam ihre Steuern bezahlenden Bürger um so kräftiger rupfen zu können.

Die Not in der Beckendorfer Keuche war in jenen fünf Jahren seit der Geburt des Michael Heigl kaum geringer geworden. Noch dreimal hatte die Heiglin seither im buckligen Kindbett gelegen. Zwei der Bälger waren durchgekommen, ein weiteres mußte schon nach wenigen Wochen am Rand des Kötztinger Friedhofs begraben werden. Mit fünf Geschwistern mußte sich der knapp fünfjährige Michael Heigl nunmehr das magere Brot oder in Winterszeiten immer noch den Rindenkuchen teilen.

In den Tagen vor Pfingsten dieses Jahres 1821 waren die ohnehin kargen Vorräte in der Beckendorfer Kate wieder einmal völlig aufgebraucht. Das Getreide vom Vorjahr bis auf das letzte Körnchen gemahlen, die neue Ernte noch in weiter Ferne. Die letzten Kreuzer an den Fiskus gegangen oder in den Klingelbeutel des Kötztinger Pfarrers. Geld forderte der Staat; mehr noch als sonst forderte auch die Kirche in diesem Jahr. Die Erhebung Münchens zum Bischofssitz stand unmittelbar bevor. Nachdem die Säkularisation wieder rückgängig gemacht worden war, reichte der alte Domberg zu Freising dem wiedererstarkten Klerus nicht mehr aus. In der Landeshauptstadt mußten neue Palais' für den Bischof und die Prälaten errichtet werden. Das Volk hatte zu bluten wie eh und je.

In der Beckendorfer Keuche hatten die acht Menschen seit Tagen gehungert. In den umliegenden Wäldern waren die Pilze noch nicht aus der Erde gedrungen; auch die Wildbeeren waren zu dieser Jahreszeit noch nicht ausgereift. Und keine Tagelöhnerarbeit auf den Höfen jetzt, so kurz vor dem Fest. Zwischen Aussaat und Ernte zählte für die Kötztinger Bauern vor allem der Pfingstritt. Das Gepränge zur vermeintlich höheren Ehre Gottes. Die Rösserprozession mußte vorbereitet werden, doch dazu waren Tagelöhnerhände nicht nötig und nicht gefragt.

Als er das Greinen der kleinen und die hohlen Augen der größeren Kinder in der Kate nicht mehr zu ertragen vermochte, floh der alte Heigl. Humpelte mit schnackelndem Knie, das er sich vor einigen Jahren auf einem Paschergang übel und irreparabel ausgerenkt hatte, dem Marktflecken zu, drückte sich dann in Kötzting durch die Gassen wie ein Dieb. Trotz der schlechten Zeiten hatten die betuchteren Marktbürger noch immer genug, um in Vorbereitung auf das hohe Kirchenfest kräftig zu schlachten, zu braten und zu wursten. In den Hinterhöfen der verschiedenen Kötztinger Metzgereien rauchten und dampften die Tröge mit Blutsuppe und Brät. Schwere Düfte zogen über den Ort hin, wenn die meterlangen Rührlöffel in die Wurstkesseln fuhren. Mit geröteten Gesichtern hockten der Pfarrer, der Meßner, der Bürgermeister, die anderen Großkopferten unter der Kastanie des Kirchenwirts beim Bier. Als der alte Heigl mit schlenkerndem Knie vorbeischlich, beachtete keiner den Tagelöhner, dem der Mund vom Duft wässerte, der aus dem Hof der Wirtsmetzgerei auf die Straße zog.

Lange drückte sich der alte Heigl in den Kötztinger Gassen herum. Dann, als sich bereits der Abend ankündigte, konnte er sich nicht länger zurückhalten. Wieder hatte es ihn zum Kirchenwirt gezogen. Er sah, wie der Pfarrer und die anderen Reputierlichen Blut- und Leberwürste oder fettschillernde Fleischschnitten aus der Schlachtschüssel vertilgten. Und er sah den Kessel hinten im Hof, in dem weitere Wurstkränze auskühlen sollten. Plötzlich wurde der Hunger des alten Heigl größer als die Scham. Hastig verschwand er in einem Seitengäßchen, schlich um den Gebäudekomplex des Wirtshauses, fand an der Rückseite ein ächzendes Türchen und war im Hof. Mit beiden Händen griff er in den Kessel, riß einen Kranz derber Blutwurstblunzen heraus, stopfte sich die Beute unter die zerschlissene Joppe und floh. Floh, so schnell sein schnackelndes Knie es erlaubte, zurück nach Beckendorf: in die Keuche, wo die Kinder und das Weib seit Tagen darbten.

Den fettigen Wurstkranz zerrte er unter der Joppe hervor, klatschte die Blunzen auf die Tischplatte. Schleuderte die Scheide

12

vom Stilett, säbelte die Darmstege zwischen den einzelnen Blutwürsten durch. Schob den Kindern, dem Weib die schwer duftenden Trümmer hin. „Freßt!" schrie er sie an. „Freßt das Pfingstwunder auf, so schnell ihr könnt!"

Der letzte Satz kam bereits undeutlich, denn ebenso wie die anderen schlang jetzt auch der alte Heigl wie ein Wolf. Kaute kaum, schluckte – beinahe verzweifelt – die nußgroßen, blutigen Brocken. Füllte sich den zusammengeschnurrten Magen im Handumdrehen bis zum Platzen. Die Heiglin und die Halbwüchsigen machten es nicht anders. Die Kleinen wurden zwischendurch von den größeren Geschwistern genudelt. Keiner fragte, woher der unverhoffte Pfingstsegen gekommen war. Der Wurstkranz verschwand in Minutenschnelle in den Mägen der ausgehungerten Keuchner. Selbst die Darmhäute und Schnüre mußten auf Geheiß des alten Heigl verschluckt werden. „Damit man uns nichts beweisen kann", stöhnte der Mundräuber. „Was wir im Wanst haben, kann keinen Gendarmen mehr jucken!"

Kaum war die letzte Blunze, der letzte Hautfetzen, das letzte Stück Schnur verschwunden, polterte der Kötztinger Polizist in die Hütte. Rasselte mit schwerem Schleppsäbel an den Tisch heran und schrie: „Man hat dich gesehen, Heigl! Wie der Teufel bist du von Kötzting nach Beckendorf gerannt. Und unter der Joppe hast du was versteckt gehabt. Gib's zu, du Verbrecher, daß du die Blutwürste beim Kirchenwirt gestohlen hast!"

„Blutwürste? Du spinnst!" rülpste der Keuchner.

„Ein ganzer Kranz war's!" schrie der Gendarm. „Ins Pfarrhaus hätten sie geliefert werden sollen! – Wo habt ihr die Blunzen versteckt, ihr Hundsbrut? Ich schwör's euch, wenn ich sie finde, bring' ich euch für diese Schandtat alle ins Loch!"

„Dann such doch", sagte da frech der knapp fünfjährige Michael Heigl. „Such doch, los!"

Der Alte lachte, zwinkerte seinem mageren Sprößling verschwörerisch zu. „Du hast gehört, was der Michl gesagt hat", wandte er sich an den Gendarmen. „Wenn du was findest, darfst du uns allesamt einsperren. Wär' gar nicht mal so schlecht. Im Loch hätten wir wahrscheinlich mehr zu fressen als hier..."

„Sauteufel, frecher!" schnappte der Polizist. Dann machte er sich ans Werk. Stocherte im Stroh der Bettstatt, im Vorratsloch, hinter der Feuerstelle. Entblödete sich nicht, selbst im Ziegenstall zu wühlen. Stellte die armselige Hütte auf den Kopf und fand dennoch nicht einmal einen Wurstzipfel.

„Ja, was jetzt?" verspottete ihn der alte Heigl, als der Gendarm mit puterrotem Schädel bloß noch blöde stierte. „Glaubst du jetzt, daß wir unschuldig sind?"

Die Lippen des anderen zuckten verstört. „Ihr ... ihr Bettelbrut!" stieß er hervor. Spuckte aus, machte auf dem Absatz kehrt, marschierte mit klapperndem Säbel zurück nach Kötzting.

Michael grimassierte ihm hinterher. Zwar drückten ihn die Blutwürste mörderisch im Magen, dennoch verspürte er ein unendliches Glücksgefühl. Der Vater hatte den fetten Polizisten mächtig zum Narren gehalten. Die Heiglbrut war schlauer gewesen als der verhaßte Uniformierte. Eine größere Pfingstfreude hätte sich der Bub nicht vorstellen können. Es war ihm nicht bewußt, doch sein rebellischer Geist – ihm einerseits angeboren, andererseits an der ständigen Not gewachsen – hatte sich an diesem Tag zum ersten Mal ausleben dürfen.

DIE HÖHLE

Maximilian Joseph, erster König von Bayern, war am zwölften Oktober des Jahres 1825 verstorben. Hatte zuletzt noch auf einem Ball in Schloß Nymphenburg getanzt und war am nächsten Morgen tot in seinem Bett aufgefunden worden. Sieben Tage später war Ludwig I. als neuer Monarch vereidigt worden. Noch immer stand in diesem Jahr 1825 das Königreich Bayern vor dem Staatsbankrott. Die öffentlichen Schulden hatten eine Höhe von sechzehn Millionen Gulden erreicht. Eine der ersten Amtshandlungen Ludwigs war deswegen die Verabschiedung eines rigorosen Sparprogramms. Wie so oft ging solches vor allem auf Kosten der kleinen Leute im Land.

Michael Heigl zählte, während der neue König in den Hermelinmantel schlüpfte, etwas mehr als neun Jahre. Immer noch war Schmalhans Küchenmeister in der Beckendorfer Kate. Nur selten noch hatte der alte Heigl während der vergangenen Jahre gepascht. Um sein lädiertes Kniegelenk hatte sich ein sulziger Hautsack gebildet; das Bein selbst war von Jahr zu Jahr steifer geworden. Auch als Tagelöhner war der Alte deswegen nicht mehr sonderlich gefragt. Oft hockte er jetzt griesgrämig und untätig in der Keuche, während sein Weib und die größeren Kinder für das tägliche Brot zu sorgen hatten – sofern der Familie tägliches Brot vergönnt war.

Michael fand gelegentlich Arbeit und mageren Lohn als Hütejunge: trieb Gänse, gelegentlich auch Schweine. Hatte in diesem Sommer 1825 auch auf dem einen oder anderen abzuerntenden Bauernfeld geschwitzt und sich die Hände an den Gerstengrannen blutig gestochen. Jetzt, im Herbst, war der Neunjährige oft im Wald unterwegs. Einmal mehr waren Beeren und Pilze zur Reife gelangt. Die Heigl-Kinder sammelten für den Winter ein, was immer sie greifen konnten. Doch im Gegensatz zu seinen Geschwistern blieb Michael nun immer häufiger für sich allein.

Zudem trieb es ihn weiter in die Wälder hinein als die anderen Beckendorfer Kinder. Ein Sehnen war in diesem Herbst in ihm wach geworden, ein Sehnen nach Einsamkeit und Wildnis. Gleichzeitig auch ein unwiderstehlicher Drang, seine eigenen Kräfte auszuloten; die Grenzen des immer noch kindlich-mageren Körpers zu erproben. Und es war noch etwas anderes da: eine Anziehungskraft, die Michael nicht hätte beschreiben können, die aber von den Bergrücken und Gipfeln ausging, die östlich der Beckendorfer Kate so geheimnisvoll den Himmel verschatteten. Wildnis war dort oben und Herausforderung, und der Neunjährige pirschte in diesem Herbst immer näher an das Unaussprechliche heran.

*****

An einem bereits leicht frostigen Oktobermorgen hatte Michael die Kate mit dem ersten diffusen Tageslicht verlassen. Hatte sich den Sammelsack umgehängt und war ohne Frühstück zuerst nach Reitenstein gewandert, dann durch das Frauenholz den steilen Waldweg nach Reitenberg hinauf. Hatte sich, während schwache Oktobersonne und Nebelschwaden noch miteinander kämpften, da und dort ein Maulvoll Beeren abgerupft, hatte in Reitenberg am Bauernbrunnen getrunken und stand nun südlich des Weilers, wo der Kaitersberg schroff und felsig anstieg.

Noch nie war Michael in die Wildnis, die sich jetzt vor ihm auftürmte, vorgedrungen. Bisher war er immer weiter nördlich oder südlich umhergestreift: Gotzendorf und Hohenwarth zu, oder um den Birkenberg bei Bärndorf herum. Heute jedoch hatte er sich vorgenommen, Neuland zu entdecken. Auch wenn manche Leute sagten, daß es auf dem Kaitersberg nicht ganz geheuer war; daß es dort zwischen den Granitklüften und im Schatten der gestürzten Baumriesen umging.

Entschlossen atmete der Neunjährige durch, dann machte er sich auf den Weg. Mühsam drängte er sich durch dichtes Gestrüpp, das von Buchen, Ahorn und Nadelbäumen überdacht war. Bald schwang sich der Berghang steil in die Höhe. Im moosigen, modrigen Urwaldgrund steckten Felstrümmer, die im Lauf der Jahrhunderte oder gar Jahrtausende vom Gipfel herabgepoltert waren und sich tief in die Flanke des Kaitersberges eingegraben hatten. Der Bub kletterte weiter, mußte teilweise auf Händen und Füßen kriechen, so jäh steilte der Hang da und dort himmelwärts. Plötzlich dann befand er sich in einer völlig archaischen Welt. Kirchturmhohe Granitwände ragten hier auf; davor und darüber urwaldzottige Bäume. Dicht verfilzt alles; die Baumstämme von Flechtenbärten und riesigen, lederartigen Schwämmen bedeckt. Zwischen den Steinschroffen mußte sich Michael nun Spalten suchen, durch die er weiter vordringen konnte. Manche Platten waren aus dem Leib des Berges herausgebrochen und hatten sich wie Hüttenwände gegeneinandergelehnt und ineinander verkeilt. Bedrohliche Schlünde und Klüfte taten sich hier auf. Aus dem Chaos heraus meinte der Neunjährige Bären fauchen und Wölfe knurren zu hören. Doch er biß die Zähne zusammen und kletterte weiter.

Kämpfte sich vorwärts, bis der Wald unvermittelt licht wurde und die Sicht auf den gigantisch geschichteten Steingipfel des Kaitersberges freigab. Bis der Blick plötzlich ungehindert in alle Himmelsrichtungen schweifen konnte. Bis Michael Heigl eine Freiheit und eine Weite spürte, wie er sie nie zuvor in seinem armseligen Leben kennengelernt hatte. Seine Finger, seine Zehen klammerten sich ins Granitgestein, als er die letzten Meter bis zum Gipfelfelsen zurücklegte. Dann stand er hoch über der Welt; um ihn pfiff der Herbstwind, Sonnenschein spielte über sein Gesicht und schillerte tief unten im Tal des Weißen Regen auf den dort noch immer träge ziehenden Nebelbänken. Und unterhalb des Gipfels der urwelthaft bepelzte Berg selbst: wie ein Tier, ein riesiges schlafendes Tier, das brausend atmete und unendlich erhaben über die Kleinheit der Menschen war.

Etwas Ungeheuerliches, etwas unglaublich Freies griff nach dem Herzen des Neunjährigen, als er so auf dem Gipfelfelsen des Kaitersberges stand. Er saugte die Luft ein, er trank sie förmlich – und dann löste sich aus seiner Kehle ein Schrei, ein urtümlicher, unbewußter Freudenschrei, wie er dem Buben bis zu diesem Augenblick niemals vergönnt gewesen war. Über alles Kärgliche, Niedrige, Armselige hatte sich Michael erhoben. Er, der immer nur der Getretene und Verachtete gewesen war, stand jetzt auf einmal hoch über der Welt, hoch über allen Menschen. Stand allein und aus eigener Kraft hier oben, weil er etwas gewagt und durchgestanden hatte, vor dem all die anderen ängstlich zurückschreckten. Und als der Schrei des Neunjährigen verhallt war, da wußte er, daß er etwas gefunden hatte, das ganz allein ihm gehörte, das ihm niemand je streitig machen konnte. Daß ihm auf dem so mühsam erklommenen Gipfel etwas geschenkt worden war, von dem er unbewußt immer geträumt hatte. Hoch über der archaischen Wildnis des Kaitersberges hatte Michael Heigl seine wahre Heimat gefunden – seelische Heimat, die seinem unbändigen Charakter entsprach.

Lange stand der Neunjährige auf den Granitzinnen, bis sich zuletzt der Himmel verschattete und regenschwangere Wolkenfetzen von Norden herantrieben. Als die ersten Tropfen fielen, stieg der Bub vom Gekluft wieder in den Wald hinab und machte sich auf den Rückweg durch die Wildnis aus Dickicht, Baumriesen und Stein. Er war noch nicht weit gekommen, als der Regen zu prasseln begann. Der Himmel über den schwankenden Baumwipfeln wirkte jetzt beinahe nächtlich; dermaßen stark peitschte das Wasser aus dem verfinsterten Firmament, daß sich Michael Heigl notgedrungen nach einem Unterschlupf umsehen mußte. Über glitschig gewordenen und teilweise abrutschenden Waldboden kämpfte er sich wieder ein Stück den Berg hinauf. Granitklötze ragten dort wie Türme auf, andere lagen herum wie von Riesenfäusten zerhämmert. Im Wind- und Regenschatten der Steinwand wollte Michael Heigl sich verkriechen – da glitt er plötzlich aus und taumelte in einen Felsspalt; rutschte in ein finsteres, naßkalt riechendes Loch hinunter. Als sich die Augen des Neunjährigen an die Dunkelheit gewöhnt hatten, erkannte er, daß er sich in einer kleinen Höhle befand: einer keilförmig nach hinten sich verjüngenden Kaverne im granitenen Trümmergewirr.

Der Regen schien plötzlich gedämpfter zu rauschen, auch der pfeifende Wind beutelte den Buben nicht länger. Der Kaitersberg hatte ihm unerwarteten Schutz beschert, nachdem er eben noch wie ein gehetztes kleines Tier durch den Urwald gerannt war. Michael drückte sich das Wasser aus den Haaren und Kleidern, dann kauerte er sich mit hochgezogenen Knien in eine Nische des Steins. Während der Neunjährige auf dem Gipfel grenzenlose Freiheit erlebt hatte, spürte er jetzt Geborgenheit. Und es wurde ihm bewußt, daß ihn der Berg an diesem Tag gleich zweifach beschenkt hatte.

Draußen wütete der Regensturm und tobte sich schließlich aus. Aus dem Rauschen wurde ein Tröpfeln, dann herrschte wieder Stille am Gipfelhang des Kaitersberges. Nur hie und da noch löste sich etwas platschend aus dem Herbstlaub der Baumriesen. Der Himmel hellte sich auf, klares Oktoberlicht drang in den Urwald und bis zur Höhle unter der Granitwand vor. Auch in die Kaverne selbst fingerte das Licht, und nun bemerkte der Bub, daß es noch einen zweiten Zugang gab. Gegenüber dem Kamin, durch den er hereingerutscht war, konnte sich ein Mensch durch einen schmalen Spalt ins Freie zwängen. Der Neunjährige kroch hin, um den Ausweg genauer zu erkunden – auf einmal stießen seine Hände gegen etwas, das sich fremdartig und abstoßend anfühlte.

Zuerst zuckte Michael zurück, dann siegte die Neugierde. Noch einmal tastete er, hob seinen Fund auf und hielt ihn ins Sonnenlicht, das in schräger Bahn durch den hinteren Höhlenschlupf hereinflirrte. Und dann sah er, was er in der Hand hielt: einen verwitterten Rehschädel, dessen Decke aufgesplittert und zermalmt war. Am Höhlenboden selbst lagen noch weitere Gebeine, auch sie splittrig und gewaltsam zerbrochen. Der Neunjährige starrte,

18

überlegte und begriff. Er hatte sich an die alte Geschichte erinnert, die seit Menschengedenken in der Gegend um den Kaitersberg in Umlauf war.

* * * * *

Niemand wußte mehr genau, wann der Bärenkampf stattgefunden hatte. Doch ein wahres Ungeheuer sollte es gewesen sein, das damals hoch oben am Kaitersberg hauste. Ein alter Braunbär, ein Einzelgänger, gefährlicher als jedes andere Raubtier im Waldgebirge. Durch den Urwald war der Bär gestreunt und hatte gerissen, was ihm vor die Tatzen gekommen war. Dann, als das Wild den Kaitersberg zu fliehen begann, war die Bestie allmählich auch unten in den Tälern aufgetaucht. Hatte sich an die einsamen Bauernhäuser herangeschlichen, an die einzeln stehenden Katen. Hatte gelauert, wenn Nutzvieh auf die Schachten getrieben wurde, war in Ziegen- und Kälberställe eingebrochen. Und die Menschen waren machtlos gegen den Bären gewesen. Hatten geflucht, gebetet und Wachsstöcke in die Kirchen getragen. Hatten ihre Pfarrherren angefleht, um göttlichen Beistand zu beten. Doch nichts hatte gegen das Untier geholfen; die Angst der Menschen nicht und auch nicht die Gebete der Priester.

Bis dann einer aufgestanden war, der weder ängstlich noch fromm gewesen war. Der vielmehr in eine Schmiede gegangen war und sich dort einen schweren Spieß zugerichtet hatte: eine scharfgeschliffene Waffe mit faustdickem, eisenbeschlagenem Schaft. Und diesen Spieß hatte der Jäger hinauf zum Kaitersberg getragen; in den schaurigen Urwald hinein, den die Menschen seit jeher mieden und fürchteten. Unverdrossen hingegen hatte der Jäger seinen Spieß hinaufgeschleppt auf den Berg, bis er hart unterhalb des Gipfels schließlich die Bärenhöhle entdeckt hatte.

Niemand war Zeuge des mörderischen Kampfes geworden. Allein hatten sich Mensch und Bär gegenübergestanden. Durch filzigen, nach Aas stinkenden Pelz war das Spießblatt dem Untier in die Eingeweide gedrungen. Tatzen mit dolchscharfen Krallen hatten durch die Luft geschlegelt, hatten Schrunden in den Eisenbeschlag des Waffenschaftes gerissen. Selbst mit der Klinge im Gekröse hatte der Bär noch lange zu kämpfen vermocht – bis der Jäger den Spieß zurückgerissen und noch einmal zugestoßen hatte, diesmal ins Herz der Bestie. Und dann das klagende, ausklagende Fauchen und Röcheln des Raubtieres und der Triumphschrei des Jägers vor der Höhle knapp unter dem Gipfel des Kaitersberges.

Mühsam, auf einer Rutsche aus geschälten Stämmchen, hatte

der Sieger den Kadaver zu Tal gebracht. In der Bärenhöhle waren zermalmte Tierknochen und Schädel zurückgeblieben. Auch der scharfe Raubtiergeruch hatte noch lange dort drinnen gehangen, ehe Wind und Regen ihn allmählich vergehen ließen. Im Tal war der Bär abgepelzt worden; von weither waren die Menschen gekommen, um das Fell mit den blutverkrusteten Löchern zu sehen, es zaghaft zu berühren. Und der Jäger war zu einem berühmten Mann geworden, von dem noch Menschenalter später mit Achtung und Dankbarkeit erzählt wurde. Doch niemals hatte er jemandem gezeigt, wo genau er den Bären erlegt hatte; nur von einer Höhle hatte er manchmal gesprochen, hoch oben am Kaitersberg, so daß dieser Ort in der Phantasie der Menschen allmählich zu etwas Mystischem geworden war. Zu etwas Sagenhaftem, jenseits der alltäglichen Welt; alten, heidnischen Traumbereichen zugehörig. Niemand außer dem Jäger hatte die Höhle je gesehen oder betreten; nur im Raunen, in den alten Geschichten lebte die Erinnerung an jenen Ort weiter, bis in die neue Zeit herauf, in der es Bären am Kaitersberg schon längst nicht mehr gab.

* * * * *

„Und ich habe die Höhle gefunden", sagte der neunjährige Michael Heigl laut zu sich selbst, während er immer noch vor dem hinteren Schlupf kauerte, den uralten, aufgesplitterten Rehschädel in den Händen. „Ich habe sie entdeckt, und jetzt gehört sie mir ganz allein. Die Bärenhöhle am Kaitersberg..."
Vorsichtig trug er den Rehschädel ins Freie, sammelte dann auch die übrigen Tierknochen zusammen, welche die Wahrheit der alten Jägergeschichte bestätigten. Er verscharrte sie draußen in einem Loch, das er in die weiche Walderde gegraben hatte. Danach schlüpfte er noch einmal in die Höhle, schritt sie vom einen zum anderen Ende ab. Er spürte dem Luftzug nach, der zwischen beiden Eingängen fächelte, und fand so heraus, wo es in der granitenen Kaverne windgeschützte Plätze gab. Dabei entdeckte er eine Schüssel im Fels, in der sich von oben hereinsickerndes Regenwasser gesammelt hatte. Er stellte weiter fest, daß der beste Platz für ein Feuer nahe dem vorderen, größeren Eingang liegen mußte. Am liebsten hätte er sogleich Bruchholz gesammelt und es mit Hilfe von Stein und Zunder in Brand gesetzt. Am liebsten wäre er in der Höhle geblieben, um vielleicht erst nach Tagen in die Beckendorfer Keuche zurückzukehren. Doch dann dachte er an den Vater, die Mutter und die Geschwister, die ihn spätestens bei Sonnenuntergang erwarteten. Gleich darauf zeigte ein Blick über

20

die Baumwipfel dem Neunjährigen an, daß er sich beeilen mußte, wenn er noch rechtzeitig zu Hause sein wollte.

„Aber ich komme wieder!" flüsterte Michael Heigl, ehe er losrannte: den halsbrecherisch steilen, weglosen Berg hinunter, Reitenberg zu.

Als der Bub die Kate erreichte, wälzte sich eine neue Wolkenwand über das Flußtal hinweg. Schlagartig verschwand im Osten die Silhouette des Kaitersberges. Doch irgendwo dort oben, im geheimnisvollen Nichts, lag die Höhle. Mit glänzenden Augen stolperte Michael in den armseligen Wohnraum der Hütte.

An seiner mageren Hüfte hing der Sammelsack. Erst als der Vater auf ihn losdrosch, wurde der Neunjährige gewahr, daß er weder Beeren noch Pilze heimgebracht hatte, was an diesem Tag eigentlich seine Aufgabe gewesen wäre. „Rumtreiber, elender!" schrie der Alte; beutelte ihn und schlug ihn wieder.

Michael nahm die Prügel hin und dachte an seine Höhle.

WALDLEBEN

Oft war Michael Heigl während der vergangenen zweieinhalb Jahre auf den Kaitersberg gestiegen, hatte die Hänge um den Gipfel durchpirscht und sich die Höhle mit der Zeit wohnlich eingerichtet. Hatte unter den Granitschroffen gelegentlich ein Stück Niederwild in der Schlinge gefangen, einmal sogar ein verletztes Rehkitz abtun können. In der Kaverne hatte Michael sich die kleineren Beutestücke gebraten, das meiste vom Kitz dagegen hatte er damals nach Hause gebracht. Der Vater, inzwischen daran gewöhnt, daß sein eigenwilliger Sohn ab und zu zwielichtige Wege ging, hatte nicht lange nach der Herkunft des Wildbrets gefragt. Das Rehfleisch war beinahe ebenso schnell in den Mägen der achtköpfigen Familie verschwunden wie im Jahre vorher die Blutwürste.

Denn noch immer ging es in der Beckendorfer Keuche mager und armselig zu; auch zu Beginn des Jahres 1828. Michael Heigl zählte jetzt knapp zwölf Jahre. Beinharte Arbeit und häufige Waldgänge hatten seinen Körper sehnig und zäh gemacht; die weichen Linien der Kindheit hingegen waren allzu rasch aus seinen Gesichtszügen verschwunden. Schon jetzt waren die Brauen über seinen blauen, mißtrauischen Augen oft zusammengekniffen. Verspannt wirkte auch der Mund, dessen häufig gepreßte Lippen zu dünn für einen Halbwüchsigen schienen. Ein Häuslergesicht, ein Armeleutegesicht trug Michael Heigl zur Schau. In einer harten Schule hatte er gelernt, seinen Vorteil wahrzunehmen, wo immer sich ihm eine Chance dazu bot. Ein Kind der Keuche war er, ein Kind aus der untersten sozialen Schicht. Ein Wiesel, ein Frettchen, ein verschlagenes Fuchsjunges. Nur auf dem Berg, wenn er in seine Höhle heimkehrte, veränderte sich der Gesichtsausdruck des Tagelöhnerbalgs. Dann entspannte sich sein Antlitz; Michael konnte dann gelegentlich sogar ins Träumen kommen – und solche Wachträume auf dem Berg waren zumeist friedlich und schön.

Im Tal jedoch ging das Leben auch in jenem Jahr 1828 brutal und herzlos weiter. Häufiger denn je mußte der Vater, dem das kranke Knie immer größere Schwierigkeiten bereitete, untätig die Hütte hüten. Die Mutter, ausgemergelt durch zehn Geburten, hatte an solchen Tagen auf den Feldern der Bauern für zwei zu schuften. Die Kinder, auch die jüngsten, arbeiteten ihr dabei zu, so gut sie konnten; bekamen dafür ein paar Kartoffeln als Lohn. Trotz aller Mühen wurde die Not in der Keuche jetzt immer ärger. Die heranwachsenden Kinder brauchten mehr Nahrung als früher, als sie noch klein gewesen waren. Doch die Bauern entlohnten die Instleute nach wie vor kümmerlich; noch immer standen nicht mehr als zwei Ziegen im Gewölbe neben der Wohnstube. Und der alte Heigl hatte schon seit Jahren an keinem Pascherzug mehr teilnehmen können. Hinkend und kurzatmig hätte er keine Aussicht mehr gehabt, den Kugeln der Grenzer zu entkommen.

Während sich die Keuchner in diesem Frühjahr durchhungerten, so gut sie konnten, lief eine schaurige Geschichte durch Bayern und erreichte zuletzt auch das Tal des Weißen Regen. Auf dem Nürnberger Unschlittmarkt war im Mai ein etwa sechzehnjähriger Bursche aufgetaucht, der seinen Namen – Kaspar Hauser – nur mühsam zu stammeln vermochte. Wenig später hatte sich dann herausgestellt, daß der Jüngling offenbar jahrelang wie ein Vieh in irgendeinem verborgenen Kerker gehalten worden war. Gerüchte und Spekulationen waren daraufhin wild ausgeufert. Daß Kaspar Hauser ein Sohn Napoleons sei, vermuteten die einen; die anderen wollten wissen, daß es sich bei ihm um den rechtmäßigen Thronfolger von Baden handeln müsse. Auch in Kötzting hockten in diesem Frühling die Honoratioren beim Bier und schwadronierten über den Findling von Nürnberg. Nur in den Katen, auch der heiglschen, hatte man andere Sorgen. Für die vielen Mäuler, die gestopft werden wollten, reichte das Brot jetzt hinten und vorne nicht mehr. Ebenso wie der vermeintliche Sohn des Großherzogs von Baden oder gar Napoleons mußten nun auch in Beckendorf am Weißen Regen die Söhne verjagt werden.

„Es geht nicht länger, daß ihr euch an meinem Tisch durchfreßt!" herrschte der alte Heigl seinen Ältesten Adam und dessen jüngeren Bruder Michael an. „Ihr seid jetzt alt genug, daß ihr selbst für euch aufkommen könnt. Zu den Bauern müßt ihr, auf der Stelle; das ist mein letztes Wort!"

Stumm, mit gesenkten Köpfen, vernahmen die beiden Halbwüchsigen die väterliche Entscheidung. Es war das übliche Los der Keuchenkinder: so bald wie möglich aus der Hütte und sich anderswo durchfressen. Der Alte streckte ächzend sein krankes Bein und raunzte gegen Adam hin: „Du kannst beim Hirmann hier im Dorf eintreten." Dann ruckte sein Schädel zu Michael herum: „Und du gehst nach Ramsried. Der Bauer dort braucht einen Hüterbuben. Kannst ihm die Rindviecher auf die Schachten treiben und hast ein ruhiges Leben; Erdäpfel und Kraut dazu."

Gehorsam nickten die beiden Burschen. Wenigstens bleibt mir der Wald, dachte Michael.

* * * * *

Gut eine Wegstunde hatte Michael Heigl von Beckendorf nach Ramsried zu laufen. Seit Jahrhunderten stand der Rodungshof nördlich von Kötzting unweit des Dampfbaches. Von Ramsried aus gesehen, lag der Kaitersberg nunmehr im Südosten. Direkt im Osten, eine halbe Gehstunde entfernt, rauschte der Weiße Regen heran und knickte auf der Höhe der Einöde nach Süden ab. Der Hof selbst lag behäbig im Tal, verfügte über eine ganze Reihe von Gebäuden, hatte jedoch schon bessere Zeiten gesehen. Auch an der uralten Rodungsstelle waren die Napoleonischen Kriege, die Hungersnot und die nachfolgenden schlechten Zeiten nicht spurlos vorübergegangen. Wo die Vorgänger des Bauern einmal behäbig im Fett gesessen hatten, kochte der jetzige auch bloß noch mit Wasser.

„Du bist also der Michl", schnauzte der Ramsrieder, als der Beckendorfer Keuchnerbursche mit mißtrauischem Blick vor ihm stand. „Bist mager wie ein Kälberstrick und möchtest dich wohl herausfressen bei mir. Aber da bleibt dir der Schnabel sauber, das sage ich dir gleich! Wenn ich dich in der Speisekammer erwische, schlage ich dich grün und blau! – Deine Erdäpfel und dein Kraut kriegst du, aber dafür erwarte ich auch anständige Arbeit. Vorerst treibst du die Rinder jeden Tag auf den Pointholzer Schachten und bringst sie abends wieder zurück auf den Hof. Später im Jahr, wenn im Pointholz abgeweidet ist, mußt du wochenlang draußen bleiben. Am Riegelholzberg und am Kühberg drüben. Auch dort gibt's Hochweiden, die zum Ramsrieder Hof gehören."

Der Bauer schnaubte grimmig. Glotzte mit eingezogenem, flachsblondem Stierschädel auf den schmalen, dunkelhaarigen Buben. Versuchte ihn einzuschüchtern; ihm ein für alle Mal klarzumachen, wer auf dem Anwesen der Herr war. Doch Michael Heigl hatte die seltsam hellen Augen zusammengekniffen und hielt dem Blick des anderen stand. Zuletzt war es der Ramsrieder, der die Lider senkte und knurrte: „Wehe, wenn dir ein Stück Vieh fällt oder verlorengeht! Dann schlag ich dich tot! Hast du mich verstanden, Lausbub?!"

„Ich hab' auch in Beckendorf schon Vieh gehütet", gab der knapp Zwölfjährige zurück. „Und tot schlägt mich keiner – eher ich ihn..."

Erschrocken fuhr der Bauer auf; knurrte, raunzte Unverständ-

24

liches, jagte dann den Keuchnersbalg mit einem Fluch aus der Stube.

Michael Heigl ging ungerührt, schüttelte sich draußen wie ein Hund und lief zu den Ställen, um sich mit den Tieren, für die er von nun an verantwortlich sein sollte, vertraut zu machen. Als ihn dann der warme Brutdunst der Rinderleiber umgab, wurde sein Gesicht allmählich wieder weich.

Bis in den Juni hinein trieb der Hütejunge die kleine Herde täglich ins Pointholz. Während der ersten Woche beobachtete ihn der Ramsrieder dabei noch mißtrauisch. Doch Michael Heigl wußte in der Tat mit den Tieren umzugehen, so daß die Blicke des Bauern allmählich freundlicher wurden. Gegen Ende des Monats war der große Pointholzer Schachten abgegrast, und nun begann für Michael Heigl ein ganz neues Leben. Wochenlang mußte er jetzt mit seiner Herde mitten in der Wildnis und in der Einsamkeit aushalten.

Der neue Schachten lag knapp unterhalb des 650 Meter hohen Gipfels des Riegelholzberges, nordöstlich von Ramsried. Eine Wegstunde weiter südlich floß der Weiße Regen tief unten im Tal. Dahinter stieg dunkel und pelzig der Kaitersberg hoch. Doch vom Riegelholzberger Schachten aus wären es bis zur Höhle fünf oder gar sechs Stunden zu laufen gewesen. Auch wenn Michael immer wieder sehnsüchtig hinüberblickte, war es ihm unmöglich, seine Herde einen vollen Tag allein zu lassen, denn so lange hätte er für den Hin- und Rückweg gebraucht. Er mußte sich vielmehr auf dem Riegelholzberg einrichten, so gut er konnte.

Nachdem die vom Anmarsch erregten Tiere zur Ruhe gekommen waren und zu weiden begonnen hatten, begann der Hüterbub am Waldrand mit dem Bau seiner Hütte. Mit Hilfe eines alten Jagdmessers, das ihm der Ramsrieder ausgeliehen hatte, schnitt er ein Bündel knöcheldicker Stangen aus dem Unterholz. In zwei Reihen schräg in den Boden gerammt und mit den Spitzen gegeneinandergeneigt, bildeten sie bald ein notdürftiges Dach, direkt über der moosig duftenden Walderde. Michael Heigl schlug weitere Stangen an der Rückwand des Unterschlupfs ein, die Vorderseite dagegen blieb offen. Nun holte er sich dünnere Zweige aus dem Dickicht am Waldrand und verflocht sie quer mit den Gerüststangen seiner Hütte. Sodann deckte er den Koben mit Fichten- und Tannenflechten ab und verknüpfte alles windsicher mit den zähen Fasern einer Kletterpflanze, die im Volksmund zynisch als Judenstrick bezeichnet wurde. Den Boden der nur halb mannshohen Hirtenhütte legte er ebenfalls mit Flechten von den umstehenden Nadelbäumen aus. Schließlich trug er seine Vorräte unters duftende Dach: ein Fäßchen mit Kraut und einen Sack Erdäpfel, die ihm die Ramsrieder Bäuerin mitgegeben hatte. Vor der Hütte errichtete er zuletzt eine Feuerstelle und hing den eingerußten Kessel an drei Stangen über der Erdgrube auf.

Als Michael damit fertig war, fand er jedoch keine Zeit mehr, sich sein armseliges Mahl zuzubereiten. Der Nachmittag war bereits zu weit fortgeschritten, und die Rinder begannen nun drängend zu brüllen. Der Halbwüchsige lockte sie zum Bach, der sich nahe der Hütte schlängelte, und begann mit seiner Melkarbeit. Er ließ die schäumende Milch in die Eimer spritzen – ab und zu auch in seinen Mund. Zuletzt waren die beiden Kübel trotzdem gefüllt. Das knappe Dutzend Kühe und Kälber trollte sich zufrieden zurück auf die Weide. Wenig später stapfte vom Tal herauf die Ramsrieder Dritteldirn. Auf der Schulter trug sie ein hölzernes Joch. Ohne daß viele Worte gewechselt wurden, hängte ihr Michael die Milcheimer in die Jochkerben ein, dann machte sich das Mädchen sofort wieder auf den Rückweg. Mit ihrer schweren Last hatte sie gut und gerne zwei Stunden zum Hof zu laufen. Doch ihr täglicher Besuch auf dem Schachten war nötig; der Hütejunge selbst hätte in der Waldeinsamkeit weder buttern noch käsen können.

In der hereinbrechenden Nacht kochte sich Michael Heigl Kraut und Erdäpfel. Während er aß, drängte sich die Herde dicht um den einfachen Koben zusammen. Der Bursche nahm noch einen Trunk aus dem Wildbach, dann war es ganz dunkel geworden. Müde kroch er auf sein einfaches Lager und wühlte sich in die Flechten, so gut es gehen wollte. Er hoffte, daß kein Luchs oder gar Wolf auftauchen würde; zuletzt schlief er erschöpft ein. Im Nachtschatten standen die Rinder draußen wie große, bucklige Hügel.

Allmählich nahmen die Tage und Nächte geruhsames Gleichmaß an. Von Woche zu Woche wurde Michael Heigl mehr zu einem Teil der ihn umgebenden Natur. Er stand mit dem ersten Sonnenlicht auf, beobachtete und umkreiste manchmal die Herde, saß jedoch meist still am Waldrand und hing seinen einfachen Gedanken nach. Gedanken vom Leben der einen und der anderen; Gedanken über die, die etwas vom Dasein hatten, und die, welche nichts weiter als arme Teufel waren. Noch dachte Michael, der inzwischen zwölf Jahre alt geworden war, nicht über Auswege nach. Es wurde ihm in diesem Sommer, während er auf die Herde, den Wald und die ziehenden Wolken blickte, lediglich klar, daß es Unterschiede zwischen den Menschen gab. Ehe er auf den Schachten gekommen war, hatte er die Welt zumeist so hingenommen, wie sie war. Jetzt begann er sich zu fragen, warum der Ramsrieder Bauer beinahe ein Dutzend Rinder besaß, aber kein Kind, während sich in der Beckendorfer Keuche die Kinder drängten, aber immer nur ein paar Ziegen im Verschlag standen, von deren Milch keines wirklich satt werden konnte. „Ungerecht geht's auf der Welt zu", murmelte der Zwölfjährige dann manchmal, und es klang – so wie er es sagte – keineswegs altklug; eher erschüttert, eher hilflos.

Immerhin tat Michael Heigl auf seinem Schachten einiges gegen diese Ungerechtigkeit. Wenn er die Kühe ausmolk, trank er sich jetzt selbst jedesmal gründlich satt. Die Dritteldirn, die täglich am späten Nachmittag auftauchte, ahnte vielleicht etwas, sagte aber nichts. Michael, trotz seiner ärmlichen Kindheit großherzig geblieben, versorgte bald auch das Mädchen mit warmer, frischer Kuhmilch. Schließlich war der Weg von Ramsried her weit und die Dirn eher noch schwächlicher als der Hütejunge. Das Mädchen trank dankbar, blickte den hageren Burschen mit zaghaft leuchtenden Augen an – und holte eines Tages ein Stück Käse aus der Tasche der fadenscheinigen Schürze. „Die Bäuerin merkt's schon nicht", flüsterte die Dirn, als sie Michael Heigl den duftenden Brocken in die Hand drückte.

Als der Zwölfjährige und das Mädchen sich nach einigem Hin und Her den Käse teilten, entstand behutsam so etwas wie Freundschaft. Zuerst noch unausgesprochen, aber schon wenige Tage später erzählte Michael stockend von seinem Leben in der Beckendorfer Kate, und das Mädchen berichtete daraufhin von seiner eigenen Kindheit auf einer Tagelöhnerstelle zu Liebenstein. Auch dort waren sie ein halbes Dutzend Kinder in der Wohnhöhle neben dem Geißenstall gewesen. Und auch die Dritteldirn war mehr oder weniger aus der Keuche und zum Bauern gejagt worden. Jetzt hatte sie auf dem Schachten einen gefunden, der sie verstand, weil es ihm ähnlich ergangen war.

„Wir müssen zusammenhalten, weil wir alle beide so arme Teufel sind", sagte zuletzt Michael Heigl, und wiederum klang es keineswegs altklug. Das Mädchen gab keine Antwort, umarmte aber den abgerissenen Burschen und schmiegte, als Michael unbeholfen nach ihrem Kopf tastete, ihre Wange in seine Handfläche. Dann lief sie schneller als sonst unter ihrem Joch fort. Von diesem Tag an aber sehnte sich der Zwölfjährige nach ihr und konnte es kaum erwarten, bis sie am Waldrand auftauchte.

27

Dank der unscheinbaren Dritteldirn hatte Michael Heigl etwas ganz Neues entdeckt. Es war nicht Liebe und noch nicht einmal Verliebtsein, das ihn zu ihr hinzog. Es war vielmehr das Gefühl, daß er sie schützen wollte, weil sie als Mädchen im Leben vermutlich noch kläglicher dran war als er selbst. Wenn sie ihre Wange in seine Handfläche schmiegte, was sie jetzt jedesmal zum Abschied tat, spürte er, daß er ihr damit etwas schenken konnte. Und ebenso, daß ihm gleichzeitig etwas zurückgeschenkt wurde. Aus dem Mitleid heraus, das er für sie empfand, entstand in ihm selbst ein warmes, gutes Gefühl. Weil er einer Schwachen ein bißchen Stärke geben durfte, wurde er selbst stärker und spürte auch das Dasein intensiver. Dem Zwölfjährigen war nicht bewußt, daß er damit die Humanität entdeckt hatte; der Begriff wäre ihm fremd gewesen. Aber er lebte seine ganz persönliche Menschenliebe, indem er die Dritteldirn streichelte, damit ihre Augen leuchteten, und dies zählte mehr. Auf dem Riegelholzberger Schachten – in der Waldeinsamkeit, in der Gesellschaft der Tiere und Bäume – hatte die Natur behutsam die Verhärtungen im Herzen des Herumgestoßenen zu lösen begonnen.

Auch sonst schenkte ihm die Natur in diesem Sommer viel. Michael Heigl wurde kräftiger, ging aufrechter; seine hellen Augen blickten jetzt weniger mißtrauisch als früher in die Welt. Manchmal konnten sie nun sogar strahlen; selbst dann, wenn ihm die junge Ramsrieder Magd nicht Gesellschaft leistete. Was einst auf dem Gipfel des Kaitersberges gesät worden war, trieb jetzt allmählich aus. Der Zwölfjährige nahm die Mütterlichkeit der Erde an und kam immer mehr in Einklang mit ihr. Da die Natur ihm äußere Freiheit gewährte, begannen auch seine Gedanken freier zu strömen. Michael begann über das Ziehen der Wolken, das Rauschen des Waldes, die Geduld und Gutherzigkeit der Rinder nachzusinnen. Er begann aber auch nachzudenken darüber, warum das Leben unten in den Dörfern so hart und schmutzig war, so herzlos oft, während hier oben, hoch über der Menschenwelt, Friede und· Gelassenheit herrschten und es Kleinlichkeit nicht gab. Folgerichtig erkannte Michael Heigl, daß nicht unbedingt alles gut war, was gewisse Menschen – sehr rechthaberisch oft – als gut und richtig hinstellten. Er erkannte, daß vieles nicht stillschweigend hingenommen werden konnte. Auf diese Weise wurden in der Seele des Zwölfjährigen – ohne daß ihm freilich auch dies ins Bewußtsein drang – die Wurzeln zu späteren Rebellionen eingepflanzt. Und es waren Wurzeln, die nicht dem Eigennutz entsprungen waren, sondern dem Gesetz der Natur.

Als Michael Heigl Anfang September seine Herde weiter zum Kühberg trieb und er sich auf dem dortigen Schachten seinen Unterschlupf errichtete, war er bedeutend reifer geworden als noch wenige Wochen zuvor. Da er gelernt hatte, daß die Raubtiere wenigstens tagsüber so gut wie nicht zu fürchten waren, lief er der Dritteldirn jetzt täglich ein Stück ihres mühsamen Weges entgegen, hob ihr das Joch von den Schultern und schleppte es für sie. Trug es ihr zuliebe auch einen Teil ihres Rückweges und scheute sich nicht, zugunsten der Mitmenschlichkeit die ihm auferlegten Pflichten zu vernachlässigen. Hätte der Ramsrieder Bauer davon gewußt, so hätte er ihn deswegen vermutlich brutal geschlagen. Doch der knorrige Alte lebte in der Taltiefe und ahnte nicht, was sich unter freiem Himmel hoch auf dem Berg zutrug.

Die Berge wiederum waren Michael Heigl gnädig. Den ganzen Sommer und Frühherbst hindurch, bis er Mitte Oktober abtrieb, kam kein einziges Rind zu Schaden. Stetig war die milchweiße Ausbeute während der vergangenen Monate hinunter ins Tal geflossen. Nun zog Michael mit seiner Herde hinterher und hatte die Hörner der Tiere mit leuchtend buntem Herbstlaub bekränzt. Als er jedoch die Rinder auf dem Hof in den Stall trieb und sie versorgte, musterte ihn der Bauer erneut mit stechenden, bösen Augen. Es schien ihm zuwider zu sein, daß der Hütejunge, der mager und halbverhungert auf die Schachten gezogen war, gesünder und deutlich kräftiger von dort zurückkehrte.

Doch noch sagte er nichts, äugte nur geduckt und tückisch gegen Michael Heigl hin.

WILDSCHÜTZEN

Nach dem Abtrieb tat Michael Heigl auf dem Ramsrieder Hof die Arbeit des niedrigsten Knechtes; die ersten Tage verstrichen ruhig, doch dann ließ ihn der Bauer seine aufgestaute Mißgunst spüren. Der Zwölfjährige hatte es gewagt, sich aus der Schüssel mit geronnener Milch eine zusätzliche Kartoffel zu fischen. Noch ehe Michael den Erdapfel zum Mund führen konnte, schlug der Ramsrieder zu: prellte ihm die aufplatzende Knolle aus der Hand. „Sauhund!" brüllte er. „Mußt du denn so gierig fressen wie ein Scheunendrescher?!"

Michael saß starr da, totenbleich. Schlagartig hatten sich seine Augen wieder zu schmalen Schlitzen verengt, war sein Mund zum dünnen, harten Strich geworden. Verbissen duckte er sich, zog sich in sich zurück, schwieg trotzig.

„Mach's Maul auf!" schrie ihn der Bauer an. „Gib Antwort, wenn ich mit dir rede!"

Noch dünner wurden Michaels Lippen; unter dem Tisch hatte er jetzt die Fäuste geballt. Der Ramsrieder fluchte, dann schlug er unvermittelt noch einmal zu. Hieb dem Zwölfjährigen die derbe Faust ins Gesicht, so daß das Blut aus der Nase schoß. Michael flog von der Bank, krümmte sich auf den Dielen zusammen, richtete sich verstört und mühsam wieder auf. Währenddessen schrie der Bauer: „Der Hof verreckt mir wegen der vielen Steuern, die draufliegen, aber meine Dienstboten fressen sich toll und voll. Als ob wir einen Geldscheißer hätten zu Ramsried. – Mach's Maul auf jetzt, Hundskerl, und tu' Abbitte, sonst hau' ich einmal richtig zu!"

Mit benommenem Schädel war Michael Heigl unterdessen wieder auf die Beine gekommen. Starrte den Bauern an. Brachte keinen Ton heraus, sah aber im Hintergrund das entsetzte, magere Gesicht der Dritteldirn. Und dann fuhr plötzlich neuerlich die Faust des Ramsrieders heran, fuhr vor das Antlitz des Mädchens, kam auf Michael Heigls eigenes blutendes Gesicht zu. Diesmal jedoch wich der Zwölfjährige aus. Duckte sich unter dem brutalen Hieb hinweg, tauchte zum Tisch durch, ergriff das Messer, mit dem sich der Ramsrieder eben noch das Geräucherte geschnitten hatte, das ihm, als dem Hausherrn, zusätzlich zu Erdäpfeln und Milch zustand. Jetzt krampfte sich Michael Heigls Faust um das Messer; der Halbwüchsige riß den Arm hoch und ging mit gezückter Klinge auf den tobenden Bauern los. Wilde Wut stand in den schlitzschmalen Augen des Blutenden: unbändiger, atavistischer Haß. Und er hätte den Ramsrieder niedergestochen, wenn der nicht – jetzt selbst totenbleich – hastig bis zur Küchenwand zurückgewichen wäre.

Schon war Michael auf dem Sprung, um ihn dort erneut anzugreifen. Doch plötzlich war die Dritteldirn bei dem Zwölfjährigen, und es brauchte nur eine leichte Berührung ihrer schmalen Hand und ein leises Wort, damit Michael Heigl aus seinem roten Rausch erwachte, einen keuchenden Laut ausstieß und das Messer fallen ließ. Wie gehetzt schaute er sich in der Stube um, dann rannte er nach draußen. Rannte dem Schachten zu, auf dem er den Sommer über gehütet hatte, und kehrte erst am folgenden Tag gedrückt auf den Hof zurück.

Erstaunlicherweise stellte ihn der Bauer weder wegen seines Angriffs noch wegen seines Verschwindens zur Rede. Die anderen auf dem Einödhof schwiegen sowieso, auch die Dritteldirn. Der Ramsrieder selbst beäugte den Zwölfjährigen lediglich verstohlen und zunehmend nachdenklicher, dann – mehr als eine Woche nach dem Vorfall – stellte er ihn eines Tages im Stall.

„Das hat noch keiner gewagt, daß er mit dem Messer auf mich losgegangen ist", sagte der Bauer leise. Seltsamerweise klangen die Worte nicht aggressiv. Eher schwang Verwunderung in der Stimme des grobklotzigen Mannes mit.

„Weil mich keiner schlagen soll!" erwiderte der Halbwüchsige trotzig. Tagelang war er geduckt herumgelaufen; jetzt hatte sich sein magerer Körper jäh gestrafft. „Weil ich auch ein Mensch bin!" setzte er hinzu.

Der Ramsrieder saugte an seinem buschigen Schnauzbart. „Ich hätte es wissen müssen, von Anfang an", murmelte er. „Schon damals, wie ich dir gedroht habe, daß ich dich totschlage, wenn du nicht sauber hütest, hast du geantwortet, daß du dann eher mich umbringst..." Unversehens packte er Michael an der zerschlissenen Joppe und flüsterte: „Du bist keiner wie die anderen, gell?! Du bist einer, der sich nicht unterkriegen läßt. Der sich wehren kann, wenn's nötig ist. Sag, daß es so ist, Michl!"

Der Bursche zuckte, eher unwillig, die Achseln.

Plötzlich grinste der Bauer schief „Ich trag' dir's nicht nach, das mit dem Messer", sagte er. „Ich hätt's vielleicht nicht anders gemacht, wenn mich einer geschlagen hätte. Weil man sich wehren muß im Leben – sonst treiben die anderen ihr Spiel mit einem. Ist's nicht wahr, Michl?"

Langsam drückte der Zwölfjährige die klammernden Hände von seiner Joppe weg. „Kann schon sein", erwiderte er. „Wie ich oben auf den Bergen war, da hab' ich viel nachdenken müssen. Über die Menschen und so. Und seitdem weiß ich, daß einer nicht im Recht sein muß, bloß weil er reicher ist als der andere..."

„Jeder Mensch hat ein Recht auf sein Leben", bestätigte der Ramsrieder. „Ein Recht auf sein Fressen und ein Dach über dem Kopf. Auf alles halt, was einer braucht. Und wenn man ihm das nicht lassen will, dann hat der Mensch auch ein Recht drauf, daß er sich's einfach nimmt..."

„Und wenn ihn einer schlägt, dann darf er auch zurückschlagen", fiel Michael Heigl ein. Er grinste jetzt.

Auch der Bauer feixte. „Ich werde dich nicht mehr schlagen", versprach er dann. „Nicht dich, Michl. Weil du aus einem anderen Holz geschnitzt bist als die meisten. Weil du so bist, wie ich tief drinnen selber auch bin." Aus dem Grinsen heraus verengten sich seine Augen zu schmalen Schlitzen. „Hast du schon einmal eine Büchse in der Hand gehabt, Michl?" wollte er plötzlich wissen.

Der Zwölfjährige schüttelte den Kopf.

„Dann wird's Zeit", sagte der Ramsrieder. „Komm mit!" Mit langen Schritten ging er dem Burschen zum Wohnhaus hinüber voran.

Es roch streng und seltsam in der oberen Stube, die wie in allen niederbayerischen Höfen nur selten aufgeschlossen wurde. Schwere Truhen standen ringsum an den Wänden, dazwischen bemalte Schränke mit Heiligenfiguren oder üppig blühenden Rosenbüschen auf den Türflügeln. Hinter den Glasscheiben einer Vitrine reihten sich Dutzende von Wachsstöcken: Erinnerungen an Taufen, Hochzeiten, Beerdigungen. Manche waren Jahrhunderte alt und noch barock geschnörkelt. Auf einem Tischchen daneben prangte unter einem zart goldfarbenen Glassturz ein Fatschenkindl, das Wachskörperchen eingeschnürt in prächtig bestickte Stoffe.

Der Bauer ließ den Burschen aus der Beckendorfer Keuche in Ruhe schauen. „Das alles haben die Ramsrieder zusammengebracht", sagte er endlich. „Geschlecht um Geschlecht, seit wir auf dem Hof sitzen. Seit dem Ende des großen Religionskrieges Anno 1648. Aber jetzt kommt der Staat und will's wegrauben!"

„Warum?" wollte Michael Heigl wissen.

„Ich erklär's dir nachher", erwiderte der Bauer. Dann tappte er zu einem der Schränke und öffnete ihn. Drinnen schimmerte es

32

matt und metallisch. Der Ramsrieder hob die schweren Büchsen heraus: zwei langläufige Vorderlader, der eine mit Nußbaum–, der andere mit Buchenholzschaft. Vorsichtig legte er die Waffen auf den Tisch in der Zimmermitte. Streichelte beinahe zärtlich über die polierten Kolben und fragte Michael: „Gefallen sie dir?"

Der Bursche starrte mit großen Augen, nickte heftig.

„Dann nimm dir eine!" forderte ihn der Bauer auf.

Michael Heigl griff sich die Büchse mit dem hellen Buchenholzschaft. Schwer war sie, unglaublich schwer. Der Lauf schwankte in den Händen des Halbwüchsigen. Der Ramsrieder drückte ihm den Daumen auf den Hahn. „Zieh auf!" befahl er.

Michael ließ den Hahn knacken, spannte ihn bis in Schußstellung. Schwarz glänzte der Feuerstein vorne in der schnabelförmigen Zwinge. „Und jetzt drück ab!" zischelte der Bauer.

Der Zeigefinger des Burschen krümmte sich. Der Hahn schnalzte nach vorne auf die Pulverpfanne, die jetzt freilich leer war. Doch der Feuerstein sprotzte fette Funken weg. „Gut gemacht!" lachte der Ramsrieder. „Hättest du jetzt noch Pulver auf der Pfanne und im Lauf gehabt, dazu eine Kugel, hätt's einen schönen Donnerer getan, und das Fatschenkindl wär' in tausend Fetzen. – Möchtest du die Büchse nicht einmal richtig ausprobieren, draußen im Wald, Michl?"

„Im Wald?!" schnappte der Halbwüchsige; seine Fäuste umkrampften Metall und Holz.

Der Bauer nickte. „Es stehen schöne Böcke draußen im Holz, zum Beispiel auf den Riegelholzberg zu. Hast du sie nicht gesehen, als du auf den Schachten gehütet hast?"

„Schon", nickte Michael Heigl. „Aber das Wild ist doch bloß für die Adligen oder die Staatsjäger da..."

„Und unsereinem bleibt der Schnabel sauber, eh?!" belferte da der Ramsrieder los. „Du hast mich vorhin was gefragt, jetzt will ich's dir erklären: Warum der Staat und der König und die Adligen Räuber und Halunken sind! Weil sie nämlich die Bauernschaft im Land untergehen lassen. Weil sie zu München droben und anderswo in den Städten großmächtige Paläste bauen. Weil sie in Prunkkutschen daherfahren und ein protziges Fest ums andere feiern. Weil sie Kriege führen, bloß um ihre eigene Macht zu bewahren. Weil sie das Geld mit vollen Händen zum Fenster hinausschmeißen und gleichzeitig auf die Bauern scheißen!"

Er hieb mit der Faust auf den Tisch, fuhr fort: „Steuern verlangen sie von unsereinem bis zum Weißbluten! Wie wir im Land die Hungersnot gehabt haben, da hat uns keiner von denen geholfen.

Kein Scheffel Korn ist aus München in den Wald gebracht worden. Bloß die Steuereintreiber sind gekommen; damals und auch später immer wieder. Und jetzt steuern sie uns die Höfe weg! Bringen uns noch an den Bettelstab, die großkopferten Malefizteufel: der König und seine Minister und die ganze Bagage! – Ja, du hörst schon richtig, Michl! Hast in mir immer bloß den fetten Bauern gesehen, aber die Steuern fressen unsereinen auf! Auch mich, den reichen Ramsrieder!"

Er lachte bitter. "Reich sind wir auf Ramsried früher einmal gewesen. Aber heutzutage?! Weißt du, daß ich seit Jahren kaum mehr einen armseligen Gulden im Haus habe?! Daß jetzt sogar das tägliche Brot knapp wird, weil das meiste von der Ernte und das meiste vom Schlachtvieh verkauft werden muß, damit der Fiskus sich mästen kann?! So steht's auf Ramsried, Michl, aber ich nehme es nicht hin! Wenn sie mich mit den Steuern schlagen, schlage ich zurück! Genau so, wie du es vorhin selber gesagt hast. Und recht hast du gehabt. Wenn der Staat einen ausschindet, braucht man selber auch kein Gesetz mehr zu achten. Dann darf man, zum Beispiel, eine Büchse laden und in den Wald gehen, wo die Rehböcke stehen..."

"Und sich einen Braten wildern", versetzte Michael Heigl, grinste dabei. "So meinst du es doch, oder?"

"So und nicht anders", erwiderte der Bauer, feixte jetzt ebenfalls, wenn auch bitter. "Und wenn du mitgehen willst, Michl..."

Das Angebot war ausgesprochen, hing in der Luft. Der Ramsrieder fixierte seinen Kleinknecht, der Halbwüchsige den Bauern. Michael dachte daran, daß er zeitlebens fast immer nur Hunger gehabt hatte. Daß außerdem auch der Vater in Beckendorf ab und zu in den Wald gegangen und mit einem Stück Wild zurückgekommen war. Ebenso hatte er selbst am Kaitersberg bereits Schlingen gelegt. Und er sagte sich, denn dies war die bittere Erfahrung seiner Kindheit und Jugend, daß die Welt offenbar wirklich so eingerichtet war, daß einem keiner half – außer man half sich selbst. Deswegen umklammerte er den Buchenholzschaft der Büchse zuletzt noch fester und antwortete: "Ein paar Schüsse auf die Scheibe werde ich aber tun müssen, Bauer, bis ich als Wildschütz für dich tauge..."

"Pulver haben wir genug im Haus", antwortete der Ramsrieder. "Bloß am Geld fehlt's."

* * * * *

34

Mit seinen Nebeln hatte der Herbst die Einöde eingeschlossen und von der Welt abgeschnitten. Wenn die Arbeit auf dem Hof getan war, gingen der Bauer und sein Knecht nun öfter in den Wald. Irgendwo im Schutz der Wildnis suchten sie sich ein geeignetes Ziel: einen vom Blitz gespaltenen Baumstamm oder einen flachen Felsen. Auf das helle Holz oder den grauen Stein wurden mit Holzkohle Ringe aufgemalt. Dann schüttete Michael Heigl Pulver in den Lauf seiner Büchse, stopfte den Pfropfen, die Kugel und den zweiten Pfropfen nach, ließ Pulver auf die Zündpfanne rieseln, visierte über Kimme und Korn und feuerte. Die ersten Schüsse prellten ihm die Achsel blutig, ließen ihn jäh zurücktaumeln. Doch schnell lernte der Beckendorfer Bursche, wie der Büchsenkolben richtig in die Schulterbeuge eingezogen werden mußte; auch, wie er beim Feuern seine Standfestigkeit bewahren konnte. Bald brachte Michael seine Kugeln immer dichter ans Ziel. Und dann meinte der Ramsrieder eines Tages, daß er sich jetzt an seinem ersten Bock versuchen könne.

Michael Heigl, nicht älter als zwölf Jahre, doch vom Leben früh und brutal geprägt, erlegte sein erstes Wild im Hochholz, südlich von Rimbach, mit einem sauberen Blattschuß. Waidete den Bock unter Anleitung des Bauern sachgerecht aus und schleppte dann seinen Teil an der Last mit glänzenden Augen zurück zum Hof. Noch vor Weihnachten dieses Jahres 1828 genoß er seinen ersten, eigenhändig geschossenen Braten. Der Rehrücken schmeckte ihm besser als alles, was ihm zuvor in seinem kärglichen Dasein über die Lippen gekommen war. Sichtlich zufrieden vertilgte auch der Ramsrieder sein Mahl. Keine Spur mehr von Mißtönen zwischen ihm und dem Kleinknecht. Der rebellische Bauer und der magere Strick aus der Beckendorfer Keuche waren ein Herz und eine Seele geworden.

Dies änderte sich auch in der folgenden Zeit nicht, während Michael dreizehn, vierzehn, fünfzehn Jahre alt wurde. Die Sommer über hütete der nun kräftig wachsende Bursche nach wie vor die kleine Herde des Ramsrieders auf den verschiedenen Schachten im Wald; noch immer kam täglich die Dritteldirn zu ihm, um wenig später mit ihren am Schulterjoch hängenden Milchkübeln wieder abzuziehen. Manchmal tauchte aber auch der Bauer bei der Herde auf und hatte die Büchsen, die Pulverhörner und Kugelbeutel bei sich – und dann geschah es, daß die Herde eine halbe oder ganze Nacht allein blieb. Einmal hatte der Ramsrieder Glück, dann wieder sein Knecht. Und auf dem Einödhof, aber auch im niedrigen Koben des Waldhirten, gab es Wildbret, wie es so schmackhaft sogar auf die Tafeln der Reichen in Bayern nur selten gelangte.

Manchmal gestattete der Bauer seinem Mitverschworenen für ein paar Stunden hinüber nach Beckendorf zu laufen, um dort einen Rehschlegel oder einen Hasen abzuliefern. Nur die beiden jüngsten Kinder lebten jetzt noch bei den Eltern in der Kate; die Mutter war vor der Zeit gealtert, dem Vater machte das vor Jahren verletzte Knie mehr denn je zu schaffen. In der Keuche am Dorfrand schien es jetzt noch ärmlicher als in der Kindheit des Michael Heigl zuzugehen. Doch wenn der Knecht des Ramsrieders Fleisch brachte, leuchteten die verhärmten Augen der Eltern auf, konnten die Kleinen endlich einmal wieder lachen. Keiner fragte, woher der Braten kam; die Erwachsenen wußten es sowieso. Höchstens, daß der alte Heigl seinem Sohn verschwörerisch zuzwinkerte.

Michael litt ebenfalls nicht unter unnötigen Gewissensbissen. Wir Armen haben es nötiger als alle anderen, dachte er nur, daß einmal ein Bissen Fleisch auf den Tisch kommt. Den Reichen fliegen die gebratenen Tauben von selbst ins Maul. Sie haben die Gesetze eigens zu diesem Zweck gemacht – und deswegen gelten für mich meine eigenen. Wenn er dann sah, wie seine Eltern und die kleinen Geschwister das Fleisch verschlangen, wie ihre mageren Wangen sich ein bißchen röteten, dann spüre er so etwas wie ein Glücksgefühl. In den Augen der Welt mochte er unmoralisch handeln, doch ohne wahre Moral war Michael Heigl ganz bestimmt nicht.

Gab es im Herbst, Winter und Frühjahr für den Halbwüchsigen nichts auf den Schachten zu tun, machte er sich jetzt als Roßknecht auf dem Ramsrieder Hof nützlich. Der Bauer hatte ihm die Stelle lange vor der üblichen Zeit anvertraut, und Michael kümmerte sich gerne um die Rösser. Er mochte Tiere, egal ob Rinder oder Pferde. Daß er im Forst das Wild erlegte, entsprang letztlich dem Lebenserhaltungstrieb. Doch immer bemühte sich Michael Heigl, das Notwendige mit einem sauberen Blattschuß zu erledigen. Unnötig leiden sollte seinetwegen keine Kreatur.

Auch im Herbst, Winter und Frühjahr pirschten also der Ramsrieder und er. Wenn es wenig Arbeit auf dem Hof gab, liefen sie manchmal bis zum Hohen Bogen hinüber oder wandten sich nach Südosten, in die Urwälder des Kaitersberges. Einmal, als Michael allein mit der Büchse unterwegs war, kletterte er auch wieder zur Höhle unter dem Gipfel hinauf. Unverändert lag der geheimnisvolle Schlupf unter den Granittrümmern da. Michael setzte sich in den Schutz des Einganges und dachte daran, wie sehr sein Leben sich zum Besseren gewendet hatte, seit er damals Hütejunge auf dem Ramsrieder Hof geworden war. Jetzt würde er dort in der Rangordnung der Knechte schneller aufsteigen können als andere mittellose Burschen seines Alters. Der Bauer war sein Freund; ein paar Jahre noch, dann konnte Michael ihm als Baumann zuarbeiten. Und zwischendurch würde man sich immer wieder ein feistes Stück Wild aus dem Wald holen. Die Zukunft erschien Michael Heigl, wenn auch in bescheidenem Maße, durchaus vielversprechend.

Er verlor sich an diesem frühherbstlichen Tag des Jahres 1831 so ausdauernd in seinen Wachträumen, daß ihn zuletzt die Abenddämmerung auf dem Kaitersberg überraschte. Doch das konnte den nunmehr Fünfzehnjährigen nicht schrecken. Er wickelte sein Sacktuch um das Büchsenschloß, um es vor der Nachtfeuchte zu schützen, dann trug er im letzten Tageslicht dürres Holz zusammen und häufte es hinter dem Eingang der Kaverne auf. Nachdem er zundertrockenes Laub untergelegt hatte, schlug er mit Hilfe von Stahl und Stein Feuer. Im Bündel hatte er noch einen Kanten Brot und ein wenig Speck. In der Felsschüssel im Höhleninneren gab es klares Wasser. Michael nahm seine Mahlzeit ein, während das Feuer prasselte und die Dunkelheit den Kaitersberg allmählich schwarz verhüllte. Später kauerte sich der Fünfzehnjährige in eine Felsnische, machte es sich dort so bequem, wie es eben gehen wollte, und schlief friedlich ein. Jahrelang war er nicht mehr hier oben gewesen, doch das Gefühl, an diesem Ort so etwas wie seltsame Geborgenheit gefunden zu haben, war noch ebenso stark wie damals, als er als Kind die Bergeinsamkeit und die Höhle entdeckt hatte.

Spät am folgenden Tag kehrte Michael Heigl nach Ramsried zurück; Beute hatte er diesmal nicht gemacht. Aber das war gut so – denn auf dem Einödhof riß ihm der Bauer sofort die Büchse aus der Hand, versenkte sie tief in einem Getreidekasten ganz hinten auf der Tenne und eröffnete seinem Knecht: „Ein Gendarm aus Kötzting ist vorhin dagewesen! Er hat nichts beweisen können, aber er hat bissige Andeutungen gemacht über die Wilddiebereien hier in der Gegend. Irgendeiner von den feinen Herren muß Lunte gerochen haben, weil die Böcke um Ramsried rar geworden sind, und hat in Kötzting Anzeige erstattet. Jetzt müssen wir aufpassen, Michl! Sonst haben uns die Polizisten am Wickel! Die werden von jetzt an ein scharfes Auge auf den Ramsrieder Hof haben!"

Wütend schneuzte sich der Bauer durch die Finger. „Bestimmt war's einer von diesen Sonntagsjägern, der uns hingehängt hat. Einer, der bloß auf die Jagd geht, weil er gern schießt, aber noch nie im Leben hungern hat müssen. Einer von denen, die in unserem Waldgebirge am liebsten auf jedem Baum einen Hochsitz haben würden, damit sie dann ganz pomadig alles abknallen könnten, was ihnen vor der Büchse läuft. – Ein Lumpenpack ist das, ein hundshäutenes..."

Michael Heigl war blaß geworden. „Wenn ich jetzt auf dem Kaitersberg Glück gehabt und einen Bock erwischt hätte, wäre ich dem Gendarmen damit schnurstracks in die Arme gelaufen! Und dann wär's aus gewesen mit uns..."

„Zuchthaus!" versetzte dumpf der Ramsrieder. „Du mit einem Stück Wild auf der Schulter und mit einer von meinen Büchsen in der Faust – ich darf gar nicht dran denken!" Er nickte zum Getreidekasten hin. „Dort drinnen liegt das Gewehr erst einmal gut. Die andere Büchse hab' ich auch schon versteckt. Und jetzt kommt mit in die Stube, Michl. Wir brauchen beide einen Schnaps auf den Schrecken."

„Dann wird's halt ein magerer Winter werden", sagte wenig später, nach dem zweiten oder dritten Stamper, Michael Heigl einsichtig zu seinem Bauern. „Ganz still halten müssen wir uns jetzt, bis Gras über die Sache gewachsen ist. Vielleicht, daß wir es dann im Frühling wieder einmal probieren können..."

„Höllisch lang wird die Zeit uns werden", seufzte unglücklich der Ramsrieder.

* * * * *

Das Jahr 1832 war angebrochen. Einmal mehr rumorte es in Bayern. Schuld dran war der König, Ludwig I., der sich mit der neuen, mühsam erkämpften Verfassung nicht anfreunden konnte und statt dessen die alte, unumschränkte Autorität des vorgeblich angestammten Herrscherhauses wiedereinzuführen versuchte. Unter der Regierung des zweiten königlichen Wittelsbachers war die Säkularisation, durch welche die Macht der katholischen Kirche zu Beginn des Jahrhunderts kräftig beschnitten worden war, in vielen Bereichen rückgängig gemacht worden. Dadurch hatte der Klerus, der jeglichen Reformen spinnefeind war, erneut Oberwasser bekommen. Seit kurzem saß in Regensburg außerdem der Bischof Johann Michael Sailer auf dem Thron; ein Theologe, der im Land nichts anderes gelten lassen wollte als seinen dogmatischen Katholizismus, sollte auch jede geistige Freiheit darob untergehen.

Vor allem dieser Bischof war es, der dem König immer wieder einblies, daß die Demokraten, die unter anderem für die Verankerung der Pressefreiheit in der Verfassung kämpften, des Teufels seien und Bayern in die Anarchie stürzen wollten. Ludwig, dereinst gläubiger Schüler des späteren Kirchenfürsten, lieh solchen Tiraden, die seinen eigenen Obsessionen entsprachen, nur zu gerne sein Ohr. Die Folge war, daß im gesamten Königreich die Gendarmen zu spitzeln begannen wie seit Jahrzehnten nicht mehr. Tranken ein paar Studenten eine Nacht lang durch, witterten die Uniformierten bereits die Revolution. Wurde ein Stück Wild von einer anderen als der Büchse eines Adligen oder Prälaten erlegt, schrie man in den Palästen und Pfarrämtern Zeter und Mord. Bissig wie lange nicht mehr war die Staatsmacht geworden, und die Polizisten belauerten das bayerische Volk bis ins letzte Dorf hinein und bis zum einsamsten Einödhof.

Die meisten duckten sich, einige wenige begehrten auf. Und einer, der zu Beginn dieses Jahres 1832 nicht mehr kuschen mochte, war der Ramsrieder. Nachdem ihm das Kraut, die Erdäpfel und das wenige Geräucherte nach dem langen Winter zum Hals herauszuhängen begannen, holte er eines frostigen Januartages die Büchsen aus ihrem Versteck, reinigte und lud sie und rief sodann seinen Roßknecht zu sich. Michael Heigl wußte sofort, daß bei seinem Bauern die Jagdlust über die Vernunft gesiegt hatte. Listig grinste ihn der Ramsrieder an, dann sagte er: „Ich zwinge dich nicht, mit mir auf die Pirsch zu gehen. Aber mich selber kann jetzt nichts mehr zurückhalten. Ich muß einmal wieder einen Bock auf die Decke strecken, sonst zerreißt's mich!"

Michael starrte auf das Gewehr mit dem hellen Buchenholzschaft. In seinem mageren Gesicht arbeitete es. Dann nickte er und nahm die Büchse. „Für einen Rehbraten würde ich meine Seele verkaufen", murmelte er. „Und seit dem letzten Herbst ist schon viel Wasser den Dampfbach hinuntergelaufen. Außerdem hocken die Kötztinger Gendarmen lieber in der warmen Stube, als bei dem Frostwetter im Wald zu streifen. – Riskieren wir's also! Am besten gehen wir dem Haidholz zu. Das ist weit genug weg vom Kötztinger Marktflecken..."

„Ich hab's doch gewußt, daß du vom gleichen Blut bist wie ich", erwiderte mit leuchtenden Augen der Ramsrieder.

Schon am nächsten Tag verschwanden der Bauer und sein Knecht nach Nordwesten. Die Büchsen trugen sie verborgen unter ihren langen Rupfenumhängen. Sie überquerten den Hohlbeerberg und den Kirchenriegel, erreichten die Nickelhöhe und wenig später die Waltingerhänge, wo der Wald lichter wurde und es deswegen gute Aussichten gab, zum Schuß zu kommen. Weit und breit gab es außerdem keine menschliche Ansiedlung hier in der Einsamkeit des Haidholzes, so daß sich die beiden Wilderer ziemlich sicher fühlen durften.

Im Gestrüpp, gegenüber einer Schonung, auf der es junges Nadelholz gab, lauerten sie. Der Frost biß ihnen in die Hände und in die Gesichter. Langsam verlosch das Licht des Januartages. Dann trat, schon im Zwielicht, das Rehrudel aus dem Wald. Die beiden Freischützen wußten, daß es jetzt schnell gehen mußte. Mit einem raschen Blick verständigten sie sich. Der Ramsrieder legte an; Michael Heigl hielt seine Büchse schußbereit, falls der andere sein Ziel verfehlen sollte. Gleich darauf schnappte der Gewehrhahn des Älteren nieder. Pulverfunken sprotzten von der Zündpfanne, donnernd löste sich der Schuß. Drüben warf es eine Ricke. Der Rest des Rudels stob in wilden Fluchten davon.

„Hast es nicht verlernt, Bauer!" rief Michael und setzte seinen eigenen Gewehrhahn in Ruhe. Der Ramsrieder grinste über das ganze geschwärzte Gesicht. Zusammen mit seinem Knecht rannte er zur Schonung hinüber. Im letzten Tageslicht brachen die beiden die Ricke auf, verscharrten die Eingeweide unter altem Laub. Dann warf sich der Ramsrieder den Kadaver über die Schultern, während Michael Heigl sich die beiden Büchsen umhing. Noch lag der stundenlange Heimweg durch die Frostnacht vor ihnen. Doch die beiden fühlten sich befriedigt wie schon lange nicht mehr. Denn endlich hatten sie wieder einmal gespürt, was Freiheit und Jagdfieber bedeuteten.

Erst nach Mitternacht langten sie auf dem Hof an. Das Reh war mittlerweile steif gefroren. „Macht nichts", sagte der Ramsrieder, als er es in der Speisekammer aufhängte. „Braten hätten wir es heute nacht sowieso nicht mehr können. Hundemüde bin ich und brauche jetzt mein Bett." Seinem Knecht erging es ähnlich. Auch Michael spürte die Pirsch nach dem faulen Winter in allen Knochen. Ehe er aber in seiner Kammer verschwand, ging er kurz noch zur Tenne; wenig später schlief er wie ein Stein.

Am nächsten Tag dann die Katastrophe. Auf dem Einödhof tauchte einer der herrschaftlichen Kötztinger Jäger auf, weil er Hilfe brauchte. Im Pointholz hatte er sich an diesem Morgen bei einem jähen Sturz auf einer von altem Laub bedeckten Eiszunge den Joppenärmel und den Unterarm aufgerissen. „Wenn ihr vielleicht ein Stück sauberes Leinen und einen Schnaps für mich hättet?" bat er, als er in die Ramsrieder Küche kam.

Der Bauer und sein Roßknecht hockten gerade beim Frühstück. Beim Eintreten des Jägers waren sie beide jäh erbleicht. In der Speisekammer neben der Küche hing das Reh. Auch die Büchse des Ramsrieders lehnte dort drinnen; der Bauer hatte sie nach dem Frühstück reinigen wollen. Das andere Gewehr, das mit dem Buchenholzschaft, lag versteckt im Getreidekasten auf der Tenne. Michael Heigl hatte es noch weggebracht, bevor er letzte Nacht ins Bett gefallen war. Jetzt jedoch zählte allein die Büchse des Bauern. Sie mußte weg, ehe der Jäger zufällig einen Blick in die Speisekammer warf.

„Ich hol' den Schnaps schon", murmelte Michael und wollte aufstehen.

Doch eine verstohlene Geste des Ramsrieders ließ ihn einhalten. Das Halbwüchsige begriff: Im Gegensatz zu ihm selbst saß der Bauer, weil ihn nach dem nächtlichen Pirschgang das Reißen gepackt hatte, im langen Rupfenumhang am Tisch. Und unter der Kotze konnte er nicht nur die Büchse, sondern vielleicht sogar das Reh wegbringen, wenn Michael währenddessen den Jäger ablenkte...

„Wir haben einen guten Birnenschnaps im Haus", sagte der Ramsrieder nun und zog sich zum Gewölbe neben der Küche zurück. „Gleich wird's dir besser gehen, Jäger. Der Michl soll sich inzwischen um deine Verletzung kümmern, während ich die Flasche hole."

Der Bauer verschwand in der Speisekammer. „Ruhig, Tyras!" herrschte der Jäger seinen Hund an, der jetzt plötzlich zum Gewölbe hin Laut gab.

„Dreh dich ins Licht!" forderte Michael Heigl rasch. „So kann ich nicht sehen, wie weit es mit deinem Arm fehlt." Der Jäger rückte herum, drehte der Speisekammertür jetzt den Rücken zu. Genau das hatte der Knecht beabsichtigt. Jetzt mußte bloß noch der Ramsrieder schnell und frech handeln...

Fast wäre es gelungen. Schon tauchte der Bauer wieder auf. Sein Umhang war deutlich ausgebeult. Ehe er aber noch aus der Küche verschwinden konnte, riß sich der Bracke des Jägers los und sprang auf den Ramsrieder zu. Er hatte das frische, jetzt wieder aufgetaute Wildbret gewittert und gab hell klingend Hetzlaut.

Der Jäger riß seinen verletzten Arm aus Michaels Griff, fuhr herum – und stürzte ebenfalls auf den Bauern los. Er hatte sofort erkannt, daß der unter der Kotze etwas verbarg. Im nächsten Moment polterte der Rehkadaver auf den Boden, gleich darauf auch das Gewehr.

„Raubschütz, verfluchter!" schrie der Jäger, während der Bracke jetzt vor dem Ramsrieder lauerte: zum Sprung geduckt und bösartig knurrend. „Wach scharf!" befahl sein Herr, schnappte sich gleichzeitig sein Gewehr, das auf der Eckbank lag. Den verletzten Arm schien er völlig vergessen zu haben. Der Hahn knackte in Schußstellung. Michael Heigl war trotzdem drauf und dran, den Jäger von hinten anzugreifen. Doch ein beschwörender Blick des Bauern hielt ihn zurück.

Der Jäger merkte nichts davon. „Heb' das Reh wieder auf!" schrie er den Ramsrieder an. „Wirf's dir über die Schultern, so wie du es letzte Nacht oder gestern im Wald auch getan hast! Jetzt wirst du es nach Kötzting schleppen! Zum Gendarmerieposten. Als Beweis für deine Untat. Und deine Büchse nehmen wir auch mit, aber die trag' ich selber."

Wenig später stolperte der unglückliche Bauer nach Süden davon. Die Schnauze des Bracken hing ihm den ganzen weiten Weg bis zum Marktflecken in den Kniekehlen. Der Jäger marschierte hinter ihm, die Wildererbüchse übergehängt, die eigene Waffe nach wie vor schußbereit. In Kötzting dann wanderte der Ramsrieder schnurstracks ins Loch. Mit Hilfe des Jägers setzte einer der Gendarmen das Anklageprotokoll auf. An der Schuld des Einödbauern gab es nichts zu deuteln. Der Kadaver der Ricke, die Kugel, die noch in ihrem Herzen steckte, und dazu das Gewehr, das leichtsinnigerweise noch nicht einmal gereinigt worden war, stellten mehr als ausreichende Beweise dar. Das wußte auch der Ramsrieder, der wie versteinert in seiner Zelle saß.

Und auch Michael Heigl, auf den vorerst kein Verdacht gefallen war, machte sich nichts vor. Während die Bäuerin lamentierte und die übrigen Dienstboten verstört herumschlichen, fürchtete der Fünfzehneinhalbjährige die ganze Zeit, daß die Polizisten ihn nun wohl auch bald abholen würden. Schließlich war er mit auf der Pirsch gewesen, und der Ramsrieder brauchte darüber nur einen Ton verlauten zu lassen. Dann würde auch sein Roßknecht im Loch sitzen.

Mehrmals an diesem Tag war Michael versucht, Hals über Kopf zu fliehen. Immer wieder dachte an den Kaitersberg und die versteckte Höhle dort unterm Gipfel. Trotzdem konnte er sich nicht aufraffen, wollte im Grunde auch nicht feige davonrennen. Als die Nacht einbrach, war er noch immer auf dem Hof. Und noch immer war keiner aufgetaucht, um auch ihn zu verhaften. Auch am nächsten Tag geschah nichts – und dann war auf einmal eine ganze Woche verstrichen.

Wiederum eine Woche später kam Bescheid, daß dessen Angehörige den Bauern in Kötzting besuchen dürften, ehe er aus der Gegend weggebracht würde. Michael Heigl ging mit der Bäuerin los.

Der Ramsrieder, auf seiner Pritsche im Gefängnisloch kauernd, sah heruntergekommen und schrecklich blaß aus. Als er allein mit seinem Weib und dem Roßknecht war, flüsterte er Michael zu: „Ich hab' dich nicht verraten und werde es auch bei der Gerichtsverhandlung nicht tun. Kannst dich auf mich verlassen! Es reicht, daß einer von uns büßen muß, Michl, gell! Und du bist doch noch so jung...“

„Danke!“ sagte Michael Heigl rauh. Mehr brachte er nicht heraus. Aber der andere verstand ihn auch so. „Jetzt geh!“ forderte der Bauer. „Damit ich mich von meiner Alten verabschieden kann...“

Draußen vor dem Gebäude des Gendarmeriepostens wartete Michael im Februarfrost. Nach einer Stunde kam die Bäuerin heraus. Sie gönnte dem Knecht keinen Blick. Stumm, mit verkniffenem Mund, trat sie den Rückweg an. Michael Heigl tappte hinter ihr her und fühlte sich – obwohl er nun wußte, daß er selbst gerettet war – hundeelend.

Der Ramsrieder wurde nach Amberg in die Oberpfalz verbracht. Bei der Gerichtsverhandlung dort zeigte er sich geständig und log die Juristen lediglich insofern an, als er seinen Knecht großherzig deckte und die Tat allein auf seine Schultern nahm.

Zuletzt verurteilten sie ihn zu zwei Jahren Zuchthaus. Ein mörderischer Preis für eine Ricke. Doch die Richter sahen nicht den Menschen in dem Bauern und auch nicht dessen menschliche Schwäche, sondern urteilten nach anderen Kriterien. Weil er gewildert hatte, glaubten sie in dem Einöder einen Staatsfeind zu erkennen; einen Rebellen gegen König und Kirche. Deswegen mußte der Ramsrieder in ihren Augen so drakonisch bestraft werden – zur abschreckenden Warnung für alle anderen, die im Land gegen die Privilegien von Adel und Klerus aufmucken wollten. Daß der Bauer, der sein ganzes Leben nur die Freiheit der Felder und Wälder gekannt hatte, genau aus diesem Grund im Zuchthaus zerbrechen würde, scherte die Büttel, die im Namen Gottes und des Königs vermeintliches Recht sprachen, nicht. Das Volk mußte geknebelt werden, und die Menschlichkeit galt deswegen einen Dreck.

So verkam der Ramsrieder Einödbauer in seiner Amberger Zelle zu einem Wrack, und auch Michael Heigl wäre mit Sicherheit

43

schon als Halbwüchsiger vor die Hunde gegangen, hätte sein Brotherr nicht mehr Humanität gezeigt als diejenigen, die vorgeblich zu dessen Nutzen und Wohlfahrt über das bayerische Volk herrschten.

BETTELWEGE

Lange blieb Michael Heigl nicht mehr auf dem Ramsrieder Hof. Nachdem der Bauer abgeführt worden und dann im Amberger Zuchthaus verschwunden war, hatte dessen Weib immer heftiger gegen den Roßknecht zu keifen begonnen. Sie schien dem Fünfzehnjährigen die Schuld daran zu geben, daß sie nunmehr ähnlich einer Witwe auf dem abgelegenen Anwesen hausen mußte. Zu Anfang nahm Michael die ewigen Vorwürfe noch schweigend hin und erledigte seine Arbeit mit zusammengebissenen Zähnen. Doch als ihm die Ramsriederin im zeitigen Frühjahr wieder einmal bissig unterstellte, daß er es gewesen sei, er ganz allein, der den Bauern zum Wildern verführt habe, da warf der Halbwüchsige zornig den Kopf in den Nacken, drehte sich auf dem Absatz um und schnürte in der Knechtskammer sein Bündel. Ohne ein Wort des Abschieds verließ er den Hof; es gab keinen mehr dort, mit dem er noch ein Wort hätte wechseln mögen. Der Bauer, der sein Freund gewesen war, verkam im Zuchthaus; die Dritteldirn, die manchmal ihre Wange in seine Handfläche geschmiegt hatte, war schon im vorigen Jahr in den Donaugäu abgewandert.

Unversehens war Michael Heigl zum Landstreicher geworden. Eine andere Stelle würde sich zu dieser Jahreszeit kaum finden lassen; wie ein kleiner Bub bei den Eltern unterkriechen wollte der knapp Sechzehnjährige auch nicht. So ließ er sich, jäh entwurzelt, zunächst einmal treiben. Wanderte von Ramsried nach Rimbach hinüber und folgte dann den Wegen zwischen den weich geschwungenen Hängen des Hohen Bogen und dem Weißen Regen ostwärts. Die ersten Tage ernährte sich Michael noch von dem, was er aus der Speisekammer der Ramsriederin hatte mitgehen lassen. Doch schon in Hohenwarth waren Brot und Speck verzehrt, denn der Halbwüchsige hatte auf dem an sich kurzen Weg sehr getrödelt. Hatte da einen ganzen Nachmittag auf einer Waldlichtung verbracht und dort einen vollen Tag in einem Schober mit altem Heu; hatte zwischendurch immer wieder am Fluß gesessen und stundenlang auf das ziehende, flüsternde Wasser gestarrt. Ziel- und richtungslos war das Leben des jungen Michael Heigl plötzlich geworden; er brauchte Zeit, um zu begreifen, was mit ihm geschehen war.

In Hohenwarth jedoch begann der Hunger zu nagen. Eine Weile strich Michael um das Dorf, dann faßte er sich ein Herz und betrat eine etwas abgelegene Hofstelle. Wütend schlug der Kettenhund an, als der magere Bursche zum Wohnhaus kam. „Was hast denn du verloren hier, Rumtreiber?!" herrschte ihn im Flur die Bäuerin an.

„Um ein Stückl Brot tät' ich halt bitten, für ein Vergeltsgott", erwiderte Michael Heigl fromm, während sich seine Nüstern gegen die Küchentür hin blähten, von wo es nahrhaft nach geschmalzenem Kraut und Knödeln roch. „Der Bauer, bei dem ich Knecht war, ist verstorben und sein Hof ist versteigert worden", setzte er hinzu, weil die Frau gar so unzugänglich wirkte. Wie von selbst war ihm der Schwindel über die Lippen gekommen.

„So, auf die Gant ist er gekommen..." murmelte die Bäuerin. Ihre Augen waren weicher geworden. „Wo ist's denn passiert?"

„Bei Amberg in der Oberpfalz", log Michael. „Und jetzt lauf' ich schon über einen Monat herum und wär' längst verhungert, wenn sich nicht ab und zu eine gute Seele finden würde, die mir weiterhilft. Hast du denn gar keinen Bissen für mich übrig...?"

„Warte!" schnaubte die Frau und verschwand in der Küche.

Wenig später zog Michael Heigl mit einem Kanten Brot und zwei altbackenen Krapfen ab. Als er in Richtung Hundzell weiterwanderte und abwechselnd vom Brot und Schmalzgebäck abbiß, sagte er sich, daß das Fechten im Grunde gar nicht so schwer war. Der Halbwüchsige hatte seine Lektion schnell gelernt und wußte jetzt, daß sich mit einer zu Herzen gehenden Geschichte sogar der Geiz erweichen ließ. Und an geeigneten Märlein, das schwor er sich, würde es ihm auch in Zukunft nicht mangeln.

Während der folgenden Tage bettelte sich der entlaufene Roßknecht über Ansdorf, Kummersdorf und Ottenzell nach Haibühl weiter. Wickelte die Bäuerinnen mit seinen Geschichten ein und verkroch sich, sobald er wieder einiges an Nahrung im Sack hatte, irgendwo im Wald. Die Frühjahrssonne strahlte jetzt bereits kräftig; über den Hohen Bogen hinweg segelten bei Tag die lichten Schäfchenwolken und zogen bei Nacht majestätisch die Sterne. Manchmal fühlte sich Michael Heigl an solch faulen Tagen und in solch stillen Nächten an die Zeiten erinnert, die er auf den Schachten verbracht hatte. Allmählich gewann er Abstand von den Ramsrieder Erlebnissen; freilich dachte er nach wie vor mitleidig an den Bauern. Er sagte sich aber auch, daß er der Vergangenheit nicht nachtrauern dürfe. Vorwärts mußte er jetzt gehen, nachdem ihm seine kleine Welt so jäh zerschlagen worden war. Vorwärts, denn das ganze Leben lag schließlich noch vor ihm. Und wenn er im Augenblick als Bettler über die schmalen

Pfade des Hohen Bogen wanderte, so war ihm auch das recht. Hauptsache, daß er nicht an einem Fleck und damit an seiner Trauer kleben blieb.

Von Haibühl aus zog es Michael wieder hinunter zum Weißen Regen. Und dort traf er unversehens auf einen, den er schon seit seiner Kindheit kannte.

Der zerlumpte Bursche hockte auf einem rundgeschliffenen Steinbuckel ein Stück weit im Fluß und hielt eine derbe Angelrute über die Wasseroberfläche. Ein einfacher Spagat, zerfasert und verdrellt, diente als Schnur. Als Michael Heigl den jungen Kerl anrief, ließ der erschrocken den Köder in die Höhe schnalzen. Fuhr herum und starrte wie gehetzt auf den anderen.

„Brauchst keine Angst zu haben, Martl", sagte Michael lachend. „Ich bin kein Fischwächter und auch kein Gendarm. Solltest mich doch eigentlich noch kennen, oder?"

„Der Heigl!" grinste der andere erleichtert. „Ich hab' geglaubt, du würdest auf dem Ramsrieder Hof im Fett sitzen. Und jetzt treibst du dich auf einmal im Lamer Winkel herum?"

„Hast's denn nicht gehört, Fendl, was in Ramsried passiert ist?" fragte Michael erstaunt. Mit einem kräftigen Sprung erreichte er den Steinbuckel, kauerte sich neben dem Angler, der gleich ihm seine Kindheit in einer Beckendorfer Kate verbracht hatte, nieder. „Hast du wirklich nichts davon gehört?"

„Weißt du, Michl, ich bin schon recht lang auf der Walz", erwiderte der Fendl zögernd und rubbelte sich durchs borstige, verfilzte Haar. Gleichzeitig strich er mit dem einen Fuß über den schmutzigen Spann des anderen. „Schon seit dem Sommer vor zwei Jahren schlag' ich mich so durch." Seine Stimme wurde lebhafter. „Bin weit herumgekommen, seit mich der Vater aus der Keuche gejagt hat. Bin ins Isartal hinunter und hinüber bis zur Rott. Auch in Passau war ich und einmal ein Stückl weit im Böhmischen. Aber von dem, was in letzter Zeit in der Heimat geschehen ist, weiß ich nichts mehr."

„Der Ramsrieder sitzt in Amberg im Zuchthaus", murmelte Michael Heigl und erzählte dann die ganze Geschichte. „Und jetzt fechte ich mich genauso durch wie du, Martl..."

Da leuchteten die Augen des anderen plötzlich auf. „Dann könnten wir uns doch zusammentun", schlug er vor. „Zu zweit ist's leichter – beim Betteln und auch in den Nächten im Wald. Was meinst du dazu?"

Michael bedachte sich nur kurz. „Also gut, versuchen wir's", erwiderte er dann.

Der andere nickte zufrieden. Er rollte seine einfache Angel-schnur zusammen, verwahrte sie mitsamt dem Haken im rupfe-nen Tragsack, warf die Haselgerte in den Fluß und versetzte: „Die Fische beißen heut' eh nicht. Laß uns lieber einen Bauernhof su-chen und ausprobieren, ob wir zu zweit mehr Glück haben als ei-ner allein."

„Du hast doch gerade gesagt, daß es so ist", frotzelte Michael Heigl. „Glaubst du jetzt schon nicht mehr daran?"

„Wissen kann man's halt nie so genau", entgegnete Martl mit schiefem Grinsen.

* * * * *

Unrecht hatte er jedoch nicht gehabt. Während die beiden über Frahels nach Engelshütt hinaufzogen und dann weiter nach Hin-terschmelz und Fahrenberg, wobei sie möglichst keinen Einödhof ausließen, sackten sie einiges an Lebensmitteln ein. Zwei halb-wüchsige Burschen, von Wind und Wetter gegerbt, trotz ihrer Ju-gend schon arg vom Leben gebeutelt und deswegen nicht gerade harmlos aussehend, ließen sich eben nicht so leicht abweisen. Man konnte schließlich nie wissen, ob sie nicht gefährlich werden würden, wenn man sie einfach wegzuscheuchen versuchte. Das war das eine; das andere war, daß Michael Heigl nach wie vor sei-ne bewegenden Geschichten zu erzählen wußte. Und so konnten er und der Martl so manchen Kanten Brot fechten, auch einmal ein paar Eier oder ein Stück Geräuchertes dazu.

Zudem war es auf den langen Wegstrecken zwischen den Einödhöfen, den Weilern und den Dörfern für die beiden jetzt auch nicht mehr so langweilig wie vor dem Tag, an dem sie ihre Abmachung auf dem Steinbuckel im Weißen Regen getroffen hat-ten. Martl wußte so manches von seinen ausgedehnten Streifzü-gen zu erzählen; nachdem er erst einmal Vertrauen gefaßt hatte, steuerte Michael Wilderergeschichten bei. Einmal meinte der Fendl bei einer solchen Gelegenheit: „An eine Büchse kommen wir nicht heran – aber ein paar Schlingen könnten wir doch leicht beschaffen. Was meinst, ob wir es nicht versuchen sollten?"

Doch da kam er bei dem einst so verwegenen Wildschützen an den Unrechten. „Hast du schon vergessen, was ich dir vom Rams-rieder erzählt habe?!" schrie Michael Heigl seinen Weggefährten an.

Martl schwieg daraufhin erschrocken und brachte das Thema nie wieder zur Sprache.

Über Kolmstein und Lamberg wanderten sie bis hinauf nach Neukirchen. Die Maitage wurden länger und die Nächte milder.

Das Leben hätte jetzt leichter werden können für die beiden, doch nun passierte, was beinahe unausweichlich ist, wenn zwei Menschen Tag und Nacht zusammen sind: Die Burschen begannen Streit miteinander zu suchen.

Ganz allmählich wuchsen die Spannungen und verstärkten sich von Tag zu Tag mehr. Dann, während sie über Atzlern nach Rittsteig kamen, begannen die Halbwüchsigen sich gegenseitig die Bissen zu neiden und in den Mund zu zählen, die sie gemeinsam erbettelt hatten. Noch ließ sich die aufkeimende Zwietracht meistens mit einem derben Scherzwort wieder unterdrücken, doch als sie sich, gegen die Maimitte hin, dem Markt Lam näherten, war der Ton zwischen ihnen fast schon unerträglich scharf geworden. Immer wieder waren die alten und neuen Geschichten erzählt worden, und jetzt hatten sich die beiden Wandergenossen nur noch wenig zu sagen. Immer öfter dachte Michael Heigl daran, daß er nicht schlechter durchgekommen war, als er noch allein gewesen war. Ja, er begann sich nun sogar wieder nach der alten Einsamkeit zu sehnen. Nicht anders schien es Martl zu ergehen. In Lam schließlich, aus nichtigem Anlaß heraus, kam es zum letzten Streit.

Eine Metzgerin dort hatte ihnen einen schon etwas angegangenen halben Wurstring geschenkt; Martl hatte ihn in seinen Sack gesteckt. Schweigend waren die beiden zum Marktrand gelaufen und hatten sich einen schattigen Platz am Bachufer gesucht. Als Martl jetzt die Wurst teilte, reichte er seinem Nachbarn das Stück mit dem dunkelbraun angelaufenen Ende hin, das nicht mehr sehr appetitlich roch.

Sofort fuhr Michael auf: „Du willst mich wohl vergiften, was?! Das stinkende Zeug würde kein Hund mehr fressen wollen, aber für mich soll's noch gut genug sein!"

„Ich hab' die Wurst erbettelt", gab Martl zurück. „Deswegen gehört mir auch das bessere Stück. Du kannst das deine fressen oder nicht, mir ist's egal..."

„Ich scheiß drauf!" brüllte Michael Heigl los. „Auf den Rattenfraß – und auf dich auch! Am Arsch kannst du mich jetzt lecken, daß du's weißt, du Kameradensau!"

Mit diesen Worten schmiß er dem anderen die Wurst vor die Füße. Einen Augenblick lang starrten die beiden sich noch wütend an, dann wandte sich Michael ab und lief mit eingezogenem Schädel wieder dem Markt zu.

Einige Tage später schlüpfte er am Rand des Koppenwaldes zwischen Lam und Arrach auf einem Einödhof unter. Nicht im

Wohnhaus selbstverständlich, sondern im Holzschuppen. Und auch ohne Wissen des Bauern, der möglicherweise den Landstreicher auf seinem Hofgrund nicht geduldet hätte. Doch Michael Heigl brauchte ein Dach über dem Kopf, denn draußen schüttete es wie aus Kübeln.

Verdreckt und naß kaute der Halbwüchsige an einem alten Kanten Brot, der noch aus Lam stammte. Dann machte er es sich auf dem nackten Boden des Schuppens so bequem wie möglich. Der Tag war hart gewesen, bald schlief Michael wie ein Stein.

So bemerkte er nicht, daß jemand in die Holzschütte kam. Es war der Knecht des Einödbauern, der sich hier heimlich mit der Magd treffen wollte. Als er das Lumpenbündel auf dem Boden mehr erahnte als deutlich sah, erstarrte er. Dann zog er sich so leise wie möglich zurück, weckte im Haus den Bauern aus dem ersten Schlaf und steckte ihm: „Da ist ein Vagabund draußen, gewiß ein Verbrecher!"

Der Bauer erinnerte sich daran, daß während des vergangenen Jahres in der Gegend mehrmals eingebrochen worden war. Also kramte er aus der Truhe im Schlafzimmer ein Terzerol. Mit gespannter Pistole legte er sich vor der Tür des Holzschuppens auf die Lauer. Der Knecht war unterdessen schon unterwegs nach Arrach, um den Auftrag auszuführen, den der Bauer ihm erteilt hatte. Michael Heigl schlief nach wie vor wie ein Toter.

Gegen Mitternacht dann war im Holzschuppen plötzlich der Teufel los. Die beiden vom Knecht alarmierten Arracher Gendarmen fielen über den Landstreicher her. Der Bauer leuchtete ihnen mit der Fackel und fuchtelte wie ein Wilder mit dem Terzerol. Im Hintergrund stand der Knecht mit einer blanken Axt. Draußen kreischten die Hofweiber aufgeregt durcheinander. Ehe Michael sich's versah, hatten die Gendarmen ihm die Arme auf dem Rücken mit Handschellen zusammengeknebelt. Dann trieben sie ihn mit vorgehaltenen Musketen ins Freie, hinüber ins Wohnhaus und dort in die erleuchtete Stube. „Haben wir dich endlich, Mistkerl!" schnauzte ihn der Ältere der beiden Polizisten an.

„Himmel, Arsch und Wolkenbruch!" schimpfte Michael Heigl zurück. „Freilich habt's mich – aber was habe ich euch denn getan?"

„Ein Räuber bist du!" schrie der Bauer. „Der Hundsteufel, der diebische, den die Gendarmen schon so lange suchen!"

„Ich?!" schnappte Michael erstaunt. „Ich bin doch bloß ein Wanderbursche, aber keiner, der einem anderen was wegnimmt!"

„Halt's Maul!" bellte ihn der jüngere Polizist an. „Das Leugnen hilft dir nichts mehr! Auf dem Gericht werden sie die Wahrheit schon herausfinden! – Wo kommst du denn eigentlich her, du Lump? Wo bist du denn daheim?"

„In Beckendorf bei Kötzting", antwortete Michael verdattert. „Aber ein Lump bin ich nicht!"

Die Gendarmen lachten bloß. Dann wandte sich der Ältere an den Bauern: „Bis es Tag wird, warten wir bei dir in der Stube. Dann spannst du ein. Du mußt uns und den Räuber nach Kötzting fahren. Zu Fuß wär's zu gefährlich. Da könnte der Hundskrüppel ausreißen. Aber mit dem Heuwagen geht's. Da können wir ihn anketten, wie's die Vorschrift verlangt."

Der Halbwüchsige stierte auf den Bauern, die Polizisten, die Musketen und brachte keinen Ton mehr heraus.

* * * * *

Zu Kötzting saß Michael Heigl im Loch: einem engen, aus rohen Ziegeln aufgemauerten Koben hinter dem Gerichtsgebäude. Drei auf fünf Schritte maß die Zelle; an Ausstattung gab es eine Holzpritsche mit einer dünnen Decke, einen Ofen, aus dem es kalt nach altem Ruß roch, sowie den Kübel. Zweimal am Tag schob der Wärter dem Gefangenen einen Napf Wassersuppe herein. Nachdem sie Michael auf diese Weise etliche Tage hatten schmachten lassen, brachte ein Gendarm ihn vor den Richter.

Der hockte unter einem meterhohen Kruzifix und hatte einen derben Schmiß auf der feisten Wange. Der Schreiber neben ihm kauerte krumm auf seinem Bänkchen und schielte den Allgewaltigen unterwürfig an. Neben der Saaltür hatte sich, die Hand am Säbelgriff, der Gendarm postiert. Michael, abgerissen, schmutzig und eingeschüchtert, fühlte sich verloren auf dem ihm zugewiesenen Platz mitten im Raum. In seinen Därmen rumorte es. Immer wieder mußte er an den Ramsrieder Bauern denken.

Der Richter fragte nach seinen Personalien. „Bin ein Keuchnersbub aus Beckendorf, ungefähr sechzehn Jahre alt", gab Michael Heigl an. „Zuletzt war ich Roßknecht auf dem Ramsrieder Hof. Bis mich die Bäuerin nicht mehr hat haben wollen..."

„Weil du was ausgefressen hast, gell?!" unterbrach ihn der Richter.

Michael schüttelte stumm den Kopf.

„Warum hast dann gehen müssen?" wollte der Richter wissen.

„So halt", erwiderte Michael Heigl.

Der Richter schien sich seinen Teil zu denken. „Und nachher bist du ein Landstreicher geworden", stellte er fest. „Hast dich herumgetrieben, hast auf den Einödhöfen eingebrochen..."

„Nein!" rief Michael Heigl. „Das hab' ich nicht! Durchgefochten hab' ich mich. Gebettelt hab' ich. Aber ich hab' keinem was gestohlen!"

„Das wissen wir besser!" schnauzte der Richter. Er griff nach seinem Akt und hielt dem Angeklagten vor: „Du hast dem Hufschmied Kaspar Drunkenbolz von Kötzting eine silberne Sackuhr im Wert von achtzehn Gulden gestohlen. Hast der Barbara Glasschrötter auf der Heuhofermühle eine Leinwand im Wert von einundzwanzig Kreuzern von der Bleichwiese entwendet. Hast aus dem Stall des Bauern Johann Greillinger von Simpering eine Zuchtsau gestohlen. Hast sie auf einem nahegelegenen Acker abgestochen und das Fleisch teilweise selber gefressen, teilweise verkauft. Du hast weiterhin..."

„Gar nichts habe ich!" rief Michael Heigl gellend. Aus seinen hellen Augen schlug fassungslose Wut. Sein Körper hatte sich im Bewußtsein des Unrechts, das man ihm antat, jäh gereckt. „Gelogen ist's! Alles ist erstunken und erlogen!"

„Maul halten!" brüllte ihn der Richter an. Neben Michael stand plötzlich der Polizist. Der magere Halbwüchsige biß die Zähne zusammen und schwieg. Aber tief drinnen in ihm wühlte jetzt kaum noch bezähmbarer Haß. Mit Begeisterung hätte er den Richter samt dem Büttel und dem lauernden Schreiber umbringen können.

Die Gestalt unter dem Kruzifix las weiter. Hielt Michael Heigl einen Einbruch oder Diebstahl nach dem anderen vor. Insgesamt sechzehn Vergehen oder Verbrechen waren es, die man ihm anlastete. Der knapp Sechzehnjährige hörte entrüstet zu, war aber schlau genug, keinen Ton mehr zu sagen. Statt dessen registrierte er mit hellwachem Gehirn jede Einzelheit. Ganz genau merkte er sich, wann er seine angeblichen Untaten begangen haben sollte.

Zuletzt, als der Richter ihn dann doch aufforderte, sich zu äußern und am besten gleich zu gestehen, erklärte Michael Heigl: „Ich kann es gar nicht gewesen sein, weil alle diese Sachen passiert sind, wie ich in Ramsried Knecht war. Und dafür habe ich Zeugen! Jeder auf der Einöde kann beschwören, daß ich dort meine Arbeit getan habe, während weit weg die Verbrechen geschehen sind. Manchmal so weit weg, daß ich ein paar Tage gebraucht hätte, um überhaupt hinzukommen. Und außerdem", er grinste jetzt fast, „hätte ich nicht betteln müssen, wenn ich das alles gestohlen hätte, was in den Papieren steht. Eine Sackuhr, eine Zuchtsau, Gold und Silber dazu. Wenn ich mir das Zeug wirklich unter den Nagel gerissen hätte, dann hätt' ich doch in Saus und Braus leben können, und man hätte mich nicht in einem windigen Holzschuppen aufgegriffen. Ich hab' keine langen Finger gemacht bei den Bauern! Das muß schon ein anderer gewesen sein. Ich nicht! Ich bin unschuldig! Den Falschen habt ihr mit mir erwischt – und wenn ihr mir das jetzt immer noch nicht glauben wollt, dann fragt doch, bittschön, in Ramsried nach, ob ich dort gewesen bin oder anderswo..."

Der Richter stierte ihn an. Lange. Sein Schmiß war blutrot angelaufen. Dann schnauzte er: „Abführen! Zurück ins Loch!"

Der Gendarm brachte ihn weg. Und wieder hockte Michael tagelang in seiner stinkenden Zelle, zwischen Verzweiflung und Hoffnung hin- und hergerissen.

Als er dem Richter zum zweiten Mal vorgeführt wurde, ging alles sehr schnell. „Die Schuld des Angeklagten konnte nicht mit letzter Sicherheit bewiesen werden", bellte der Allgewaltige und blickte dabei schräg am Delinquenten vorbei. Dann jedoch faßte er den Burschen plötzlich scharf ins Auge und setzte sehr zufrieden hinzu: „Michael Heigl, zuletzt Roßknecht auf Ramsried, danach stellungslos, wird wegen Müßiggehens zu einem Dutzend Rutenhieben verurteilt."

„Ist das jetzt auch schon ein Verbrechen – daß einer sich einmal in bißchen in der Welt umschauen will?!" brach es aus Michael Heigl heraus.

„Die Strafe ist sofort zu vollstrecken!" raunzte der Richter, unter dem meterhohen Kruzifix thronend, ungerührt.

Wenig später lag Michael Heigl mit nacktem Hintern über dem Holzbock im Gefängnishof. Die Arme und Schenkel hatte man ihm mit Lederriemen an die Beine des schändlichen Möbels geschnallt. Neben ihm stand der Polizist und feixte schadenfroh. Der Gefängniswärter hatte das Rutenbündel die Nacht über in Salzlake eingeweicht. Jetzt bissen die Hiebe dem knapp sechzehnjährigen Burschen mörderisch ins magere Fleisch. Heulend wand sich Michael auf dem Bock und bäumte sich gegen die Riemen auf. Es half ihm nichts. Nachdem ein halbes Dutzend voll war, wurde er still. Fraß Wut und Schmerz tief in sich hinein und wußte auf einmal, daß sie dort zeitlebens brennen würden. Jetzt drescht ihr mich – aber einmal werde ich euch dreschen! dachte er wie im Fieber.

Als er den letzten Streich erlitten hatte, waren seine Lippen blutig gebissen. Der Gefängnisbüttel schnallte ihn los. Michael Heigls ganzer Körper zuckte unkontrolliert. Erst jetzt spürte er, daß er unter sich gelassen hatte. Sein Gesicht war steinern, als er sich mit einem Grasbüschel abwischte, danach in die zerschlissenen Hosen fuhr. Weder dem Schläger noch dem Gendarmen gönnte er einen Blick.

Im Gerichtsgebäude sollte er noch ein Protokoll unterzeichnen: Daß er sein Dutzend auch richtig erhalten hatte. Michael Heigl hatte das Schreiben nie gelernt. Deswegen malte er drei unbeholfene Kreuze aufs Papier und dachte dabei wütend an das Kruzifix, unter dem der Richter Unrecht gesprochen hatte.

Endlich war er frei. Lief mit blutverkrustetem Gesäß durch Kötzting und auf Beckendorf zu. Auf dem Weg dorthin irrte sein Blick immer wieder zum Kaitersberg hinüber. Michael überlegte, ob er sich einfach in den Wald schlagen und dann hinauf zur Höhle klettern sollte. Zur Bärenhöhle, die ganz allein ihm gehörte, weil sonst niemand sich in die verrufene Wildnis wagte. Doch zuletzt schüttelte der Bursche diesen Gedanken wieder ab. Mehr zog ihn jetzt, zerschlagen und gedemütigt, wie er war, die Kate seiner Eltern an. Denn die Keuche symbolisierte Heimat, und so etwas wie Heimat brauchte Michael Heigl, trotz allem immer noch ein halbes Kind, nun.

LEHRJAHRE

Die Heimkehr in die Beckendorfer Kate ließ sich jedoch ungut an. Gerüchteweise hatten die beiden Alten bereits davon gehört, daß ihr Sohn vom Ramsrieder Hof verschwunden und danach, zu seiner und ihrer vermeintlichen Schande, im Kötztinger Gefängnisloch gelandet war. Da aber eben nur vage Gerüchte darüber umgelaufen waren, hatten es die von ihren eigenen Sorgen geplagten Eltern nicht auf sich genommen, zum Marktflecken zu gehen, während Michael im Gefängnis gesessen, vor dem Richter gestanden und auf dem Prügelbock gelegen hatte. Jetzt, als er zur Tür hereinkam, starrten der Vater, die Mutter und die beiden kleinen Geschwister stumm auf ihn.

Auch der Halbwüchsige brachte zunächst keinen Ton heraus, während er sich in der Keuche umblickte. Nichts hatte sich verändert. Da waren noch immer die rußige Ofenstelle, das Kurzbett der Alten, der strohgefüllte Schragen für die Kinder; nach wie vor standen zwei Geißen im Gewölbe neben dem einzigen Wohnraum. Wie früher schaute der Hunger aus den Augen der Katenbewohner; seit Michael sie das letzte Mal gesehen hatte, waren sie noch magerer geworden. Und ins Antlitz des Vaters hatte sich zusätzlich etwas anderes eingebrannt: Verzweiflung und Siechtum, die den Sohn jäh an den Tod erinnerten.

Das Mitleid ermöglichte Michael die ersten Worte: „Ist dein Knie wieder schlimmer geworden, Vater, gell?"

„Ganz steif ist's jetzt. Läßt ihm Tag und Nacht keine Ruhe mehr", antwortete an Stelle des Alten die Mutter. „Immer mehr Schnaps braucht er, damit er die Schmerzen aushalten kann..."

Ihr Sohn begriff, warum der Mangel in der Keuche noch ärger geworden war als in früheren Jahren. „Jetzt bin ich ja wieder da", murmelte er. „Vielleicht, daß ich bei den Bauern um Tagelohn schaffen kann..."

„Da bleibt dir der Schnabel sauber!" schnauzte der Vater. „Als ob einer von denen einen Verbrecher auf dem Hof dulden würde!"

„Red' nicht so über den Michl!" flehte die alte Heiglin. Die Geschwister starrten verängstigt.

„Ich bin kein Verbrecher! Das hat sogar der Richter zugeben müssen", erklärte der Halbwüchsige. „Es ist alles ein Mißverständnis gewesen..."

„Ja freilich, ein Mißverständnis!" Der Vater stierte ihn böse an.

„Gar nichts habe ich angestellt!" beteuerte Michael noch einmal. Und dann berichtete er, was sich wirklich zugetragen hatte. Manchmal knurrte der Alte dazwischen, doch immerhin hörte er ihm bis zuletzt zu. „Sie haben mich laufen lassen müssen", schloß Michael. „Bloß ein Dutzend mit der Rute haben sie mir aufgebrannt, wegen Landstreicherei. – Aber ich hab' einfach weg müssen von Ramsried. Die Bäuerin hat mir die Schuld daran gegeben, daß der Bauer ins Zuchthaus gekommen ist. Es hätte keinen Sinn mehr gehabt, wenn ich auf der Einöde geblieben wäre. Die Bäuerin hätte mir das Leben zur Hölle gemacht..."

„Von den hiesigen Bauern wird dich trotzdem keiner nehmen, auch wenn du unschuldig im Gefängnis gesessen hast", beharrte der Vater. „Die sind so: Einmal unschuldig im Loch – immer schuldig! Was willst du also jetzt anfangen?!"

Der Sohn blieb lange stumm. Sein Gesäß schmerzte ärger denn je. Die inzwischen daumendick aufgeschwollenen Striemen schienen platzen zu wollten. „Ich weiß es ja auch nicht", gestand Michael endlich. „Vielleicht, daß ich zuerst einmal bei euch bleiben kann..."

„Jawohl, noch ein Fresser mehr!" schnauzte der Alte.

„Bleib, Bub, nachher werden wir schon weitersehen", sagte die Mutter.

* * * * *

Das Frühjahr 1832 ging in den Sommer über. In Bayern uferten die politischen Unruhen aus. In Hambach und Gaibach fanden sich Ende Mai Studenten und Liberale zusammen, um den Jahrestag der neuen bayerischen Verfassung zu feiern. Kritische Worte gegen das polizeistaatliche Regiment König Ludwigs I. blieben dabei nicht aus. Kritische, aber erlaubte Worte, von der Verfassung garantiert. Doch für den König war die Verfassung nichts weiter als ein Fetzen Papier. Um den Bestand von Thron und Altar begann er nach den Hambacher und Gaibacher Festen zu fürchten. Ließ Militär gegen Studenten und Liberale aufmarschieren: achttausend Mann unter dem Kommando des Marschalls Wrede. Studenten, Professoren und aufgeklärte Bürger verschwanden in den Zuchthäusern. Die Richter unter ihren meterhohen Kruzifixen bekamen alle Hände voll zu tun. Es wurden drakonische Strafen gegen diejenigen verhängt, die nichts weiter beschworen hatten als ihre verbrieften Freiheiten. Die Kerker füllten sich – auf Jahre hinaus – mit den Besten des bayerischen Volkes.

In der Beckendorfer Keuche dagegen war von Aufbegehren nicht die Rede. Über Jahrhunderte hinweg, seit den Zeiten der Leibeigenschaft, hatten die Tagelöhner schmerzhaft gelernt, stumm zu leiden. Gelang es ihm, an eine Flasche Fusel zu kommen, tröstete sich der alte Heigl damit. Die Mutter ging nach wie vor für ein paar Erdäpfel und ein wenig Kraut zu den Bauern, ebenso die beiden jüngeren Geschwister des Michael Heigl. Er selbst hockte notgedrungen untätig in der Kate herum. Hackte höchstens einmal ein bißchen Holz oder stocherte das Unkraut aus den mageren Gemüsebeeten. Ein paarmal flüchtete Michael auch in den Wald, trieb sich wieder am Kaitersberg herum, doch bis zur Höhle hinauf ging er in dieser Zeit nicht. Die Scham, die immer noch in ihm brannte, wollte sich nicht mit der früher erspürten Freiheit auf dem Granitgipfel vertragen. Michael war zu tief gedemütigt worden, als daß er während dieser Tage und Wochen sein Haupt im Gipfelwind hätte hoch tragen mögen.

Antriebslos war er geworden. Stumm hockte er in der Keuche; gleichzeitig schwärte ein Schrei in ihm, der nicht laut werden konnte. Michael Heigl war wie ein Tier, das ruhelos in seinem Käfig auf und ab schritt: im Kerkerraum an endlosen Reihen von Gitterstäben vorbei. Er war zur verstörten Kreatur geworden, die früher oder später an den Gittern zerbrechen würde, wenn nicht der Ausbruch gelang.

Es war die Mutter, die dem inzwischen Sechzehnjährigen schließlich den Ausbruch ermöglichte, zumindest einen scheinbaren. Während ihrer Fronarbeit auf den umliegenden Höfen hatte sich die Heiglin bei allen möglichen Leuten umgehört. So hatte sie eines Tages erfahren, daß der Schlosser von Furth, ein entfernter Verwandter um fünf oder sechs Ecken herum, einen Lehrling suchte. Einige unruhige Nächte lang hatte sich die Alte noch bedacht, jetzt sagte sie zu ihrem Sohn: „Wenn du dich dranhältst, kannst du ein gutes Handwerk erlernen. Kannst Geselle werden und später vielleicht sogar Meister. Kannst dann einen Hausstand gründen und als geachteter Mensch leben. Bist dann aus dem Dreck draußen, Michl! Mußt nie wieder unterm strohenen Katendach hausen..."

„Aber zuerst muß ich dem Schlosser den Deppen machen, gell?" stellte Michael Heigl nüchtern fest.

„Lehrjahre sind keine Herrenjahre", erwiderte die Mutter.

„Arbeit hat noch keinem geschadet", raunzte, von der Bettstatt her, der sieche Vater.

„Vor der Arbeit hab' ich keine Scheu", versetzte Michael.

„Dann gehst du also nach Furth?" erkundigte sich die Heiglin mit einem zaghaften Leuchten in den Augen.

„Besser als hier herumzuhocken, ist es allemal", beschied sie der Sechzehnjährige.

* * * * *

Wenige Tage später war er unterwegs. Trug einen halben Laib Beckendorfer Brot im Sack und dazu sein zerschlissenes Knechtsgewand am mageren Leib. Der Abschied in der Keuche war hart gewesen. Der Alte, dessen Knie jetzt zu einer giftig schillernden Monstrosität aufgeschwollen war, hatte nicht mehr vom Strohsack kommen können, um seinen Sohn auf den Weg in ein hoffentlich besseres Leben zu bringen. Dafür hatte sich die Mutter lange an ihn geklammert, hatte geheult und ihn gleichzeitig beschworen, sich beim Further Schlosser brav zu halten. Die beiden jüngeren Geschwister hatten nur stumm auf den Älteren gestarrt; in den Jahren, die er auf Ramsried verbracht hatte, war ihnen der Bruder fremd geworden. So ließ Michael Heigl viel Beklemmendes hinter sich, als er sich auf seinen Weg machte: einen todkranken Vater, eine flennende Mutter und dazu die verstörten Kleinen. Die Wanderung nach Furth, weit hinten im Wald, wurde ihm deswegen nicht leicht. Abschiede, die andere in ihrem Leid zurücklassen; Abschiede, denen Unausgesprochenes nachhängt, das man doch noch so gerne gesagt hätte, sind grausam.

Wieder wanderte Michael zunächst auf Ramsried zu. Doch ehe sie ihn auf dem Hof bemerken konnten, drückte er sich seitlich in den Wald. Schlug sich durchs Pointholz und erinnerte sich an die ersten Wochen als Waldhirte, die er dort verbracht hatte. Jetzt hütete wohl ein anderer an seiner Stelle – sofern die Ramsriederin die kleine Herde nach der Verurteilung des Bauern überhaupt hatte halten können. Der Sechzehnjährige atmete heftig durch und lief weiter auf Liebenstein zu. Von dort aus hielt er sich nordöstlich nach Thenried. Auch der Riegelholzberg und der Kühberg lagen nun hinter ihm. Da Michael jetzt immer wieder stehenblieb, um lange über die sommerliche Waldlandschaft zu blicken, war es später Nachmittag geworden, ehe er das Dorf Thenried durchquert hatte. Ein kleines Stück weiter fand er auf einem Hügelhang einen verwitterten Heuschober. Galgenberg nannte man den Ort; der Ramsrieder Bauer hatte es ihm einmal gesagt. Der Halbwüchsige grinste bitter, als er sich gegen die Wand der niedrigen Hütte lehnte und den Rest seines Brotes hervorholte. Der Ort mit dem schändlichen Namen schien genau zu seiner Stimmung zu passen.

Langsam ging der Spätnachmittag in die Abenddämmerung über. Michael hatte sich notdürftig gesättigt, hatte drüben am Waldrand auch eine Quelle entdeckt. Jetzt träumte er einem Bussard nach, der majestätisch vor einer verglühenden Wolkenbank im Westen kreiste. So hoch oben und frei sein wie der, dachte der Sechzehnjährige. Doch dann, als das erste Nachtfrösteln über den Berg strich, schoß der Raubvogel jäh weg. War verschwunden, von einem Lidschlag auf den anderen. Etwas Kaltes hatte gleichzeitig Michael Heigls Herz berührt. Wieder atmete er scharf durch, dann kroch er in die Hütte; vergrub sich unter den letzten Resten des alten, vorjährigen Grummets.

Am nächsten Tag ging er weiter, nach Tretting hinüber und über den Mühlberg. Das letzte Stück folgte er dem flachen Flußtal der Chamb, der böhmischen Grenze zu. Als Michael in der Ferne den Markt Furth am Berghang kleben sah, war es bereits wieder später Nachmittag geworden. Der Halbwüchsige hatte es keineswegs eilig gehabt, den Ort zu erreichen, an dem ihm nun voraussichtlich einige bittere Lehrjahre bevorstanden.

Als er das Haus am Marktplatz betrat, in dem es nach Schmieröl und Eisen roch, empfing ihn der Schlossermeister immerhin nicht unfreundlich. „Bist gut gegangen, an einem Tag von Kötzting bis Furth herauf", sagte der sehnige Mittvierziger mit dem buschigen Schnauzer. Er reichte Michel eine abgearbeitete Hand, in deren Schwielen sich Ruß und Rostschwärze eingefressen hatten. „Jetzt bist du wahrscheinlich hundemüde, was?"

Trotz der Freundlichkeit des anderen sah Michael Heigl keinen Grund, ihm zu erklären, daß er zwei Tage auf dem Weg vertrödelt hatte. Die Schlosserin war daran schuld; mit hagerem Gesicht und dürrem, knochigem Leib lauerte sie einen Schritt hinter ihrem Gatten. Ungut starrte sie auf den neuen Lehrjungen, so daß Michael bloß erwiderte: „Ja, müd' wie ein Stein bin ich wirklich."

„Wenn du gleich schlafen willst – der Strohsack unterm Dach ist schon gerichtet", ließ sich nun zum ersten Mal die Schlosserin vernehmen.

„Einen Bissen muß er zuvor schon noch zwischen die Zähne kriegen" mischte sich ihr Gatte ein. „Und einen Schluck Schöps in den Leib auch. Trag auf, Weib, und spar nicht. Immerhin ist der Michl ein Verwandter von uns."

„Über einen Haufen Ecken", schnappte die Schlosserin, warf dem Sechzehnjährigen einen bösen Blick zu und verschwand in der Küche, wo sie lautstark zu rumoren begann. Der Meister zog Michael an den Tisch in der Stube. „Setz dich hin", sagte er. „Und was meine Alte angeht – die ist halt einmal so. Da kannst du nichts dagegen machen." Seine unteren Schneidezähne schnappten kurz und scharf nach dem weit herabhängenden Schnauzer, als wollten sie etwas zerreißen. Doch dann lächelte der Schlosser wieder und setzte hinzu: „Aber wir zwei werden schon miteinander auskommen, Michl, gell?"

„Wir zwei schon", antwortete der Halbwüchsige, nunmehr ganz offen.

Der Ältere nickte. Der Bursche, der ihm da ins Haus geschneit war, besaß einen scharfen, schnellen Verstand, das wußte er jetzt. „Kannst ein anständiges Handwerk bei mir lernen", sagte er. „Geschickte Hände braucht's dazu und ein gutes Auge. Außerdem Verstand, wenn du begreifen willst, wie so ein Truhenschloß funktioniert. Hast du schon einmal eine Feile in der Hand gehabt, Michl?"

„Noch nie", gab der Sechzehnjährige zu.

„Macht nichts, ich werd's dir schon beibringen", versprach der Meister. „Und jetzt erzähl mir vom Vater und von der Mutter..."

Er wurde unterbrochen, denn in diesem Moment kam die Schlosserin zurück. Knallte ein Brett mit einem Stück Brot und einem winzigen Fetzen Geräuchertem vor Michael Heigl hin. Dazu einen Holzkrug mit trübem Dünnbier. Setzte sich dann schräg hinter ihn und beobachtete ihn mit mißtrauischen Blicken. Michael freilich war so hungrig und durstig, daß er bald nicht mehr darauf achtete. Während er kaute und schlürfte, berichtete er, wie es zu Hause in der Beckendorfer Kate stand. „Der Vater wird's wahrscheinlich nicht mehr lange machen", sagte der Halbwüchsige zuletzt.

Der Handwerker nickte betreten.

„Wenn du vielleicht gleich in den nächsten Wochen wieder zum Begräbnis nach Kötzting hinunter laufen willst, bleibt dir aber der Schnabel sauber", biß die Schlosserin gegen den Burschen hin.

„Jetzt ist's aber genug, Weib!" wies ihr Gatte sie wütend zurecht – doch Michael erkannte, wie zuwider ihm dieses Auftrumpfen war.

* * * * *

Die Schlosserin wiederum ließ es keineswegs genug sein. Von Anfang an duckte sie den neuen Lehrling, wo immer sie konnte. Nicht genug damit, daß Michael täglich seine zehn, zwölf Stunden in der Werkstätte arbeiten mußte, was unter der freundlichen Anleitung des Meisters gerade noch erträglich gewesen wäre –

der Sechzehnjährige wurde zusätzlich auch noch von der Herrin des Hauses eingespannt, wann immer er ihr über den Weg lief. Und die Arbeiten, die sie ihm auftrug, kamen ihn bedeutend härter an als das Feilen, Hämmern und Blasebalgtreten. Auf den Knien schrubbte Michael unter den gestrengen und stets mißbilligenden Augen der Meisterin die Fußbodendielen im ganzen Haus, trug die Nachttöpfe von der Schlafkammer des ungleichen Paares zum Abortloch, schälte Kartoffeln, hackte Brennholz, scheuerte Töpfe und wechselte die Windeln des plärrenden Säuglings, der den Eheleuten spät geboren worden war. Michael hätte dies alles ertragen können, wenn die Schlosserin ihn dabei nicht ständig mit ihrem Gekeife und ihrer Mißgunst verfolgt hätte. So aber versteinerte er innerlich und begann das zänkische Weib bald zu verabscheuen. Ein wenig innere Ruhe fand Michael nur, wenn er mit dem Meister allein war: an der Werkbank oder unterwegs im Further Winkel bei den Kunden.

Der Schnauzbärtige war es auch, der ihm, so gut er konnte, über den Tod des Vaters hinweghalf. Der alte Heigl war tatsächlich schon wenige Wochen, nachdem sein Sohn in Furth angekommen war, gestorben. Die Nachricht davon war freilich erst ins Schlosserhaus gelangt, als der Alte in Kötzting bereits im Armengrab lag. So brauchte Michael wenigstens nicht mit der Meisterin darüber zu streiten, ob er nun zum Begräbnis des eigenen Vaters nach Kötzting gehen dürfe oder nicht. Es blieb ihm lediglich noch, an den Alten zu denken und aus der Ferne Abschied von ihm zu nehmen. „Vielleicht hat er's jetzt besser als im Leben", murmelte der Schlosser, während Michel feilte, daß die Späne flogen. Er legte dem Sechzehnjährigen die schwielige Hand auf die Schulter. „So mußt du denken, Michl! Der Tod ist für ihn eine Erlösung gewesen. Jetzt hat er keine Schmerzen mehr in seinem kaputten Knie..."

Es war ein derber, unbeholfener Trost – doch Michael Heigl nahm ihn dankbar an. Wenigstens einen gab es, der spürte, wie ihn der Tod des Vaters schmerzte. Des knurrigen Alten, zu dem er eigentlich nie ein echtes Verhältnis gehabt hatte. Und doch zerriß es dem Halbwüchsigen jetzt beinahe das Herz, wenn er an das Armengrab dachte.

„In meinem Haus ist immer ein Platz für dich", sagte der Schnauzbärtige. „Wir sind ja schließlich verwandt. Ein Vater kann ich dir nicht sein, aber wenigstens ein guter Meister, der will, daß du im Leben weiterkommst. Verstehst du Michl, wie ich's meine?"

„Ehrlich meinst du es mit mir", erwiderte der Lehrling rauh. Und in der Nacht, als er auf seinem Strohsack in der Dachkammer lag, dachte er: Mit dem Schlosser könnte ich auskommen. Er meint's wirklich nicht schlecht mit mir. Aber die bissige Alte! Die treibt mich früher oder später doch wieder aus dem Haus...

* * * * *

Vorerst freilich hielt Michael Heigl notgedrungen durch. Das Jahr 1832 verstrich; im Januar 1833 gelangte die Nachricht nach Furth, daß ein Bayer zum griechischen König geworden war. Otto von Wittelsbach, der siebzehnjährige Sohn des Münchner Monarchen, landete in diesem Monat, der im Waldgebirge so frostig war, an Bord der britischen Fregatte HMS Madagaskar in der sonnigen Bucht vor der griechischen Stadt Nauplia, während dreiunddreißig weitere Segelschiffe ihm das Geleit gaben. Unter großem Gepränge zog der neue griechische König, nur ein paar Monate älter als Michael Heigl, in seiner Hauptstadt ein. Einen vielhundertköpfigen Troß von Beratern, Verwaltungsfachleuten und Militärs hatte ihm der Vater mitgegeben. In Bayern selbst hatten deswegen einmal mehr die Steuern erhöht werden müssen. Doch was galt dies schon den Wittelsbachern? Der Ruhm zählte, der Größenwahn, die zusätzliche Krone, die dem Herrscherhaus nunmehr zugefallen war. Daß das Volk zwischen Alpen und Main es ausbaden mußte, störte den Monarchen in München nicht.

Der Further Schlosser immerhin vermochte die Steuern aufzubringen; am meisten traf es, wie immer, die ganz Kleinen. In der Schlosserei selbst jedoch gingen die Aufträge nach wie vor reichlich ein. Wer Schlösser vor Türen und Truhen nötig hatte, litt auch dann noch nicht, wenn wieder einmal eine Notzeit übers Waldgebirge kam. Man mußte sich lediglich vor den Dieben und Landstreichern schützen, die nun, im Lauf des Jahres 1833, wieder zahlreicher wurden. So waren der Meister und sein Lehrbub jetzt oft unterwegs. Sie gingen zu den großen Bauernhöfen und zu den Viehhändlern; auch zu den Pfarrern, die im Markt selbst oder um Furth herum auf ihren Pfründen saßen, und brachten für diese Wohlhabenden schwere, neue Schlösser an. Manchmal dachte Michael bei solcher Gelegenheit daran, wie es jetzt wohl zu Hause in der Beckendorfer Kate stehen mochte. Denn von dort war schon lange keine Nachricht mehr gekommen.

Auch das Jahr 1833 verstrich. Ärmlich lebte das einfache Volk, aber in München wurden Denkmäler geplant. Der König war nach einer Italienreise ausgesprochen monumentsüchtig geworden. Eine ganze Reihe von Machthabern sollte in Marmor oder Bronze verewigt werden. Etwa der blutsäuferische Kurfürst Maximilian, der während des Dreißigjährigen Krieges so gut zu schlachten verstanden hatte, der außerdem – ehe er sich den Kurfürstenhut ergaunerte – als blutjunger Herzog die Hexenverfolgung in Bayern mächtig hatte ins Kraut schießen lassen. Ebenso der eineinhalb Jahrhunderte später gekrönte Kurfürst Karl Theodor, der um der eigenen Herrschsucht willen Bayern in den Österreichischen Erbfolgekrieg gerissen und dabei vor allem Niederbayern entsetzlich hatte leiden lassen. Schließlich auch Marschall Wrede, der die Liberalen, Studenten und Aufgeklärten so rigoros verfolgt und in die Zuchthäuser verschleppt hatte.

Michael Heigl und sein Meister hatten den Wohlhabenden im Further Land weitere Riegel und Schlösser gegen die herumstreifenden Hungerleider zu schlossern. Der Lehrling arbeitete jetzt vielfach schon eigenständig. Trotz der ewigen Heimsuchungen durch den keifenden Hausdrachen hatte sich der nunmehr Siebzehnjährige zu einem fähigen Handwerker entwickelt. Schon sprach der Schlosser manchmal mit ihm über sein Gesellenstück. Trotz mancher Widrigkeiten schien sich das Leben für Michael einigermaßen eingeschliffen zu haben.

Das Jahr ging zu Ende; jetzt schrieb man bereits 1834. Kurz nach dem Dreikönigsfest gestand der Schlossermeister seinem Lehrjungen ein paar freie Tage zu. Eineinhalb Jahre, nachdem er den Weg in umgekehrter Richtung gelaufen war, wanderte Michael Heigl endlich wieder einmal Richtung Kötzting. Diesmal brauchte er bis Beckendorf zwei anstrengende Tage; der Schnee lag hoch im Wald und machte die Wege da und dort beinahe unpassierbar. Halb erfroren und völlig erschöpft stieß Michael zuletzt die Keuchentür auf. Auch die beiden jüngeren Geschwister waren inzwischen aus dem Haus. Die Mutter, verbraucht und abgerackert, empfing ihren Sohn beinahe erschrocken. Längst hatte sie sich in ihre Einsamkeit vergraben und war menschenscheu geworden.

Mitleidig betrachtete Michel Heigl den abgearbeiteten Körper derjenigen, die ihn und neun weitere Kinder geboren hatte. Jetzt war dieser Leib krummgeschunden; nichts war von einem aufopfernden Mutterleben geblieben als nackte, trostlose Armut. Kein Bauer holte sich die Ausgemergelte mehr auf den Hof zur Tagelöhnerarbeit; die alte Frau mußte mit dem durchkommen und ihr trostloses Leben beschließen, was die Keuche ihr jetzt noch bot. Ein durchlöchertes Dach über dem Kopf und immer noch die

Geißen nebenan im halb eingestürzten Gewölbe – das war die letzte Zuflucht der Kätnerin. Trotzdem murmelte sie, als sie den wehen Blick des Sohnes bemerkte, fromm: „Der Herrgott hat mich nicht ganz verlassen."

Wo ist dieser Herrgott? dachte Michael Heigl, während die Wut ihn nach außen hin stumm bleiben ließ. Auf seinem Weg von Furth her war er an so manchem großen Hof, aber ungleich mehr ärmlichen Keuchen vorbeigekommen. Auch sonst hatte er längst begriffen, was von dem angeblich so gerechten Herrgott, wie ihn die Priester predigten, zu halten war. Den Herausgefressenen gab er noch zusätzlich, während die Kleinen, die Racker, unter seiner göttlichen Herrschaft verrecken konnten. So ist das im Leben, dachte Michael, als er auf die Mutter blickte und der Grimm ihm die Kehle zuschnürte. Dann trat er unbeholfen auf die alte Frau zu und umarmte sie scheu. Kaum mehr als ein Bündel Knochen und Kleiderfetzen schien er in den Armen zu halten, doch dieses Bündel fragte nun mit einem Aufleuchten in den eben noch so müden Augen: „Und dir, Bub, dir geht's gut, gell?"

Michael nickte. „In Furth hab' ich mein Auskommen." Er brachte es nicht übers Herz, etwas über die dortige Meisterin zu sagen. Dachte vielmehr bedrückt: Noch nicht einmal ein paar Lebensmittel habe ich der Mutter mitbringen können. Aber wie denn auch? Wo ich ohne Lohn arbeiten muß und die Schlosserin mir jeden Bissen vorrechnet. „Bald werde ich Geselle sein", setzte er hinzu. „Dann kann ich für dich sorgen..."

„Zuerst mußt du selber etwas in den Magen bekommen", antwortete die alte Frau. Dann tischte sie auf, was sie ihm bieten konnte: ein wenig Brot und Ziegenmilch. Sie selbst nahm nichts; sie hatte ihm ihr eigenes Essen gegeben. Die Bissen quollen Michael im Mund. Doch er schluckte sie, denn wenn er das karge Mahl abgelehnt hätte, hätte er die Mutter im Tiefsten verletzt, das wußte er. So schlang er und spürte dabei erneut die Wut auf die Ungerechtigkeit und Herzlosigkeit der Welt

Fünf Tage blieb Michael Heigl in der Keuche. Stopfte, so gut es gehen wollte, das Strohdach aus; reparierte notdürftig die schlimmsten Schäden im Ziegengewölbe. Zwischendurch lief er einige Male in den Wald und pirschte am Kaitersberg. Das Schicksal des Ramsrieders schreckte ihn jetzt, nachdem der die Not seiner Mutter gesehen hatte, nicht mehr. In der Schnee- und Baumwildnis legte er Schlingen, sorgte auf diese Weise für ein bißchen Fleisch in die Kate. Die Mutter lamentierte deswegen, dann aß sie doch. Michael hätte gerne mehr für sie getan, aber dann kam der

Tag, an dem er zurück nach Furth mußte. Er war sowieso schon länger in Beckendorf als der Meister ihm erlaubt hatte.

Während der letzten Nacht im Kurzbett, an der Seite der mühsam atmenden Alten liegend, dachte der Siebzehnjährige daran, in der Schlosserei einfach alles hinzuschmeißen. Er war versucht, in der Keuche zu bleiben und bei den Kötztinger Bauern im Tagelohn zu arbeiten wie sein Vater. Doch dann erinnerte er sich daran, wie sie ihn hinter dem Gerichtsgebäude ausgepeitscht hatten. Diejenigen, die im Markt den Ton angaben, hatten es bestimmt nicht vergessen. Für die war er nach wir vor der Verbrecher; keiner würde ihm Arbeit geben. Michael mußte einsehen, daß er für die Mutter nichts tun konnte. Es blieb ihm bloß der Rückweg nach Furth. Auch wenn die alte Frau in Beckendorf den nächsten Winter allein vielleicht nicht mehr durchstand.

„Ich komme wieder, sobald ich kann!" versprach Michael Heigl am nächsten Morgen. Seine Mutter nickte und wirkte dabei wie ein eingeschüchtertes, kleines Tier. Jäh wandte sich der Halbwüchsige ab und marschierte davon. So fest biß er die Zähne zusammen, daß sie im frostigen Januarmorgen scharf knirschten.

* * * * *

Als Michael Heigl nach zwei harten Wandertagen wieder ins Schlosserhaus trat, fuhr die Meisterin bissig auf ihn los: „Länger als eine Woche hast dich vor der Arbeit gedrückt! Ein gottloser Tagedieb bist du! Einer, den noch einmal der Teufel holen wird! Wo hast du dich bloß herumgetrieben, die ganze Zeit?!"

Michael starrte die Keifende an, wandte sich dann wortlos ab. Was hätte er ihr schon erklären sollen? Was ihr über die Not der Mutter sagen? Die Schlosserin würde es doch nicht begreifen. Die rannte jeden Tag in die Kirche und hatte ihr Herz mit Hilfe ihres Gottes zu einem Stein verhärtet. „Tunichtgut, elender!" schrie sie ihm nach, als der Siebzehnjährige in die Werkstatt flüchtete.

Auch der Meister musterte ihn zunächst mißbilligend, schwieg aber. Vielleicht ahnte er, was sein Lehrling in Beckendorf erlebt hatte. Michael band sich das Schutzfell um und machte sich stumm wieder an seine Arbeit. Eine oder zwei Stunden würde das Tageslicht noch vorhalten. Trotzig sagte sich der Halbwüchsige, daß er sich mit der Rückkehr ohnehin nach Kräften beeilt und zudem selbst schon so etwas wie ein schlechtes Gewissen gehabt hatte, weil er so lange ausgeblieben war. Wütend begann Michael zu hämmern. Und dachte an die Mutter: an ihre Not, an die müden Augen im abgezehrten Antlitz.

Während der Januar dieses Jahres 1834 in den Februar überging, dann der März die letzten, feuchten Schneefälle brachte, spürte Michael Heigl eine deutliche Veränderung im Verhalten der Schlossersleute ihm gegenüber. Offenbar trugen sie ihm seine zu lange Abwesenheit in der zweiten Januarwoche noch immer nach. Der Meister trieb ihn jetzt schärfer als früher zur Arbeit an; das freilich hätte der Siebzehnjährige noch ertragen können. Das Verhalten der Schlosserin jedoch wurde von Tag zu Tag unerträglicher. Michael konnte keine seiner dürftigen Mahlzeiten mehr in Frieden einnehmen; es gab keine Dreckarbeit, welche das Weib ihm nicht hämisch zugeschanzt hätte. Und dazu immer wieder die hämischen Sticheleien wegen seines früheren Lebens und der Prügelstrafe, zu der er verurteilt worden war; vorzugsweise pflegte die Vettel solcherart zu keifen, wenn sie von ihrer täglichen Betstunde ins Haus am Marktplatz zurückkehrte.

Michael Heigl ertrug dies alles bis ins Frühjahr hinein. Und dann hatte der Handwerker eines Tages folgenden Auftrag für ihn: „Geh in den Pfarrhof hinüber! Der hochwürdige Herr Pfarrer hat den Schlüssel zu einer Truhe verloren. Du nimmst dir einen Rohling mit und feilst ihn drüben passend für das Schloß."

Der Lehrling machte sich auf den Weg. Der Aprilnachmittag stand bereits in seiner zweiten Hälfte. Unter gescheckten Himmel lag der Marktflecken zumindest nach außen hin friedlich da. Widerwillig betrat Michael den Pfarrhof neben der Kirche. Eine unfreundlich aussehende Haushälterin empfing ihn und führte ihn nach kurzer Examination ins Studierzimmer des Klerikers. „Eigentlich hätte ich erwartet, daß der Meister selbst kommen würde!" raunzte der.

„Es ist nicht der erste Schlüssel, den ich feile", gab Michael Heigl zurück. „Aber ich kann's auch lassen und dem Schlosser sagen, daß..."

„Frech kommst du mir auch noch!" schnappte der Pfarrer. Als der Siebzehnjährige nun tatsächlich Anstalten machte, sich umzudrehen, besann er sich: „Jetzt geh schon an die Arbeit! Stiehl deinem Herrgott nicht die Zeit!" Und zur Köchin gewandt: „Zeig ihm die Truhe, um die es geht!"

Hinter der Haushälterin her tappte Michael eine Stiege hinauf. In der modrig riechenden Bibliothek stand die Truhe unter dem Fenster. Ein schweres, uraltes Ding, in Generationen katholischer Seelsorge trefflich erprobt. „Du hast gehört, was Hochwürden Herr Pfarrer gesagt hat", belferte die Haushälterin. „Beeil dich mit der Arbeit!" Damit verschwand sie.

Michael Heigl untersuchte die Truhe. Sie war verschlossen worden, ehe der Priester den Schlüssel verloren hatte. Doch das stellte für den jungen Handwerker keine Schwierigkeit dar. Mit Hilfe eines Dietrichs öffnete er das Schloß, um die Zahnungen drinnen betrachten zu können. Im nächsten Moment, als Michael den Deckel hochklappte, wurden seine Augen groß – doch das lag nicht an dem altertümlich gebarteten Truhenschloß. Vielmehr hatte er im Innern des Kastens einen prall gefüllten Geldsack entdeckt. Deswegen also pressiert es dem Pfaffen so, dachte der Halbwüchsige. Er hat nicht mehr an seine Gold- und Silberfüchse kommen können. Und aus diesem Grund sollte wohl auch der Meister selbst die Arbeit machten, weil der hochwürdige Herr einem wie mir nicht traut.

Unwillkürlich blickte der Siebzehnjährige sich um; spähte, ob die Köchin wirklich verschwunden war. Im Treppenhaus draußen war alles still. Michael Heigl nahm den Geldsack aus der Truhe, schnürte die Kordel auf. Schwer, sehr schwer wog der Beutel. Dann wühlte sich die Hand des Schlosserlehrlings zwischen die Münzen. Ein kleines Vermögen – zumindest in den Augen des Burschen aus der Keuche – hatte der Pfarrer angesammelt.

Plötzlich glaubte Michael wieder seine Mutter vor sich zu sehen: ihre ausgemergelte Gestalt im Schatten der halbverfallenen Kate. Erneut meinte er das Brot und die Ziegenmilch zu schmecken, die sie sich für ihn vom eigenen Mund abgespart hatte. Und er erinnerte sich daran, wie er diese unbändige Wut auf jenen ungerechten Gott verspürt hatte, den es vermutlich gar nicht gab; den die Prälaten bloß erfunden hatten, um die Menschen zu täuschen. Um sich die Truhen füllen zu können; mit einem schweren Beutel Geld zum Beispiel...

Einen Herzschlag später hatte Michael Heigl seinen Entschluß gefaßt. Wenn es schon keine Gerechtigkeit für die Armen gab, dann hatten die Armen das Recht, selbst für sich zu sorgen. Wilderergedanken von früher schossen Michael durch den Kopf; Gedanken, die er einst auf den einsamen Schachten gehabt, später gelegentlich auch mit dem Ramsrieder ausgetauscht hatte. Gleich darauf dachte er an die Schlosserin. Wie sie ihm in letzter Zeit das Leben dermaßen vergällt hatte, daß es ihm nicht mehr lebenswert erschienen war. Und wenn sie von der Kirche nach Hause gekommen war, war es immer besonders schlimm gewesen, weil der Pfarrer ihr wahrscheinlich die Ohren vollgeblasen hatte. Damit hatte sich für Michael Heigl blitzschnell ein Gedankenkreis geschlossen; grell und klar wußte er, was er zu tun hatte.

Er feilte an dem Schlüsselrohling herum; stundenlang, bis draußen die Dunkelheit über den Marktflecken fiel. Als zwischendurch einmal die Haushälterin kam, um ihn zur Eile zu drängen, hörte er sie beizeiten auf der Treppe, klappte den Truhendeckel zu und erklärte ihr, das alte Schloß sei ausgesprochen kompliziert und verlange deshalb viel Arbeit. Die Frau gab sich damit zufrieden und ging wieder. Später hörte der Siebzehnjährige, wie der Pfarrer das Haus verließ, um die Abendmesse zu lesen. Jetzt war der richtige Zeitpunkt gekommen.

Michael Heigl steckte den Geldsack ein, dann öffnete er vorsichtig das Fenster der Studierstube. Feuchtwarme nächtliche Aprilluft schlug ihm entgegen. Michael schwang sich über die Fensterbrüstung, hangelte mit den Füßen und fand die Dachrinne.

An ihr entlang rutschte er nach unten, landete im Pfarrgarten hinter dem Haus. In der Hosentasche spürte er schwer den Geldsack des Klerikers. Doch dieses Gewicht behinderte den Siebzehnjährigen nicht, als er, durch Seitengassen rennend, den Marktflecken Furth verließ. Die letzten Häuser verschwanden hinter ihm in der Nacht. Dann war der Wald um ihn; der erregend duftende und flüsternde Wald, und nach langer Zeit fühlte Michael Heigl sich endlich wieder frei; glücklich sogar.

Wegen des gestohlenen Geldes verspürte er keine Gewissensbisse. Das hatte letztendlich auch der Pfarrer nur zusammengegaunert, wenn er in der Kirche über die Scherflein der Armen gepredigt und der Meßner dazu den Klingelbeutel geschwenkt hatte. Und Michael wußte bereits – hatte es von Anfang an gewußt – wie die Gold- und Silberfüchse besser anzulegen waren als im Pfarrhof in der Truhe.

Die ganze Nacht durch lief der entsprungene Schlosserlehrling nach Süden. Im Morgengrauen verkroch er sich am Riegelholzberg, wo er einst als Waldhirte seine erste Hütte gebaut hatte, im Unterholz. Vermutlich waren die Further Gendarmen jetzt bereits hinter ihm her, doch darüber konnte Michael, ehe er einschlief, nur lachen. Im Schutz der Dunkelheit hatte ihn bestimmt keiner rennen sehen, und jetzt, tagsüber, bot das Dickicht ihm Schutz. Die Polizisten würden ihn nie finden. Sie waren in der Wildnis nicht zu Hause, er schon. Bereits als Kind hatte er die Wälder durchstreift, und jetzt war er dorthin heimgekehrt. Endlich konnte er wieder frei atmen, und auch das Leben erschien ihm jetzt wieder lebenswert – weil er seinem Instinkt gefolgt war und den Ausbruch aus der zwängenden Further Welt gewagt hatte.

Den größten Teil des Tages schlief oder döste Michael Heigl. Erst in der Abenddämmerung suchte er einen Bach und trank lange. Das nagende Hungergefühl wurde schwächer. Im letzten Tageslicht erspähte er ein Elsternest hoch oben in der Krone einer alten Buche, kletterte hinauf und plünderte das Frühjahrsgelege. Nachdem er die Eier ausgeschlürft hatte, machte er sich durch den nächtlichen Wald wieder auf den Weg, Beckendorf zu. Es war noch nicht Mitternacht, als er im diffusen Mondschein die Keuche am Dorfrand erblickte.

BÖHMISCHER SOMMER

An die moosbedeckte Flanke eines Granitfindlings gelehnt, blickte Michael Heigl lange und wie gebannt zu der armseligen Hütte hinüber. Der Mond über dem Kaitersberg war ein gutes Stück weitergewandert, ehe der Siebzehnjährige aus seiner Erstarrung erwachte. Doch er nahm nicht den Weg zur Kate, sondern schlug sich erneut in den Forst. Michael umging das Dorf, wenig später auch den Kötztinger Marktflecken und lief weiter nach Süden; nunmehr nicht länger am Weißen, sondern am Schwarzen Regen entlang. Kurz nach der Morgendämmerung dann sah er den Markt Viechtach vor sich liegen.

Die Sonne stand erst knapp über dem Waldrücken im Osten, als der Halbwüchsige den Hof einer der Viechtacher Mühlen betrat. Das Mahlwerk pochte bereits; drinnen im Gebäude flirrte weißer Mehlstaub in der Luft. Der Müllermeister blickte erstaunt auf, als der magere Bursche sein Anliegen vorbrachte: „Einen ganzen Sack Weizen will ich haben. Den besten, den du hast..."

„Das kostet aber ein Stück Geld", versetzte der Müller.

„Wieviel?" fragte Michael Heigl – und zählte, nachdem dieser ihm die Summe genannt hatte, dem verblüfften Inhaber der Mühle die Münzen hin. Sodann buckelte er sich den Zentnersack auf und marschierte weiter zum Marktplatz. Er fand eine Metzgerei und erstand dort eine ganze Speckseite. Schwer bepackt verschwand Michael sofort danach wieder aus Viechtach. Er hoffte, daß weder der Müller noch die Metzgerin sich an sein Gesicht erinnern würden, falls es den Further Gendarmen einfallen sollte, die Spur des gestohlenen Geldes bis hierher an den Schwarzen Regen zu verfolgen. Unter seiner Last gebeugt, ging er zurück nach Norden, und neben dem verwilderten Fußpfad strömte dunkel der Fluß.

Gegen Mittag befand er sich erneut in der Kötztinger Gegend. Schon ein gutes Stück vorher hatte er das Tal des Schwarzen Regen verlassen und wanderte jetzt über das Galgenfeld auf Beckendorf zu. Kurz vor dem Ort verkroch er sich in einem Gestrüpp, kaute eine Handvoll Weizenkorn gegen den ärgsten Hunger und schlief ein. Als er erwachte, war abermals die Nacht eingefallen.

In der Keuche war es finster; kein Lichtstrahl fiel durch die kleinen Fensterlöcher. Michael stand da und glaubte die Mutter vor sich zu sehen, wie sie drinnen auf ihrem buckligen Strohsack lag.

Wie gerne hätte er die knarzende Tür geöffnet und wäre zu ihr gegangen. Wie gerne hätte er das Leuchten in ihren Augen gesehen, wenn er den Kornsack abgestellt und die Speckseite auf den Tisch gelegt hätte – ganz wie einst der Vater, wenn er Glück beim Paschen gehabt hatte.

Doch es durfte nicht sein. Er durfte die Mutter in nichts hineinziehen; sie durfte noch nicht einmal wissen, daß er überhaupt dagewesen war. Er, der Dieb, der in Furth den Pfarrer bestohlen hatte. Höchstens ahnen durfte sie, von wem die Nahrungsmittel auf der Türschwelle stammten. Liebevoll, so wie er einst die Ramsrieder Dritteldirn gestreichelt hatte, berührte Michael noch einmal den Kornsack und die Speckseite. Die Mutter würde monatelang davon leben können, und er selbst besaß noch immer ausreichend Geld. Vielleicht würde es später möglich sein, zurückzukommen, um ihr weitere Lebensmittel zu bringen. Später, wenn Gras über die Sache in Furth gewachsen war. Doch jetzt mußte er erst einmal für eine Weile untertauchen.

In der vergangenen Nacht, während seines stundenlangen Ausharrens in der Nähe der Kate, hatte Michael Heigl nicht nur beschlossen, nach Viechtach zu gehen, um Nahrung für seine Mutter zu besorgen, sondern er war sich auch darüber klar geworden, wohin er später fliehen mußte: nach Böhmen hinüber, wohin der Arm der bayerischen Gendarmen und Gerichte nicht reichte.

* * * * *

Bis zum Morgengrauen versteckte sich der Siebzehnjährige im Forst, dann erstieg er den Kaitersberg und verkroch sich in der Höhle, die er schon als Kind unterhalb des Gipfels entdeckt hatte. Auch die folgenden Tage und Nächte verbrachte er auf dem Berg, plünderte Vogelnester und legte die Schlingen aus, die noch von früheren Wilderertagen her in der Kaverne verborgen waren. Michael Heigl konnte sich den einen oder anderen Hasen auf kleinem Feuer innerhalb des Steinschlupfes braten. Ansonsten ruhte er sich aus für den langen Weg, der jetzt vor ihm lag. Als er, nach etwa einer Woche, das Gefühl hatte, daß die Verfolgungsgefahr nicht mehr allzu groß war, verließ er die Höhle und kletterte die steile Bergflanke im Osten hinunter. Er wollte zunächst in Richtung Lam, um dann hinter dem Osser über die Grenze zu schlüpfen.

Leuchtend stand die Sonne am Frühlingshimmel, als Michael, ein Stück vor Arrach, den Einödhof erblickte. Scheinbar verlassen lagen die Gebäude am Hügelhang. Doch dann entdeckte der Bur-

71

sche auf einer Wiese am Waldrand die junge Frau. Sie hatte ein paar Geißen bei sich, die sie jetzt dort anpflockte, wo das neue Gras bereits üppig aufgeschossen war. Warum es ihn plötzlich so sehr zu der Magd hinzog, hätte Michael selbst nicht zu sagen gewußt. Doch er verließ den Schutz der Bäume und ging auf sie zu.

Zuerst tat sie ein wenig erschrocken, als der hagere Kerl plötzlich bei ihr auftauchte. Doch als sie in Michael Heigls helle Augen geblickt hatte und spürte, daß er nichts Böses wollte, taute sie auf: „Kathi heiße ich", sagte sie. „Und du?"

„Michl. Von Viechtach komm ich herauf und will weiter nach Lam."

„Dann bist du wohl auf der Wanderschaft?" erkundigte sich die hübsche Dunkelhaarige, die ungefähr im gleichen Alter wie der Bursche stand.

„Ich zieh' herum, so frei wie ein Vogel", erklärte Michael. „Von der Welt möchte ich was sehen, von der großen, weiten Welt..."

„Das würde ich mir auch einmal wünschen", erwiderte die Magd. „Aber ich kann vom Brennesselhof nicht weg. Der Bauer braucht mich für den Stall und dazu den Haushalt, seit ihm im vorigen Jahr sein Weib verstorben ist."

„Lebst du etwa hier ganz allein mit ihm?" Ein klein wenig vorwurfsvoll klang die Frage.

„Zwei Knechte sind auch noch auf der Einöde", antwortete Kathi lächelnd. „Doch heute bin bloß ich da. Die Männer sind nach Hohenwarth hinüber zum Viehhandeln. Wahrscheinlich kommen sie erst spät in der Nacht besoffen heim. Die sind nicht so wie du..."

„Wie bin ich denn?" wollte Michael wissen. Ein Spiel spielte er plötzlich, das in reizte und erregte. Kathi schien es nicht anders zu ergehen. „So helle, gute Augen hast du..." sagte sie leise in das Rupfen der Geißen hinein. „Augen sind das..."

Und dann waren auf einmal ihre Pupillen ganz nahe: braun und tief wie Moorlöcher am Schwarzen Regen. Die hellen Augen des Burschen verloren sich in den dunklen des Mädchens, tauchten ein; tief, immer tiefer, bis Michael in ihnen Landschaften entdeckte; Welten und wiederum in ihnen eine ganz neue Welt. Er fühlte, wie sie ihn streichelte, wie ihre Finger in seinem Haar waren; dann spürte er ihre Lippen. Weich waren sie; so weich und so gut. Und dann lag er im Gras neben Kathi, und wieder waren ihre Lippen da, dazu ihre Hände und nun auch ihre Brust; so federnd unter dem ärmlichen Kittel. Zaghaft, unendlich zärtlich berührte Michael das wundersame Fleisch; berührte es, so wie er einst die Wange der Dritteldirn berührt hatte. Sein Blut rauschte jetzt – doch plötzlich zog sich das Mädchen zurück, flüsterte erschrocken: „Der Bauer und die Knechte! Sie kommen schon zurück! Ist wohl doch nichts geworden mit der Handelschaft zu Hohenwarth. Schnell, in den Wald, damit sie uns nicht sehen!"

Während unterhalb der Leite das Fuhrwerk auf den Brennesselhof polterte, umarmten sich Kathi und Michael im Schutz des Forstes ein letztes Mal. „Schade!" flüsterte die Magd danach und preßte seine Hände. „Es ist so schade, aber ich muß zum Haus zurück." Noch einmal ein langer Blick aus moorbraunen Augen, dann mit unsicherer Stimme die Frage: „Und du mußt auch weiter, gell? Mußt weiterfliegen, wie ein Vogel...?"

„Ja", antwortete Michael Heigl gepreßt und setzte hinzu: „Aber vielleicht komm ich einmal wieder her, Kathi..."

„Dann kommst du an mein Kammerfenster..." Sie deutete zum Haus hinunter. „Das linke ist's, über der Altane..." Damit lief sie los.

Michael schaute ihr wie betäubt nach, bis sie im Hausgang des Brennesselhofes verschwunden war. Zuletzt biß er die Zähne zusammen und machte sich wieder auf den Weg. Aber noch lange waren die moorbraunen Augen bei ihm – und auch das unausgesprochene Versprechen, das Kathi ihm gegeben hatte. Er nahm sich vor, wirklich hierher zurückzukehren; später, wenn er sich wieder nach Bayern wagen durfte. Vielleicht, daß er sich dann mit einer wie Kathi ein friedliches Leben aufzubauen vermochte. Er wünschte es sich mit allen Fasern, denn wie ein Zauber berührte ihn die Vorstellung, immer in solch dunkle, geheimnisvolle Augen blicken zu dürfen.

* * * * *

Doch auch im Böhmischen gab es dunkle und helle Mädchenaugen. Und oft waren sie noch kecker und fröhlicher als diejenigen der Magd vom Brennesselhof. Seit Michael Heigl sich hinter dem Osser ins Künische Gebirge geschlagen hatte, lebte er in einer neuen, erregenden Welt.

Uralte Freibauernhöfe standen hier trotzig an den waldpelzigen Bergflanken; Höfe, die seit dem Mittelalter nie einem adligen oder kirchlichen Lehensherrn hatten fronen müssen. Eisern hatten die künischen Bauern ihre althergebrachten Privilegien bis in die neue Zeit herauf zu wahren gewußt, und ihr Freiheitssinn hatte diesen ganzen Landstrich im Böhmerwald geprägt. Im Künischen Gebirge galten Staats- und Priestermacht nichts. Nur der Mann zählte oder die Frau. Souverän saßen die alten Bauerngeschlechter auf ihren Höfen, und von einem Anwesen zum anderen zogen diejenigen, die anderswo von der menschlichen Gesellschaft ausgestoßen worden waren: Kürbenzäuner aus der Oberpfalz, Siebelflechter aus dem Niederbayerischen, Schneider aus Prag; entsprungene Mönche aus Passau, Regensburg oder dem Österreichischen; entlaufene Soldaten, oft noch uniformiert, aus kaiserlichen oder königlichen Heeren.

Dazu der weibliche Anhang dieser Renegaten! Matronen gab es, die wie Zigeunerfürstinnen vor ihren Wohnwägen oder Zelten zu thronen wußten; aber auch Mädchen, die am Rand der Landstraße oder auf einem Windbruch im Wald geboren worden waren und zeitlebens nichts anderes gekannt hatten als das Herumziehen und die Freiheit unter freiem Himmel. Kein leibfeindlicher Kleriker und kein moralisierendes Gesetz hatten ihnen jemals das Herz und den Schoß vergiftet, und wo solche Mädchenaugen einem Burschen zulächelten, durfte er jauchzend die ganze Fülle des Lebens genießen.

Diese Fahrenden, diese Heimat- und Landlosen prägten das westliche Böhmen nun schon seit vielen Generationen; sie gehörten ebenso zum Künischen Waldgebirge wie die eingesessenen Bauern, und die einen kamen friedlich mit den anderen aus. Auf den Höfen wurden immer wieder einmal Wanderarbeiter gebraucht, und diese geschickten Helfer hatten dann unter dem Dach der Freibauern satt zu essen und zu trinken. Auch trugen sie Musik, Tanz und Lebensfreude in die gewöhnlich so still daliegenden Einöden; auch dies wußten die Bauern durchaus zu schätzen. In einer Art Symbiose lebten die lockeren Vögel und die Seßhaften im westlichen Böhmen; in einer Verflechtung, wie sie sonst im mittleren Europa nicht möglich war, und beide Seiten hatten Vorteile davon, weil jeder die Eigenarten des anderen achtete.

Grenzläufer, wie nun auch Michael Heigl einer geworden war, gab es unter den Landfahrern viele. Die meisten hatten im Bayerischen etwas ausgefressen und sich dann ins Böhmische hinüber gerettet. Umgekehrt hat es aber auch Gestrauchelte aus Prag, Eger oder Pilsen ins Waldgebirge verschlagen, wo im Notfall die bayerische Grenze nahe genug war. Michael Heigl fand also nicht nur dunkle und helle Mädchenaugen im Böhmerwald, sondern zudem Gleichgesinnte, die wie er aus der Not, der Schinderei und der Ungerechtigkeit ihre eigenen Schlüsse gezogen hatten.

* * * * *

Seit Wochen kampierte er nun schon zusammen mit einer bunten Rotte im Donnerwinkel; kaum mehr als zwei Wegstunden von der Grenze entfernt, doch durch unwegsamen Forst gegen Bayern hin gut geschützt. Der Haufen Landfahrer bestand aus etwa einem Dutzend Menschen: Böhmen und Bayern, wie der Wind sie zusammengeweht hatte. Die Männer legten im Wald ihre Schlingen aus, die Frauen rösteten die Beute abends an langen, eisernen Spießen über der Kohlengrube des gemeinsamen Lagerfeuers. Auf einer Waldlichtung standen ihre Zelte; sogar ein Planwagen, in dem früher einmal Zirkusartisten gereist waren, hatte den mühsamen Weg ins Gebirge gefunden. Die beiden stämmigen Zugrösser weideten jetzt auf den Grasflächen unter den Bäumen; im Wagen selbst hauste ein Scheren- und Messerschleifer mit seinem Weib und seiner schwarzäugigen Tochter.

Böhmen waren es – und gastfreundliche dazu, denn Michael Heigl, der ohne jegliche Ausrüstung ins Künische Gebirge gekommen war, durfte unter dem Wagenboden schlafen, und die böhmische Familie hatte ihm auch noch ein paar Pferdedecken gegeben. Die schwarzäugige Olga war es gewesen, die ihm das Lager für die erste Nacht hergerichtet hatte; seitdem saß sie oft bei dem fast achtzehnjährigen Burschen, der manchmal so verwegen und dann wieder so weich wirken konnte. Auch an diesem Abend, während die Sonne die Baumwipfel im Westen rötlich einfärbte, kauerte Olga neben ihm.

„Vollmond ist heute", sagte die junge Frau nach einer Weile leise. Verständigungsschwierigkeiten gab es zwischen ihr und Michael nicht; Olga war im Wald geboren worden, in böhmisch-bayerischer Landfahrergesellschaft, und war deswegen zweisprachig aufgewachsen. „Und im Vollmond zeigt sich das Antlitz der Liebesgöttin", setzte sie mit verführerischem Lächeln hinzu.

Michael Heigl sah die Verlockung aus ihren Pupillen leuchten; sah das Gesicht der Zwanzigjährigen, hinter dessen sanfter Schönheit manchmal etwas Ungezähmtes und Wildes spürbar wurde. Er sah ihr blauschwarzes Haar, das wie Rabengefieder schimmerte, und er sah ihren Körper, der so fest war und so weich zugleich. Jetzt aber wirkten Olgas Gesichtszüge zärtlich und nicht wild, und ihre Lippen waren wie für ihn halb geöffnet – dennoch wußte Michael nicht, was er ihr sagen sollte, nachdem sie vom Vollmond und der Liebesgöttin zu ihm gesprochen hatte. Deshalb blickte er sie nur verwirrt an und ahnte dabei nicht, wie erregend seine eigenen, blauen Augen wiederum auf sie wirkten.

Über der Waldlichtung hing der Geruch nach geschmortem

75

Wildbret; aus einem der Zelte trat jetzt ein Kürbenzäuner aus der Waldsassener Gegend, kauerte sich hin und setzte seine Flöte an die Lippen. Eine Melodie, schwermütig, dann wieder in jäher Lebensfreude aufjubelnd, perlte über den moosigen Platz hin. Olga, die im Wald und im Plachenwagen frei und ungebunden aufgewachsen war, die falsche Moral nie gekannt und bereits mit dreizehn Jahren zum ersten Mal bei einem Mann gelegen hatte, wußte, daß sie dem, den sie jetzt begehrte, helfen mußte.

„Komm", sagte sie leise zu ihm. „Komm mit mir in den Wald!" Sie ergriff seine Hand, zog ihn hoch, drückte dabei ihre federnde Brust gegen seine Schulter. Sie bemerkte sein Erröten und seine Erregung und wußte, daß er zwar unbeholfen, aber nicht schwächlich sein würde. „Komm!" wiederholte sie und zog ihn bereits zum Waldrand hinüber. „Wir wollen uns ein Plätzchen suchen, das in Mondlicht gebadet ist... Einen Mondlichtsee, nur für dich und mich, wo es keine anderen Menschen mehr gibt..." Wenig später, im Schutz der Bäume, schmiegte sie sich an ihn, küßte ihn sanft und flüsterte: „Wirst du diesen Ort für uns finden...?"

„Ja!" erwiderte Michael heiser; im Weitergehen umschlang er sie. Jetzt war er es, der sie führte, und hinter in ihrem Rücken wurde das Flötenspiel leiser und verlor sich bald ganz.

Zwischen den Baumschatten flirrte Mondlicht; unter ihren Leibern federte samtiges Moos. Der Herumgestoßene aus der Keuche wiegte sich auf Olgas warmem, dann heißem Körper. Ihre Zunge war so behende, ihre Hände taten ihm so gut. In ihrer Brustwärme durfte Michael sein Gesicht bergen. Und schließlich wurde er zum Mann, der sich zum ersten Mal in seinem Leben einer Frau hingegeben hatte. Olga hielt ihn, streichelte ihn und brachte ihn so zu noch wohligerer Ruhe; ließ ihn in einen Schlaf absinken, wie er ihn so süß noch niemals zuvor erlebt hatte. Während Michael Heigl bei ihr geborgen lag, blickte Olga auf die Mondscheibe zwischen den Baumwipfeln. Sie sah die Göttin wandern, fortwandern – und wußte, daß auch sie und der Kötztinger Bursche sich bald wieder trennen würden. Doch jetzt war der Helläugige bei ihr, und der unverbildeten jungen Frau war dies genug.

Den Sommer hindurch blieben die beiden immerhin zusammen. Als das Lager auf der Lichtung im Donnerwinkel abgebrochen wurde, zog Michael mit Olga und ihren Eltern weiter. Die übrigen Landstreicher verliefen sich bald; nun war der buntbemalte Planwagen allein unterwegs. Von einer Einöde zur nächsten rollte das Gefährt mit den beiden Rössern an der Deichsel.

Wenn es in den Hohlwegen oder an den Bergflanken zu steil bergauf ging, mußten sich die Menschen in die Radspeichen stemmen. Auf den Hofplätzen surrte der Schleifstein. Olgas Vater ließ von Messer- und Scherenklingen Funken wegspritzen. Sein Weib las unterdessen den Bauersleuten aus den Händen. Olga und Michael griffen auf den Feldern zu, wo immer man ein paar zusätzliche Hände nötig hatte. Die Nächte gehörten ihnen allein. Jetzt brauchte Michael Heigl nicht länger einschichtig unter dem Wagen zu liegen; die junge Frau war an seiner Seite und wärmte ihn.

Es gab keine Liebesschwüre und keine falschen Versprechungen, während der Sommer fortschritt. Aber es war viel Innigkeit, viel Vertrauen und viel Gemeinsamkeit zwischen ihnen. Gleich Kindern, ganz selbstverständlich und natürlich, genossen Michael und Olga ihr Zusammensein. Langsam rollte der Planwagen jetzt das Tal der Uhlava entlang. In Klatovy gab es für den Scheren- und Messerschleifer Arbeit für eine volle Woche. Bei einem Schlosser sprang Michael Heigl in dieser Zeit für einen erkrankten Lehrjungen ein. Dann rumpelte das Gefährt weiter nach Südosten, erneut die waldbepelzten Berghänge hinauf. Einöden lagen zuhauf auch zwischen Klatovy und Susice. Der Sommer stand nun in seiner vollen Kraft; während der kurzen, lichten Nächte machte Olga den Keuchnerssohn aus Beckendorf zu einem immer zärtlicheren Liebhaber.

Irgendwo zwischen Susice und Strakonice hätte Michael Heigl seinen achtzehnten Geburtstag feiern können. Doch es wurde ihm gar nicht bewußt. Die Zeit, da er im Regensturm geboren worden war, schien unendlich weit zurückzuliegen. Manchmal fürchtete er allerdings während dieser warmen Sommernächte, daß er Olga schwängernd könnte. Wenn er aber davon sprach, wußte die Schwarzhaarige ihn zu beruhigen; Olga kannte Kräuter, welche die Liebe für zwei Besitzlose gefahrlos machten.

Als der Planwagen schließlich das Tal der Otava und die Gegend um Pisek erreicht hatte, waren die Nächte wieder spürbar länger geworden. In den Wochen zwischen August und September verwich der Sommer. Eines Tages, als der Wagen wiederum auf einer Lichtung stand, wurde Familienrat gehalten. „Wir wollen nach Prag weiter, um den Winter dort bei Verwandten zu verbringen", erklärte der Alte. „Du mußt dich jetzt entscheiden, Michl, ob du allein weiterwandern oder bei uns bleiben und im nächsten Frühjahr erneut mit uns losziehen willst. Keiner von uns hätte etwas dagegen, das weißt du..."

Prag, dachte Michael Heigl. Die Goldene Stadt. Der Hradschin, die Karlsbrücke. Olga hatte ihm mehr als einmal davon erzählt. Es hätte ihn gereizt, dort mit ihr durch die Gassen zu laufen. Doch da war noch etwas anderes. Seit die Bäume sich einzufärben begonnen hatten, spürte Michael jetzt immer häufiger ein undefinierbares Ziehen in der Brust. Etwas, das ihn nach Westen zu locken schien; etwas, das ihn mit seltsamer Melancholie erfüllte, besonders dann, wenn er allein war und ins Nachsinnen geriet. Heimweh war es: nach dem Regental, nach den altvertrauten Bergen des Bayerwaldes. Sehnsucht auch nach der Beckendorfer Kate und der Mutter. Doch andererseits war da eben Olga, nach der er sich ebenfalls sehnen würde, wenn ihm der Planwagen erst einmal aus den Augen gekommen wäre. Olga, die ihm einen bezaubernden Sommer geschenkt hatte.

Lange bedachte Michael Heigl sich; zuletzt richtete er seine Antwort nicht an den Alten, sondern an die Schwarzäugige: „Ich weiß es ja selbst nicht...“

Die Böhmischen ließen ihn in Ruhe; sowohl die Eltern als auch Olga. Sie hatten begriffen, daß er allein damit fertigwerden mußte. Ein paar Tage und Nächte hing alles in der Schwebe, dann zog ihn die Schwarzhaarige in einer milden Nacht noch einmal mit sich fort, in den Wald. „Du willst zurückgehen, in deine eigene Heimat, nicht wahr?“ fragte sie, nachdem sie sich geliebt hatten. Da wußte Michael plötzlich, daß es das letzte Mal gewesen war. „Ja“, sagte er, den Kopf an ihrer Brust. „Weißt du, es ist...“

„Nicht!“ Ihre weiche Hand lag auf seinem Mund. „Du sollst dich nicht entschuldigen und nicht rechtfertigen. Du willst es in deinem Herzen so, deswegen ist es gut. Es war schön mit dir, einen Sommer lang. Jetzt kommt der Herbst. Laß uns nicht trauern, Mischenka. Laß uns nicht so sein wie die anderen, die Dummen. Laß es einfach so sein, wie es ist – das Leben...“

In dieser Abschiedsstunde war er ihr näher denn je. Olga hatte ihn nicht nur zum Mann gemacht; sie hatte es zuletzt auch fertiggebracht, daß sie sich ohne Peinlichkeit, ohne daß sie sich gegenseitig quälen mußten, trennen konnten. Noch einmal hatte sie ihn an der Hand genommen und ihn geführt; hatte ihn geführt aus dem Instinkt ihres Herzens heraus, das ihn vielleicht besser verstand als er sich selbst.

„Danke!“ sagte er in die weiche Höhle ihrer Hand hinein. „Ich werde dich nie vergessen – und vielleicht...“

Wieder preßten sich Olgas Finger auf seine Lippen, doch dann flüsterte auch sie: „Vielleicht...“

Wieder wanderte Michel Heigl allein, während der September die Wälder jetzt immer bunter einfärbte. In der Tasche trug der Achtzehnjährige nach wie vor das Säckchen mit den Resten der Beute aus dem Further Pfarrhof. Doch je näher er der Grenze kam, um so mehr schmolz seine Barschaft zusammen. Denn wenn die Sehnsucht nach Olga ihn packte, fiel Michael jetzt immer häufiger in die Wirtshäuser am Straßenrand ein. Ließ sich Bier und Schnaps auftragen, böhmische Knödel und Braten dazu. Und sagte sich, daß es sowieso besser sei, wenn er als Bettler zurück nach Bayern käme, als wenn er Geld im Sack trug, das ihm möglicherweise doch noch das Genick brechen könnte, falls er es jenseits der Grenze leichtsinnig auf irgendeinen Tavernentisch warf.

Als Michael Heigl wiederum durch den Donnerwinkel strich, besaß er nichts mehr; irgendwo im Unterholz vermoderte der Lederbeutel aus dem Pfarrhaus. Vor allem deswegen redete der junge Landstreicher sich ein, daß über den Diebstahl in Furth mittlerweile ganz bestimmt Gras gewachsen war. Ein halbes Jahr war inzwischen vergangen; die Gendarmen hatten nach dieser langen Zeit sicherlich anderes zu tun, als noch weiter Jagd auf ihn zu machen. Außerdem hatte Michael nicht vor, sich auch nur in die Nähe des Marktes zu wagen. Er überschritt vielmehr die Grenze wiederum hinter dem Osser und schlug sich dann weiter in Richtung auf den Kaitersberg durch.

Hinter Arrach erinnerte er sich plötzlich an den Brennesselhof und die junge Magd, die er dort im Frühjahr geküßt hatte. Unvermittelt wurde die Sehnsucht nach der damals so willigen Kathi übermächtig in ihm. Die Erinnerung an Olga, an die Lust, die sie ihm geschenkt hatte, mochte daran schuld sein; sicher auch die Freude, endlich wieder die Luft seiner Heimat zu atmen. So rasch wie möglich strebte Michael der Einöde zu und dachte unentwegt daran, wie die Magd damals auf ihr Kammerfenster gedeutet und ihn dorthin eingeladen hatte. Als er den Brennesselhof endlich vor sich liegen sah, konnte der Achtzehnjährige die schützende Dunkelheit, die ihm das Anpirschen ermöglichen würde, kaum noch erwarten.

Kaum stand der Mond schräg über dem Schindeldach des Hauses, erkletterte Michael Heigl so leise wie möglich die Altane und schwang sich über die Brüstung. Unten hatte der Hofhund nur kurz gegrohnt, ehe der Eindringling ihn mit einem Brocken Brot zum Schweigen gebracht hatte. Jetzt huschte Michael zum linken Fenster, kratzte zuerst an der Scheibe, klopfte dann vorsichtig. Es dauerte nicht lange, bis sich drinnen ein Schatten zeigte. Zögernd zog Kathi den Fensterflügel auf. Im ungewissen Mondlicht erkannte sie ein junges, wildes Gesicht mit seltsam hellen Augen – und schon erinnerte sie sich. „Du, Michl?" flüsterte sie atemlos.

„Direkt aus Böhmen komm ich zu dir", raunte er. „Laß mich zu dir hinein, bitte!"

Im nächsten Moment hing ihm die Magd am Hals, küßte und streichelte ihn. „Die ganze Zeit hab' ich so hart auf dich gewartet", bekannte sie zwischendurch. „Ich hab' dich nicht vergessen können, seit damals, wie uns der Bauer und die anderen dazwischengekommen sind..."

„Heute nacht wird er uns nicht mehr stören", erwiderte Michael Heigl. Sanft schob er Kathi von sich, damit er durchs Fenster klettern konnte. Dann waren sie ganz zusammen, ihr Körper preßte sich an seinen; unter immer heftigeren Küssen erreichten sie allmählich das Bett. Dort wurde ihr Liebesspiel noch hitziger und damit lauter, doch die beiden bemerkten es nicht; sie hatten jetzt jede Vorsicht vergessen.

Urplötzlich dann schmetterte die Kammertür auf; einen Lidschlag später traf Michael Heigl ein mörderischer Hieb ins Genick. Der Faustschlag prellte seinen Kopf gegen den Bettpfosten. Gellend schrie die Magd, gleich darauf ohrfeigte einer der Eindringlinge sie brutal. Michael, Mordgedanken im dröhnenden Schädel, ging auf die Angreifer los. Doch er hatte keine Chance; es waren zu viele, und sie ließen erst dann von ihm ab, als er das Bewußtsein verlor.

Nachdem er wieder zu sich gekommen war, erkannte er den Bauern und dessen zwei Knechte. Sie hatten ihn nach unten in die Stube geschleppt und ihn mit einem Kälberstrick gefesselt. In einer Ecke kauerte Kathi, das Gesicht geschwollen und verheult. Als sie jetzt aufschluchzte, hob der Bauer die Faust und drohte ihr neuerlich. Dann wandte er sich Michael Heigl zu und schrie ihn an: „Einbrechen wolltest du bei mir, aber wir haben gottseidank was gehört. Jetzt kriegst du deine verdiente Strafe! Gleich geht der Knecht nach Arrach hinüber und holt die Gendarmen; Sauhund du, diebischer..."

„Aber ich bin doch bloß wegen der Kathi..." brachte Michael mühsam über die blutverkrusteten Lippen.

„Halt's Maul!" unterbrach ihn der Einöder. „Kein Wort mehr, sonst schlag ich dich gleich tot! Ein gottverfluchter Räuber bist du!"

„Das ist nicht wahr!" brach es aus der Magd heraus. „Das sagst du bloß, Bauer, weil du selber was von mir willst! Weil du mir schon den ganzen Sommer lang nachsteigst. Und jetzt willst du den Michl zum Einbrecher stempeln, weil ich ihn mag – und dich nicht. Damit du dich an ihm rächen kannst, weil ich ihn in meine Kammer gelassen hab'. Aber ich würd's wieder tun, immer wieder...“

Der Einödbauer, der mehrmals zum Reden angesetzt und dann doch wieder gestockt hatte, fuhr jetzt außer sich auf sie los. „Hundsmatz, verhurte!“ brüllte er. „Ein Wort noch, und ich bring' dich um! Ein einziges Wort zu den Polizisten, und ich kenn' mich nicht mehr! Ein Einbrecher ist dein Rammelbock, dabei bleibt's!“ Er herrschte einen der beiden Knechte an: „Geh schon endlich! Sag den Arrachern, daß wir einen Räuber gefangen haben!“

Als der Knecht hinauspolterte, befahl er dem anderen: „Und du bringst die Hur' jetzt wieder auf ihre Kammer. Sperrst ab und bleibst bei ihr, bis alles vorüber ist. Die braucht den Gendarmen überhaupt nicht unter die Augen zu kommen, mit ihrem Lästermaul!“

Erfolglos wehrte sich Kathi gegen die Fäuste, die sie aus der Stube zerrten. Ein letzter, gehetzter Blick traf Michael Heigl. Der Blick einer jungen Frau, die ihn gern hatte und ihm trotzdem nicht würde helfen können. Die die Wahrheit kannte und schweigen mußte, wenn sie nicht selbst auf der Straße landen oder von dem rabiaten Bauern zum Krüppel geschlagen werden wollte. „Schön war's mit dir!“ rief ihr Michael verzweifelt nach. „Das kann dir und mir keiner mehr nehmen, gell! Vergiß das nicht!“

Ein fürchterlicher Schlag war die Antwort des Einöders. „Davon kannst du noch mehr haben, bis die Polizisten da sind!“ schrie er drohend. Michael wandte das blutbeschmierte Gesicht ab und schwieg. Die Gendarmen von Arrach, dachte er. Die haben mich schon einmal in Handschellen gelegt und nach Kötzting gekarrt... Und jetzt muß ich ihnen wieder in die Klauen geraten. Bloß weil ich ein bißchen Liebe gesucht hab' und an einen eifersüchtigen Narren geraten bin... Aber die Kathi war's wert... Nichts bereue ich, gar nichts, auch wenn sie mir auf den Diebstahl in Furth kommen. Scheiß doch drauf... Wenn ich jetzt wieder auf der harten Pritsche im Loch hocken muß, so habe ich vorher doch wenigstens weich auf einem jungen Weib gelegen. Und der Bauer, die verlogene Sau, kann das nicht von sich sagen...

Mit einer jähen Bewegung hob Michael Heigl den Kopf und starrte den anderen trotzig an. Schon ballte der Einöder erneut die Faust, doch dann sah er in den hellen Augen des Landstreichers

etwas, das ihn schreckte. Etwas, das ihm sagte, daß möglicherweise später einmal sein Anwesen unversehens brennen könnte,
wenn er jetzt noch einmal auf den Hilflosen eindrosch. So verzog
sich der Bauer, leise vor sich hin fluchend, ins Ofeneck und nahm
sich die Schnapsflasche vor, während Michael gefesselt, blutend,
zerschlagen und dennoch ungebrochen dasaß.

* * * * *

Wenige Tage später stand Michael Heigl abermals vor dem
Kötztinger Richter. Ganz wie zwei Jahre zuvor thronte der Sadist
mit dem Schmiß auf der Wange unter dem meterhohen Kruzifix.
Bösartig grinste er den Delinquenten an, schnauzte dann: „Es
sind wohl zu wenig Prügel gewesen damals, was?!" Aggressiv
ruckte sein Schädel gegen Michael vor. „Hast schon wieder eingebrochen, eh?! Kannst es einfach nicht lassen, wie?!"
„Ich bin unschuldig! „ erwiderte Michael Heigl fest. „Genau
wir vor zwei Jahren! Bloß wegen Müßiggangs bin ich damals verurteilt worden..."
„Herauslügen willst du dich!" schnappte der Richter. „Doch
der Brennesselhofbauer hat deinen Einbruch hieb- und stichfest
zu Protokoll gegeben..."
Aber vom Pfarrhof in Furth weißt du offenbar nichts, dachte
Michael erleichtert. Die haben ja auch ein eigenes Gericht dort
oben. Was in Furth passiert ist, geht die hier in Kötzting nichts an.
– „Was soll ich überhaupt auf dem Brennesselhof gestohlen haben?" fragte er trotzig. „Hat der Bauer das auch ins Protokoll
schreiben lassen?!" – Ich hätte einfach die Kathi als Zeugin be-
nennen können, überlegte er gleichzeitig. Die könnte beschwören,
daß ich unschuldig bin. Aber das darf ich nicht tun. Dann müßte
sie auch erzählen, was zwischen uns gewesen ist. Und dann würde der Einöder ihr das Leben zur Hölle machen. Nein, es muß an-
dersherum gehen... – „Was ich geraubt haben soll, will ich wissen!" schrie er jetzt.
„Was erlaubst du dir für einen Ton, du Lump?!" schnauzte der
Richter zurück. „Du weißt ganz genau, daß du gar nicht zum Einbrechen gekommen bist! Der Bauer hat dich ja schon gleich auf
der Altane erwischt..."
„Weil's mir im Schuppen zu dreckig war zum Übernachten",
fiel ihm Michael Heigl ins Wort. „Nichts anderes hab' ich auf dem
Brennesselhof gewollt. Schlafen und am nächsten Tag den Bauern
um Arbeit bitten. Aber er ist ja gleich auf mich los mit seinen
Knechten, und ich hab' ihm nichts mehr erklären können. Der hat

mich ja gar nicht zu Wort kommen lassen, sondern hat gleich auf mich eingedroschen. Und dann waren auch schon die Gendarmen da und haben mich unschuldig noch Kötzting geschleppt."

„Unschuldig also! Natürlich seid ihr immer völlig unschuldig!" bellte der Richter. Dennoch wirkte er jetzt ein wenig verunsichert. Blätterte im Protokoll, blätterte immer hastiger und schob es schließlich verächtlich beiseite. Aus zusammengekniffenen Augen fixierte er den Delinquenten. „Nach Arbeit hast du also fragen wollen", sagte er zuletzt. „Oder hast du vielleicht doch eher betteln wollen, eh?!" Sein Zeigefinger schnellte vor. „Herumgetrieben hast du dich wieder einmal, und auch das ist strafbar! Ein Landstreicher wie du kann leicht genug zum Dieb oder zum Einbrecher werden..."

„Ich hab' aber nichts gestohlen!" beharrte Michael Heigl.

„Aber ein Müßiggänger bist du!" fuhr ihn der Richter an. „Einer, der sich in die göttliche und menschliche Ordnung nicht einfügen will! Doch wir werden's dir schon eintrichtern, du Abschaum!" Er wandte sich dem Schreiber zu und diktierte: „Der Häuslerssohn Michael Heigl, achtzehn Jahre alt, gebürtig in Beckendorf, wird wegen fortgesetzten Müßiggangs zu vierzehn Tagen Gefängnis bei Wasser und Brot verurteilt. Abzusitzen auf der Stelle in Kötzting." Und dann mit bösartigem Feixen wieder zu seinem Opfer: „Hast du dazu noch etwas zu sagen, Heigl?"

Wohl hätte Michael einiges zu erwidern gewußt. Aber dann dachte er an Furth und den Pfarrer dort und hielt lieber den Mund. Zog den Kopf ein und knurrte bloß noch: „Ich nehm' die Strafe an."

„Das möchte ich dir auch geraten haben!" belferte der Richter, ehe der Gendarm den hageren Burschen am Arm packte und ins Loch abführte.

Dort saß Michael Heigl zwei Wochen auf der beinharten Pritsche. Er dachte an Kathi und Olga und an den böhmischen Sommer, der ihm vergönnt gewesen war, und bereute nichts.

HERBERGSSUCHE

Der Achtzehnjährige hatte seine Strafe abgesessen, doch die Hüter von Recht und Ordnung ließen ihn trotzdem nicht in Ruhe. Kaum hatten sie ihn dem Gefängnisloch geholt, zeigten sie ihm einen Wisch, der schon bald in jeder Gemeindestube im weiten Umkreis von Kötzting aufliegen sollte und dessen Inhalt einer der Gendarmen jetzt zunächst einmal dem Delinquenten selbst zur Kenntnis brachte. „Für die Dauer von zwei Jahren wird Michael Heigl, Häuslerssohn aus Beckendorf, unter Polizeiaufsicht gestellt", las der Uniformierte, immer wieder hämisch auf den Genannten blickend, vor. „Es ist für diese Zeit jedermann untersagt, dem Verurteilten Unterkunft und Herberge zu geben!"

Michael traute seinen Ohren nicht. „Der Herbst ist da", stammelte er. „Ich brauche doch ein Dach über dem Kopf!"

„Wenn dich einer bei sich aufnimmt, wird er bestraft", erwiderte der Gendarm. Er grinste. „Jetzt kannst einmal eine Zeit im Wald schlafen! Bis dir das Herumtreiben zum Hals heraushängt und du froh bist, wenn du dann später wieder ein Leben führen darfst, wie sich's gehört."

„Ich brauche nicht in den Wald", murmelte Michael Heigl. „Ich hab' immer noch meine Mutter."

„Nicht einmal die hast du mehr!" fuhr ihn der Uniformierte an. Sein Finger pochte auf das amtliche Dokument. „Da, hast du's nicht verstanden?! Es ist jedermann untersagt, dich bei sich aufzunehmen! Begreifst du's jetzt?!"

„Aber es muß doch einer wie ich noch zu seiner Mutter gehen dürfen", stammelte Michael. „Wenigstens das..."

„Tu's – und die alte Vettel wird auch gleich abgestraft!" warnte der Gendarm.

Der Achtzehnjährige hatte die Hände tief in den Taschen vergraben; jetzt ballten seine Fäuste sich wie von selbst. Doch er beherrschte sich, fragte mit flacher Stimme bloß noch: „Und wo soll ich dann hin, wenn ich nicht einmal nach Beckendorf darf?"

„Das ist deine Sache, du Lump, nicht meine", schnauzte der Polizist. „Und jetzt fort mit dir! Schau, wo du bleibst! Mehr habe ich dazu nicht zu sagen. Der Herr Amtsrichter wird schon wissen, warum er es so und nicht anders bestimmt hat." Er wandte sich ab und schickte sich an, den Wisch in den Holzkasten neben dem Eingang des Gerichtsgebäudes zu hängen.

„Bleib, Bub!" sagte eine Stunde später die Mutter, nachdem Michael ihr sein Herz ausgeschüttet hatte. „Das wäre nicht christlich, wenn noch nicht einmal ich dir ein Dach über dem Kopf geben dürfte!" Liebevoll blickten die trübe gewordenen Augen ihn an. „Du hast mir doch auch geholfen, im Frühjahr, ehe du verschwunden bist. Ich hab' das Korn und den Speck schon gefunden und gleich gewußt, daß die Sachen von dir waren. Der Herrgott vergelt's dir, Michl! Hab's gut brauchen können!" Kein Wort von Furth, obwohl die Alte sicher längst erfahren hatte, daß ihr Sohn dort durchgebrannt war. Und obwohl sie wahrscheinlich auch ahnte, daß er dabei auf Abwege geraten war. Kein Wort davon; nur die Sorge um ihn. Die Sorge, wie er jetzt Herbst und Winter überstehen sollte. „Sie können mich deswegen einsperren, aber ich jag' dich nicht aus der Kate", beteuerte die früh vergreiste Frau.

„Ich weiß, daß du mich aufnehmen würdest", sagte Michael weich. „Trotzdem darf ich nicht bleiben. Wir hätten beide nichts davon. Würden zuletzt bloß zusammen im Gefängnisloch landen. Deswegen gehe ich jetzt auch gleich wieder..." Allmählich fand er sich mit seinem Schicksal ab. Er hatte schließlich schon den Sommer über in den Wäldern gelebt, vielleicht würde er es auch jetzt schaffen.

„Aber wo willst du denn hin?" fragte fassungslos die Mutter.

„Auf die kleinen Dörfer und Einöden", erwiderte Michael Heigl. „Die Gendarmen können nicht überall auf mich lauern. Ich werde schon ein Plätzchen finden bei den Waldbauern. Eine Herberge im Stall oder so. Die Bauern werden das Maul schon halten, und dann kann auch der Richter nichts machen. Was er nicht weiß, macht ihn nicht heiß..." Jetzt grinste der Achtzehnjährige sogar.

„Der Herrgott behüt' dich!" sagte die Alte zum Abschied. Offenbar hatte sie jetzt selbst eingesehen, daß es besser war, wenn ihr Sohn nicht bei ihr in der Keuche blieb.

* * * * *

Ihr Gottvertrauen jedoch stellte sich als wenig hilfreich heraus. Nichts weiter als einen frommen Wunsch hatte die Mutter ihrem Sohn mit auf den Weg geben können. Einen Wunsch, der nichts, aber auch gar nichts bewirkte. Michael Heigl war einmal mehr auf sich allein gestellt. Nur bei ganz wenigen Menschen im Kötztinger Gäu konnte er auf Verständnis und dazu Barmherzigkeit rechnen.

Nachdem er sich tagelang in den Herbstwäldern herumgetrieben und sich notdürftig von Beeren und Pilzen ernährt hatte, tauchte er im Dorf Hudlach auf. Unterwürfig bat er um ein Nachtlager und ein bißchen Brot. Doch der Wisch aus Kötzting war bereits beim Gemeindevorsteher gelandet. Mit verlegenem Feixen wiesen die Bauern den Burschen ab; weder Brot noch Herberge wollten sie ihm geben. Sie hätten nichts gegen ihn, erklärten sie ihm scheinheilig, aber wenn sie ihm jetzt unter die Arme griffen, würden sie selbst bestraft. Und es seien harte Zeiten in Bayern, das müsse doch gerade einer wie der Heigl am besten wissen.

Angewidert verließ Michael, der durch Gerichtsbeschluß erneut zum Landstreicher geworden war, zuletzt das Dorf. Etwas außerhalb, am Berghang, stand das Anwesen des Joseph Mühlbauer; ein kleiner Viertelhof bloß. Eher aus Trotz klopfte Michael auch dort an. Und der Mühlbauer gewährte ihm Unterkunft. „Kannst im Schuppen schlafen", sagte er. „Eine oder zwei Nächte wird's schon gehen. Draufkommen wird uns schon keiner..."

Dankbar bereitete der Achtzehnjährige sich sein Lager im Heu. Blieb dann nicht zwei, sondern nur eine Nacht, um den Bogen nicht zu überspannen. Bedankte sich bei dem armen Gütler und wanderte, während von Norden her Nebelregen einstrich, zur nächsten Einöde weiter.

Watzlhof hieß sie, und ein Stück abseits des eigentlichen Anwesens stand eine Keuche, in der eine etwa vierzigjährige Witwe hauste, die sich mühsam im Tagelohn durchbrachte. Franziska Lemberger hieß sie, und sie ließ den Heigl bei sich ein, weil sie endlich wieder einmal einen Kerl neben sich auf dem Strohsack spüren wollte. Michael nahm das Brot, das sie ihm zu bieten hatte, dankbar an; er nahm auch ihren mageren Körper hin, der sich nach ein bißchen Zärtlichkeit sehnte. Liebe war es nicht, eher der Versuch, sich ein paar Nächte hindurch gegenseitig zu schützen und zu bergen, doch als Michael Heigl wieder ging, war etwas Lebensfreude in die Augen der einsamen Frau zurückgekehrt. Auch Michael war dank ihrer Umarmungen ein wenig stärker geworden und ließ sich nun gelassener weitertreiben, obwohl der Regen nach wie vor naßkalt fiel.

Nachdem er ein paar Nächte im Wald, unter primitiv zusammengeschobenen Windschirmen, mehr gefroren als geschlafen hatte, erreichte er den Sengenbühl, wo ebenfalls ein Einödhof stand. „Nur für eine Nacht!" bat er den Sengenbühler Bauern. „Damit meine Kleider wieder einmal trocknen können..."

„Scheiß auf deine Fetzen", erwiderte der Landwirt schroff.

„Hast's nicht gehört, was in Hudlach und auf dem Watzlhof passiert ist?!"

Michael Heigl starrte verblüfft.

„Dort haben sie dir geholfen – und jetzt haben sie den Lohn davon!" fuhr der Einöder grimmig fort. „Weil es immer einen gibt, der einen anderen bei der Obrigkeit hinhängt. So haben es die Hudlacher mit dem Mühlbauer gemacht und nicht anders die Watzlhofer Bäuerin mit der Franziska Lemberger. Wegen der Unzucht, die du mit der Keuchnerin getrieben hast, ist die Watzlin zu den Gendarmen gerannt; den Mühlbauer hat's erwischt, weil er ein Außenseiter in Hudlach ist. Und wenn ich dir jetzt ein Dach über dem Kopf gebe, dann trifft's mich wahrscheinlich auch. Wer weiß denn, wer auf mich eine Wut hat und mich hinhängt?!"

„Was ist denn passiert mit dem Mühlbauer – und der Franzi?" fragte Michael erschrocken.

„Fünf Gulden Strafe hat der Hudlacher wegen dir bei Gericht blechen müssen", schnaubte der Sengenbühler. „Und die Lembergerin haben sie gleich ins Kötztinger Arbeitshaus gesteckt, wo sie jetzt vier Wochen lang für nichts schuften muß. – Einen schönen Lohn haben die beiden bekommen, weil sie dir Herberge gegeben haben."

„An das Jesuskind glaub' ich schon lang nicht mehr", erwiderte Michael Heigl bitter. „Aber eines weiß ich: Wenn es mit seiner Mutter Herberge suchen würde im Kötztinger Land, dann würde es ihm auch schlecht ergehen. Entweder fände es gar keinen Stall, oder die paar Leut', die es aufnehmen würden, die würden nachher vors Gericht geschleppt. Weil sie mit dem Jesuskind Mitleid gehabt hätten, statt es so richtig schön christlich verrecken zu lassen..."

„Verschwinde auf der Stelle von meinem Hof!" schrie ihn der Sengenbühler da an. „Ein Herumtreiber und Verbrecher bist du – und ein Gotteslästerer dazu! Lauf, Heigl, ehe ich den Hund auf dich hetze!"

„Laß deinen Hund, wo er ist!" drohte der Achtzehnjährige. „Ich hab' nämlich ein Messer im Sack! Und wegjagen brauchst du mich auch nicht, weil ich schon von allein geh'. – Mußt keine Angst haben, Bauer, daß die Polizisten auch zu dir kommen, weil du ein bißchen Barmherzigkeit gezeigt hast. Ich werd' dich um nichts mehr bitten!"

* * * * *

Nach wie vor strich der klamme Regen ein, doch die Wälder, die freundlicher waren als die Menschen, nahmen Michael Heigl auf. Noch immer fand er magere Nahrung im Forst und dazu ein Wurzelloch, wo er sich verkriechen konnte, oder einen Schwung Tannenflechten, aus denen sich ein Unterschlupf errichten ließ.

So wanderte der Herumgestoßene allmählich auf den Kaitersberg zu, und im November schlief er zum ersten Mal nach langer Zeit wieder in seiner Höhle. Er war auch nicht mit leeren Händen unter dem Granitgipfel angekommen, denn unterwegs hatte er sich einfach genommen, was die Bauern ihm freiwillig nicht mehr geben wollten oder durften. Michael Heigl hatte da einen Beutel Hafer gestohlen und dort ein Stück Geräuchertes; auch Draht hatte er unterwegs mitgehen lassen, um auf dem Kaitersberg neue Wildschlingen zu winden.

Und so lebte er als Höhlenmensch, bis der Winter von 1834 auf 1835 den mächtigen Bergrücken eisig überkrustete.

DER HAUSIERER

Der Frost biß Michael Heigl vom Berg weg. In den ersten Januartagen schnürte er sein armseliges Bündel, kämpfte sich dann mühsam über die vereisten Hänge und durch die pudrigen Schneewehen ins Tal hinunter. Lief allerdings nicht auf Kötzting zu, sondern Richtung Drachselsried und dann weiter nach Bodenmais. Es war ein aufreibendes Wandern, doch wenigstens reichte der Arm der Kötztinger Gendarmen nicht bis in diese Gegend, so daß Michael es allmählich wieder wagen durfte, bei dem einen oder anderen Bauern um Unterschlupf und Brot zu bitten. Da eine vorgeblich von Gott eingesetzte Obrigkeit sie nicht daran hinderte, gaben sie dem Landstreicher auch, was er zum Überleben brauchte. So konnte er sich weiter durch den Winter schlagen, bis er den Markt Regen erreichte und dann, über die Rusel, Deggendorf und das breite Stromtal der Donau, wo der böhmische Wind zuletzt seine Schärfe verlor.

Behäbig lag die Stadt zwischen den Randhügeln des Bayerischen Waldes und dem gemächlich ziehenden Fluß, und auch für Michael Heigl selbst ließ sich das Leben jetzt plötzlich umgänglicher an. Denn bei einem Kürschner, dem er ein paar Hasenbälge verkaufen wollte, die noch vom Kaitersberg stammten, traf der Achtzehnjährige unversehens auf einen Kameraden aus seinen böhmischen Tagen. Simmerl, ein Häfenhändler, war im Sommer einige Zeit mit dem bunten Planwagen gezogen, ehe er dann sein Glück wieder auf eigene Faust versucht hatte. Bei dem Deggendorfer Kürschner hatte er sich ein Katzenfell gegen sein Reißen besorgen wollen, doch als er Michael erblickte, vergaß er dieses Vorhaben, schloß den Wanderbruder aus den böhmischen Wäldern in die Arme und rief: „Ein Schnaps hilft bestimmt auch gegen den verfluchten Wehdam. Komm, wir besorgen uns eine Flasche, dann machen wir sie auf meiner Kammer leer. Mensch, Michl, was für eine Freude, daß wir uns getroffen haben!"

Auch Michael Heigl konnte jetzt einen Freund brauchen. Im Handumdrehen hatte er seine Hasenfelle verhökert; wenig später hockten die beiden auf der Bude des Häfenhändlers, die dieser über dem Hinterhof der Falter-Brauerei am Stadtplatz angemietet hatte. Der Schnaps brachte ihre Schädel bald zum Glühen; auf dem Fußboden der winzigen Kammer schlief der struppige Hund Simmerls, der vom Frühjahr bis zum Herbst den Handwagen

zog, auf dem der Häfenhändler sein Tongeschirr zu den Einödbauern im Bayerischen- und Böhmerwald zu bringen pflegte.

Jetzt jedoch machte Simmerl Winterpause in Deggendorf, und
nachdem Michael ihm berichtet hatte, wie es ihm seit seinem
böhmischen Sommer ergangen war, sagte der Ältere: „Wenn du
weiterhin bloß herumstrolchst, dann werden dich die Gendarmen
bald wieder am Wickel haben. Denn ein Landstreicher ist denen
immer verdächtig und paßt nicht in ihre Welt. Aber wenn du ein
Gewerbe treiben würdest, dann wärst du auf einmal ein ganz anderer Mensch in ihren Augen..."

„Ein Gewerbe?" fragte der Bursche erstaunt. „Ich hab' doch
keines gelernt – außer ein bißchen zu schlossern, wie ich damals
in Furth gewesen bin. Aber auch dort hab' ich noch nicht mal ein
Gesellenstück geschafft."

„Sollst ja auch nicht wieder auf die Truhen in den Pfarrhöfen
los", erwiderte Simmerl grinsend. Michael Heigl hatte ihm die
Geschichte einst in einer stillen Stunde im Wald erzählt. „Ein Häfenhändler wie ich sollst du werden. Das ist ein Gewerbe, das seinen Mann ernährt, und in der Welt kommst du dabei auch herum.
Was du dazu brauchst, kannst du leicht kriegen. Ich kann dir dabei helfen und dir für den Anfang auch ein paar Gulden vor-
schießen. So kommst du wieder auf die Füße, und die Polizisten
können dir auch nichts mehr wollen. Na, ist das ein Vorschlag,
Michl?"

„Das wäre wirklich nicht schlecht", gab der hagere Achtzehnjährige zu. „Aber was wird aus dir, wenn ich dir dann Konkur-
renz mache?"

Doch Simmerl lachte nur. „Der Wald ist groß genug für uns beide", sagte er. „Zerbrich dir darüber nicht den Kopf. Du wanderst
in einem Gäu und ich in einem anderen. Schlag ein, Michl!"

„Bist ein echter Freund", antwortete Michael Heigl dankbar
und reichte dem anderen die Hand. „Wenn alle, die ich in meinem
Leben getroffen hab', so gewesen wären wie du..."

Der alte Hausierer ging nicht darauf ein. „Trink!" forderte er
vielmehr und schob Michael die Flasche zu. „Später legen wir einen Strohsack für dich in die Ecke dort drüben. Kannst bis zum
Frühjahr bei mir bleiben. Und dann gehen wir nach Straubing
hinüber, wo du einen Handwagen, einen Hund und einen ersten
Posten Häfen kriegst. Und jetzt prost, Michl! Auf einen gemütli-
chen Winter."

„Prost!" erwiderte Michael Heigl und konnte kaum glauben,
daß er nun für Monate ein Dach über dem Kopf haben sollte.

Als im späten Februar das Eis auf den Altwassern der Donau sulzig wurde und bald darauf ganz schmolz, wurde Simmerl unruhig. In den ersten Märztagen dann marschierte er zusammen mit Michael Heigl nach Straubing, wo er bei seinem Lieferanten ein gutes Wort für seinen Schützling einlegte. Noch am gleichen Tag sah sich Michael im Besitz einiger Dutzend glasierter Tonschüsseln und Milchkrüge; außerdem hatte ihm Simmerl auch noch eine Anzahl grell bemalter Engelsköpfe zusammenpacken lassen, die oben auf dem Schädel ein rundes Loch hatten und mit Weihwasser gefüllt werden konnten.

Das Geld dafür legte der Alte einstweilen aus. „Kannst es mir zurückzahlen, wenn deine Handelschaft in Schwung gekommen ist", sagte er nur und zog Michael weiter, um jetzt auch noch einen alten Handkarren und einen gutmütigen Waglhund für ihn zu finden. Er handelte beides einem Flickschuster ab, der mit diesem Armeleutefuhrwerk bis vor einem Jahr im Donaugäu unterwegs gewesen war, sich inzwischen aber mit dem begnügte, was die Straubinger Bürger ihn verdienen ließen. Der Hund, ein großer gelber Mischling, war bereits ein wenig betagt, doch Simmerl meinte: „Für die Häfen und die Engelsköpf' taugt er schon noch. Muß ja nicht schwer ziehen, denn hohl sind die einen wie die anderen."

„Ja, das Weihwasser und die Biersuppen müssen sich die Bauern schon selber einfüllen", versetzte Michael Heigl aufgeräumt. „Die Soß' brauchst du ihnen nicht zu ihren Einödhöfen schleppen, gell, Gelber?" Er streichelte den Hund, der schnell Vertrauen zu ihm gefaßt hatte.

„Du wirst gewiß einen guten Freund an ihm haben", beteuerte Simmerl. „Jetzt gehen wir zurück nach Deggendorf, und in ein paar Tagen brechen wir beide auf. Ich in den Wald donauabwärts und du stromaufwärts. Wird schon werden, Michl, glaub mir's!"

„Dann danke ich dir halt sakkrisch", erwiderte der Achtzehnjährige. „Und dein Geld kriegst du auf jeden Fall im Winter zurück."

„Im nächsten oder im übernächsten, das ist nicht so wichtig", entgegnete der Alte. „Hauptsache, du hast jetzt einen anständigen Beruf und brauchst dich nicht länger vor den Gendarmen zu verstecken."

Michael Heigl atmete tief durch. „Ein gutes Gefühl ist das", lachte er. „Eines, das ich schon lange nicht mehr gekannt habe. Ich kann's kaum glauben, daß ich auf einmal wieder ein anständiger Mensch geworden sein soll!"

Allmählich aber glaubte Michael es doch. Sein Handel mit den Schüsseln und Engelsköpfen ließ sich gut an. Der Waglhund zog den Karren jene Waldwege entlang, auf denen sein Herr damals mitten im Winter von Kötzting nach Deggendorf gewandert war. Damals hatte der Hunger ihn arg geplagt, doch jetzt hatten er und sein vierbeiniger Gefährte reichlich Nahrung. Als Häfenhändler war Michael Heigl eben kein verachteter Landstreicher mehr, sondern einer, der auf den Einödhöfen beinahe freudig aufgenommen wurde. Und dies nicht nur wegen der Handelswaren, die er brachte, sondern auch wegen der Geschichten und Neuigkeiten, die man nach alter Tradition von einem wie ihm zu hören erwartete.

Wie auch die Störnäherinnen, die von Hof zu Hof zogen, oder die Tuch- und Kurzwarenhändler mit ihren Buckelkraxen gehörte Michael nunmehr einem Berufsstand an, der den Waldbauern die Zeitung und das Radio späterer Zeiten ersetzte. So schob man ihm, zusätzlich zu den Kreuzern für seine Häfen und Engelsköpfe, manch nahrhaften Brocken auf den Teller, und der Achtzehnjährige selbst hatte schnell gelernt, zum Dank dafür mit dem neuesten Klatsch aus zehn Wegstunden im Umkreis aufzuwarten.

Der Hausierer und sein Hund gediehen bei diesem Leben. Als sie Kötzting und dann Beckendorf erreichten, war Michael Heigl bester Stimmung. Beinahe neunzehn Jahre zählte er jetzt, hatte Fleisch auf die Knochen bekommen und konnte endlich einmal mit ehrlich verdientem Geld im Sack klimpern. Einen Teil davon ließ er der Mutter in der Kate zurück, ehe er frech am Kötztinger Gericht vorbeistolzierte und dann den Weg weiter nach Norden nahm; der Grenze zu. Willig trottete sein Waglhund dahin, und durch den Schnauzbart, der ihm jetzt buschig und kräftig wuchs, pfiff sich Michael eins.

Der Sommer des Jahres 1835 kam und ging. Nach wie vor bezahlten die Bauern im Wald mit harten Münzen für die Tonwaren, doch von München aus wurde jetzt allmählich neues Geld in Umlauf gebracht. Um papierene Banknoten handelte es sich, wie man sie bis dahin nicht gekannt hatte, und die – mit einem gewissen Recht – bei vielen Menschen auf Mißtrauen stießen. Aber auch sonst gab es in diesem Sommer viel Neues zu bereden; etwa in Regensburg, denn in der uralten Reichsstadt war die Bayerisch-Württembergische privilegierte Donaudampfschiffahrtsgesellschaft gegründet worden. Gleichzeitig waren dort die Handwerker zugange, um den beiden Domtürmen, die seit dem Mittelalter stumpf in den Himmel geragt hatten, nun endlich die neugotischen Spitzhauben aufzusetzen. In Griechenland wiederum begannen die Menschen gegen den aus Bayern stammenden König Otto zu rebellieren, weil er sich immer ärger als absolutistischer Monarch aufzuspielen versuchte.

Seinen gekrönten Verwandten in Bayern, Ludwig I., ließ dies kalt. Er hatte ausreichend damit zu tun, das neue Staatswappen zu entwerfen, das nunmehr an die Stelle der alten weiß-blauen Rauten treten sollte. Größer denn je war das Land nach den Napoleonischen Kriegen geworden, und dies sollte nun auch nach außen hin demonstriert werden. In den Zuchthäusern schmachteten jedoch noch immer die Gefangenen von Gaibach und Hambach, und auch im Bayerischen Wald hatte sich im Grunde nichts geändert, außer daß die Polizeiposten in den einzelnen Märkten ganz allmählich vergrößert wurden. Doch das brauchte Michael Heigl nicht zu jucken; als fahrender Händler in Häfen und Engelsköpfen durfte er friedlich durch die Sommermonate dieses Jahres 1835 ziehen.

Nachdem er das Kötztinger Land abgegrast und das Further in einem vorsichtigen Bogen umgangen hatte, schlug er sich in die Oberpfalz hinüber und machte auch im Schwandorfer und Amberger Raum seine Geschäfte. Freilich war der Boden dort noch magerer als weiter östlich im Wald, doch Töpfe wurden auch in der Steinpfalz benötigt, und auch für die Engelsköpfe hatten die alten Bäuerinnen Verwendung. Der Waglhund zog jetzt zusätzlich eine große Glasflasche mit, in der sich einmal drei Liter Marillenschnaps aus Böhmen befunden hatten. An einsamen Bachläufen füllte Michael dieses Behältnis immer wieder auf, um den Inhalt dann den frommen Bäuerinnen als Weihwasser von der Gnadenkapelle Kappl bei Waldsassen anzupreisen, was ihm so manchen zusätzlichen Kreuzer eintrug. Ein anderer Hausierer hatte ihm dazu geraten, und Gewissensbisse machte sich der Neunzehnjährige wegen des frommen Betrugs nicht. Schon in seiner Jugend hatte er begriffen, was von der Kirchenfrömmigkeit zu halten war, so daß ihm nun Quell- und Weihwasser eins waren. Hauptsache, daß es die Betschwestern glücklich machte – und ihm selbst dadurch die Steinpfalz nicht steiniger als der Bayerische Wald wurde.

Im Herbst hatte Michael Heigl auf diese Weise so viel eingenommen, daß er Simmerl ausbezahlen und in Straubing neue Ware kaufen konnte. Auch hatte er von März bis Oktober gut gelebt, und so brauchte er sich wegen des nun bevorstehenden Winters keine Sorgen zu machen. Der alte Hausierer würde ihn schon wieder in seiner Deggendorfer Kammer unterkriechen lassen; für sein Essen und das Futter für den Gelben konnte er jetzt selbst aufkommen. So nahm er bloß noch ein paar Dörfer in der Neumarkter Gegend mit und wanderte dann auf schnellen Tagesmärschen die Donau abwärts. In Regensburg sah er die Dombaustelle und die neuen Schiffe, die jetzt bereits im Winterhafen lagen; tags darauf wurde er mit dem Straubinger Lieferanten handelseinig und kam, wiederum einen Tag später, zurück nach Deggendorf. Simmerl war in der gleichen Woche heimgekehrt und begrüßte ihn aufgeräumt: „Gesund schaust du aus, Michl! Viel kräftiger und froher als im letzten Jahr!"

„Ja, ich hab' auch eine gute Zeit gehabt", bestätigte der Neunzehnjährige zufrieden. „Für die Hilfe, die du mir gegeben hast, kann ich dir gar nicht genug danken!" Er streichelte seinen Hund und setzte hinzu: „Wenn's nach mir geht, bleibe ich ein Hausierer meiner Lebtag lang!"

„Spricht ja nichts dagegen", antwortete lächelnd der Alte – und ahnte nicht, wie sehr er sich darin täuschte.

ARMELEUTELIEBE

Auf der Woid, einem Landstrich zwischen Viechtach und Kötzting, war Michael Heigl das sechzehn- oder siebzehnjährige Mädchen schon in seinem ersten Händlerjahr aufgefallen. Die beiden hatten ein wenig miteinander geturtelt, und die Mirl hatte sich am buschigen Schnauzer des Neunzehnjährigen anscheinend gar nicht sattsehen können. Als Michael jetzt, im Frühjahr 1836, wiederum auf dem Woider Einödhof auftauchte, war aus dem Mädchen vom Vorjahr eine junge Frau geworden.

„Was ist? Hast schon einen, der zu dir ans Kammerfenster kommt?" erkundigte sich Michael, nachdem es ihm gelungen war, die Mirl allein im Kuhstall zu stellen.

Die Magd musterte ihn aus schwarzen Augen; ihr Blick wollte ihn scheinbar überhaupt nicht mehr loslassen. Dann entgegnete sie leise: „Wünschen würde ich mir's schon – aber es traut sich ja keiner. Es sei denn, es käme einmal so ein Wilder wie du..."

„Vielleicht haben die Burschen Angst vor dir, weil du eine Besondere bist", erwiderte Michael. „Keine Stalldirn wie die anderen, aber auch keine Bauerntochter. Du hast es mir ja einmal erzählt im letzten Jahr, daß deine Eltern früh verstorben sind und dein Vatersbruder dich dann in seine Familie aufgenommen hat. Deshalb meinen die Knechte vielleicht, du wärst zu gut für sie – und die Bauernsöhne glauben, du wärst zu gering. Irgendwo dazwischen stehst du, das ist's. Aber ich kann das gut verstehen, denn ich gehöre auch zu keinem. Nicht zu den einen und nicht zu den anderen..."

„Wenn du nicht weißt, wo du hingehörst, und ich auch nicht, dann gehören wir vielleicht zusammen..." sagte Mirl nach einer Weile ganz leise. Sie stocherte dabei mit der Futtergabel im Grummet, hatte den Blick gesenkt – und jäh vermißte Michael Heigl den aufregenden Glanz ihrer schwarzen Augen. Und es wurde ihm ganz seltsam zumute, als er murmelte: „Gib her, das ist zu schwer für dich!"

Er wollte ihr die Futtergabel aus der Hand nehmen, um die Arbeit für sie zu tun. Doch plötzlich lag die junge Frau in seinen Armen. Hastig und unerfahren suchte sie seinen Mund. Anders war sie als Olga im Böhmerwald und auch anders als Kathi auf dem Brennesselhof. So schutzlos und lebenshungrig zugleich. Doch wie bei den anderen spürte Michael auch an ihr und in ihr das

Wunderbare und Einzigartige, während ihr Kuß nun inniger und ruhiger wurde.

Danach redeten sie nicht mehr viel. Das Wesentliche hatten sie sich ohnehin schon gleich zu Anfang gesagt. Doch als der Einödhof still und wie ausgestorben unter dem Nachthimmel lag, kam zum ersten Mal im Leben der Mirl einer ans Kammerfenster. Und brauchte dort nicht lange zu klopfen, denn die Waise hatte die Fensterläden schon offen gelassen.

„Du!" flüsterte Mirl, als Michael zu ihr ins schmale Bett schlüpfte. Dann spürte sie ihn endlich ganz: seinen sehnigen Körper, seine Hände, seinen buschigen Schnauzer, der überall an ihrem Leib war, ehe sie dann in einem unbeschreiblichen Rausch von einer Jungfrau zum Weib wurde. Und nachher durfte sie sich beglückt sagen, daß das Erwecktwerden schön für sie gewesen war, denn Michael, in den böhmischen Wäldern zum erfahrenen Liebhaber geworden, hatte sie nicht genommen wie irgendein unbedarfter Dorfbursche. Das aber sollte Mirl ihm später mit einer beinahe bis zur Selbstaufgabe gehenden Anhänglichkeit danken...

*****

Der junge Hausierer hielt sich noch einige Tage auf der Woid auf, schützte einen wehen Fuß vor und verbrachte jede Nacht in der Kammer der schwarzäugigen Magd. Der Raum lag abseits, hinten zum Schuppen hinaus, so daß die Bauersleute nicht mitbekamen, was sich dort tat. Am fünften Morgen dann war Michael Heigl verschwunden – und mit ihm die Waise. Die Liebe der Mirl zu dem großen Burschen mit den hellen Augen und dem buschigen Schnauzer war so unwiderstehlich geworden, daß sie ganz einfach mit ihm und seinem Waglhund weitergezogen war. Die Pflegeeltern fanden sich, nach einiger Aufregung, achselzuckend damit ab. Ihr eigenes Kind war Mirl eben doch nicht, und in die vermeintliche Sünde waren schon andere vor ihr geraten.

Die beiden, die es betraf, scherten sich nicht um irgendwelche verlogenen Moralvorstellungen. Sie waren glücklich miteinander, während der Gelbe zwischen ihnen trottete und sie über seinen zottigen Rücken hinweg die Finger ineinander geschlungen hatten. Die Mirl hatte sich früher einmal ein wenig Singen und Tanzen beigebracht; das half ihr und ihrem Michl jetzt bei der gemeinsamen Handelschaft. Wenn die junge Frau den Rock schwingen ließ oder eine der alten, gefühlvollen Waldlerballaden zum Besten gab, kauften die Bauersleute um so williger die Häfen und Engelsköpfe. Immer wieder gab es ein Nachtlager im Heu und vorher einen Teller Suppe für das liederliche Paar, und den Verliebten zu Füßen lag der Gelbe und bewachte sie, während sie halbe oder ganze Nächte lang zärtlich miteinander spielten.

Hatten Michael und Mirl genug eingenommen, gönnten sie sich auch einmal einen Tavernenbesuch; vor allen Dingen dann, als sie später im Frühjahr an der böhmischen Grenze entlangzogen, wo es zahlreiche nicht ganz legal betriebene Winkelwirtschaften gab. Dort trafen sie dann auf andere Hausierer oder einfache Landstreicher, wie Michael Heigl sie in seinen früheren Jahren kennengelernt hatte. Dann wurden die Nächte lang, Bier und Schnaps flossen in Strömen, und so manches Pärchen genoß die freie Liebe. Anderntags schlief man die Räusche einfach im Wald aus und zog weiter; kein Gendarm und kein Pfarrer kam diesen Lebenskünstlern in der Einsamkeit der Grenzwälder in die Quere. Mirl, die auf der Woid eher noch schüchtern und geduckt gewesen war, blühte bei diesem Leben auf, strahlte vor Glück und ließ sich jetzt schon längst von keinem mehr unterbuttern. Und an ihrer Seite lachte der Heigl und ließ kaum eine Nacht vergehen, in der er sie nicht auf seine Weise zum Juchzen gebracht hätte.

Im frühen Sommer dann, als Michael wiederum den Bogen hinüber in die Oberpfalz schlug, begann sich jedoch der Gemütszustand seiner Geliebten zu verändern. Die junge Frau wurde plötzlich launisch, konnte stundenlang verbissen schweigen, um dann plötzlich wieder vor Liebesbedürfnis überzufließen. In der Rötzer Gegend schließlich sagte sie ihrem Michl, was mit ihr los war: „Die Blutung ist mir ausgeblieben, vor vierzehn Tagen schon. Ich krieg' ein Kind!"

„Das kann doch gar nicht sein!" schnappte Michael Heigl. „Das gibt's doch überhaupt nicht..."

„Das gibt's schon!" heulte Mirl los. „Wenn man's jede Nacht treibt, dann schnappt es halt einmal. Ich hab' immer Angst davor gehabt. Jetzt ist's passiert, und wenn du mich fortjagst, geh' ich ins Wasser!"

Erschrocken zog Michael sie in seine Arme. „So etwas darfst du nicht einmal denken! Ins Wasser, mit unserem Kind! Maulschellen hättest du verdient für das, was du da gesagt hast!"

„Dann läßt du mich also bei dir bleiben, auch mit dem dicken Bauch?" fragte Mirl hoffnungsvoll, und jetzt strahlten ihre Augen wieder.

„Jetzt, im Sommer, schon noch..." antwortete der werdende Vater zögernd. „Aber wenn dann der Herbst kommt – und der Winter..."

„Willst mich dann wegschicken?" ängstigte sich die junge Frau erneut. „Michl, das darfst du nicht!"

Michael Heigl schwieg eine Weile, dann rechnete er an den Fingern nach. „Im Februar oder März wird's soweit sein, gell", murmelte er zuletzt.

„Eher im Februar", bekannte Mirl.

„Und wo willst du's dann bringen, das Kind? schrie der Heigl. „In einem Straßengraben, während der Frost beißt?! Oder in Deggendorf, in der Kammer vom Simmerl?! Zwischen den Hundsviechern?! Und wer soll sich vorher um dich kümmern?! Ich versteh' nichts davon! Kann dir auch keinen Platz bieten, wo du dich ausruhen könntest, wenn du erst einmal rund und unbeholfen bist. Nichts als den Wald und die Winkelwirtschaften hättest du von mir. Aber keine Hilfe, wie sie eine wie du braucht..."

„Vor mir sind schon andere Frauen in einer solchen Lage gewesen", unterbrach ihn Mirl. „Die haben ihre ungeborenen Bälger auch über die Waldsteige geschleppt, bis es dann soweit war. Und einen Straßengraben oder einen Heuschober haben sie zuletzt immer noch gefunden..."

Michael Heigl blickte sie mit einem seltsam wehen Ausdruck in den Augen an. Auch zwei seiner eigenen Geschwister waren auf freiem Feld geboren worden. Die Mutter hatte sie gebracht, während die anderen Tagelöhner Heu rechten oder Rüben hackten. Einmal war Michael, selbst noch ein Bub, sogar Zeuge geworden, und er erinnerte sich mit Schrecken daran. Etwas zutiefst Menschenverachtendes war damals passiert.

„Nicht du!" flüsterte er und zog die junge Frau ganz fest an sich. „Du sollst doch nicht gebären müssen wie ein Stück Vieh! Das leid' ich nicht! Den Sommer über bleiben wir noch zusammen. Aber wenn dann die ersten Frostnächte kommen, bringe ich dich zurück zu deinen Leuten auf die Woid. Dort kannst du das Kind unter einem warmen Dach bekommen. Und dann, wenn ich genug gespart hab', sehen wir uns nach einem kleinen Gütl um. Dann schaffen wir es bestimmt, daß wir eine Familie werden: du, ich und das Wurm. Aber jetzt sind wir bloß arme Teufel und müssen uns nach der Decke strecken. Das einzige, was dir jetzt bleibt, ist deshalb die Woid."

Allmählich sah die Schwangere es selbst ein; bedrückt murmelte sie: „Die werden sich freuen, wenn ich mit dem dicken Bauch daherkomme. Erst brenn' ich mit dir durch, dann steh' ich mit einem Balg wieder vor der Tür. Die werden mir was erzählen, die Verwandten auf der Woid..."

„Zuvor haben wir aber fast noch den ganzen Sommer für uns", tröstete ihr Gefährte sie. „Lustig wollen wir sein und nicht daran denken, was später ist. Das Später kommt noch früh genug..." Er grinste plötzlich. „Schau, dort drüben hat's einen schönen, moosigen Flecken am Bach!"

„Was willst du denn dort?" fragte Mirl erstaunt.

„Liebhaben will ich dich dort", antwortete Michael. „Die Armeleutelieb' genießen, solange sie uns noch vergönnt ist..."

„Die Armeleutelieb'", flüsterte die junge Frau, als sie ihn wenig später tief in sich spürte. „So süß ist sie – und so bitter dazu..."

* * * * *

Im Herbst dann, im frühen Oktober, taperten die beiden auf den Einödhof in der Nähe von Viechtach. Die Mirl war jetzt fast schon im fünften Monat, der Heigl inzwischen zwanzigjährig; hagerer und nach außen hin ruppiger denn je. Ein langer Hausierersommer hatte die beiden tiefbraun gebrannt. Auf dem Karren klapperten keine Töpfe mehr; nur ein einziger hohler Engelskopf war nach der Handelsfahrt noch übriggeblieben. Alles andere als hohl fühlte sich die Mirl. Ihr Kleid bauschte sich jetzt bereits über dem Bauch. Michael Heigl nahm sie am Arm und trat mit ihr in die Bauernstube. In der anderen Hand hielt er den Engelskopf.

„Da schau her!" schnappte die Bäuerin sofort gegen die beiden hin.

Ehe sie mehr sagen konnte, setzte Michael den Engelskopf hart auf die Tischplatte. „Schau ihn dir gut an!" forderte er die Einöderin auf. „Solch ein kleines Köpfl trägt jetzt auch die Mirl unter ihrem Herzen. Das tönerne da schenk' ich dir. Um das lebendige und dazu um die Mirl mußt du dich kümmern, weil ich es nicht kann. Sie soll ihr Kind in Ruhe bei euch zur Welt bringen dürfen. Das nötige Geld lasse ich euch da. Es soll ihr nichts abgehen, und sie soll auch kein böses Wort zu hören kriegen. Denn wir haben uns lieb, und dagegen haben wir nichts machen können. Ich selber gehe nach Deggendorf, weil ich euch nicht auch noch zur Last fallen will. Aber im Frühling komm ich zurück und schau nach dem Rechten. Bist du einverstanden, Bäuerin?"

„Bitte!" flehte Mirl.

Die ältere Frau schien einem Schlaganfall nahe, ließ aber den Bauern vom Feld holen. Dann hagelte es zunächst einmal Vorwürfe, doch zuletzt lenkten ein paar Stamper Schnaps alles in ruhigere Bahnen. Allzu bigottisch waren die Einöder auf der Woid nicht. „Man hat sich's ja eh ausrechnen können", sagte schließlich der Bauer, „daß es früher oder später so kommen würde, wenn eine junge Dirn mit einem wie dir durchbrennt, Heigl. Das ist halt sozusagen der Lauf der Welt. Die Mirl bleibt also da und bringt ihr Kind unter unserem Dach, und dann sehen wir weiter. Ein solch großes Unglück ist es ja auch nicht. Laufen auch auf anderen Höfen Bankerte herum, ohne daß der Pfarrer die Mütter eingesegnet hat."

„Wenn der Michl wieder in Straubing ist, will er für das nächste Jahr mehr Handelsware kaufen", fiel Mirl erleichtert ein. „Auf diese Weise können wir bald zu einem eigenen Gütl kommen. Du hast es mir versprochen, Michl, gell?"

Michael Heigl nickte.

„Was Eigenes wär' schon gut für euch", stimmte der Bauer zu.

„Jetzt zählt erst einmal das Balg", stellte seine Gemahlin fest. „Du kriegst wieder deine alte Kammer, Mirl. Dort kannst du dann in Frieden niederkommen. Und wenn der da", sie nickte zu Michael hin, „noch ein paar Nächte dableiben will, ehe er sich an die Donau hinunter verzieht, hab' ich auch nichts dagegen..."

„Anbrennen kann dein Liebhaber dich sowieso nicht mehr, was, Mirl?", spottete der Bauer. „Weil er's nämlich eh schon geschafft hat..."

So löste sich, zunächst jedenfalls, die anfängliche Tragödie in befreiendem Gelächter auf. In einem Pfarrdorf, mit dem Priester im Nacken, wäre es wohl anders gelaufen. Doch auf der Woid war man nicht so katholisch. Dort hatte man sich im Zweifelsfall immer noch ein Stück Heidentum – und damit auch ein Stück mehr Menschlichkeit – bewahrt. Selbst wenn jetzt ein fromm blickender Engelskopf auf dem Tisch stand. Die Bäuerin übrigens füllte ihn später nie mit Weihwasser, sondern benutzte ihn als Salzfaß. So erfülle er, meinte sie, einen vernünftigeren Zweck. Und Michael Heigl konnte sich zufrieden sagen, daß seine Mirl es bedeutend schlechter als auf dem Einödhof hätte treffen können.

* * * * *

Ein paar Tage blieb er noch auf der Woid. Nahm in den Nächten fleißig Abschied von seiner Schwarzäugigen und ging zuletzt ohne große Worte davon. Doch er ließ den gelben Hund noch nicht zur Donau hinunter trotten, sondern machte einen Umweg über Kötzting und Beckendorf. Allzu lange hatte er die Mutter nicht mehr gesehen, und jetzt wollte er auch ihr ein bißchen Geld für den Winter geben.

Als er jedoch die Keuche erblickte, ahnte er bereits, was geschehen war. Die Bretterläden waren geschlossen; aus dem krummen Schornstein drang kein Rauch. Unkraut überwucherte den Weg, der zur Hütte führte. Vorsichtig öffnete Michael Heigl die Tür. Dumpfer Geruch schlug ihm entgegen; ein Dunst nach Agonie und Tod. Der zerdrückte, besudelte Strohsack im Kurzbett war bereits angeschimmelt. „Sie ist nicht mehr", flüsterte der Zwanzigjährige, während ihm die Tränen in die Augen schossen. Später steckte er ein paar wertlose Erinnerungsstücke ein, packte ein bißchen Hausrat auf seinen Karren. Und wurde sich dabei bewußt, wie wenig der Mutter nach einem langen Schinderleben geblieben war.

In der Nachbarschaft erfuhr Michael dann mehr. Die ehemalige Tagelöhnerin war bereits vor acht Wochen verstorben. War einfach in ihrer Kate eingeschlafen; erst nach Tagen hatte man sie gefunden. Jetzt lag sie neben ihrem Gatten mit seinem verluderten Knie in einem Armengrab auf dem Kötztinger Friedhof. Michael Heigl ging zusammen mit seinem Hund hin und starrte auf den flachen Hügel, der sich bereits einzusenken begonnen hatte. Beten konnte und wollte er nicht. Ein Leben geht – und ein anderes kommt, dachte er nur.

Dann zog er mit dem Gelben davon. Auch das letzte Stück Heimat hatte er jetzt verloren. Doch der Wald und die Straßen waren ihm geblieben und auf der Woid die junge Frau, die sein Kind trug. Irgendwie ging das Leben immer weiter. Und der Heigl wanderte aus dem Kötztinger Winkel hinaus; auf Deggendorf zu, wo Simmerl ihn erwartete.

* * * * *

Im nächsten Frühjahr – man schrieb jetzt schon das Jahr 1837 – hatte der Waglhund schwer zu ziehen. Die Hausiererware türmte sich beinahe doppelt so hoch auf dem Karren wie sonst. Oft mußte Michael Heigl selbst mitschieben, wenn der betagte Vierbeiner an den Steigungen bettelnd zu grohnen begann. Anderswo hätten der Hafenhändler und der Gelbe es möglicherweise leichter gehabt. Denn seit gut einem Jahr gab es in Bayern die erste Eisenbahn. Doch die fuhr bloß von Nürnberg nach Fürth und war auch nicht für die kleinen Leute da. Die Wohlhabenden machten sich ein Vergnügen daraus, sich von der Dampflok über die noch schmalen Geleise ziehen zu lassen. Die ewig Gestrigen wiederum warnten vor dem vermeintlichen Teufelszeug und prophezeiten, daß über solcher Gotteslästerung, wie der Adler sie darstellte, demnächst die Welt untergehen müsse.

Michael Heigl hatte andere Sorgen. Ob die Geburt wohl gut ab-

gelaufen sei, fragte er sich, während der sich auf kürzestem Weg
der Viechtacher Gegend näherte. Und wenn, ob es denn nun ein
Bub oder ein Mädchen geworden war. Den ganzen Winter über
hatte Michael keine Nachricht von der Woid bekommen. Jetzt
konnte er es kaum mehr erwarten. Als der Karren dann auf den
Einödhof polterte, rannte ihm die Mirl mit leuchtenden Augen
entgegen.

„Daß du nur wieder da bist!" stöhnte sie; umarmte ihn, preßte
sich an ihn. „Ich hab' so hart auf dich gewartet, Michl!"

Endlich durfte er wieder ihre Lippen schmecken, den Duft ihrer Haut riechen, sich in ihren schwarzen Augen verlieren. Mühsam machte er sich nach einer Weile frei. „Und das Kind?" fragte
er gepreßt.

„Es ist ein Bub", antwortete Mirl mit leuchtenden Augen. „Wie
aus dem Gesicht geschnitten ist er dir. Komm!"

In der Küche lag der Säugling in den Armen der Bäuerin und
trank Kuhmilch aus der Flasche. „Ich selbst kann ihn nicht stillen", sagte die Mirl entschuldigend. „Es ist mir zu wenig Milch
eingeschossen. Aber die andere schlägt ihm prächtig an. Schau
nur, wie es ihm schmeckt!"

„Das kommt vom Herumzigeunern, daß es dir an der Milch
fehlt", versetzte die Bäuerin, doch sie meinte es nicht böse, sondern lächelte dabei. „So, und jetzt trau dich her, Vater, und begrüß
dein Balg. Hast eh lang genug zugewartet..."

„Der Winter halt", murmelte Michael und betastete vorsichtig
das Köpfchen des Säuglings. Der Winzling lief knallrot an und begann aus Leibeskräften zu plärren. „Ein schönes Kind", sagte der
Vater schnell und wich zurück. „Wie heißt der Bub denn eigentlich?"

„Michl – so wie du", rief lachend die Mirl. „Und er wird sich
schon noch an dich gewöhnen, bis wir in ein paar Tagen wieder
auf die Wanderschaft gehen..."

„Was sagst du da?" schnappte Michael Heigl erstaunt. „Du
willst auch in diesem Jahr mit mir und dem Waglhund...?"

„Freilich! Ich muß dir doch helfen, damit wir um so schneller
zu unserem Gütl kommen", erwiderte Mirl. „Die Tante kümmert
sich in der Zwischenzeit schon um den Kleinen. Sie gibt ihn ja
schon jetzt nicht mehr her und hutscht und herzt ihn den ganzen
Tag."

„Weil man sich halt selber auch noch einmal so ein Wurm wünschen würde", bekannte die Bäuerin.

„Da hörst du's", rief die Mirl. „Zwischen uns wird's wieder

ganz so werden wie früher, und der kleine Michl hat's derweil gut auf der Woid."

Da grinste der Heigl breit unter seinem buschigen Schnauzer. Denn nach nichts anderem hatte er sich heimlich gesehnt, als erneut an der Seite der Schwarzäugigen durch das Waldgebirge zu ziehen; daß es aber wirklich so kommen könnte, hatte er kaum zu hoffen gewagt. Seine Vaterschaft erschien ihm plötzlich bedeutend angenehmer als noch vor wenigen Minuten. Und ganz bestimmt war es am besten, wenn der Säugling auf dem Hof blieb, während er und die Mirl hausierten, damit sie das Geld für ein Gütl zusammenbrachten.

„Bist ein Schatz!" sagte er strahlend und legte der jungen Mutter den Arm um die Hüfte. „Und du auch, Bäuerin, weil du uns mit dem Schratzen hilfst!"

„Aber diesmal paßt ihr ein bißchen besser auf, wenn ihr wieder auf der Wanderschaft seid!" mahnte die Einöderin. „Nicht, daß mir die Mirl im Herbst noch einmal mit einem dicken Bauch heimkommt!"

Michael Heigl wußte darauf nichts Rechtes zu erwidern; er nickte nur betreten. In der Nacht, als er zum ersten Mal nach Monaten wieder bei der Schwarzäugigen lag, hielt er sich zurück. Und als die junge Frau deswegen protestierte, erklärte er ihr sehr verantwortungsbewußt: „Du hast gehört, was die Bäuerin gesagt hat! Diesmal müssen wir wirklich aufpassen, daß ich dich nicht noch einmal anbrenn'!"

Das sah Mirl zuletzt auch ein und verlangte nur, daß Michael sie dann eben um so zärtlicher streichelte.

Beim Streicheln blieb es freilich nicht immer, als die beiden nun wieder frei wie die Vögel entlang der böhmischen Grenze dahinzogen. Zu lockend saß ihnen der Frühling im Blut; zu heiß war die Liebe, nachdem sie ein halbes Jahr lang getrennt gewesen waren. Zwar dachte Michael auch jetzt manchmal noch an die Mahnung der Woider Bäuerin, aber meistens konnte er in den mondhellen Nächten überhaupt nicht mehr denken, und seiner Gefährtin erging es ähnlich. Immerhin kamen sie diesmal ein gutes Stück über Rötz hinaus und beinahe bis Amberg, ehe die Schwarzäugige ihm abermals ein Geständnis machen mußte.

Es lautete nicht anders als im Vorjahr, nur daß Michael Heigl in diesem Sommer ein wenig schneller begriff. Neuerlich tröstete er die Mirl und sagte: „Wo ein Balg ist, macht ein zweiter gar nicht mehr so viel aus. Und um so eher können uns die Kinder dann bei der Arbeit helfen, wenn wir zu unserem Gütl gekommen sind."

103

Tapfer nickte die junge Frau; während der folgenden Wochen brachten die beiden ihre Tour zu Ende und schlugen diesmal ihre Karrenladung sogar bis auf den letzten Engelskopf los. Kurz vor der Woid dann zählten sie ihr Geld. „Noch drei oder vier solch gute Jahre", schätzte Mirl, „dann haben wir es wirklich geschafft."

„Jawohl, und deswegen haben wir auch einen zweiten Vorschuß auf unser späteres Familienglück nehmen dürfen", stimmte ihr der nunmehr einundzwanzigjährige Heigl lachend zu.

Für die Einödbäuerin freilich hörte nunmehr der Spaß auf. Als sie von der neuen Schwangerschaft hörte, wurde sie arg bissig. „Ihr glaubt wohl, ihr könnt mir jedes Jahr einen Balg ins Haus schleppen!" schimpfte sie. „Aber da habt ihr euch getäuscht! Ich zieh' euch nicht ein ganzes Nest voll auf, während ihr selbst in der Welt herumzigeunert. Jetzt weiß ich, daß es besser gewesen wäre, du wärst bei deinem Kind geblieben, Mirl! Und in Zukunft wirst du es auch so halten! Du kannst auch deinen zweiten Balg auf der Woid zur Welt bringen, aber nur unter einer Bedingung: Daß du im nächsten Frühjahr nicht wieder mit dem da", ihr Zeigefinger stach nach Michael Heigl, „wegläufst! Und wenn du mir das jetzt nicht hoch und heilig versprichst, könnt ihr zwei gleich wieder verschwinden – und den kleinen Michl nehmt ihr dann auch mit!"

Die Schwangere begann zu heulen, mußte sich zuletzt aber dem Diktat der Bäuerin beugen. Auch dem Schnauzbärtigen, der zum zweiten Mal Vater werden sollte, blieb nichts anderes übrig.

So verbrachte Michael Heigl noch ein paar eher griesgrämige Tage auf dem Einödhof, gab der Mirl dann die Hälfte ihres gemeinsam verdienten Geldes und machte sich zuletzt bedrückt auf den Weg ins Donautal. Als Gefährte war ihm einmal mehr nur der gelbe Waglhund geblieben, und schon jetzt freute ihn die Handelsfahrt des nächsten Jahres überhaupt nicht mehr. Wie schlimm es dann wirklich kommen sollte, konnte er zu dieser Zeit noch gar nicht ahnen. Vorerst haderte er nur mit seinem Schicksal, das einem wie ihm nichts weiter vergönnen wollte als eine Armeleuteliebe. Eine Liebe, von der er und die Mirl immer nur einen Sommer lang etwas hatten, um dann vom Herbst bis zum Frühjahr wieder unter der Einsamkeit zu leiden, weil ihnen ganz einfach ein Dach über dem Kopf und ein paar Feldstreifen dazu fehlten.

DIE FLUCHT

Auf sich allein gestellt wanderte Michael Heigl in diesem Frühling und Sommer 1838 die ihm im vierten Hausiererjahr längst vertrauten Wege. Nur für ein paar Tage hatte er sich im April auf der Woid aufgehalten, wo der gut einjährige Michl jetzt bereits das Laufen lernte, während das zweite Kind, ein Mädchen, noch in den Windeln lag. Es hatte ein paar heimliche Nächte in der Kammer der Mirl gegeben, doch dann hatte der Schnauzbärtige weiterziehen müssen; die Bäuerin hatte ihn samt seinen Tonschüsseln, Engelsköpfen und Mausfallen, die er neuerdings zusätzlich auf seinem Karren mitführte, vom Hof gejagt. Zusammen mit seinem gelben Hund war Michael wiederum zur böhmischen Grenze hinaufgezogen; ehe er dann jedoch in die Oberpfalz hinüberwechselte, hatte er einen Schlenker nach Süden gemacht, um vor dem Winter noch einmal Mirl und die Kinder zu sehen. Jetzt zottelte der Waglhund auf Blaibach zu; bis zur Woid war es nicht mehr allzuweit.

Vor dem Blaibacher Wirtshaus schirrte Michael Heigl den Gelben aus, ließ den Karren draußen stehen und ging mit dem Hund in die Wirtsstube. Ein paar Bauern saßen am großen Tisch und beredeten lautstark die bevorstehende Ernte. Michael nahm abseits am Knechtstisch Platz, der Waglhund verkroch sich zu seinen Füßen. „Ein Seidel Bier und ein Stück Brot", verlangte der Hausierer, als die Wirtin zu ihm kam. „Und vielleicht hast du auch einen alten Hafen mit Wasser für den Gelben."

Wenig später schlabberte der Hund gierig, und auch der Schnauzbärtige ließ sich seine Brotzeit schmecken. Eben hatte er sich das zweite Bier bestellt, als das Gespräch der Bauern jäh abbrach. Unter der Tür der Gaststube stand einer in Uniform und mit dem Säbel an der Seite. Gegen den von draußen hereindringenden Sonnenglast konnte Michael die Gesichtszüge des Gendarmen nur undeutlich ausmachen, doch dann erkannte er, daß es ein Kötztinger war. Mehr noch: Es handelte sich um jenen Polizisten, der ihn, den damals noch Halbwüchsigen, während der ersten Gerichtsverhandlung bewacht und anschließend feixend neben dem Prügelbock gestanden hatte. Grimmig zogen sich die Enden von Michaels Schnauzer nach unten. Gleichzeitig ruckte der Zweiundzwanzigjährige auf seiner Bank ein wenig herum, wandte sich vom Gendarmen ab. Er hatte nichts angestellt und wollte deshalb von dem Uniformierten in Ruhe gelassen werden.

Doch der Polizist hatte es auf ihn und keinen anderen abgesehen. Nachdem er die Bauern, ein wenig von oben herab, gegrüßt hatte, kam er zum Knechtstisch. „Dich kenne ich doch", sagte er lauernd.

„Kann schon sein", lautete die knappe Antwort.

„Du bist der Heigl, der schon zweimal im Kötztinger Gefängnis gesessen hat, nicht?!"

„Das ist lange her", gab Michael zurück. „Jetzt bin ich ein Häfenhändler und hab' mit dem Gericht nichts mehr zu schaffen."

Die Bauern starrten. Neugierig oder schadenfroh die einen, wütend wegen der Störung die anderen.

„Ein Hausierer also", äußerte der Gendarm gedehnt. „Dann gehört der Karren draußen dir?"

„Keinem anderen", bestätigte Michael Heigl. „Und wenn du denkst, es wär' Diebesgut aufgeladen, dann kannst du nach Straubing gehen und beim Händler dort nachfragen. Ich hab' die Töpfe und Engelsköpf' im Frühjahr ehrlich bei ihm bezahlt. Die Mausfallen sind aus Deggendorf, und auch der Siebler dort hat sein Geld bekommen."

„Das glaube ich dir schon", erwiderte der Polizist.

„Dann ist's ja gut", versetzte Michael und wollte sich wieder seinem Bier zuwenden.

Doch der andere gab sich noch immer nicht zufrieden. „Hast du gute Geschäfte gemacht auf deiner Handelsfahrt?" wollte er jetzt wissen.

Der Schnauzbärtige zuckte die Achseln. „Mal so, mal so."

„Dann möchte ich jetzt bloß noch deinen Gewerbeschein sehen", verlangte der Gendarm.

„Was willst du...?" Michael Heigl begriff nicht.

„Den Gewerbeschein", wiederholte der Uniformierte. „Du wirst doch einen haben..."

„Nein", gab Michael arglos zurück. „Ich hab' nie von einem solchen Ding gehört, obwohl ich jetzt schon im vierten Jahr mit meinem Waglhund herumzieh'..."

„Kein Erlaubnisschein also!" schnappte der Polizist. Plötzlich lag seine Hand auf der Schulter des Hausierers. „Dann muß ich dich leider verhaften, Heigl!"

„Mich verhaften?!" Der Schnauzbärtige stieß den Arm des Gendarmen weg. „Bloß weil mir irgendein Papierfetzen fehlt?! Deswegen bin ich noch lange kein Verbrecher, du Depp!"

„Du hast das Gesetz gebrochen, weil du ohne Erlaubnis Han-

106

del getrieben hast", beharrte der Uniformierte. „Außerdem hast du dich soeben einer Beamtenbeleidigung schuldig gemacht! – Und jetzt keine Sperenzchen mehr! Komm lieber gutwillig mit nach Kötzting! Sonst...!" Er griff nach dem Säbel und zog die Waffe ein Stück aus der Scheide.

Strichschmal waren Michael Heigls Augen geworden. Sein Schnauzer zuckte. Wenn er es darauf anlegte, konnte er den Polizisten wahrscheinlich zusammenschlagen und fliehen. Er war einen Kopf größer als der andere, sehniger und kräftiger.

„Zeig's ihm!" hetzte, während dem Zweiundzwanzigjährigen diese Gedanken durch den Kopf schossen, einer der Bauern.

Michael atmete scharf ein und aus. Doch dann besann er sich. Er hatte nichts zu gewinnen, wenn er sich wegen einer solchen Lappalie mit dem Gesetz anlegte. Es mußte ganz einfach ein Irrtum sein, das mit dem Gewerbeschein. Wahrscheinlich würde sich in Kötzting alles schnell aufklären. „Ich gehe mit", sagte er gepreßt. „Aber du rührst mich nicht noch einmal an...!"

„Wenn du freiwillig mitkommst, braucht's auch keine Gewalt", erwiderte der Gendarm. Die Säbelklinge schnalzte zurück in die Scheide. Michael bezahlte sein Bier und sein Brot, lockte den verschüchterten Hund und folgte dem Polizisten nach draußen. Wenig später trottete der Gelbe auf Kötzting zu; links von ihm ging der Gendarm und rechts Michael Heigl, der Hausierer ohne Gewerbeschein.

* * * * *

Ehe er sich's versah, saß Michael Heigl wiederum im Kötztinger Gefängnisloch. Sie hatten ihn eingesperrt, ohne ihn überhaupt dem Richter vorzuführen. Der Hausierer, der sich nun schon im vierten Jahr anständig durchs Leben geschlagen hatte, verstand die Welt nicht mehr. Aber wie sollte er, der seit Monaten durch die Wälder gewandert war, auch wissen, daß in Bayern seit kurzem eine ganze Reihe neuer Gesetze und Verordnungen galt?

Restriktiver denn je regierte Ludwig I. in München. Hatte sich schon einige Jahre zuvor, mit dem einfachen Königstitel nicht mehr zufrieden, zusätzliche bombastische Bezeichnungen vor den Namen gesetzt: Von Gottes Gnaden König von Bayern, Pfalzgraf bei Rhein, Herzog von Bayern, Franken, Schwaben etc.; der Wittelsbacher schien mit aller Macht zurück ins Mittelalter zu drängen. Napoleon, der den Vorgänger Ludwigs überhaupt erst zum König gemacht hatte, durfte bei Hofe nicht mehr erwähnt werden. Die Freiheiten, die der Korse und nach ihm der wohlmeinende Graf Montgelas dem bayerischen Volk gebracht hatten, wurden nun strikt wieder unterdrückt. Nicht an der Französischen Revolution und ihrem unveräußerlichen Gedankengut orientierte sich der Monarch in München, sondern am absolutistischen Ungeist Ludwigs XIV. Selbstverständlich profitierte auch der Klerus von solchem Rückschritt. Wo immer eine der zahllosen katholischen Prozessionen heranzog, hatte das Volk per Staatserlaß und unter Strafandrohung im Verweigerungsfall das Knie zu beugen; selbst das Militär mußte aufgrund der neuen Ordres salutieren, wenn die Monstranzen heranschwebten.

Mit dem rigorosen Wiedererstarken des Katholizismus und des königlichen Gottesgnadentums wurde Bayern zu einem Polizeistaat umgeformt. Überall in den Städten und Märkten wurden die Gendarmerieposten verstärkt. Die Freiheit des Volkes, dessen Hefe sich nach wie vor mühsam genug am Leben erhielt, wurde von Monat zu Monat drastischer eingeschränkt. Auch die Freiheit derer, die bislang ungeschoren mit ihren Waglhunden über die Landstraßen und Feldwege gezogen waren. Jetzt verlangte man von ihnen plötzlich die Gewerbescheine, um sie auf diese Weise besteuern zu können. Bluten sollten die kleinen Leute, damit in München Prunkbauten und allüberall in Bayern neugotische Kirchen errichtet werden konnten. Doch was wußte einer wie Michael Heigl davon? Er war in seiner Unschuld lediglich daran interessiert gewesen, seine Tonwaren, Engelsköpfe und Mausfallen losschlagen, um eines Tages vielleicht doch noch zu einem Gütl zu kommen, wo er dann mit Mirl und den Bälgern bescheiden leben konnte. Aber jetzt saß er im Loch und verdiente nichts, weil von München aus plötzlich auch der ärmste Hausierer besteuert und reglementiert werden mußte.

Auf der Bretterpritsche hockte Michael; starrte auf den Abtrittkübel und den verrußten Ofen. Tagelang starrte er und begriff nichts; begriff lediglich, daß man ihm Unrecht getan hatte, und wurde von Tag zu Tag wütender. Nach einer Woche dann, als sie ihn dem Richter immer noch nicht vorführen wollten, drehte er durch. Er begann zu toben, zerschlug die Pritsche, schmetterte die Bretter gegen die Tür, bis die Planken zersplitterten. Daraufhin heulte er noch wütender auf und hebelte mit dem Pritschenfuß die Ziegelsteine aus der Einfassung des gemauerten Ofenlochs. Mit den Steinen bombardierte er die Tür, bis diese plötzlich aufflog und die Polizisten in den Raum stürzten.

Es kam zum Kampf, doch gegen drei Gegner gleichzeitig hatte selbst einer wie Michael Heigl keine Chance. Sie schlugen ihm das

Gesicht blutig, rissen ihn nieder, stiefelten ihn, traten ihn in Nieren und Hoden. Selbst als er nur noch winselte und dabei Blut spuckte, kannten sie keine Gnade. Sie zerrten ihm die Arme auf den Rücken, fesselten sie mit einer Eisenkette und zogen ihn daran an der Kerkerwand hoch. In einem Mauerhaken hing nun das oberste Eisenglied, während Michael mit halb ausgerenkten Schultergelenken vor Schmerzen brüllte. Im Mittelalter hatten Hexen und Ketzer – allesamt unschuldig – so in den Folterkammern gehangen; im Bayern des 19. Jahrhunderts mußte Michael Heigl die widermenschliche Tortur ertragen. Er flehte und keuchte, bis ihn eine Ohnmacht überwältigte und er in seinen Ketten zusammensackte. Als er wieder zu sich kam, lag er auf dem nackten Boden. Seine Peiniger hatten ihn losgekettet, weil sie wußten, daß er nach der barbarischen Folter nicht zum zweiten Mal aufmucken würde.

Mit geschwollenen, blutverkrusteten Schulter- und Handgelenken harrte Michael Heigl wiederum eine Woche aus. Manchmal hörte er draußen im Hof kläglich seinen gelben Hund heulen. Dann, es mußte inzwischen September sein, holten sie ihn endlich zum Verhör. Erneut stand er vor dem Richter. Die Schmarre im feisten Gesicht schien ihn anzugrinsen, darüber hing das meterhohe Kruzifix an der gekalkten Wand.

„Da schau her! Ein alter Bekannter!" äußerte der Jurist zynisch. Gleich darauf schrie er Michael an: „Nimm den Hut runter, du Kreatur! Glaubst du denn, du bist hier in einer Judenschule?!"

Michael Heigl zog seinen speckigen Schlapphut vom Kopf. Waldgeruch hing im Filz fest; eine Seite der Krempe war, seit die Gendarmen ihn zusammengeschlagen hatten, blutverkrustet. Der Delinquent legte den Hut hinter sich auf eine Bank.

„Und jetzt zu deinen Schandtaten!" raunzte der Richter. „Du hast also Handel getrieben, ohne eine Genehmigung dafür zu haben?!"

„Von einem Gewerbeschein, wie man ihn jetzt braucht, hab' ich nichts gewußt", murmelte Michael.

„Das glaube ich unbesehen, daß ein Krimineller wie du die Gesetze nicht kennt!" belferte der Richter. „Außerdem hast du den Gendarmen beleidigt, der dich festgenommen hat!"

Michael Heigl schwieg.

„Weiter hast du das Mobiliar in deiner Zelle zertrümmert und hast danach, als die Beamten dich zur Raison bringen wollten, Widerstand geleistet! Hast sie alle drei verletzt, so daß der Bader sie versorgen mußte!"

„Zur mir ist kein Bader gekommen – und mir ging's gewiß schlechter als den Polizisten, die mich an die Kette gehängt haben", versetzte Michael Heigl trotzig.

Der Richter feixte, sodann diktierte er dem Schreiber: „Der Beschuldigte hat in allen drei Anklagepunkten gestanden. Im Namen seiner Majestät Ludwigs I., von Gottes Gnaden König von Bayern, Pfalzgraf bei Rhein, Herzog von Bayern, Franken, Schwaben etc., ergeht folgendes Urteil: Der ledige Michael Heigl von Beckendorf wird wegen Beleidigung und Sachzerstörung in der hiesigen Fronfeste von Kötzting mit fünfundzwanzig Stockschlägen bestraft, welche ihm sofort nach der Urteilsverkündigung zu verabfolgen sind. Weiter wird der Genannte wegen ungesetzlichen Herumtreibens und Hausierens ohne Gewerbeschein zu zwei Jahren Zwangsarbeit in das Arbeitshaus eingeliefert. Die Urteilsbegründung lautet folgendermaßen..."

Michael Heigl bekam von dieser Begründung nichts mehr mit. Nur zwei Wörter räderten ihm im Gehirn: Stockschläge, Arbeitshaus. Arbeitshaus, Stockschläge. Und dann sah er alles – den Gerichtssaal, die als Zeugen aufgebotenen Polizisten, das Narbengesicht, das Kruzifix, den Schreiber – nur noch wie durch einen undeutlichen Nebel. Gleichzeitig sprang ihn die Angst an, daß er zwar die Schläge, aber nicht das Arbeitshaus überleben würde. Die Freiheit der Wälder, der Landstraßen, der Feldwege waren sein Leben geworden; zwei Jahre im Arbeitshaus würden ihn umbringen. Als einen ausgeschundenen Leichnam würden sie ihn schon nach einem Jahr oder noch weniger heraustragen...

Nein! schrillte es in Michael Heigls Gehirn; dann, während der Jurist mit monotoner Stimme das Unrecht weiter und immer weiter rechtfertigte, zog den Verurteilten etwas zur Tür hin. Zog ihn dorthin, wo hinter einem Spalt die Freiheit lockte; zog ihn unwiderstehlich. Ehe die schläfrigen Gendarmen, der Richter oder der Schreiber seine Flucht bemerkten, rannte Michael Heigl bereits über den Kötztinger Marktplatz. Auf der Armesünderbank lag lediglich noch sein abgegriffener, speckiger Hut.

Als der Narbengesichtige dann doch aufmerksam wurde und brüllte: „Der Verbrecher! Er ist uns ausgerissen!", kam es zu einer komödienreifen Szene. „Wie denn?! Ausgerissen?!" schnappte nämlich der Schreiber, von seinem Protokoll auffahrend. „Das ist doch gar nicht möglich! Sein Hut liegt ja noch da..."

Doch es war möglich; der unbändige Freiheitsdrang des Michael Heigl hatte es möglich gemacht. Jetzt hetzte der Zweiundzwanzigjährige über den Marktplatz und dann zum Regen

110

hinunter. Ihm nach rannten die verdatterten Polizisten. Der Waglhund, der Karren, die Tonschüsseln, die Engelsköpfe, die Mausfallen blieben in einem Verschlag hinter dem Gerichtsgebäude
zurück. An sein Eigentum hatte Michael nicht mehr herankom-
men können, doch das war ohnehin längst von der Justiz eingezogen worden.

Aber was zählte das jetzt alles noch? Um die Freiheit ging es
dem Heigl; ums Überleben. Schnell wie ein Hirsch hetzte er zum
Fluß, überquerte die Brücke, verschwand drüben in den Auwäl-
dern. Mit unverminderter Geschwindigkeit rannte er weiter,
während die Gendarmen zu keuchen begannen; schließlich
langsamer wurden und zurückfielen.

Unangefochten erreichte Michael Heigl Beckendorf; erblickte
flüchtig die alte Keuche, die jetzt bereits am Einstürzen war. Wenig später nahmen ihn die Wälder auf; die Wälder, die den Kaitersberg von seinem Fuß bis hinauf zu den Gipfelfelsen bepelzten.
Michael gewann den Schutz des Forstes und machte sich an den
Aufstieg zur Höhle, die außer ihm kein Mensch kannte; die den
Bürgern und Bauern lediglich in den alten Sagen noch vage ge-
genwärtig geblieben war. Doch ihm, dem flüchtigen Verbrecher,
würde sie jetzt Schutz und Zuflucht bieten.

111

IN DIE ENGE GETRIEBEN

Von Kötzting aus streiften die Gendarmen Richtung Viechtach, Grafenwiesen und Hohenwarth. Sie trugen Karabiner und Säbel, doch keiner fand Gelegenheit, die Blankwaffe gegen den Flüchtigen zu zücken oder das Gewehr auf ihn abzufeuern. Denn die Polizisten patrouillierten lediglich auf den gebahnten Wegen, pirschten höchstens noch entlang der bequemen Fluß- und Bachtäler und wagten sich im äußersten Fall einmal eine halbe Stunde weit in die unwegsamen Bergwälder vor. Michael Heigl aber hatte sich dorthin zurückgezogen, wo einst der Bär gehaust hatte, und in diese Wildnis hoch oben am Kaitersberg wagten sich die Uniformierten nicht. Sie streiften durch ihre Welt aus Paragraphen und Vorschriften; der Heigl hingegen hatte hoch über dieser Welt seine wilde Freiheit gefunden und konnte die Häscher verlachen.

Freilich klang sein Lachen oft bitter, wenn er vor der Höhle kauerte, während der Herbstwind über den Gipfelgrat pfiff und in den Baumwipfeln wühlte. Daß sie ihn jetzt jagten wie einen räudigen Hund, war alles andere als spaßig. So wenig erheiternd wie die Tatsache, daß sie ihn hatten blutig prügeln und ins Arbeitshaus stecken wollen. Und es war auch kein Vergnügen gewesen, als er wie ein gehetzter Hirsch durch Kötzting hatte fliehen müssen; nur weil ihm zu seinem ehrlichen Gewerbe ein amtliches Papier gefehlt hatte. Ungerecht waren sie ihm gegenüber gewesen, und diese Ungerechtigkeit hatte vieles in ihm zerbrochen, was ihn bis dahin noch mit den Menschen verbunden hatte. Als er damals keuchend in die Kaverne auf dem Kaitersberg gekrochen war, war er vor Verachtung und Haß wie besessen gewesen; dieser Haß hatte etwas ausgebrannt in seiner Seele: etwas zaghaft Weiches, das in den Hausiererjahren langsam gewachsen war. Und nun, da Michael Heigl wußte, daß ihm die Rückkehr in dieses frühere Leben verwehrt war, veränderte er sich; er wurde rauh wie der Hochwald und hart wie der Granit, wurde schroff wie der Berg.

Die erste Zeit, bis in den Oktober hinein, brach das Ungute freilich noch nicht aus ihm heraus. Der Renegat und Höhlenmensch streifte lediglich hoch oben um den Berg, pflückte Beeren, sammelte Pilze; legte außerdem seine Schlingen, für die er den Draht in einer dunklen Nacht in Reitenberg gestohlen hatte. Dann wieder saß er vor seiner Höhle und spähte mit verkniffenen Lippen durch die Baumstämme nach seinen eigenen Jägern aus. Erst als die Tage kürzer und die Nächte frostig wurden, wandelte Michael Heigl sich zum Räuber. Die nackte Not war es, die ihn trieb; in seinem Sommergewand und ohne sonstige Hilfsmittel würde er den bevorstehenden Winter nicht überleben können.

* * * * *

Der Bauer ließ seinen Gaul auf der Straße zwischen Arndorf und Grafenwiesen traben. Angetrunken hockte er auf der Pritsche des Gäuwägelchens und dachte an nichts Böses; höchstens an das Lamento seiner Angetrauten, das ihm womöglich bevorstand, weil er sich im Arndorfer Wirtshaus verspätet hatte. Doch dann schreckte er jäh aus seinem angenehmen Bierdusel auf. Ein abgerissener Kerl, Anfang Zwanzig und mindestens sechs Fuß groß, hatte den Zaum des Braunen gepackt und das Roß mit einem einzigen derben Ruck zum Stehen gebracht. Im Reflex hob der Landwirt die Peitsche, doch ehe er zuschlagen konnte, hatte der andere sie ihm aus der Hand gerissen und weggeschleudert; nun drohte er hinter buschigem Schnauzer hervor: „Mich schlägst du nicht! Keiner schlägt mich mehr! – Und jetzt runter vom Bock!"

Ein zweiter derber Griff, ein Ruck; stolpernd landete der Bauer auf dem Fahrweg. Der Abgerissene drehte ihm den Arm auf den Rücken, bis er sich vor Schmerzen krümmte, dann fuhr die Hand des Wegelagerers zur Messertasche an der knielangen Lederhose des Älteren und riß das Stilett heraus. „Ein Mucks – und ich stech' dich ab!" zischte Michael Heigl.

„Was willst du denn von mir?!" preßte der Überrumpelte, dessen Rausch schlagartig verflogen war, heraus. „Ich kenn' dich gar nicht. Hab' dir auch nie was getan!"

„Die Kleider her!" forderte der Räuber. „Alles, was du am Leib hast! Bis auf die Unterwäsche!"

Der Bauer begann zu jammern. Doch schon spürte er die Spitze des Stiletts in der Weiche. „Ja, du kriegst die Sachen!" ächzte er.

Michael Heigl spielte mit dem dolchartigen Messer, während der andere sich des Lodenmantels, der Joppe, der Lederhose, des Hemds und der schweren Stiefel entledigte. Zuletzt zitterte er nicht mehr nur vor Angst, sondern auch vor Kälte. Der Schnauzbärtige achtete nicht darauf. Hastig filzte er die Taschen der erbeuteten Kleider; fand einen schweren Lederbeutel, in dem es metallisch klirrte. Er steckte ihn unter das eigene zerrissene Hemd, rollte die geraubten Sachen zu einem handlichen Bündel zusammen und erklärte, nunmehr beinahe freundlich: „Jetzt kannst du aufsteigen und weiterfahren. Bis zu deinem Hof wirst du es schon noch schaffen. Wirst nicht gleich verrecken ohne Obergewand. Doch ich tät's nicht überleben, wenn ich im Winter nichts Warmes hätte. Verstehst du mich?"

Der Bauer glotzte, kletterte zurück auf den Wagen. „Aber das Geld..." stieß er dann hervor. „Das wärmt einen doch nicht im Frost..."

„Und ob's das tut!" grinste Michael. „Weil man sich dafür was zu fressen kaufen kann!"

Unvermittelt hielt er wieder die Peitsche in der Hand, ließ sie gegen die Kruppe des Braunen schnalzen. Der wieherte erschrocken auf und galoppierte weg. Auf der Pritsche schwankte der halbnackte Landwirt und versuchte die Zügel in den Griff zu bekommen.

„Einen schönen Gruß an die Kötztinger Gendarmen!" brüllte der Renegat ihm nach. „Es ist noch nicht lange her, da haben sie mir meinen Waglhund und alle meine anderen Sachen weggenommen – und jetzt mach' ich's halt genauso wie sie! Und wenn sie dich fragen, wer dir die Botschaft aufgetragen hat, dann kannst du ihnen antworten, daß es der Heigl war! Der Michael Heigl, den sie zum Räuber gemacht haben..."

Das dahinrumpelnde Gäuwägelchen verschwand hinter einer Kurve. Der Schnauzbärtige lachte bitter auf, schulterte sein Bündel und verdrückte sich in den Wald. Gegen Mitternacht kroch er wieder in seine Höhle. Jetzt trug er das warme Gewand des Bauern, und die Herbstkälte konnte ihm nichts mehr anhaben.

* * * * *

Im Lederbeutel waren an die zwanzig Gulden gewesen. Davon konnte man schon ein Weilchen leben. Michael lief auf dem Grat des Kaitersberges bis zum Birkberg hinüber und stieg dann durch den Thalersdorfer Wald hinunter nach Arnbruck. Es war schon Stockdunkel, als er den dortigen Müller aus dem Bett klopfte. Als der den groben Kerl mit dem buschigen Schnauzer erblickte, fuhr er erschrocken zurück. „Bist du am End' gar der Heigl?" schnappte er.

„So ist's", erwiderte der nächtliche Besucher. „Aber wie hast du mich denn gleich erkennen können? Wir haben doch noch nie eine Handelschaft miteinander gehabt."

„Weil sie in Kötzting deinen Steckbrief herausgegeben haben", antwortete der Müller. „Und weil du mitten in der Nacht zu mir kommst. Wenn du freilich glaubst, du könntest mir ebenso an den

114

Karren fahren wie dem Bauern von Grafenwiesen, dann hast du dich getäuscht! Ein Pfiff von mir, und meine Mahlburschen sind da!"

„Ich hab' den Bauern bloß ausgeraubt, weil es nicht anders gegangen ist. Und weil der Grafenwieser gut gespickt war, komm' ich zu dir nicht mit leeren Händen." Michael Heigl schlenkerte den Lederbeutel vor den Augen des anderen. Aber wenn du für dein Korn kein Raubgut nehmen willst..."

Der Arnbrucker bedachte sich nicht lange. „Geld stinkt nicht, heißt es bei den Studierten", erwiderte er lachend. „Und ich will dir auch einen guten Preis machen, Heigl. Weil's mich freut, daß du den Gendarmen in Kötzting ausgerissen bist – und weil du ehrlich zu mir warst."

„Ich hab' immer ehrlich sein wollen – aber sie haben mich nicht gelassen", erwidert Michael Heigl, dann ging er mit dem anderen zum Mühlboden hinüber, um sich einen Sack füllen zu lassen. Als Michael die zentnerschwere ,Last schulterte, sagte der Müller noch: „Es gibt ein paar Pascherhäuser um Arnbruck herum und auch in Traidersdorf drüben. Ich meine, wenn im Winter der böhmische Wind gar zu arg beißt. Die Leute dort haben dann vielleicht einen Strohsack für dich..."

Der Schnauzbärtige nickte. „Danke!" sagte er. „Ich werde mir's merken. Bist ein guter Kerl, Müller! Keiner wie der Bauer von Grafenwiesen. Der wollte gleich mit der Peitsche auf mich los. Du hast mit mir geredet..."

„Das muß man mit einem Menschen immer können", antwortete der Handwerker. „Mach's gut, Heigl!"

„Du auch!" gab Michael zurück und verschwand wieder auf den Thalersdorfer Wald zu, über dem in einem Nebelhof riesig der Vollmond hing.

* * * * *

Bald wandelte sich der Herbstmond zum Wintermond. In der Zeit, die dazwischenlag, hatte Michael Heigl noch einige weitere Raubzüge unternommen. War in ein Bauernhaus eingestiegen, um an Werkzeuge zu kommen: Axt und Säge, die zum Holzmachen auf dem Berg nötig waren; hatte auf anderen Höfen Decken, Lebensmittel und das eine oder andere Stück Kleinvieh mitgehen lassen. Hatte, in einer dunklen Kötztinger Nacht, dort sogar seinen eigenen Steckbrief gestohlen, der von den Gendarmen neben der Tür des Gerichtsgebäudes angenagelt worden war. Jetzt flatterte der Fetzen von der Höhlenwand hoch oben am Kaitersberg – und die Polizisten hatten, ehe der Winter im Waldgebirge fast alles bewegliche Leben lähmte, noch einmal wütend versucht, den Heigl in ihre Gewalt zu bekommen.

Wie ein Rudel Jagdhunde hatten sie den Kaitersberg umschlichen, hatten sich aber nach wie vor nicht hinauf in die Urwaldregion gewagt. Vielmehr hatten sie auf den Einöden oder in den Weilern auf den Räuber gelauert und waren dort vor allem den Kleinbauern und Häuslern zur Last gefallen, die vor dem Renegaten keine Angst zu haben brauchten. Erwischt hatten sie ihn nicht; wenn die Gendarmen ihm irgendwo einen Hinterhalt zu legen versuchten, schien der Schnauzbärtige es schon von weitem zu riechen. Manches trugen ihm auch die Leute selbst zu, wenn er, kaum waren die Patrouillen wieder verschwunden, vom Kaitersberg herunterkam. So war Michael zwar in die Enge getrieben worden, doch man konnte seiner nicht Herr werden, weil er den unwegsamen Berg und dazu so manchen armen Katenbewohner in den Tälern, den die Rebellion des Heigl insgeheim freute, auf seiner Seite hatte. Nicht die Uniformierten waren es daher letztlich, die Michael Heigl am meisten zusetzten, sondern – als das Jahr 1838 sich neigte – der bissige Waldwinter.

Der Berg überzog sich mit Firnschnee und Eis. An den Granitwänden bildeten sich zuerst ellen-, dann meterlange Eiszapfen. Keine Beere, keinen Pilz gab es mehr zu ernten; die meisten Tiere hatten sich unauffindbar zum Winterschlaf verkrochen. Binnen kurzem krustete das Eis auch an den Wänden der Kaverne, obwohl Michael das Feuer hinter dem größeren Eingang jetzt Tag und Nacht unterhielt und den hinteren Schlupf gegen die mörderische Kälte mit Reisig und Moos verstopft hatte. Doch der Frost drang von außen durch das Gestein; daraufhin rieselte auch kein Sickerwasser mehr in das natürliche Felsbecken im Inneren der Höhle. Wollte Michael Heigl trinken, mußte er den Schnee am prasselnden Feuer schmelzen.

Bald begann das Reißen in den Gliedern; der dumpfe, gemeine Schmerz. Wenn Michael aus der Kaverne kroch, brannten ihm die Lungen vor Forst. In den ersten Januartagen dann erinnerte er sich an das, was ihm der Arnbrucker Müller gesagt hatte. Er schnürte zusammen, was er an Lebensmitteln und anderem Brauchbaren besaß, verstopfte auch den vorderen Höhleneingang und kämpfte sich mühsam über krachenden Firn und durch brusthohe Verwehungen nach Südosten. Am Ochsenberg, eine Wegstunde nördlich von Arnbruck, erspähte er schließlich eine Keuche, die ihn an die seiner Eltern erinnerte.

An der Feuerstelle des dort hausenden Paares durfte er sich

aufwärmen. „Lassen sich bei euch öfter Gendarmen sehen, oder kommen sie nicht so weit herauf auf den Berg?" fragte Michael Heigl nach einer Weile.

Anstelle einer Antwort spuckte der Kätner verächtlich aus.

Da grinste Michael und erklärte: „Ich kann sie auch nicht ausstehen, die Uniformierten! Und wenn es vielleicht einmal einen Paschergang zu tun gibt in diesem Winter, dann bin ich gerne dabei. Schon mein Vater ist nach Böhmen hinüber, wenn die Not zu groß geworden ist."

„Das kann gut auch in diesem Winter so werden", versetzte der Tagelöhner; sein Weib nickte dazu.

„Aber vorerst hab' ich noch Korn und dazu ein bißchen Fleisch", sagte der Renegat und legte seine Vorräte auf den Tisch. „Meint ihr, ich kann bei euch den Winter über bleiben?"

„Wenn du uns jetzt auch noch deinen Namen sagst", antwortete die Frau.

Michael Heigl tat es.

Da lachten die beiden, und der Keuchner meinte: „Fast hab' ich mir's schon gedacht, daß einer, der im reichen Bauernloden vom wilden Berg kommt und vom Schmuggeln redet, eigentlich nur der Heigl sein kann."

So fand der Schnauzbärtige einen Unterschlupf, in dem es wärmer war als in der Höhle auf dem Kaitersberg, und nach Böhmen mußten er und der Tagelöhner in diesem Winter auch nicht. Denn als im Februar die Lebensmittel knapp zu werden drohten, unternahm Michael einen kleinen Raubzug nach Kötzting hinüber. Dort räumte er in einer Sturmnacht nicht nur die Speisekammer des Pfarrers, sondern zudem den Opferstock in der Kirche aus, und die Beute reichte dann gut bis ins Frühjahr hinein.

Im März, als die Waldwege wieder besser begehbar waren, verabschiedete sich Michael Heigl von seinen Herbergsleuten, die dank seiner Hilfe in diesem Winter besser gelebt hatten als gewöhnlich. Sie hätten ihn auch gerne weiter dabehalten, doch jetzt zog es den Renegaten zurück auf seinen Berg; außerdem hatte ihn die Sehnsucht nach der Mirl gepackt.

Den Winter über hatte sich der Keuchner auf Michaels Wunsch hin ein bißchen nach ihr umgehört, und deswegen wußte der Räuber jetzt auch ganz genau, wo er sie zu suchen hatte. Auf der Woid nämlich wäre die Mirl nicht mehr zu finden gewesen.

RÄUBERLIEBE

Beinahe wie ein Feudalherr herrschte der Gotzendorfer Gutsbauer über die Menschen auf den kleineren Anwesen, die sich um seinen protzigen Hof in der Nähe von Hohenwarth scharten. Es gab kaum einen Halb- oder Viertelhübner, der ihm nicht auf die eine oder andere Weise und meistens um den sogenannten Gotteslohn zuarbeiten mußte. Außerdem war der Gotzendorfer mit dem Kötztinger Richter verschwägert, wovon er ebenfalls profitierte. Erst kürzlich hatte der Jurist ihm die Mirl als billige Arbeitskraft zugeschanzt; zwangsweise war die junge Frau von der Woid auf den Gutshof verbracht worden. Die offizielle Begründung hatte gelautet, daß man die Magd wegen ihres unmoralischen Lebenswandels unter die Aufsicht eines ehrengeachteten Ökonomen stellen müsse. Jetzt hütete Mirl die Kühe auf dem protzigen Anwesen, während sich die Woider um ihre beiden Kinder zu kümmern hatten, die sie nicht nach Gotzendorf hatte mitnehmen dürfen. Auch dafür hatte der Kötztinger Richter einen guten Grund gefunden: Die Kleinen sollten dem angeblich verderblichen Einfluß der Mutter nicht länger ausgeliefert sein.

Vorsichtig schob sich Michael Heigl entlang eines Streifens Schlehdorn an die Hofweide heran. Jetzt, im März, befand sich die Herde noch im Tal; erst in ein paar Wochen würde sie auf einen der Gotzendorfer Schachten getrieben werden. Dem Renegaten wäre es lieber gewesen, er hätte die Mirl schon jetzt auf einer Lichtung im Bergwald treffen können; weil dies aber leider nicht möglich war, mußte er nun sehr vorsichtig vorgehen.

Als der Häherschrei erklang, den ihr Geliebter während der vergangenen Hausierersommer oft zum Spaß ausgestoßen hatte, ruckte der Kopf der Magd herum: auf das Gebüsch zu, in dem Michael steckte. Kurz richtete er sich auf, duckte sich dann sofort wieder, denn auf einer Ackerbreite jenseits der Weide instruierte der Gotzendorfer Gutsbauer soeben die Knechte, die dort eggen sollten.

Unauffällig trieb die junge Frau ihre Herde näher. Zuletzt bildeten die Tierleiber einen schützenden Wall zwischen den Männern auf dem Nachbarfeld und der Wiese am Waldrand. Die Schwarzäugige schmiegte sich an ihren Liebhaber; seine Hände hielten sie, wühlten sich in ihr Haar. „So gut tut's mir, daß du da bist..." stöhnte Mirl. „So lange ist's jetzt schon her..." Sie griff nach seiner Hand, preßte sie gegen ihre Brust. Verlor beinahe den Verstand, weil sie ihn endlich wieder bei sich hatte. „Der Bauer!" murmelte Michael noch, aber da lagen sie schon auf der Erde. Und während sich die Rinder um sie drängten, zerrte er ihren Rock hoch; wurde eins mit ihr...

Bebend blieb sie nachher noch ein Weilchen bei ihm liegen, küßte ihn, flüsterte: „Es ist ein Elend auf dem Hof hier! Räuberhur' nennen sie mich und behandeln mich, als ob ich eine Verbrecherin wäre..."

„Dann geh mit mir weg!" erwiderte Michael Heigl. „Im Wald ist das Leben schöner und freier, du weißt's doch. Am besten verschwindest du noch heute nacht. Ich warte hier beim Schlehdorn auf dich, und dann verstecken wir uns zunächst einmal auf dem Kaitersberg."

„Ich möchte ja", bekannte die Mirl. „Aber was wird aus meinen Kindern, wenn ich durchbrenne?!"

„Die haben sie dir doch sowieso schon weggenommen", versetzte Michael. „Nichts hast du zu verlieren, gar nichts – aber ein besseres Leben kannst du gewinnen!"

„Alles ist besser als das, was ich jetzt habe", gab die junge Frau zu. „Und wenn ich weglaufe, habe ich wenigstens dich wieder, wenn sie mir schon die Kinder nicht gönnen. – Ich tu's, Michl! Hab' eh schon so hart auf dich gewartet. Hab' immer geahnt, daß du mich holen wirst. Um Mitternacht komme ich zu dir."

„Ich warte auf dich", versprach der Schnauzbärtige noch einmal, ehe er im Gebüsch verschwand. Mirl ordnete ihre Kleider, dann trieb sie die Herde wieder vom Waldrand weg.

* * * * *

Die Nacht war frisch, doch zwischen den ziehenden Wolken schimmerte verheißungsvoll die silberne Sichel des zunehmenden Mondes.

Einen ganzen Sack Lebensmittel hatte Mirl auf dem Gotzendorfer Gutshof gestohlen und ihrem Liebhaber beim Schlehdorn übergeben; grinsend hatte Michael Heigl ihn geschultert. Jetzt wanderte das Paar schon seit Stunden auf den Kaitersberg zu. Im Morgengrauen umgingen die beiden den Weiler Reitenberg. Dann kam der letzte, steile Anstieg durch den Urwald. Als sie die Kaverne erreichten, fingerten gerade die ersten Sonnenstrahlen über die Gipfel im Osten.

„Keinen Menschen habe ich bisher mit heraufgenommen", sagte Michael, als die Schwarzäugige staunend vor der geheimnisvollen Felsenkluft stand. „Aber jetzt gehört die Höhle auch dir. Du wirst sehen, sie ist ganz gemütlich. Wo die anderen in ihren windschiefen Holzhütten hocken, haben wir ein solides Haus aus Stein."

Er zerrte Astwerk und Reisig weg, mit denen er im Winter den Eingang verstopft hatte. „Du kannst drinnen saubermachen", ordnete er dann an. „Ich lege inzwischen ein paar Wildschlingen aus..."

So begann das gemeinsame Höhlenleben unter dem Granitgipfel des Kaitersberges. Michael Heigl hatte sich sein Weib in die Wildnis geholt, und die Mirl, in mehr als einem Hausierersommer auf ihn eingespielt, fand sich in ihrem neuen Leben schnell zurecht.

* * * * *

Bedächtig drehte das Jahr sich über das Waldgebirge hin. Im März 1839 hatte Michael seine Geliebte zur Höhle gebracht; etwa zur selben Zeit, da in München den beiden Professoren Franz von Kobell und Carl August Steinheil die erste fotografische Aufnahme der deutschen Geschichte gelang. Die Platte zeigte, unscharf und verwaschen, die Frauenkirche. Ebenfalls in diesem Jahr malte der ehemalige Apotheker Carl Spitzweg sein später weltberühmtes Bild „Der arme Poet". Bei der Münchner Vernissage freilich verrissen die Kritiker es nach Strich und Faden. Auch ein anderer Künstler sorgte zu dieser Zeit in der Hauptstadt für Aufsehen: Franz von Pocci, der in der Isarstadt das Kasperltheater einführte. Die Münchner amüsierten sich königlich über den bezipfelten Hanswursten auf Poccis Faust; auf dem Kaitersberg dagegen und im Land ringsum ließ sich das Leben für den Heigl und seine Mirl weniger spaßig an.

Im Frühjahr waren die Hasen, die sich in den Schlingen fingen, noch mager. Als sie im Sommer feister wurden, verlangte es die Höhlenmenschen mächtig nach Zubrot; das ewige Wildbret hing ihnen jetzt zum Hals heraus. In den hellen Nächten verließ Michael den Berg; schlich oft den ganzen Tag durch die Wälder, bis er irgendwo auf einen vielversprechend aussehenden Hof stieß. Dann zerklirrte im Schutz der Dunkelheit ein Fenster oder wurde ein Türschloß aufgebrochen, und der Renegat griff hastig zu. Er sackte Korn und Brot ein; ließ ab und zu auch anderes mitgehen: ein Kleidungsstück, eine Decke, ein bißchen Bettzeug. Gelegentlich nahm er auch Tand für die Mirl mit: da einen Spiegel, dort ein Stück Schmuck, das er aus der schönen Stube irgendeines Bauern holte.

Stets verschwand er so schnell wieder, wie er gekommen war. Wenn er Pech hatte, hetzten dann freilich die Hunde hinter ihm her, doch die wußte der Räuber sich mit Prügel- und Steinwürfen vom Leibe zu halten. Hatte er erst einmal den Wald gewonnen, lachte er sowieso über etwaige Verfolger. Denn die Bauern waren viel zu schwerfällig, um ihm durch den Wildwuchs zu folgen; die konnten höchstens zu den Gendarmen rennen: nach Kötzting, Hohenwarth oder Furth. Und die Polizisten verfaßten Protokolle und schrieben einmal mehr den Namen Michael Heigl hinein; darüber hinaus jedoch vermochten sie nicht auszurichten, denn der Renegat war längst untergetaucht.

Der saß dann schon lange wieder auf seinem Berg und verlachte die Gendarmen, während die Schwarzäugige sich mit den Ketten und Ohrringen der Bäuerinnen schmückte. Manchmal tanzte sie, nur mit diesen Kleinodien behängt, nackt zwischen den Urwaldriesen und Granitblöcken und verlockte ihren Galan im sommerlichen Wald zur Liebe; zur hemmungslosen, fröhlichen Liebe unter freiem Himmel, während hoch am Firmament Bussard und Falke pfiffen. In heidnischer Lebensfreude genossen der Räuber und seine Gefährtin dann ihr Dasein, während unten in den Tälern die Staatsmacht gegen sie mobil machte, der Klerus gegen sie moralisierte, die Großbauern ihre Verluste bejammerten – und andererseits die kleinen Leute begeistert vom Heigl und seiner Braut schwärmten. Denn endlich waren einmal zwei ausgebrochen aus einer Welt, die in ihrer Dumpfheit, ihrer Chancenlosigkeit und Kleingeistigkeit für so viele Menschen nicht lebenswert war.

Noch aktiver wurde Michael Heigl im Herbst, denn in einer der hellen Sommernächte war Mirl wiederum schwanger geworden. Jetzt polsterte ihr Michael das Nest aus, so gut er konnte. Auf feinem Leinen schlief sie, und darunter lag eine weiche Matratze, die ihr Liebhaber für sie mühsam auf den Berg geschleppt hatte. Anderswo hatte der Schnauzbärtige Werkzeug gestohlen und damit eine hübsche Wiege gezimmert. Manchmal freilich dachte er jetzt erschrocken an den Winter, der ihn im Vorjahr vom Berg getrieben hatte; als die Herbstnächte kühler wurden, versuchte er deswegen, die Höhle so weit wie möglich frostsicher zu machen.

Trotzdem fragte Mirl im späten Oktober: „Wäre es nicht besser, wenn wir irgendwo in einer Keuche Unterschlupf suchen würden?"

„Dann hätten uns die Polizisten wahrscheinlich schnell am Wickel", erwiderte ihr Gefährte und setzte hinzu: „Vielleicht hätte ich mir den einen oder anderen Einbruch doch nicht leisten sollen, denn jetzt streifen sie schon bis zu den abgelegensten Katen. Und wenn du mit deinem dicken Leib an eine solche Hütte gefesselt wärst, gäbe es kein Entkommen mehr. Nein, wir müssen den Winter hier oben durchstehen, aber wir werden's schon schaffen. Der Kaitersberg wird uns einiges an Frost bringen, uns aber auch die einzige Sicherheit schenken, die es jetzt für uns gibt."

Die Schwangere mußte ihm zustimmen; dann machte er sich mit dem gestohlenen Fuchsschwanz wieder über den Baumstamm her, aus dem er Schalbretter für das Höhleninnere zu sägen versuchte.

Als Mirl im sechsten Monat war und der erste Schnee fiel, hatte Michael den Höhlenraum durchaus wohnlich eingerichtet. Die Bretter, die an einer trapezförmigen Balkenkonstruktion befestigt waren, hielten die Wärme im Inneren der Kaverne zurück. Der hintere Höhlenschlupf war fest verbaut; vor dem vorderen duckte sich jetzt ein niedriger Windfang. Gleich neben der Feuerstelle gab es eine bequeme Lagerstatt, daneben stand die winzige Wiege. Draußen hatte der Schnauzbärtige eine Vorratsgrube in den Waldboden gegraben und auch sie mit Brettern verschalt. Wildbret und gestohlene Speckseiten waren darin aufgehäuft. Das Wildfleisch hatte Michael in einem natürlichen Felsenkamin hart unterhalb des Berggipfels geräuchert. Der Frost, der nun jeden Tag einsetzen mußte, würde die Vorräte bis ins beginnende Frühjahr hinein frisch halten. In der Höhle selbst standen Säcke und Körbe mit Korn, getrockneten Pilzen und Beeren. So gut er konnte, hatte Michael Heigl sein ungewöhnliches Heim bestellt.

Als die kalte Jahreszeit dann wirklich anbrach, wurde klar, daß Mirl ihr dennoch nicht gewachsen war. Wahrscheinlich hätte sie Frost und Einsamkeit ertragen, wenn sie nicht schwanger gewesen wäre, aber jetzt war sie bereits im siebten Monat und konnte deshalb auf dem vereisten Waldgrund kaum mehr laufen. Ohne ausreichende Bewegung an die trotz allem klamme Höhle gefesselt, kam sie sich mit jedem grauen Tag mehr wie ein gefangenes Tier vor. Der Sommer, in dem sie getanzt, gelacht und hemmungslos geliebt hatte, schien nun unendlich weit entfernt zu sein. Jetzt vegetierte sie entweder dumpf und stumm dahin – oder ihr Mißvergnügen, ihre Ängste und ihre Hilflosigkeit brachen schrill aus ihr heraus. Sie warf ihrem Gefährten vor, daß er sie leichtfertig in diese Lage gebracht habe; je länger der Winter anhielt, um so schlimmer wurde es. Zuletzt ging sie mit Krallen und

Zähnen auf ihn los, sobald er nur ein unrechtes Wort zur ihr sagte. Und immer noch wölbte sich ihr Leib stärker auf; jede Woche, die sie näher an die Niederkunft brachte, steigerte ihre Verzweiflung weiter. Oft floh Michael Heigl jetzt aus der Höhle. Vom der schneidenden Kälte gebeutelt, streifte er stundenlang durch den Wald und mußte sich danach neue Vorwürfe von der werdenden Mutter anhören, weil er sie so lange alleingelassen hatte.

Unaufhaltsam wie der Bauch der Schwangeren rundete sich das Höhlenjahr. Dann plötzlich bissen die Frostwinde nicht mehr so stark. Es war Februar geworden; im März schließlich setzte das Tauwetter ein. Jeden Tag konnte nun die Geburt erfolgen. Michael ließ die Hochschwangere kaum einen Augenblick mehr ohne Aufsicht. Doch dann schickte sie ihn von sich aus fort; das Salz war ausgegangen, seit Wochen schon.

„Du mußt welches bei irgendeinem Bauern besorgen!" verlangte Mirl. „Das Kind kommt noch nicht gleich. Jetzt, wo der Schnee wegtaut, kannst du schnell den Berg hinunter. Ich werde wahnsinnig, wenn ich kein Salz bekomme!"

Widerwillig machte Michael Heigl sich auf den Weg. In Reitenberg stieg er am hellichten Tag in die Speisekammer ein. Er hatte Glück, niemand bemerkte ihn. Als er aber zurückkam, war Mirl ohne seinen Beistand niedergekommen: hatte das Wurm geboren, abgenabelt und bereits in die Wiege gelegt. Jetzt krümmte sich die junge Frau mehr tot als lebendig auf dem blut- und sekretfeuchten Lager. Michael wusch und bettete sie neu, bewachte anschließend ihren Erschöpfungsschlaf. Zwischendurch starrte er ungläubig auf das Kind, das fast wie ein Tier in der Höhle zur Welt gekommen war. Er begriff, daß die Mutter und der Säugling eigentlich nur wie durch ein Wunder überlebt hatten, und zermarterte sich den Kopf darüber, was nun aus dem Mädchen, das ihn zum dritten Mal zum Vater gemacht hatte, werden sollte.

Als sich wenig später herausstellte, daß der Wöchnerin wiederum die Milch fehlte, sahen die beiden nur einen einzigen Ausweg: „Du mußt das Kind auf die Woid bringen!" forderte Mirl; zerbiß sich dabei die Unterlippe, drängte das Flennen zurück. „Schnell muß es gehen, ehe es uns verhungert! – Sag den Verwandten einen Gruß von mir und daß es mir leid tut..."

„Und du? Soll ich sagen, daß du auch zurückkommst, wenn du wieder laufen kannst?" fragte Michael verstört.

Die Wöchnerin schüttelte den Kopf. „Die Gendarmen würden mich ja doch nicht auf dem Hof lassen", flüsterte sie. „Sie würden mich ja doch bloß wieder nach Gotzendorf bringen..."

123

Michael Heigl nickte. Dann wickelte er den Säugling ein und machte sich auf den Weg. Mit großen Augen starrte ihm die Mirl nach; unbeschreibliche Pein im Blick.

Der Schmerz über den Verlust des Kindes wurde von Stunde zu Stunde stärker. Ebenso die Sehnsucht nach dem winzigen Bündel Leben, das sie vor kurzem noch unter dem Herzen getragen hatte. Zuletzt wurde das Denken der jungen Frau von einem unwiderstehlichen Zwang überlagert. Sie zwang sich von der Lagerstatt hoch, schleppte sich zum Höhleneingang. Warf noch einen Blick zurück in die Kaverne, in der sie zusammen mit dem Räuber ein volles Jahr verbracht hatte, und verschwand dann im Wald.

Nichts von alldem, was Michael Heigl für sie zusammengeraubt hatte, nahm sie mit. Allein die Erinnerung an ihre Liebe blieb ihr. Die würde immer bleiben, auch wenn sie ihn – was ihr jetzt mit schneidender Klarheit bewußt wurde – niemals wiedersehen würde. Weil sie noch einen solchen Winter und eine weitere solche Schwangerschaft nicht abermals durchstehen könnte...

* * * * *

Als Michael Heigl zwei Tage später auf den Kaitersberg zurückkehrte, fand er die Höhle leer. Er hatte es schon vorher geahnt, als er auf die Fußstapfen im alten Schnee gestoßen war. Er und die Mirl waren aneinander vorbeigelaufen, irgendwo im Wald. „Wie hätte sie auch das Kind so einfach aufgeben können?" murmelte der Renegat, ehe ihn das Flennen ankam. „Die Sehnsucht nach ihrem Fleisch und Blut war stärker als alles andere – und ich hätte es gleich wissen müssen..."

Am Boden zerstört, kauerte er in der nun entsetzlich leeren Behausung. Sprang mehrmals auf, um ihr nachzurennen, sie vielleicht noch einzuholen. Taumelte aber jedesmal wieder zurück in die Kaverne, weil er ahnte, daß es aussichtslos gewesen wäre.

Eine Woche, dann eine zweite vegetierte Michael Heigl in seiner Einsamkeit. Sehnte sich verzweifelt nach der Verlorenen, verfluchte sie gleich darauf wieder wegen ihrer vermeintlichen Untreue. Zuletzt raffte er sich doch auf, verließ den Kaitersberg und schlug erneut den Weg zur Woid ein. Lange drückte er sich um die Einöde herum. Erst in der Nacht klopfte er an die Tür. Der Bauer öffnete, starrte ihn feindselig an. Michael schluckte seinen Stolz hinunter. „Die Mirl..." stammelte er.

„Die ist nicht mehr da", schnappte der Bauer. „Endgültig hast du sie ins Unglück gebracht! Kaum war sie aufgetaucht, um bei

124

ihren Kindern zu sein, hat uns auch schon irgendwer bei den Gendarmen hingehängt. Die haben sie abgeholt, die Mirl. Haben sie auf Kötzting gebracht und vor Gericht gestellt. Dort hat man ihr vorgeworfen, daß sie eine Räuberhur' gewesen ist, und jetzt steckt sie schon im Arbeitshaus. Drei Jahre hat sie gekriegt. Wenn sie wieder herauskommt, wird sie eine zusammengerackerte Vettel sein, und ihre Kinder werden sie nicht mehr erkennen. Dank deiner Hilfe, Heigl! Dank deiner Hilfe..."

Der Bauer schlug die Tür zu. Hilflos stand Michael Heigl in der Nacht und spürte eine Wut in seinem Herzen aufsteigen, wie er sie noch nie zuvor gekannt hatte.

ZUSPITZUNGEN

Glutsommer lag über dem Regental; auch oben auf dem Berg war kaum ein Luftzug zu spüren, der Linderung gebracht hätte. Schwer strotzten die Ähren auf den Halmen; anderswo knisterte das Heu, das bereits zu buckligen Haufen getürmt war. Knechte und Mägde arbeiteten verschwitzt unterm tiefblauen Himmel; mit rauhen Stimmen trieben die Bauern sie an. Mancher wohlhabendere Ökonom hockte auch im Wirtshaus; genossen die Kühle dort und hielten den beschlagenen Maßkrug zwischen den Fäusten. Für Michael Heigl dagegen gab es keine Freude mehr, seit die Mirl ihn verlassen hatte; seit sie im Strafhaus verschwunden war. Vielmehr räderte und räderte im Schädel des Renegaten die Wut.

Wäre Michael Heigl in der Einsamkeit des Kaitersberges geblieben – er hätte sich vielleicht wieder fangen können. Auch in dieser Krise hätte ihn möglicherweise die Natur geheilt, die ihn noch nie im Stich gelassen hatte. Doch zwischen Frühjahr und Sommer hatte es den nunmehr beinahe Vierundzwanzigjährigen wild umgetrieben. Haßerfüllt war er zuzeiten vom Berg heruntergehetzt, um einmal mehr gegen die Seßhaften loszuschlagen. Da hatte er einen Einbruch verübt, dort einen Diebstahl; hatte zwischendurch irgendwo in einem Hohlweg einem Herausgefressenen das Stilett an die Kehle gesetzt. Lauernd war er in dunklen Nächten durch die Dörfer geschlichen; war dann wieder in irgendeine Winkelwirtschaft eingefallen, wo sich der Wirt sich nicht scheute, ihm Bier und Schnaps zu geben.

Jetzt, in einer der brütenden Nächte des Heumonats, drückte Michael sich gegen die Außenmauer der Zeltendorfer Kirchenwirtschaft und spähte durch eines der offenstehenden Fenster hinein. Drinnen schwadronierten die wohlhabenden Bauern und anderen Grundbesitzer. Ein rotgesichtiger Kerl, dessen Leibgurt mit einem mächtigen Charivari – einer mit schweren alten Münzen, Eberzähnen und Elfenbeinschnitzereien behängten Silberkette – verziert war, führte das große Wort: „Der Heigl ist ein Lump und ein Zigeuner! Die Beckendorfer Hur', die ihn geworfen hat, hätte ihn besser erst gar nicht großziehen sollen! Gleich nach der Geburt hätte sie ihm eins über den Schädel hauen sollen! Weil sie's nicht getan hat, gibt's jetzt Mord und Totschlag im Kötztinger Gäu..."

Draußen knirschte der Genannte mit den Zähnen. Er hatte den Sprecher erkannt. Der reiche Müller von Hausen war es, dessen Anwesen nördlich von Zeltendorf am Dampfbach lag. Einmal, als er noch ein einfacher Landstreicher gewesen war, hatte Michael den Großkotz um ein Stück Brot gebeten. Doch der Müller hatte nichts anderes für ihn gehabt als hämische Worte. Und jetzt hatte er ihn auch noch als Lumpen und Zigeuner, als Mörder und Totschläger gar bezeichnet. Die Faust des Verleumdeten krampfte sich um den Stilettgriff. Michael Heigl hatte einiges auf dem Kerbholz, doch ein Menschenleben ganz bestimmt nicht. Jetzt freilich hätte es leicht dazu kommen können. Michael mußte mit aller Gewalt an sich halten, um nicht in die Gaststube zu stürzen und dem Schandmaul die Klinge in den Wanst zu jagen. Doch er beherrschte sich. Gegen das ganze Rudel, das zudem die Meinung des Hauser Müllers zu teilen schien, hätte er keine Chance gehabt. Den Lohn für seine Anwürfe sollte der Dreckskerl aber trotzdem bekommen, das schwor Michael Heigl sich, als er nun wieder wie ein Schatten in der Nacht verschwand.

Einige Tage umschlich er das Anwesen am Dampfbach, lauerte auf den Verleumder, doch der zeigte sich nicht. Nur zu gerne hätte Michael ihn unter vier Augen zur Rede gestellt, aber die Tage verstrichen – und dann war seine Wut so übermächtig geworden, daß er einfach handeln mußte. In der größten Mittagshitze, während die Mühle wie ausgestorben dalag, pirschte der Renegat sich an die Heuhaufen heran, die auf der Hauswiese aufgeschichtet worden waren. Stahl klirrte auf Feuerstein, dann fanden die Funken im ausgedörrten Heu Nahrung. Fauchend fraß sich die Flamme hoch. Michael Heigl huschte zum nächsten Haufen weiter, dann zum übernächsten.

* * * * *

Noch immer rührte sich nichts im Haus. Die Knechte und Mägde hielten sich auf den weiter entfernten Feldern auf; der Müller selbst war – was Michael nicht wußte – schon vor Tagen nach Regensburg gefahren. Doch bachabwärts, Kötzting zu, arbeitete einer der Mahlknechte am Ablauf eines Fischweihers. Plötzlich sah er von dort aus die Feuerbälle auf der Hauswiese aufblühen und wollte losrennen. Mit dem nächsten Lidschlag freilich erstarrte er, denn er hatte den hageren Kerl mit dem dunklen Haarschopf erspäht. Die Hausermühle und Beckendorf lagen nur eine Gehstunde voneinander entfernt. Zudem hatte der Mahlknecht früher manchmal mit dem Keuchnerssohn zu tun gehabt, deswegen hatte er ihn jetzt auch sofort erkannt. Aber ein Freund des Heigl war er nie gewesen. Deshalb wandte er sich jetzt um und rannte wie gehetzt auf Kötzting zu.

Im Gerichtsgebäude stieß er auf den Brigadier der dort stationierten Polizisten. „Der Heigl zündet die Mühle an!" schrie der Knecht. „Schnell, dann erwischt ihr ihn noch!"

„Kreuzkruzitürken!" fluchte der Sergeant. „Ausgerechnet heute, wo meine Leute nach Viechtach hinunter auf Patrouille sind! Allein geh' ich nicht auf den Heigl los!" Er besann sich. „Aber der Marktgendarm ist noch da!" Er griff nach seinem Vorderlader, einem beinahe mannslangen Podewils-Gewehr, und brüllte nach seinem Kollegen. Der Marktgendarm hastete mit klapperndem Säbel in die Wachstube. Mit wenigen Worten klärte der Sergeant ihn auf.

„Von der Hausermühle aus kann der Heigl schlecht in Richtung Kötzting fliehen", versetzte der andere. „Über den Regen im Osten kommt er auch nicht so leicht. Und westlich der Mühle liegt ein Hof neben dem anderen. Er wird also wahrscheinlich nach Norden verschwinden wollen. Wenn wir uns Gäule besorgen, können wir ihn dort vielleicht noch abfangen."

„Dann los!" schrie der Sergeant. „Wir requirieren einfach zwei Rösser in der Poststation!"

Die beiden Uniformierten rannten hinaus. Grinsend blickte der Mahlknecht ihnen nach. Jetzt geht's dem Heigl an den Kragen! dachte er. Und ich hab's möglich gemacht! Der Müller wird mir eine schöne Belohnung dafür geben...

Minuten später klang auf dem Marktplatz Hufschlag auf. In den Sätteln zweier Postgäule sprengten die Uniformierten nach Norden davon. Der Gaul des einen bockte immer wieder, weil ihm der Schleppsäbel die Flanke peitschte. Der Sergeant wiederum hatte Mühe, das Podewils-Gewehr festzuhalten. Mit offenen Mündern starrten die Kötztinger den beiden nicht ganz sattelfesten Reitern nach.

* * * * *

Michael Heigl handelte wie im Rausch. Dutzendweise ließ er die Heuhaufen aufflammen. Einen feurigen Kranz zog er um die verhaßte Mühle. Verzückt beobachtete er, wie die Schober weggebrannten. Huschte dabei weiter, ließ neuerlich Stahl gegen Feuerstein schlagen. Und hoffte immer noch, daß einer aus dem Haus kommen würde; der Müller selbst oder ein anderer, an dem er auch mit den Fäusten Rache nehmen konnte. Doch im Anwesen blieb es still, und nach einer Weile gab es auch keinen Heuhaufen mehr niederzubrennen.

Im Gestrüpp des Dampfbaches lauerte der Schnauzbärtige noch eine Weile, endlich trollte er sich. Ganz gemütlich ging er nach Norden, auf das Bachmaier-Holz zu. Immer wieder blieb er stehen und blickte zur Mühle zurück, die wie verlassen dalag; von einem feinen Rauchschleier umwabert. Michael Heigl konnte sich sagen, daß er seine Rache gehabt hatte. Aber wirklich befriedigt hatte sie ihn nicht. Immerhin, so tröstete er sich, hatte das Schandmaul von Müller seinen Denkzettel bekommen.

Das Bachtal verengte sich. Die Stauden wuchsen hier höher und dichter. Staunzen summten, Mückenschwärme flirrten. Und dann, urplötzlich, brachen aus dem Gebüsch heraus die beiden Uniformierten. Einer mit einem Vorderlader, der andere mit gezogenem Säbel.

„Halt!" schrie der Sergeant. „Hände hoch, Heigl!" In sein Brüllen hinein mischte sich, aus einem Versteck heraus, Pferdewiehern. Wie ein Blinder war Michael den Polizisten in die Falle getappt. Mit einem verzweifelten Sprung wollte er sich seitlich ins Gebüsch retten. Doch da knackte scharf der Hahn des Podewils-Gewehrs. Nur ein paar Meter entfernt drohte die großkalibrige Mündung. Michael Heigl begriff, daß es aussichtslos war. Ein Blinder hätte ihn auf diese Entfernung treffen können. Sein hagerer Körper duckte sich, langsam hob er die Hände über den Kopf. „Ich ergebe mich..." murmelte er.

Die Gendarmen, verschwitzt vom Galoppritt, der sie im Bogen um die Mühle herum und in den Hinterhalt geführt hatte, grinsten. „Wird auch besser sein, wenn du keinen Widerstand mehr versuchst", sagte triumphierend der Marktgendarm und drückte seine Säbelspitze gegen die Kehle des Schnauzbärtigen. „Ich hab' ihn!" wandte er sich an seinen Kollegen, während der Räuber wie zur Salzsäule erstarrt dastand. „Kannst ihm jetzt die Handschellen anlegen."

Der Sergeant setzte den Gewehrhahn in Ruhe und lehnte die Waffe gegen einen Strauch. In der Rocktasche fingerte er nach der Schließkette. Michael Heigl reckte die Hände nach vorne. Der Marktgendarm senkte die Säbelspitze ein wenig und trat zur Seite, um dem Sergeanten nicht im Weg zu stehen.

Im gleichen Augenblick schossen die Fäuste des Renegaten hoch, schmetterten gegen das Kinn des Säbelträgers, schleuderten den Mann zu Boden. Im Sprung prallte Michaels Knie zwischen die Beine des Sergeanten. Der brüllte vor Schmerz wie ein Tier auf. Michael Heigl hetzte an ihm vorbei, entriß ihm das Podewils-Gewehr, rannte weiter: dorthin, wo er zuvor das Pferd hatte wiehern hören. Er schwang sich in den Sattel, zog den anderen Gaul mit, brachte es außerdem fertig, die Waffe zu behalten.

In stuckrigen Sprüngen galoppierten die beiden Rösser nach Osten davon, dem Regenfluß zu. Eine Weile noch hörte Michael das Schreien und Toben der Polizisten. Aus seiner eigenen Kehle brach ein infernalisches Lachen. Hereingelegt hatte er die Kerle, sie zum Narren gehalten, und jetzt fühlte er sich plötzlich so gut wie schon lange nicht mehr. Als ob er, der Heigl, sich so einfach ins Bockshorn jagen ließe, bloß, weil einer ihn mit einem Käsemesser bedrohte!

Michael jagte die Gäule in den Regen hinein, trieb sie durch das aufspritzende Wasser, kam drüben gut wieder an Land. Er sprang aus dem Sattel, schüttelte sich wie ein Hund, zäumte und sattelte die Tiere ab. Die Zügelriemen und das andere Lederzeug flogen in die Fluten. Selbst wenn die Gendarmen über den Fluß schwammen, würden ihnen die Gäule jetzt nicht mehr viel nützen.

Der Renegat raffte das Gewehr auf und rannte weiter, auf den Kaitersberg zu. In der Abenddämmerung hatte er den vertrauten Platz unter dem Gipfel erreicht. Niemand war ihm durch den Urwald herauf gefolgt.

Grinsend kauerte sich Michael Heigl auf eine Granitplatte vor dem Höhleneingang und untersuchte die erbeutete Waffe. Dabei wurde ihm bewußt, daß er nur den einen Schuß hatte, der im Lauf steckte – und auch der würde schwerlich loszubrennen sein, denn bei der Flucht durch den Regen war mit Sicherheit das Pulver feucht geworden. Außerdem war der beinahe mannshohe Vorderlader ziemlich unhandlich im Wald.

Ein Stutzen hätte es sein sollen, dachte Michael. Und dieser Gedanke ließ ihn auch dann nicht mehr los, als es ihm, Tage später, gelungen war, mit Hilfe eines Drahtes die Kugel aus dem Lauf des Podewils-Gewehrs zu bohren und das verkrustete Pulver herauszukratzen. Ein Stutzen für die Jagd und in der Höhle die schwere Büchse, falls die Gendarmen doch einmal unter dem Gipfel des Kaitersberges auftauchen sollten. Man müßte es nur schlau anstellen, überlegte der Renegat immer wieder. Waffen, Pulver, Blei und Zündhütchen gibt's schließlich genug unten in den Tälern...

* * * * *

Vorerst verstärkten jedoch lediglich die Uniformierten ihre Aktivitäten. Nach dem Vorfall am Dampfbach, wo zweien ihrer Kameraden so übel mitgespielt worden war, patrouillierten die Gendarmen jetzt Tag und Nacht. Der Polizeiposten in Kötzting war, auf Anordnung direkt aus München, vergrößert worden. Außerdem war ein Kopfgeld von fünfzig Gulden auf den Räuber Heigl ausgesetzt worden. Die Gerichtsbeamten hatten gute Tage in den Wirtshäusern. Dort hockten sie und erzählten den Bauern, welch ein Schwerverbrecher der Heigl sei, und was einer, der ihn verraten würde, mit den fünfzig Gulden Belohnung alles anfangen könnte.

Einer der schlimmsten Hetzer war der Kötztinger Gerichtsdiener Stangl. „An den Galgen muß der Heigl!" schrie er bei jeder Gelegenheit. „Oder mindestens um einen Kopf kürzer gemacht werden!" Sodann pflegte er einen kräftigen Schluck aus seinem Maßkrug zu nehmen und hinzuzufügen: „Wenn er mir einmal in die Finger gerät, ist's geschehen um ihn! Windelweich schlag' ich ihn, den Sauhund! Nichts wünsch' ich mir mehr, als daß er mir einmal unter die Augen kommt, der Lump! Dann dresch' ich ihn so, daß ihm das Hängen oder Köpfen nachher wie eine Gnade vorkommen muß!" Und die Bauern lachten dazu, schlugen sich auf die Schenkel und nannten den Stangl einen guten Kerl.

Die kleinen Leute jedoch, die Keuchner und Waldarbeiter, die gelegentlich selbst schmuggelten oder wilderten, hielten nach wie vor zu Michael Heigl. Eine dieser Kätnersfamilien hieß Pongratz und hauste im Osten des Kaitersberges in der Kagerhütte. Schon früher war Michael manchmal dort untergekrochen, wenn es ihm auf seinem Berg zu einsam geworden war; allmählich hatte er sich mit dem älteren Sohn, dem Sepp, angefreundet.

Maulaffenhiasl nannte man den Burschen, weil ihm der Mund dermaßen breit im ansonsten pfiffigen Gesicht stand. Auch jetzt, wo sich der Schnauzbärtige wegen der vielen Streifen zurückhalten mußte, tauchte er öfter einmal in der abgelegenen Keuche auf. Vom Maulaffenhiasl bekam er, was er brauchte: Salz, Speck und dazu die eine oder andere Neuigkeit. Die Lebensmittel bezahlte Michael Heigl mit geraubtem Geld, die Nachrichten gab es umsonst. Eines Tages, im Frühherbst dieses Jahres 1840, berichtete ihm Sepp vom Treiben des Gerichtsdieners Stangl: „Der hetzt gegen dich wie keiner sonst! Schiebt dir Verbrechen in die Schuhe, die du nie begangen hast. Es müßte ihm wirklich einmal einer das Maul stopfen..."

Den letzten Satz sagte der Maulaffenhiasl nur so dahin. Michael jedoch konnte ihn nicht mehr vergessen, und von da an begann er auf den Stangl zu pirschen. In Schönbuch wurde er schließlich fündig, während die Gendarmen gerade in einer anderen Gegend nach ihm suchten. In der Abenddämmerung marschierte der Stangl ins Wirtshaus hinein. Wieder einmal drückte sich Michael draußen gegen die Mauer. Das Fenster stand einen Spalt weit offen. Und gleich begann drinnen der Stangl zu hetzen.

Der Renegat hörte sich den gehässigen Sermon eine Weile an. Zuletzt sah er rot – und polterte, gleich durch das aufknallende Fenster, in die Wirtsstube. Er griff sich den Schandkerl aus der Mitte der auffahrenden Bauern und ohrfeigte ihn so derb, daß ihm im Handumdrehen das Blut aus der Nase schoß. Unvermittelt dann packte er den Gerichtsdiener an der Hüfte, hob ihn hoch und schmetterte ihn zwischen die zersplitternden Bierkrüge auf den Wirtshaustisch. Der Angriff war so schnell erfolgt, daß keiner hatte dazwischengehen können; doch auch sonst hätte der Anblick des außer Rand und Band geratenen Schnauzbärtigen jeden der Dörfler zurückgehalten.

Wild schrie er die Rotte jetzt an: „So geht's jedem, der gegen mich hetzt und mich ans Gericht ausliefern will! Merkt's euch, ihr Wichser, daß mit dem Heigl keiner Schindluder treiben darf!"

Im nächsten Augenblick war er draußen; war mit einem Sprung durchs offene Fenster wieder verschwunden. Verstört halfen die Bauern dem Stangl auf die Beine. Wochenlang lag der Gerichtsdiener danach im Spital und riß später das Maul nie mehr auf, wenn irgendwo die Rede auf den Renegaten kam.

* * * * *

Neuerlich wurden die Polizeistreifen verstärkt. Weitere Gendarmen wurden nach Kötzting versetzt, und das Netz um den Kaitersberg zog sich immer enger zusammen. Doch es war noch lange nicht dicht genug geknüpft für den Heigl; der fand immer wieder ein Loch in den Maschen, durch das er schlüpfen konnte.

In der Nähe von Eschlkam wurde es dann allerdings sehr knapp. Auf der Suche nach Lebensmitteln schlich Michael Heigl durch den Oktobernebel; urplötzlich hatten ihn vier Gendarmen in der Zange. Zwei kamen einen Hohlweg herunter, zwei andere herauf. Mittendrin befand sich der Schnauzbärtige; links und rechts ragten die steilen Lehmwände empor. Das Schicksal des Räubers vom Kaitersberg schien besiegelt. „Halt!" brüllten die Uniformierten. „Ergib dich!"

Noch waren die Schreie nicht verhallt, da sprang Michael den

Schluchtrand an. Zog sich an dürrem Gestrüpp und herausragenden Baumwurzeln hinauf, schnellte sich über den oberen Rand und hetzte davon.

Schon glaubte er sich in Sicherheit, als in seinem Rücken Schüsse krachten. Auch die Polizisten hatten den Steilhang überwunden, trieben ihn jetzt in einer auseinandergezogenen Schützenkette vor sich her. Wieder pfiff eine Bleikugel an ihm vorbei. Dann tauchte vor ihm die Heuhofermühle auf: das mehrstöckige Haus, der Bach, das Wehr, das sich rasch drehende Mühlrad. Und in seinem Rücken die vier Gendarmen, die ihm jetzt keinen anderen Ausweg mehr ließen als allein noch auf das Anwesen zu.

Erneut dröhnte ein Schuß und gellte der Schrei: „Halt, du Hund!"

Keuchend kam Michael Heigl vor dem peitschenden Mühlrad zum Stehen. Langsam hob er die Arme, blickte sich gleichzeitig gehetzt um. Schon war der erste Uniformierte, wilden Triumph in den Augen, auf zehn Schritte heran – da sprang der Schnauzbärtige. Sprang in den Mühlschuß hinein, in die gletscherkalte Flut, während das riesige Rad wie ein Dreschflegel gegen ihn herunterpolterte, ihn in Grund und Boden zu hämmern schien. Wasser brannte in seinen Lungen, die Besinnung wollte ihm schwinden. Verzweifelt schlug Michael um sich, bekam eine Planke zu fassen, klammerte sich in Todesangst fest – und wußte plötzlich von gar nichts mehr.

Am Mühlschuß, unter dem peitschenden Rad, standen die Gendarmen. Sie starrten ins brodelnde Wasser, auf den kochenden Schaum; verharrten lange und fassungslos. Sie blickten auch auf den Bach, der sich dahinter im Bogen davonschlängelte, und zuletzt sagte einer dumpf: „Der ist hin! Aus dem Strudel kommt keiner mehr lebend heraus."

„Stangen brauchen wir", versetzte ein anderer. „Wir müssen wenigstens die Leiche herausholen..."

„Sie stellten das Mühlrad ab und begannen zu stochern. Doch von Michael Heigl fanden sie keine Spur.

* * * * *

Der nämlich lief bereits wieder durch schützenden Forst. Er hatte sich vom Mühlrad durch den Strudel reißen lassen, war dann im Ausfluß und danach im Bach selbst unter Wasser geblieben, bis ihm die Lungen zu besten drohten. Als er schließlich, mehr tot als lebendig, hochgetrieben war, da hatte das Bachknie schon hinter ihm gelegen. Der Renegat hatte sich weitertreiben lassen, bis auch die Mühle außer Sicht gekommen war. Erst dann war er aufs Ufer geklettert, hatte sich ins Auengehölz und wenig später in den Wald geschlagen. Jetzt fror er zwar entsetzlich in seinen nassen Kleidern; trotzdem lachte er über die Polizisten, denen er ein Schnippchen geschlagen hatte, über das man weit im Umkreis der Heuhofermühle noch lange reden würde.

Als die Nacht einbrach, fand Michael Heigl eine Keuche. Ein- oder zweimal hatten ihm die Tagelöhner dort bereits Unterschlupf gewährt; sie taten es auch diesmal. Michael konnte sein Gewand trocknen und die Nacht am Feuer schlafen. Tags darauf holte er sich eine feiste Gans von einem Großbauernhof drei Wegstunden weiter. Die schleppte er auf den Kaitersberg und feierte seine gelungene Flucht mit dem fetten Braten.

* * * * *

Noch bekömmlicher waren die Bratenstücke, die sich der Schnauzbärtige in den folgenden Wochen gönnte. Denn die stammten von Reh, Hirsch und Wildsau. Alle diese Tiere waren durch saubere Blattschüsse erlegt worden, so wie es der Heigl einst vom Ramsrieder Bauern gelernt hatte. Und es waren Kugeln aus einem Stutzen, die so manchem Stück Wild zwischen Kaitersberg, Neukirchen und Furth jetzt immer häufiger ins Herz fuhren.

Michael pflegte freudig zu grinsen, wenn er sich daran erinnerte, wie er an die Waffe gekommen war. Der Maulaffenhiasl hatte ihm den Tip gegeben, daß in einer Kammer des Kötztinger Gerichtsgebäudes eine kurzläufige Wildererbüchse samt Pulver, Blei, Zündhütchen und Kugelform verwahrt worden war. Und in einer verschwiegenen Herbstnacht war der Renegat dann hinuntergeschlichen in den Marktflecken...

Die Bürger und Bauern hockten in jener Nacht im Wirtshaus, die Gendarmen befanden sich einmal mehr auf Streife. Das Schloß an der Hintertür des Gerichtsgebäudes stellte kein großes Problem für den ehemaligen Schlosserlehrling dar. Auch das Haus selbst war dem Heigl keineswegs unbekannt. Schnell fand er die Kammer und in ihr die Truhe; noch schneller sackte er die Waffe, die Munition und das übrige Zubehör ein. Wenig später, nach rascher Flucht über Beckendorf, befand er sich im Kaitersberger Wald wieder in Sicherheit. Und seitdem besaß er den Wildererstutzen, nach dem er sich so lange gesehnt hatte und der bequem unter dem Lodenumhang zu tragen war. Aber auch das Podewils-Gewehr, das er schon länger in der Höhle aufbewahrte, war plötzlich nicht mehr bloß ein nutzloses Stück Eisen. Denn die

Kugelform, die Michael Heigl erbeutet hatte, wies verschiedene Kaliber auf, und eines davon paßte auch für das Militärgewehr. Unangreifbarer denn je fühlte sich der Renegat damit in seiner archaischen Behausung.

Noch oft knallte in diesem Herbst der Stutzen. Bis der Kaitersberg sich allmählich wieder weiß überkrustete, hatte sich der Schnauzbärtige einen beachtlichen Wintervorrat angelegt. Doch in den letzten Tagen dieses Jahres 1840 wurde Michael Heigl unversehens wieder selbst zum Wild. Neuerlich tappte er in eine Falle – und die war noch gefährlicher als die andere, damals bei der Heuhofermühle.

Unweit von Arndorf streckte er im ersten Morgenlicht einen Bock auf die Decke. Er lud die Waffe nach; machte sich dann daran, den Gabler aufzubrechen. Er ahnte nicht, daß in Arndorf drei Gendarmen übernachtet hatten, denen in der Nacht zuvor der Rückweg nach Kötzting nicht mehr möglich gewesen war. Und diese Uniformierten wurden von einem vierten Mann geführt, der sein Handwerk verstand.

Kaum war der verräterische Schuß gefallen, schwärmten die Häscher aus. Der Zivilist, der sie befehligte, war der Gerichtsschreiber Huber, der in Kötzting neben dem kleinlaut gewordenen Stangl Dienst tat. Und dieser Huber dirigierte die Polizisten jetzt so gekonnt, daß sie plötzlich von allen Seiten auf Michael Heigl losgehen konnten, der eben den aufgebrochenen Bock schultern wollte.

Aus dem ziehenden Nebel heraus kamen sie – und der Wilderer wurde völlig überrumpelt. Ein flacher Säbelhieb fuhr ihm zwischen die Beine; der tückische Schlag und zusätzlich die Last des Gablers schleuderten ihn zu Boden. Schon warf sich einer mit seinem ganzen Gewicht über den Räuber vom Kaitersberg. Ein anderer drosch ihm die Faust ins Gesicht. „Jetzt haben wir dich!" erklang der triumphierende Schrei des Gerichtsdieners.

Michael Heigl kämpfte verzweifelt: bäumte sich, schlug und trat um sich, stieß mit dem Gewehrkolben. Tatsächlich gelang es ihm, den Gendarmen abzuwerfen, der ihn als erster angesprungen hatte. Über den Kadaver des Rehbocks rollte sich Michael weg. Hinter ihm kam ein anderer der Uniformierten zu Fall. Der Schnauzbärtige sprang auf, wollte wegrennen; dem Waldrand zu. Da hing ihm plötzlich der Gerichtsschreiber an den Beinen, hatte ihn im Hechtsprung von hinten gepackt. Michael riß den Stutzen herum, feuerte blind und in Panik. Der Schuß schleuderte den Gerichtsschreiber zurück. Ein Brüllen wie von einem wahnsinnig gewordenen Tier hing in der Luft; die Kugel war dem Schreiber durch beide Füße gefahren. Doch die Beine des Renegaten waren frei und trugen ihn dem Forst zu. Hinter ihm knallten jetzt auch die Büchsen der Polizisten, doch deren Projektile trafen nicht. Michael Heigl konnte den Wald gewinnen; die rettende Wildnis.

Totenbleich und verstört kam er zuletzt bei der Höhle unter dem Gipfel des Kaitersberges an. Zum ersten Mal in seinem Leben hatte er auf einen Menschen geschossen; hatte den anderen vielleicht sogar zum Krüppel gemacht. Diese Erkenntnis ging keineswegs spurlos an Michael Heigl vorüber; vielmehr erfüllte sie ihn mit Entsetzen. Möglicherweise hätte er versucht, die Tat wiedergutzumachen – wenn er nur eine Möglichkeit dazu gesehen hätte. Doch Michael wußte, daß sie ihn jetzt um so gnadenloser jagen würden. Deshalb würde ihm nichts anderes übrigbleiben, als sich noch nachdrücklicher als bisher gegen die Häscher zu wehren.

Tagelang wagte er sich nicht von der Kaverne fort, und neben ihm lehnten die ganze Zeit über schußbereit seine beiden Gewehre. Nur allmählich begriff er, daß die Gendarmen sich trotz allem nicht zu ihm in die Wildnis heraufwagten. Aber die Reue und der Schock blieben.

Erst als der Winter schließlich seine ganze Kraft forderte, damit er überleben konnte, verwischte sich die grauenhafte Erinnerung. Jetzt zählte nur noch der nackte Existenzkampf und nicht mehr die Moral – und diese harte Lektion half Michael Heigl, seine Schuldgefühle allmählich zu verdrängen.

DAS HÜTSTEMPENDIRNDL

Im Frühling – nach einem Winter, der ihm das Antlitz ärger gefurcht hatte als je einer zuvor – schrie alles in Michael Heigl nach einem Weib. Gleichzeitig erntete er, was er in den letzten Tagen des 40er Jahres gesät hatte. Kaum waren die Wege wieder gangbar geworden, hatten im Kötztinger Winkel an die hundert Gendarmen zu streifen begonnen. Jetzt sollten endlich ein paar Dutzend aufgelaufener Rechnungen beglichen werden. In jedem Weiler und selbst noch der letzten Einöde lauerten nunmehr die Uniformierten. Michael Heigl hingegen saß auf seinem Berg wie ein in die Enge getriebenes Raubtier; als der Druck freilich zu groß wurde, brach er aus.

In einer stürmischen Märznacht, in der es zudem wie aus Kübeln schüttete, schlich er durch den Frauenwald hinunter zum Weißen Regen, schwamm ungesehen über das Gewässer und verschwand auf der anderen Seite im Schutz des Waldes, der sich zum Hohen Bogen emporzog. Seinen Stutzen hatte er bei sich, nur mußte er ihn nach der Flußüberquerung gründlich reinigen. Das Schwarzpulver dagegen war trocken geblieben; Michael hatte die Pulverflasche unter seinem Hut über den Regen gebracht. Jetzt lud er das Gewehr und setzte ein frisches Zündhütchen auf. Dann pirschte er weiter in den Forst hinein, auf den Schwarzriegel zu.

Den Stutzen hatte er allerdings eher zum eigenen Schutz bei sich, denn einen Schuß auf ein Stück Großwild wollte der Schnauzbärtige ohne Not nicht riskieren. Allzuleicht hätte er dadurch die uniformierten Jäger über den Weißen Regen herüber auf seine Fährte locken können. Deshalb legte er lieber Schlingen aus, und auch sie brachten ihm Fleisch ein. Ein paar Tage später, als sich der Märzregen verzogen hatte, kauerte Michael in der Nähe von Schwarzenberg, einem abgelegenen Weiler, an einem Bachufer und röstete einen Hasen über kleinem Feuer.

Eben wollte er den ersten Bissen zum Mund führen, als er im Unterholz ein Geräusch hörte. Hinter einen Baumstamm hetzen und den Stutzenhahn spannen war eins. Doch kein Gendarm trat aus den Büschen heraus, sondern eine junge Frau. Ein Mädchen fast noch; abgerissen, aber mit einem hübschen Gesicht und hellen Augen; dazu einem vorwitzigen Zug um den Mund. Die Sechzehn- oder Siebzehnjährige trug ein Bündel über der Schulter; ein

Bündel am Landstreicherstecken, und als Michael das sah, wußte er endgültig, daß ihm keine Gefahr drohte.

Er setzte den Gewehrhahn in Ruhe und verließ sein Versteck. Das Mädchen stutzte, schien aber nicht sonderlich erschrocken zu sein. „Holla, ein Jäger", kam es von der Blonden. Ein übermütiges Lachen begleitete den nächsten Satz: „Oder bist du vielleicht gar ein Wilddieb?"

Auch der Schnauzbärtige grinste jetzt. „Was wär' dir denn lieber?"

Die Landstreicherin warf einen Blick auf den Braten, leckte sich die Lippen und erwiderte: „Am liebsten wär' mir einer, der mir auch einen Bissen gönnt. Gut riecht das Hasenfleisch..."

„Und wenn's jetzt wirklich gewildert wäre?" wollte Michael wissen.

„Dann hätte es gewiß mehr Saft und Kraft", versetzte das Mädchen. „Hast du es denn schwarz geschossen?"

„Wenn ich leichtsinnig schießen würde, hätten mich die Gendarmen bald am Wickel", erwiderte Michael Heigl. „Aber für so einen Hasen tut's eine Schlinge auch. Und jetzt setz dich her zu mir und greif zu. Ich glaube, wir zwei könnten uns ganz gut verstehen. Du bist auf der Walz wie ich, gell?"

„Ausgerissen bin ich von daheim", bekannte das Mädchen, fuhr sich trotzig durch die blonden Haare, griff dann nach dem Braten. „Weil mich der Vater zu einem Bauern geben wollte, aber ich kann mir im Leben was Schöneres vorstellen, als so einem als Stalldirn zu dienen. Jetzt will ich nach Böhmen hinüber, wo es recht lustig zugehen soll bei den fahrenden Leuten." Die junge Frau grub ihre schneeweißen Zähne ins krustige Fleisch und blitzte dabei den Mann schelmisch an.

„Du bist schon richtig", antwortete Michael aufgeräumt. „Und in Böhmen ist's im Sommer wirklich schön. Ich weiß es, denn ich war schon ein paarmal drüben."

„Und wo kommst du her?" wollte die Blonde wissen.

„Vom Kaitersberg..." sagte der Schnauzbärtige gedehnt.

Die Augen des Mädchens weiteten sich. „Vom Kaitersberg? Dann bist du vielleicht gar der Heigl?"

„Kein anderer", erwiderte Michael. „Der Räuber bin ich, nach dem hundert Polizisten suchen! Fürchtest du dich jetzt vor mir?"

Die Augen der jungen Frau waren bei seinen letzten Worten noch größer geworden. Und dann war sie plötzlich bei ihm, ganz nahe. „Dich fürchten?" flüsterte sie, nur eine Handbreit von seinem Mund entfernt. „Nie! Ich hab's mir doch schon immer gewünscht, daß ich dich einmal treffen könnt'. Weil keiner so mutig ist wie du und so frei..." Dann küßte sie ihn, flüchtig nur, und doch erhitzte die kleine, zärtliche Berührung Michaels Blut jäh.

So lange schon hatte er keine Frauenlippen mehr gespürt; ein Einsiedlerleben hatte er führen müssen, seit die Mirl ihn damals verlassen hatte. Deshalb raubte ihm der sanfte Kuß jetzt beinahe den Verstand. Er griff zu und riß die Blonde an sich. Wühlte seinen Mund in ihr Haar, schmeckte ihre Haut und spürte, daß sie selbst nur zu willig war. Jetzt gab sie sich nicht mehr zaghaft, sondern drängte sich ihm entgegen. Der Rausch wuchs und schlug über den beiden zusammen. Entzückt stellte Michael fest, daß es eine Jungfrau war, die sich ihm schenkte; nicht die erste in seinem Leben. Und sie trennte sich freudig von ihrer Unschuld und weinte ihr keine Träne nach, als er sie nachher fest in seinen Armen hielt. Als er sie fragte: „Wie heißt du denn eigentlich?"

„Resl", erwiderte sie. Ihre Hände wühlten in seinem dichten schwarzen Haar. „Aber man nennt mich auch das Hütstempendirndl. Weil ich schon als kleiner Stempen daheim die Geißen gehütet hab'..."

„In einer Keuche?" wollte Michael wissen.

Resl nickte.

„Genau wie ich", murmelte der Renegat. „Das haben wir also auch gemeinsam..." Er griff nach dem erkalteten Braten, reichte ihr ein Stück davon. „Wir könnten zusammenbleiben, wenn du magst..."

„Böhmen...?" fragte die junge Frau und strahlte ihn verliebt an.

„Im Sommer und im Herbst Böhmen – und später meine Höhle", antwortete Michael Heigl. Im nächsten Moment lag Resl schon wieder in seinen Armen und flüsterte: „Weißt du, jetzt hast du mein Herz ganz und gar geraubt! Immer hab' ich davon geträumt, daß einmal einer wie du kommt und ich einfach mit ihm geh', weil ich ihn lieb hab'. Und jetzt ist's passiert. Glücklich bin ich, Michl, unendlich glücklich!"

„Ich auch", sagte Michael Heigl, halb zu sich selbst, halb zu ihr; erstaunt sagte er es, wie ein kleiner Bub. Wie durch Zauberei hatte das Hütstempendirndl die Verkrampfungen gelöst, die ihn so lange gequält hatten. Das Leben lachte ihm wieder, weil ein Mädchenkörper unter ihm gebebt und ihn weich geborgen hatte. Weil es eine Frauenseele gab, in der er etwas Verwandtes spürte: Freiheitsdurst und Ausbruchsdrang – und eine ungebärdige Liebe zum wilden, herrlichen Dasein dazu.

Noch einmal vereinigten sich der Renegat und der blonde

Wildfang am Bachufer. Die Nacht verbrachten sie engumschlungen, am nächsten Morgen dann wanderten sie Richtung Grenze davon.

* * * * *

Wieder erlebte Michael Heigl einen böhmischer Sommer, und er war nicht weniger erregend als der andere vor Jahren an der Seite der schwarzäugigen Olga.

Noch immer waren die Wälder endlos und dunkelgrün, nach wie vor gab es die krummen und dennoch so einladenden Wege. Wie stets lockten die behäbigen Dörfer und die listig-freundlichen Rundschädel der eingesessenen Bauern; dazu die Tavernenwirte und Musikanten. Unverändert standen die Freihöfe im Künischen Gebirge. Und auch die anderen Landfahrer und Heimatlosen waren wieder unterwegs; alle, die auf etwas so Widernatürliches wie Grenzen zwischen den Menschen pfiffen. Sommerglast und perlender Sommerregen hingen über Böhmen; Fische tummelten sich in den Bächen, Wild zog durch die Grenzwälder. Über manch nächtlicher Lichtung stand riesig der Mond; Moosbetten, Heubetten und Tavernenbetten gab es für Michael und Resl. Mit einer Gelegenheitsarbeit da und einem raschen Schuß aus dem Stutzen dort brachten die beiden sich durch. Mit Gesängen und Rundtänzen auf den Hofstellen feierten sie ihre Freiheit, während die Ernte eingefahren und gedroschen wurde. Dann wieder gesellten sie sich zu einer bunten Rotte von Landstreichern, die irgendwo in der Wildnis lagerte. Flöten, Ziehharmonika und Zigeunertschinellen jubilierten. Leichtfüßig wie keine wirbelte die Blonde im Reigen, und ihre Juchzer galten dem Schnauzbärtigen; galten zugleich der Lebensfreude, die er ihr schenkte: dem unbändigen Sommerrausch.

Allmählich glühte zuletzt der Sommer aus; frisch und würzig strich die Septemberluft über das Waldgebirge. Im böhmischen Zigeunerland zerstreuten sich die liederlichen Vögel, flatterten in die Städte oder sonstwohin davon. Alter Gewohnheit folgend, zog auch Michael Heigl zusammen mit seiner Gefährtin jetzt wieder nach Südwesten. In der Oktobermitte wanderten die beiden über den Hohen Bogen; den Bach entlang, an dem sie sich im Frühling getroffen hatten. Der Kaitersberg war ihr Ziel; die Höhle, in der sie nun ihren ersten gemeinsamen Winter durchzustehen hatten.

Die Heimat empfing Michael Heigl und sein blutjunges Weib jedoch nicht nur mit der Aussicht auf einen frostklirrenden Winter. Auch sonst schien sie den Räuber gleich wieder wegstoßen zu wollen. Kaum war die Grenze überschritten und waren zwei oder drei heimliche Stutzenschüsse gefallen, ging es wie ein Lauffeuer durch die Gemeinden zwischen Weißem und Schwarzem Regen: Der Heigl ist wieder da, der Räuber und Halsabschneider!

Nicht die kleinen Leute allerdings waren es, die so brüllten; vielmehr die Wohlhabenden, die Obrigkeitshörigen, die reichen Bauern, Staatsdiener und Pfarrherren. Und schon waren neuerlich die Gendarmen unterwegs, die den Sommer über ihre Patrouillen fast ganz eingestellt hatten. Zusätzlich zu den Uniformierten begannen jetzt aber auch diejenigen zu pirschen, die den Heigl – aus gutem Grund oder auch nur aus einer Einbildung heraus – fürchteten. Die ihn fürchteten, weil er sie schon einmal um ein Quentchen ihrer fetten Ernte erleichtert hatte; die ihn fürchteten, weil ihre Geldkästen gar zu üppig gespickt waren; die ihn fürchteten, weil sie im Wirtshaus damit geprahlt und gedroht hatten, daß sie den Verbrecher schon an den Galgen oder aufs Schafott zu bringen wüßten, sobald er ihnen in die Fäuste geriete.

Einer dieser Feinde war der Mühlbauer vom Haselstaudenhof. Als der hörte, daß man den Heigl, eine magere, blonde Hur' im Gefolge, wieder im Kötztinger Land gesehen hatte, löste er seinen scharfen Wolfshund von der Kette und ging auf die Menschenjagd. Unter dem Arm trug der Mühlbauer dabei ganz legal eine doppelte Bocksbüchse, denn derart betucht und zugleich speichelleckerisch war er, daß er ab und zu von der Hohenwarther Herrschaft zur Jagd eingeladen wurde.

Vom Kaitersberg herunter, wo er die Resl inzwischen in der Höhle untergebracht hatte, pirschte zur gleichen Zeit Michael Heigl. Als er am Hirschberg den Mühlbauern mit dem Hund und dem doppelläufigen Gewehr erblickte, wußte er auf der Stelle Bescheid. Trotzdem trat er frech aus dem Wald heraus und zeigte sich dem Menschenjäger.

Der Mühlbauer erstarrte, dann verzerrte sich sein Gesicht vor Haß. Während er noch am Büchsenschloß fingerte, gab er dem Wolfshund auch schon den Hetzbefehl. Knurrend jagte der Rüde auf den Schnauzbärtigen zu. Doch Michael ließ sich nicht überrumpeln. Blitzschnell hatte er den Stutzen an der Schulter und feuerte. Panisch aufjaulend, überschlug sich der riesige Hund. Mit gellendem Lachen und einem jähen Sprung war der Renegat im selben Augenblick wieder im Schutz des Waldes verschwunden. Die Kugeln des Mühlbauern fetzten dort ins Unterholz, wo er eben noch gestanden hatte. „Teufel, verfluchter!" hallte es über die Lichtung. Doch im Forst blieb es still.

141

Wenig später kniete der verhinderte Menschenjäger neben dem Kadaver des abgeschossenen Hundes. „Dafür wirst du bezahlen müssen, Heigl!" knirschte er.

„Oder du!" hörte er da eine Stimme in seinem Rücken. Den Kopf zu drehen oder sich aufzurichten, wagte er nicht. Denn im Genick saß ihm jetzt der Stutzenlauf des Schnauzbärtigen. „Du wirst bezahlen müssen, Mühlbauer!" wiederholte der Räuber. „Wenn du nämlich noch einmal einen Hund auf mich hetzt! Dann trifft es nicht bloß den Köter, sondern dich selbst!"

Der Großbauer schwieg und schwitzte. Michael Heigl lachte und schnappte sich das Gewehr des anderen; schnappte sich auch das Pulverhorn und den Kugelbeutel. Dann wirbelte die Doppelbüchse durch die Luft und krachte gegen einen Felsen. Der Kolben splitterte. Der Mühlbauer ließ einen wehen, ächzenden Laut hören.

„Kannst dich nicht beklagen!" schnappte der Renegat. „Ich hab' dir bloß das Gewehr und den Hund genommen. Wenn's andersrum gelaufen wäre, hättest du mein Leben gewollt. Hättest Himmel und Hölle in Bewegung gesetzt, um mich aufs Schafott zu bringen. – Ich bin gnädiger als du, Mühlbauer. Ich laß dich laufen. Aber wenn du mir noch einmal in die Quere kommst, ist einer von uns hin! Das merk dir! Und sag's auch den anderen, die glauben, sie müßten die Arbeit der Gendarmen tun!"

Die letzten Worte waren schon aus einiger Entfernung erklungen. Jetzt verschwand Michael Heigl wieder im Wald. Der Mühlbauer kniete noch lange zittrig neben seinem erschossenen Hund; als er sich endlich mühsam aufzurichten vermochte, merkte er, daß er die Hosen voll hatte.

* * * * *

Die nächsten Wochen hielt sich der Bauer sehr zurück, wenn im Wirtshaus das Gespräch auf den Räuber vom Kaitersberg kam. Nicht so freilich die Polizisten, die jetzt wieder um die hundert Mann stark im Kötztinger Winkel streiften. Doch nach wie vor lauerten sie nur in den Dörfern, den Weilern und den Einöden auf ihn und wagten sich nicht in den Urwald hinauf. So konnte Michael Heigl sich dort oben zusammen mit dem Hütstempendirndl für den Winter einrichten.

Der kam denn auch bald mit Macht. Gleich Tieren verkrochen die beiden sich in ihrer Höhle. Sie lebten von den Vorräten, die sie zuvor zusammengestohlen oder gewildert hatten; ab und zu ergänzte Michael das, was knapp wurde, unten in den Tälern.

Die kältesten Wochen verbrachten sie in der Keuche, wo der Maulaffenhiasl auf seinem Strohsack lag. Resl und der Bursche verstanden sich gut, aber die Blonde blieb die Geliebte des Räubers. Sie blieb es den ganzen Winter über, und der Schnauzbärtige durfte sich sagen, daß sie ihm damals, vor einem Dreivierteljahr am Hohen Bogen, in der Tat nicht zuviel versprochen hatte. Durch dick und dünn ging das Hütstempendirndl mit ihm und beklagte sich kein einziges Mal.

Im Februar bezogen die beiden wiederum die Höhle, und dann dauert es nicht mehr lange, bis mit dem März die ersten weicheren Luftströme über den Berg flossen. Lachend reckte Resl den blonden Kopf in den Wind und juchzte: „Jetzt wird das Leben bald wieder schön!"

EINQUARTIERUNGEN

Der Kleinbauernhof in der Nähe von Grafenwiesen platzte aus allen Nähten. Neben den Bauersleuten, den Kindern und den drei Dienstboten drängten sich zusätzlich vier Gendarmen in der engen Stube. Seit Wochen schon waren die Betten in den Kammern oben von den Uniformierten belegt. Die Hausbewohner selbst waren von den aus Straubing, Regensburg und Amberg kommandierten Polizisten zum Schlafen in die Scheune verbannt worden – und dies nicht nur auf dem kleinen Gütl in der Nähe von Grafenwiesen, sondern auch auf Dutzenden anderer Höfe im Kötztinger und Viechtacher Gäu, wo die Bauern zähneknirschend die plötzlichen Einquartierungen zu tragen hatten. Zähneknirschend mußten sie auch zusehen, wie die Vorräte aus Speisekammer und Keller zum Teufel gingen, denn die Gendarmen fraßen und soffen auf staatlichen Befehl maßlos wie die Bürstenbinder. Die Uniformierten hatten ausdrückliche Order, die Bauern und Häusler nach Kräften zu schröpfen, damit sich zuletzt um so leichter einer finden würde, der auspackte und der Obrigkeit verriet, wo Michael Heigl am besten zu stellen und zu fangen sei.

In Kötzting saß seit dem Frühling dieses Jahres 1842 ein neuer Richter, und der hatte diese ganz besondere Gemeinheit ausgebrütet. Wenn die Landbevölkerung wegen des Heigl ausfouragiert wurde, so hoffte er, würde sie den Heigl früher oder später notgedrungen ans Messer liefern müssen. So sollte endlich gelingen, was den vielen Patrouillen bislang nicht möglich gewesen war: den Räuber vom Kaitersberg unschädlich zu machen. Doch der seltsame Rechtspfleger hatte sich in dieser Sache einen großen Denkfehler geleistet. Diejenigen unter den Bauern, die über Protektion verfügten, die Wohlhabenden also, hatte er von Einquartierungen verschont. Statt dessen war er den Weg des geringsten Widerstandes gegangen und hatte lediglich die Häusler und Kleinbauern von den Uniformierten heimsuchen lassen. So kam es, daß sich die menschenverachtende Maßnahme des Kötztingers allmählich gegen ihn selbst und seine Ziele richtete – und die kleinen Leute rings um den Kaitersberg nur um so stärker zu Michael Heigl hielten; zum Räuber, der niemals so raublustig wie seine Häscher gewesen war.

Auf dem Kleinbauernhof in der Nähe von Grafenwiesen trank der Korporal, der dort jetzt das Sagen hatte, kräftig aus dem Maßkrug, den er sich mit Most hatte füllen lassen. Danach rülpste er ausgiebig, haschte nach der Magd, die ihm aber glücklich ausweichen konnte, und schnauzte zuletzt den Bauern an: „Wenn wir den Heigl schnappen würden, gäb's eine fette Belohnung! Hundert Gulden stehen jetzt schon auf seinen Kopf! Falls sie dir gehören würden, könntest du dir ganze Fässer voll Wein in deinem Keller halten. Könntest saufen, wie du lustig wärst – und bräuchtest mir und meinen Kameraden nicht dabei zuschauen, wie wir dir deinen sauren Most wegtrinken, so daß für dich selber kein Tropfen mehr übrigbleibt. Aber wenn du nicht weißt, wo der Heigl und seine Hur' sich aufhalten, mußt du halt mit Brunnenwasser zufrieden sein, gell Bauer!"

„Prost!" brüllten die drei anderen Gendarmen und schwenkten ihre Humpen gegen den Korporal hin.

Mit zusammengekniffenen Lippen verzog sich der Gütler nach draußen. „Bande, nichtsnutzige!" knurrte er, als er aus dem Flur auf den Hofplatz trat. Dort beschattete er die Augen mit der Hand und spähte gegen die flirrende Aprilsonne zum Kaitersberg hinüber. Wenn er gewollt hätte, hätte er die Polizisten bis ziemlich hinauf zum Gipfel führen können. Vom Großvater her kannte er den Weg durch den Urwald; als Wilderer war der Ahne öfter in seinem Leben dort hinaufgekommen und hatte später davon erzählt. Auch die alte Geschichte von der Bärenhöhle war in der Familie des Kleinbauern lebendig geblieben, und deswegen konnte der Gütler sich durchaus zusammenreimen, wo der Heigl wahrscheinlich zu finden sein würde.

Doch dieses Wissen behielt der Grafenwieser Bauer für sich; zumindest dann, wenn ein Gendarm zuhörte. Denn der Beckendorfer Keuchnerssohn hatte dem Gütler nie etwas Böses angetan; deswegen gab es auch keinen Grund, ihn jetzt ans Messer zu liefern. Der Heigl war einer, der immer nur auf die Großen losgegangen war, nie auf die kleinen Fretter. Und dagegen, daß die Gutsbauern oder Pfarrherren gerupft wurden, hatte der Grafenwieser nichts. Aber er hatte sehr viel gegen die Obrigkeit, die ihm jetzt die vier Säufer und Fresser auf den Hof gesetzt hatte.

„Könnt' schon sein, daß ich mich aufmache und den Michael Heigl suche", murmelte der Bauer jetzt grimmig. „Aber nicht, damit ihn die Büttel da drinnen in Eisen legen können. Sondern eher, daß er einmal in der Nacht seinen Stutzen gegen sie losbrennt. Vielleicht, daß sie dann die Schwänze einziehen und wieder in ihre Kasernen abhauen würden. Keiner in der ganzen Gegend würde ihnen nachweinen. Denn die Polizisten sind die Feinde des kleinen Mannes, nicht der Heigl..."

145

Viele dachten so wie der Gütler. Eigentlich alle, die unter den Einquartierungen zu leiden hatten. Und so kam es, daß die Aktion des neuen Kötztinger Richters zuletzt zu einem Schlag ins Wasser wurde. Denn keiner der kleinen Bauern, denen man die Nahrungsmittel aus Kellern und Speisekammern herausholte und sie damit staatlicher Willkür aussetzte, hängte den Heigl hin. Niemand gab sich dazu her, den Lockvogel für irgendeinen Hinterhalt zu spielen. Die Bauern und Kätner bissen, auch wenn sie bloß noch Brot zu essen und Wasser zu trinken hatten, die Zähne zusammen – und spielten ihrerseits bald ihr Spiel mit den Gendarmen. Mehr und mehr lernten sie die Obrigkeit zu verachten und wurden damit letztlich zu Komplizen des Räubers vom Kaitersberg. Wenn Michael Heigl jetzt zu irgendeiner Keuche oder irgendeinem armseligen Hof schlich, wo gerade keine Uniformierten lagen, informierte man ihn nur zu gerne darüber, vor welchen anderen Plätzen er sich im Moment zu hüten hatte.

Der Räuber vom Kaitersberg wiederum dankte es den kleinen Leuten, indem er dort wilderte, wo es ungefährlich war, und die Beute dann mit seinen Zuträgern teilte. Oder indem er einen Protzbauern beraubte, dessen Anwesen nicht unter einer Einquartierung zu leiden hatte und deswegen zumindest in einer dunklen Nacht schutzlos war. Auch vieles von dem, was der Renegat dort in den schönen Stuben erbeutete, kam wieder den Armen zugute. Kreuzer oder gar Gulden hatten sie plötzlich in Händen; lachten und beteuerten, daß es auf solche Art gerne noch eine Weile weitergehen könnte.

So kam es, daß Michael Heigl mehr und mehr zum Helfer und Helden der Keuchner und Kleinbauern wurde; daß sich Legenden um ihn bildeten und die Menschen unter den niedrigen Dächern ihn um so mehr vor der verhaßten Obrigkeit beschützen wollten. Denn ein kleines Stück Aufbegehren, ein kleines Stück Rebellentum, einen kleinen Traum von Freiheit und besserem Leben trugen sie alle in sich; dies verband sie mit dem, in dessen Herz Aufbegehren, Rebellentum und Träume so viel stärker lebten als in den Seelen gewöhnlicher Menschen. Dies war das Geheimnis, das die Staatsmacht nicht zu ergründen vermochte, und deswegen mußte sie zuletzt klein beigeben – wenigstens für den Augenblick.

Das Jahr 1842 verging, und allmählich sah selbst der neue Richter in Kötzting ein, daß er sich mit jedem Tag, da die Einquartierungen noch länger aufrechterhalten wurden, mehr zum Narren machte. Im Spätherbst schließlich zogen infolgedessen die Gendarmen von den Kleinbauernhöfen und Katen ab. Leer waren die Speisekammern und leer die Keller, doch die einfache Bevölkerung des Kötztinger und Viechtacher Landes hatte den Räuber, welcher der Feind der kleinen Leute nicht war, zu schützen gewußt und ihn nicht an eine fragwürdige Staatsmacht verraten.

* * * * *

Als bereits die Novembernebel über dem Tal des Weißen Regen brauten, kam in einer klammen Nacht Michael Heigl zusammen mit der Resl zum Gütl in der Nähe von Grafenwiesen. Der Hofhund knurrte die beiden nicht an; der Bauer ließ sie, verschwörerisch grinsend, ins Haus. Michael legte einen Rehschlegel auf die Tischplatte; er hatte das Wild drüben am Hohen Bogen erlegt. „Du mußt uns aber Salz dafür geben", sagte er zum Bauern.

Der nickte lachend und erwiderte: „Eine Hand wäscht die andere, gell?"

„Ja", erwiderte der Schnauzbärtige, „denn du darfst dir das Wildern nicht erlauben, und wir können oben auf dem Kaitersberg kein Salz kaufen. Doch wenn wir zusammenhalten, kommen wir alle miteinander gut über den Winter."

„Sofern uns bloß der Richter und die Gendarmen in Ruhe lassen", versetzte der Kleinbauer.

„Habt ihr wieder was von der Obrigkeit in Kötzting gehört?" wollte das Hütstempendirndl wissen.

Wieder lachte der Gütler; verächtlich diesmal. „Wenn keiner euch verrät, soll im nächsten Jahr eine ganze Kompanie Militär in den Kötztinger Winkel gelegt werden", sagte er. „Das hat der neue Amtsrichter erst vor ein paar Tagen beim Kötztinger Kirchenwirt angedroht. Aber auch damit wird er's nicht schaffen, der Depp, der studierte! Denn wir alle halten zu dir, Heigl, und zu deiner Resl!"

„Wenn's so ist, kann er von mir aus sogar ein Regiment in den Wald herein marschieren lassen", erwiderte Michael, zwinkerte dem Bauern zu, tätschelte seiner Gefährtin die Hüften und grinste sich eins.

PFAFFENSPIEGELEIEN

Pastellfarben ließ der Frühsommer dieses Jahres 1843 den Wald leuchten. Auch sonst zeigte sich Bayern in diesem Jahr bunter als zu früheren Zeiten – zumindest was das Militär anging. Einer Laune folgend, hatte König Ludwig I. seine gesamte Armee neu mit himmelblauem Tuch eingekleidet. Abertausende alte Uniformen waren über Nacht auf dem Müll gelandet, waren ausgemustert und für unbrauchbar erklärt worden. Dies obwohl im Waldgebirge und anderswo nach wie vor die Not herrschte. Gar mancher Keuchner wäre froh gewesen um einen warmen Rock, auch wenn der nicht der neuesten militärischen Mode entsprochen hätte. Doch für die Kätner hatte der Monarch kein Herz; sie liefen nach wie vor in ihren zerschlissenen Kleidern unter dem pastellfarbenen Frühsommerhimmel dieses Jahres 1843 herum. Abgerissen zogen auch der Heigl und seine Dirn ihre krummen Pfade durch das Land, in dem noch immer die Gendarmen streiften. Deren Uniformen waren, im Gegensatz zu den neuen des Militärs, noch immer grün – doch dann zeigte sich plötzlich im Bayerwald einer in glänzendem, protzigem Seidenschwarz und mit einem purpurroten Beffchen um den Hals.

Sommerfrische suchte der Domherr Graf Kaspar Maria von Sternberg; vierspännig war der wohlbeleibte Prälat von Regensburg her angereist und hatte im Kötztinger Pfarrhof Quartier genommen. Zudem hatte er sich alsbald ein Maultier zu verschaffen gewußt und schaukelte auf dem Rücken dieses bedauernswerten Wesens nun schon seit beinahe zwei Wochen die Berge hinauf und die Hänge hinab, wobei er zwischendurch in den Dorfwirtshäusern erklärte, daß er gekommen sei, um im wilden Wald naturwissenschaftliche Studien – selbstverständlich stets zur höheren Ehre Gottes – zu betreiben.

Manche der Bauern lauschten ihm ehrfürchtig, andere spotteten über ihn; immerhin waren sich alle darin einig, daß der Wald nur selten zuvor einen derart ungewöhnlichen Besucher wie den Regensburger Domherrn gesehen hatte. Denn der Prälat trug nicht nur einen großmächtigen Zwicker auf der Nase, sondern führte außerdem eine metallene Röhre mit sich, welche er zuzeiten vor eines seiner Augengläser hob, um dann durch dieses Fernrohr – Spekulierröhrl nannten es die Ökonomen – lange über Berg und Tal und manchmal auch nach einer einsamen Hüterdirn zu spähen. Gerade dieses Spekulierröhrl gab, neben dem beachtlichen Leibesumfang des Domherrn und seinen seltsamen Sprüchen, viel Gesprächsstoff in den Dörfern um Kötzting ab, und so war es kein Wunder, daß bald auch Michael Heigl Wind von dem klerikalen Sommerfrischler bekam und immer begieriger darauf wurde, ihn sich einmal näher anzusehen.

Die Gelegenheit dazu ergab sich, als der Prälat von Hohenwarth aus auf den Bäckerzipfel hinaufritt, sich dort mühsam vom Maultier gleiten ließ und sein Fernrohr auf den unten im Tal sich schlängelnden Weißen Regen richtete. Michael Heigl, der ein Stück weiter drinnen im Wald seine Wildschlingen kontrolliert hatte, pirschte sich vorsichtig an den Domherrn heran, griff ihm über die Schulter und nahm ihm das Spekulierröhrl aus der Hand. Der Prälat fuhr herum und starrte den Wegelagerer an, als hätte er den Leibhaftigen vor sich. „Was ... was fällt Ihm ein?!" keuchte er schließlich.

Michael antwortete nicht, grinste nur und spähte nun seinerseits durch das Fernrohr auf den Fluß hinunter. Als der Kleriker jedoch versuchte, sich sein Eigentum mit einem schnellen Griff zurückzuholen, wich Michael Heigl einen Schritt zurück – und hielt plötzlich sein Stilett in der freien Hand. Die Spitze war genau auf den Bauch des Domherrn gerichtet, und nun hatte auch der Räuber etwas zu sagen: „Komm mir nicht frech, Bürscherl, sonst schlitz' ich dich auf! Dein Spekulierröhrl gehört jetzt mir, weil ich's besser brauchen kann als du!"

„Er weiß wohl nicht, wen Er vor sich hat!" schäumte der andere. „Ich bin einer der Stellvertreter des Bischofs von Regensburg..."

„Daß du ein Pfaff' bist, habe ich schon gehört", versetzte der Schnauzbärtige. „Zu sehen ist's aber auch, weil du nämlich so herausgefressen bist. Aber wenn du meinst, du könntest mich damit einschüchtern, dann hast du dich getäuscht. Ein solcher Betbruder wie du..."

„Die ewige Höllenstrafe wird Ihn treffen!" drohte der Domherr. „Wenn Er nicht sofort einen Kniefall tut und mir mein Perspektiv zurückgibt!"

„Das Spekulierröhrl behalt' ich und auf deine Höllenstraf' scheiß ich!" erwiderte rüde der Heigl. „Und wenn du mir jetzt noch einmal frech kommst, setzt's ein paar Maulschellen! Dann hast du gleich noch einen dickeren Schädel auf! – Einer wie du kommt mir gerade recht! Den armen Leuten was von der Nächstenliebe vorschwatzen und ihnen damit die letzten Kreuzer aus dem Sack ziehen! Und es immer mit der Obrigkeit halten – nicht mit den Kleinen, die in ihren Keuchen hungern! Jawohl, ich kenn' euch, ihr scheinheilige Brut! Froh kannst du sein, daß ich dir bloß dein Spekulierröhrl abnehme und nicht auch noch die Augengläser, die dir wie Froschglotzer auf der Nase sitzen! Aber was du sonst noch bei dir trägst, das interessiert mich. – Los, die Taschen ausleeren!"

Der Prälat setzte einige Male zum Sprechen an, ohne jedoch einen Ton herauszubringen; endlich ächzte er: „An einem Geweihten Gottes will Er sich vergreifen! Er Erzverbrecher! Dafür muß Er ins ewige Feuer und soll doch in alle Ewigkeit nicht verbrennen können!"

„Ja, das würdest du einem anderen Menschen wünschen! So ist's eure Art!" versetzte Michael Heigl. „Aber mich kannst du damit nicht schrecken. Und jetzt her mit deinem Gold und deinen Ringen, sonst muß ich mit dem da ein wenig nachhelfen!"

Leicht tippte die Stilettspitze gegen den Bauch des Domherrn. Da gab der blaublütige Prälat klein bei und überreichte dem Renegaten, was er an Wertgegenständen auf den Bäckerzipfel heraufgeschleppt hatte: nicht weniger als beinahe vierzig Gulden, dazu sechs Fingerringe, eine goldene Uhr mit Kette und Petschiersiegel, ein Halskreuz, mit Edelsteinen eingelegt – und das Spekulierröhrl hatte der Räuber ja schon. Jetzt sackte der Schnauzbärtige alles fein säuberlich ein, ging zum Maultier des Domherrn und versetzte ihm einen aufmunternden Klaps auf die Kruppe. Im Kanter verschwand der Graue ins Tal hinunter.

Der Prälat stierte dem Vierbeiner entgeistert nach. „Das Viehzeug soll's auch einmal gut haben", grinste Michael Heigl. „Hast es schon genug geschunden, als es dich auf den Berg herauf schleppen mußte! Jetzt verschwindest du auf deinen eigenen Haxen, du herausgefressenes Lob Gottes! Und deinem Bischof zu Regensburg kannst du erzählen, daß der Heigl gemeint hätt', daß selbst ein Domherr keine doppelten Augengläser braucht."

„Der Räuber Heigl ist Er?!" keuchte der andere.

„Höchstpersönlich hat er dir die Ehre angetan!" erwiderte der Hagere mit den hellen Augen. Die letzten Worte sagte er allerdings schon gegen den Rücken des Domherrn hin, denn der hatte bereits Fersengeld gegeben und rannte seinem Maultier nach.

Michael blickte ihm durch das erbeutete Spekulierröhrl hinterdrein und amüsierte sich köstlich darüber, daß der Prälat trotz aller Anstrengung sein Maultier bis Hohenwarth hinunter nicht einzuholen vermochte. Erst als es dort unten einen kleinen Auflauf gab, verschwand der Schnauzbärtige vom Bäckerzipfel und lief nach Süden auf den Kaitersberg zu, wo das Hütstempendirndl auf ihn wartete und sicher auch gerne einmal durch das Spekulierröhrl schauen würde.

* * * * *

Als das Räuberpaar wenig später zur böhmischen Grenze wanderte, um die Beute drüben gefahrlos loszuschlagen, erwies sich das Fernrohr als ausgesprochen hilfreich. Dessen ehemaliger Besitzer nämlich hatte die Gendarmen dermaßen gegen den Heigl aufgehetzt, daß sie jetzt so energisch wie schon lange nicht mehr nach ihm fahndeten. Durch das Spekulierröhrl jedoch hatten Michael und Resl einen entscheidenden Vorteil über sie gewonnen, denn nun konnten sie aus irgendeinem Waldversteck heraus immer ganz genau beobachten, wo die Uniformierten gerade streiften oder Quartier bezogen – und dann war es ein Leichtes, einen anderen, ungefährlichen Pfad einzuschlagen. „Ich hätt' nie geglaubt, daß von einem Pfaffen irgend etwas Gutes kommen könnte", sagte der Schnauzbärtige einmal ganz aufgeräumt, „aber was das Fernrohr angeht, habe ich mich getäuscht."

Unangefochten erreichten die beiden die Grenze und das Künische Land und marschierten dann gemütlich bis Pilsen weiter. Auf die katholischen Prälaten war man dort schon seit den Zeiten der Hussiten gar nicht gut zu sprechen, weshalb es dem Paar nicht schwerfiel, die Pretiosen des Domherrn zu einem guten Preis loszuschlagen, ohne daß viele Fragen gestellt wurden. Den Rest des Sommers lebten der Räuber und seine Braut dann in Saus und Braus und ließen es sich in den Winkelwirtschaften zwischen Pilsen und der Ossergrenze gutgehen. Ja, das Geld reichte sogar noch den Herbst hindurch und ein Stück in den Winter hinein, so daß fast schon das Jahr 1844 angebrochen war, ehe Michael Heigl und seine Gefährtin in ihre Höhle auf dem Kaitersberg zurückkehrten.

Freilich war das Hütstempendirndl da bereits im fünften Monat schwanger, was im neuen Jahr auch einiges an neuen Sorgen bringen sollte.

* * * * *

Im April, Michael Heigl war jetzt beinahe achtundzwanzig Jahre alt, brachte Resl in der Kaverne einen gesunden Buben zur Welt. Lange hatten die Eltern beratschlagt, was zu machen sei, nachdem das Kind seinen ersten Schrei getan hätte. Denn zu ihren Leuten, wie damals die Mirl, konnte die Blonde unmöglich zurück. Längst war auch gegen sie ein Steckbrief erlassen worden; man hätte sie sofort ins Zuchthaus gebracht – Säugling hin oder her. Deswegen mußte, nachdem der Bub die ersten Wochen überlebt hatte, ein anderer Weg gefunden werden.

Der Weidenhofbauer und sein Weib lebten einschichtig auf ihrem Anwesen unten am Regen. Vier Kühe standen im Stall, dazu grunzte ein Dutzend Säue im Koben. An Viehsegen fehlte es also nicht, doch die Bäuerin selbst galt als unfruchtbar. Selbst mehrere Wallfahrten nach Altötting hatten nichts bewirkt. Aber nun kamen die Weidenhofleute plötzlich doch noch zu einem Kind, und sie mußten dafür weder Kerzen stiften noch sich in der gemeinsamen Bettstatt einschlägig betätigen.

In einer warmen Mainacht schlich sich nämlich ein großer, schwarzhaariger Kerl auf den Hof. Er trug ein Bündel, in dem es sich leise regte, und das legte er jetzt auf der Hausbank neben der Eingangstür ab. Der Hund schlug an; der hagere Kerl huschte wieder weg, ließ dann einen gellenden Pfiff ertönen.

Als der Weidenhofbauer mit der Laterne vors Haus kam, hörte er aus der Dunkelheit heraus eine kräftige Männerstimme: „Einen Buben hat euch der Heigl gebracht! Ein gesundes Bürscherl mit geraden Gliedern! Vielleicht, daß er später einmal den Weidenhof übernehmen kann, wenn ihr ihn aufzieht, wie es sich gehört. – Danken braucht ihr mir und dem Hütstempendirndl nicht für das Geschenk. Aber wissen sollt ihr, daß ich ein Auge auf das Kind haben werde! Ich werde aufpassen, ob ihr es auf eurem Hof auch anständig haltet! Wenn ihr das tut, gibt's keinen Streit zwischen uns. Wenn es aber der Bub nicht gut hat bei euch, dann kann's leicht sein, daß ich ihn zu besseren Eltern gebe und euch den Roten Hahn aufs Dach setze! Ihr habt mich schon verstanden, gell, Weidenhofleut'?"

Und ob sie den Heigl verstanden hatten. Schließlich hatte er ihnen deutlich genug gesagt, was er von ihnen wollte. So nahm das einschichtige Paar, obwohl zunächst arg verdattert, den Säugling auf. Doch bald entdeckte die Weidenhofbäuerin ihr Mutterherz auch für das fremde Kind, ähnlich erging es ihrem Gatten, und von da an wurde das Leben auf dem Anwesen am Fluß fröhlicher.

So hatte Michael Heigl, freilich auf recht ungewöhnliche Weise, Gutes getan; in späteren Jahren sollte er auf drei weiteren Höfen im Umkreis des Kaitersberges ähnlich handeln. Und alle diese Kinder wurden von den Bauern angenommen und großgezogen, während der Renegat und seine Braut dadurch frei und ungebunden blieben. Nur die Moralapostel zerrissen sich die Mäuler über den seltsamen Kindersegen; die meisten Bauern und Keuchner hingegen pfiffen darauf, ob ein Balg ehelich oder unehelich geboren war. Grinsend lobten sie den Heigl und das Hütstempendirndl wegen ihrer elterlichen Umsicht, denn stets suchte der Schnauzbärtige ein schönes Anwesen zur Versorgung für seine Sprößlinge aus.

* * * * *

Michael und Resl, die nach wie vor auf dem Kaitersberg hausten oder auf ihren krummen Wegen liefen, hatten ein weniger behütetes Leben als ihre Bankerte. Zwar besaßen sie noch immer das Spekulierröhrl, doch in den Tälern hatte die Obrigkeit wiederum die Gendarmerieposten verstärkt. Jeder Wildererschuß aus dem Stutzen, jeder Einbruch bei einem Großbauern wurde allmählich zu einer echten Gefahr. Aber dann brachte das Fernrohr den Schnauzbärtigen und seinen Kumpan, den Maulaffenhiasl, eines Tages auf eine ausgezeichnete Idee.

In der Pongratz-Keuche hockten sie in einer der Rauhnächte von 1844 auf 1845 zusammen. In den Wäldern ringsum krustete hüfthoch der Firnschnee; die Polizisten waren bei solchem Wetter nicht unterwegs, so daß sich der Räuber und die Resl sorglos von ihrem Berg hatten herunterwagen dürfen.

„Unsereins kann sich so etwas nicht leisten", sagte da plötzlich der Hiasl und griff nach dem Fernrohr, an dem Michael gerade herumputzte. „Da müßte man schon reich sein wie ein Pfarrherr, um sich so ein Spekulierröhrl kaufen zu können..."

„Oder man muß es einem Prälaten wegnehmen", lachte übermütig das Hütstempendirndl.

Hiasl jedoch ging nicht auf den Scherz ein. „Das Geld scheffeln sie haufenweise", murmelte er. „Die Pfarrer besitzen mit die größten Höfe in den Dörfern, und in den Städten fahren die Prälaten zwei- oder gar vierspännig herum. Was aber die Bischöfe und Äbte angeht, so haben sie's so dick wie der König selbst..."

„Das weiß doch jedes Kind", versetzte Resl. „Warum erzählst du's uns also?"

„Weil ich denke, daß wir selbst auch einmal geistlich werden sollten", antwortete der Maulaffenhiasl, wobei jetzt ein listiges Leuchten in seinen Augen stand. „Mit einem Pfarrergewand und einem frommen Gesicht könnten wir womöglich eine ganz besondere Ernte einfahren..."

„Spinnst du jetzt?" schnappte die Blonde. „Zum geistlichen Handwerk gehört allemal noch ein bissl mehr. Eine Priesterweihe zum Beispiel!"

153

„Ob die einer wirklich bekommen hat oder nicht, kann man später nicht riechen", mischte sich nun Michael ein. Er grinste den Hiasl an. „Ich versteh' dich schon, Bruder! Du meinst, wenn wir zwei uns ein paar Mönchskutten besorgen und dazu den einen oder anderen lateinischen Spruch einlernen würden, dann könnten wir leicht als Pfäfflein durchgehen..."

„Ungefähr so müßten wir's anpacken", nickte der Maulaffenhiasl. „Außerdem bräuchten wir eine gute Geschichte, die bei den Betschwestern und den Bauernfünfern zieht..."

„Der Einsiedel von Bogen macht's so", mischte sich da wieder Resl ein, die sich jetzt ebenfalls für den Plan zu erwärmen begann. „Der geht mit seiner Klapperbüchse auf die Dörfer und erzählt den Leuten, daß er vor der Muttergottes droben auf dem Bogenberg neue Kerzen aufstecken muß, weil sie schon ganz eiskalte Füße hat. Und kaum hat er sein Sprüchlein hergebetet, da springen ihm auch schon die Gulden in die Büchse. Mit denen geht er dann nach Straubing und versauft sie."

„Genauso fangen wir's auch an", entschied nun der Heigl. „Wir müssen den Frommen bloß etwas erzählen, was sie nicht so leicht nachprüfen können."

„Zu Regensburg sind die Spitzen für die Domtürme immer noch nicht fertig", erklärte bedeutungsvoll der Maulaffenhiasl. „Ein Hausierer, der im Sommer da war, hat's erzählt..."

„Dann werden wir zwei im Frühjahr Regensburger Kapuziner", erwiderte Michael lachend. „Und sammeln bei den Gläubigen für die Domtürme. – Dominus, wo bist du? Halleluja! In äthernium und sakklzementum!"

„Amen!" erwiderte Hiasl mit frommem Augenaufschlag und setzte hinzu: „Ein paar Kutten krieg' ich billig beim Viechtacher Lumpenhändler. Der hat sie von einem Theaterdirektor gekauft, der im vorigen Jahr mit seinen Wanderkomödianten pleite gegangen ist..."

„Und was wird aus mir?" unterbrach ihn das Hütstempendirndl. Demonstrativ reckte sie die vollen Brüste. „Ich glaub' nicht, daß ich als Kapuziner durchgehen würde..."

„Für dich wird uns auch noch was einfallen," grinste der Schnauzbärtige. „Als Mönch solltest du dich freilich besser nicht verkleiden..."

„Aber eine Mystikerin könnt' sie darstellen", schlug feixend der Maulaffenhiasl vor. „Einmal, in der Sonntagsschul', hat uns der Kaplan von der heiligen Theresia von Avila erzählt. Die hat in Spanien gelebt, vor ein paar hundert Jahren, und hat ein solch

154

frommes G'schau machen können, daß die Engel nur so um sie herumgeschwirrt sein sollen. Geredet hat sie nichts, nur immer ganz verzückt die Augen zum Himmel erhoben und ab und zu heiligmäßig geseufzt. – Was meinst, Resl? Könntest du so eine spielen? Den Mund bräuchtest du ja nicht aufzumachen. Bloß irgendwie jenseitig schauen müßtest du halt..."

Das Hütstempendirndl bekam einen Lachkrampf. Doch dann versuchte Resl den heiligen Blick – und er gelang ihr gar nicht schlecht. „Haut schon hin!" freute sich der Maulaffenhiasl. „Du kriegst noch ein weißes Gewand und eine großmächtige Flatterhaub'n, dann bist eine Mystikerin, daß die Englein im Himmel vor Freud' im Dreieck springen. Und uns werden die Gulden in den Sack hüpfen, daß es eine noch viel größere Freud' ist. Gleich wenn das erste Tauwetter einsetzt, gehen wir los."

„Abgemacht", bekräftigte Michael Heigl und musterte wohlgefällig seine nunmehr heiliggesprochene Bettgefährtin. Der Maulaffenhiasl wiederum kramte die Schnapsflasche hervor, die er von seinem letzten Paschergeld gekauft hatte, und dann stießen die drei kräftig auf ihr zukünftiges christkatholisches Leben an.

Im März brachen sie auf. Die Gewehre des Renegaten lagen wohlverwahrt und eingefettet in der Höhle am Kaitersberg; Michael selbst wirkte in seiner Kapuzinerkluft höchst eindrucksvoll. Ihm zur Seite schritt der Maulaffenhiasl, der während der letzten Wochen fleißig die Messen in drei Stunden Umkreis besucht hatte und nun eine wohlklingende lateinische Sentenz nach der anderen rezitierte. Das Hütstempendirndl schwebte wie ein aufgeplustertes weißes Gespenst hinterdrein und drehte die Augen so fromm himmelwärts, daß sie zu Anfang öfter einmal gegen ein Baum rannte, bis sie dann abwechselnd in göttliche und irdische Bereiche gleichermaßen zu schielen lernte.

Bald erreichte das Trio die Donau bei Deggendorf, vermied dort klugerweise die Klöster Niederaltaich und Metten und wanderte statt dessen zunächst die Isar in Richtung Plattling entlang. Wenn die beiden Kapuziner und die Mystikerin in ein Dorf kamen, bauten sie sich auf dem Anger auf und warteten, bis die Menschen neugierig herankamen. Während Resl dann ihren Silberblick wirken ließ, balzte der Maulaffenhiasl lateinisch wie ein Prälat, so daß Michael, wenn er salbungsvoll von den immer noch nicht fertiggestellten Regensburger Domtürmen sprach, zumeist leichtes Spiel hatte.

In seiner Blechbüchse, die auf der einen Seite mit einem etwas scheeläugigen Lamm Gottes und auf der anderen mit einer großmächtigen Kathedrale bemalt war, sammelten sich die Kreuzer und Gulden. Fromm spendeten die Dörfler; besonders dann, wenn das Hütstempendirndl zusätzlich in krampfartige jenseitige Verzückungen verfiel, was die Resl schon bald meisterlich beherrschte. Nachdem sie ein Dutzend Dörfer heimgesucht hatten, trugen der Heigl und der Maulaffenhiasl bereits dick gespickte Geldkatzen unter ihren Kutten. Als sie dann auch in Straubing abgesahnt hatten und von dort aus in den Vorwald um Wiesenfelden weiterwanderten, wurde auch der Gang des Hütstempendirndls allmählich immer schwerfälliger, denn jetzt trug auch Resl einen prallen Geldschlauch um den Mystikerinnenleib.

Einzig die Pfarrdörfer hätten ihrem gottgefälligen Wandel zur Gefahr werden können, doch so weltfremd waren die frommen Mönche und die jenseitsgerichtete Nonne nun doch wieder nicht, als daß sie sich dort hätten sehen lassen, wo ihre ordnungsgemäß konsekrierten Kollegen residierten. Der Heigl, der Maulaffenhiasl und das Hütstempendirndl suchten vielmehr stets nur solche Ortschaften auf, wo ihnen kein anderer Geistlicher in die Quere kommen konnte, und so kamen sie ungeschoren durch den Vorwald zwischen Straubing und Regensburg, um dann Richtung Landshut wieder ins Isartal hinüber zu pilgern.

Zuvor freilich hatten die drei einen Blick auf die Regensburger Domtürme getan, um die sie sich nun schon seit Monaten verdient machten. Trotzdem starrten die Turmspitzen noch immer lückig und unfertig auf die gemächlich ziehende Donau herunter, doch die Kapuziner und die Mystikerin focht dies wenig an, denn sie schlüpften für ein paar Tage aus ihren sakralen Gewändern und zeigten sich wieder waldlerisch – vor allem in der Thundorferstraße, wo Michael und Resl es sich bei Bier und Braten wohlsein ließen, während der Maulaffenhiasl sein Glück bei der einen oder anderen Hafenhure versuchte, von denen es zwischen Dom und Donaulände sehr viele gab. Nachdem auf diese Weise die Geldkatzen des frommen Trios ein wenig abgemagert waren, ging es also in die Landshuter Gegend weiter, wo die Dörfler den frommen Sprüchen gegenüber ebenfalls aufgeschlossen waren.

Erst als mit dem Oktober die Nächte klamm wurden, kehrten die beiden Mönche und ihre fromme Begleiterin in den Bayerwald zurück. Schwer trugen sie an ihrem Kirchgeld, und als sie die Keuche des Maulaffenhiasl wieder erreicht hatten, frohlockte der: „Jetzt können wir uns das ganze 46er Jahr hindurch auf die faule Haut legen, so fleißig haben die Leut' für den Dombau zu Regensburg gespendet."

„Wahrscheinlich deswegen, weil du zuletzt noch besser als der Papst auf lateinisch gepredigt hast", erwiderte lachend der Heigl.

Und die Resl sagte dankbar: „Gelobt seien alle Heiligen und besonders die von Avila, denn sie haben mir einen dicken Bauch gemacht, ohne daß ich nachher die Qual im Kindbett gehabt hätt'..."

„Das kann noch kommen", versetzte Michael grinsend, „denn nun stehen uns wieder die langen Winternächte bevor."

„Wollt ihr denn wieder in die Höhle auf dem Kaitersberg hinauf?" erkundigte sich der Maulaffenhiasl.

Michael Heigl bedachte sich nur kurz. „Nein", erwiderte er dann. „In diesem Winter haben wir Geld genug für ein schönes Wirtshaus in Böhmen. Dort ist's lustiger als zwischen den Steinschroffen."

„Und lustiger als in meiner Keuche auch", erklärte da der Maulaffenhiasl. „Wenn ihr nichts dagegen habt, geh' ich mit hinüber ins Böhmische."

Den beiden anderen war es recht, und so zogen sie schon wenige Tage später weiter. Mit den ersten Schneefällen überquerten sie die Grenze und suchten sich drüben, in der Pilsener Gegend, eine gemütliche Winkelwirtschaft für den Winter. Seinen Stutzen freilich hatte Michael vorher noch vom Kaitersberg geholt. Denn zum böhmischen Bier und zu den böhmischen Knödeln wollte er ab und zu auch ein Stück frisches Fleisch haben, und die Böcke jenseits der Grenze waren so feist wie nirgends sonst.

* * * * *

Das 46er Jahr zog über das Waldgebirge hin. Für den Heigl, das Hütstempendirndl und den Maulaffenhiasl verlief es ruhiger als die vergangenen. Zwar suchten die Gendarmen im Kötztinger Winkel noch immer nach dem Räuber vom Kaitersberg, doch sie taten es eher nachlässig, denn schon seit einer ganzen Weile hatte man nichts mehr von neuen Untaten des Heigl gehört. Der saß nämlich immer noch im Böhmischen und verputzte mit seinen Freunden tapfer die vielen Gulden aus dem vorjährigen Sommer. Außerdem gab es für die Polizisten im Bayerischen jetzt anderes zu bereden als die früheren Streifzüge des Renegaten. Denn der König in München hatte sich etwas Ungeheuerliches geleistet: Im Bett einer spanischen Tänzerin sollte sich der Monarch verloren haben.

Lola Montez nannte sie sich und war im Oktober dieses Jahres 1846 in München aufgetaucht. Praktisch im Handumdrehen hatte sich der König in ihr pechschwarzes Haar und ihre feenblauen

Augen vergafft. Schon im November des gleichen Jahres setzte er der Tänzerin eine jährliche Rente von 2400 Gulden aus, wobei er – endlich souverän geworden – die Einwände der Kleriker und Hofschranzen ignorierte. Die begannen daraufhin landauf, landab wegen seiner angeblich unköniglichen erotischen Besessenheit gegen ihn zu wühlen, so daß sich in diesen letzten Wochen des Jahres 1846 bereits vorbereitete, was dann nur eineinhalb Jahre später zur Revolution in Bayern führen sollte – zu einer Revolution, deren anfängliche Triebfeder vor allem die Scheinmoral des katholisch geprägten Spießbürgertums war.

Im Böhmischen hingegen pfiffen der Heigl, das Hütstempendirndl und der Maulaffenhiasl auf die Moral. Sie aßen, tranken und liebten ganz nach Lust und Laune, und die Blonde brachte es zudem fertig, in diesem Jahr nicht wiederum schwanger zu werden. Denn eine Zigeunerin aus Prag hatte ihr eine Phiole mit einem seltenen Tränklein verkauft; davon nahm sie nun jedesmal einen Schluck, wenn ihr räuberischer Galan zärtlich wurde. Freilich reichte der wundersame Saft, von dem die Zigeunerin behauptet hatte, daß ihn auch die Mätresse des Königs zu München benutze, nicht ewig – und ebensowenig das Geld, welches das fröhliche Trio nach Böhmen mitgebracht hatte.

Deshalb fand sich die Resl im Winter von 1846 auf 1847 plötzlich in der Höhle am Kaitersberg wieder, und jetzt wurde das Leben für sie und den Schnauzbärtigen neuerlich sehr hart, während sich der Monarch in München noch immer mit seiner spanischen Tänzerin vergnügte.

* * * * *

Der Maulaffenhiasl paschte in diesen Frostmonaten viel; Michael Heigl verlegte sich einmal mehr aufs Wildern, auf den einen oder anderen schnellen Einbruch dazu. Die Blonde begleitete ihn oft auf solchen Wegen; half ihm, das Wild aufzubrechen oder stand Schmiere, wenn Michael in die schöne Stube eines Großbauernhofes einstieg. Bald pirschten deswegen auch die Gendarmen wieder fleißiger als im abgelaufenen Jahr, doch der Räuber besaß noch immer sein Spekulierröhrl und schlüpfte ihnen, samt seiner Resl, mehr als einmal grinsend durch die Maschen.

In den Winkelwirtschaften vertranken sie das erbeutete Geld oder verscherbelten, was sie sich sonst unter den Nagel gerissen hatten. Dann, es war schon im Februar 1847, war der Schnauzbärtige einmal allein unterwegs. Am Osser schoß er einen Rehbock, kehrte dann in der Taverne von Rattenberg ein, wo ihm der

Wirt schon öfter einmal ein Stück Wild unter der Hand abgenommen hatte. Auch an diesem Tag war das Geschäft schnell erledigt; Michael Heigl feierte den guten Handel mit einem Zinnbecher voll Branntwein.

Nach einer Weile polterte einer in die Wirtsstube, dem der Ärger unübersehbar im Gesicht geschrieben stand. Lixl hieß er, war ein mittlerer Bauer aus der Gegend von Engelshütt und hatte schon einmal in Straubing vor Gericht gestanden, weil er angeblich seinen eigenen Kuhstall angezündet hatte, um an das Versicherungsgeld zu kommen. Die Juristen hatten ihm jedoch nichts nachweisen können, doch seitdem war der Lixl zu einem Trinker geworden, und auch um seine Ehe stand es, so behaupteten jedenfalls die Leute, alles andere als gut.

„Einen Schnaps für mich – und auch noch einen für den Heigl!" rief er jetzt, setzte sich dann neben den Räuber auf die Ofenbank. Die beiden kannten sich flüchtig; hatten einmal miteinander gekartelt, ein andermal ein paar Maß zusammen getrunken. Nachdem der Wirt die Becher gebracht hatte, nahm der Lixl einen kräftigen Schluck Branntwein, fixierte Michael dann und sagte verschwörerisch: „Im Winter ist das Leben hart für dich und deine Braut, gell?"

„Wir haben, was wir brauchen", erwiderte der Schnauzbärtige kurz angebunden.

„Aber ein bißchen mehr als das wär' halt noch besser, was?" bohrte der Lixl nach. „Paß auf, Heigl, ich schlag dir ein Geschäft vor! Ein Geschäft, mit dem du dein Glück machen kannst! Zwanzig Gulden springen für dich heraus, wenn du mir den Gefallen tust..." Der Bauer war schon angetrunken in die Gastwirtschaft gekommen, jetzt lallte er bereits leicht.

„Zwanzig Gulden – für was?" wollte Michael wissen. Der Lixl rückte bis auf Tuchfühlung an ihn heran und zischelte: „Brauchst sie bloß abstechen, dann gehört das Geld dir!"

„Eine Sau abstechen – für zwanzig Gulden?!" Michael Heigl traute seinen Ohren nicht. „Du spinnst ja, Lixl!"

„Ich red' nicht von einer Sau, sondern von meiner Alten", flüsterte der andere. „Es ist einfach nicht mehr auszuhalten mit ihr, seit ich nach Straubing aufs Gericht hab' müssen! Tag und Nacht keift sie und macht mir das Leben zur Hölle! Deswegen mußt du mir helfen, Heigl! Bring sie für mich um, die Schreckschraub'n! Für einen wie dich ist das doch eine Kleinigkeit! Am besten läufst du gleich los, steigst auf meinem Hof in die Schlafkammer ein und tust sie ab..."

159

Michael Heigl saß starr da. Sein Mund war nur noch ein schmaler Strich. Seine Hände hatten sich zu Fäusten geballt. Zuletzt tat er einen tiefen Atemzug und fragte den lauernd abwartenden Lixl: „Ist's wirklich dein Ernst?!"

Der Bauer, die Augen vom Schnaps gerötet, nickte heftig.

„Dann mußt du mir aber das Geld gleich geben!" forderte der Renegat.

Der Lixl zerrte seinen Geldbeutel heraus. Zählte dem Heigl die zwanzig Goldstücke hin. Der sackte sie mit unbewegter Miene ein. „Was ich getrunken habe, zahlst du auch!" schnappte er über die Schulter hinweg noch, ehe er ging. Dann saß der Lixl allein am Tisch; mit stierem Blick, mörderischen Triumph im verwüsteten Gesicht.

Erst am Morgen wankte er heim; die Strahlen der dünnen Februarsonne fingerten schon über die Dächer der Hofgebäude, während er durchs Tor taumelte. Als ihm keifend sein Weib entgegenstürzte, hätte ihn beinahe der Schlag getroffen. „Du Saufbeutel, du nichtsnutziger!" fauchte sie ihn an. „Die ganze Nacht treibst du dich in den Wirtshäusern herum, während bei uns eingebrochen wird!"

„Was ... was ist denn passiert?!" stotterte mit dröhnendem Schädel der Lixl.

„Was passiert ist?" schrie die Bäuerin. „Komm mit, dann zeig' ich's dir!"

Sie zerrte ihn zum Schweinestall; vor den Koben, in dem die prächtige Zweizentnersau gestanden hatte. Jetzt lagen auf dem zerwühlten Stroh nur noch deren Gedärme. „Eingebrochen hat einer mitten in der Nacht!" schrie die Lixlin. „Hat die Sau abgestochen, ohne daß ich was gemerkt hab', und ist damit auf und davon!"

„So ein Erzkrimineller!" ächzte der Bauer – und wußte genau, wer der Einbrecher gewesen war: kein anderer als der Heigl, der doch lieber das Vieh als das Weib abgestochen und für diese Schandtat auch noch zwanzig Gulden Belohnung kassiert hatte.

„Zur Gendarmerie mußt du gehen, auf der Stelle!" keifte die Lixlin. „Anzeige mußt du erstatten!"

Der Bauer nickte gehorsam. Es blieb ihm ja auch nichts anderes übrig, wenn er sich nicht selbst verraten wollte.

Unterdessen schleppte Michael Heigl mühsam die eine Hälfte der Sau auf den Kaitersberg hinauf. Die andere Hälfte hatte er, gar nicht weit vom Lixl-Hof entfernt, in einem Schneeloch vergraben, um sie später zu holen. Damit hatten er und die Resl nicht nur ausreichend Fleisch bis in den Frühling hinein, sondern auch noch die zwanzig Gulden. Nur eines wurmte ihn: Daß der Lixl ihm einen feigen Meuchelmord zugetraut hatte! Ihm, der trotz seines wilden Lebens nie zum Mörder oder Totschläger geworden war.

„Aber für diese Gemeinheit hast du jetzt deine Strafe bekommen, Lixl!" murmelte der Renegat grimmig, während er – unter seiner nahrhaften Last keuchend – den letzten steilen Anstieg zur Höhle bewältigte.

* * * * *

In Kötzting wurde das Sündenregister des Michael Heigl wieder einmal fortgeschrieben; eine Zweizentnersau war schließlich keine Kleinigkeit. Die Jagd auf den Räuber vom Kaitersberg ging also weiter, doch das waren er und das Hütstempendirndl längst gewohnt. Bis in das Frühjahr hinein überlebten sie in ihrer Kaverne. Dann, als der Schnee auch in den Höhenlagen weggeschmolzen war und die Polizisten immer näher heran streiften, entwichen die beiden in einer dunklen Nacht wieder einmal über die böhmische Grenze. Einhundertzwanzig Gulden standen jetzt auf Michael Heigls Kopf – doch von den Landfahrern im Künischen Gebirge würde nach solchem Schandgeld keiner fragen.

UNGARN

*B*ayern! – *Eine neue Richtung hat begonnen, eine andere als in der Verfassungsurkunde enthaltene, in welcher Ich nun im 23. Jahr geherrscht. Ich lege die Krone nieder zugunsten Meines geliebten Sohnes, des Kronprinzen Maximilian. Treu der Verfassung regierte Ich; dem Wohl des Volkes war Mein Leben geweyhet, als wenn Ich eines Freistaats Beamter gewesen, so gewissenhaft ging Ich mit dem Staatsgute, mit den Staatsgeldern um. Ich kann Jedem offen in die Augen sehen. Und nun Meinen tief gefühlten Dank Allen, die Mir anhingen. Auch vom Throne herabgestiegen, schlägt glühend Mein Herz für Bayern, für Teutschland! – München, 20. März 1848. Ludwig.*

* * * * *

Salbungsvolle Worte hatte Ludwig I. in seiner Abdankungsurkunde gefunden, während im Bayerischen Wald und anderswo im Königreich die Bettlerhorden über die staubigen oder schlammigen Straßen zogen. Auf einsamen und oft krummen Wegen waren im Frühling und Sommer des Jahres 1847 auch Michael Heigl, das Hütstempendirndl und der Maulaffenhiasl gewandert, die sich im Böhmischen wiedergefunden und dort eine abenteuerliche Zeit verlebt hatten, um sich dann im Oktober zurück über die Grenze zu stehlen. Damit aber waren sie in diesem 47er Herbst in ein Land heimgekehrt, in dem bereits die ersten Anzeichen der Revolution spürbar wurden.

Zwar hatte der Monarch – nach wie vor der Tänzerin verfallen und deswegen angreifbar – auf Druck der Liberalen hin das alte Kabinett entlassen und ein neues berufen, das sodann gewisse pseudodemokratische Konzessionen gemacht hatte. Doch zu echten Reformen war es nicht gekommen; vor allem deswegen, weil letztlich nach wie vor Adel und Klerus dominierten. Obwohl die Mißstände zum Himmel schrien, hatte der König den Kopf in den Sand gesteckt und nichts Besseres zu tun gewußt, als seine Mätresse nun auch noch in den Adelsstand zu erheben und sie zur Gräfin Landsfeld zu machen. Dies war gegen Ende des 47er Jahres geschehen, und kaum hatte das 48er begonnen, brach sich die Empörung jetzt auch des einfachen Volkes Bahn. Die Landbevölkerung wurde rebellisch, fast gleichzeitig kam es in München und Bamberg zu Studentenunruhen. Der Monarch ging gegen die jungen Akademiker ganz wie früher schon vor: setzte Militär gegen sie ein und verfügte unter anderem die Schließung der Münchner Universität.

Daraufhin erhoben sich am 10. Februar dieses bemerkenswerten Jahres 1848 die Münchner Bürger. Sie rotteten sich vor der Residenz zusammen und brüllten ihre Empörung in die königlichen Gemächer hinein. Der Monarch geriet in Panik, degradierte die Gräfin Landsfeld und verwies sie zudem aus der Hauptstadt. Sie floh; haßerfüllt spuckten die Bürger und Bauern hinter ihrer Kalesche her und verlangten weitere Zugeständnisse. Dann, als am 22. Februar in Paris die zweite große Revolution nach 1789 ausbrach, erreichte auch das Aufbegehren in Bayern seinen Höhepunkt.

Anfang März knallten da und dort bereits Schüsse. Die Münchner stürmten das Zeughaus und bewaffneten sich. Ludwig I. erließ einen Fahndungsaufruf gegen Lola Montez, entlarvte sich dadurch nicht nur als johannestriebiger, sondern zudem als feiger Liebhaber. Doch mit dem Damenopfer war es jetzt nicht mehr getan. Nachdem immer mehr bewaffnete Bürger auf den Münchner Straßen zu sehen waren, entschloß sich Ludwig von Bayern zum Rücktritt. Daß ihn der alte Dünkel nicht verlassen hatte, zeigte seine letzte Proklamation.

Maximilian II., sein Sohn und Nachfolger, verkündete am 20. März, nachdem er seinen Eid geleistet hatte: „Ich bin stolz, mich einen konstitutionellen König zu nennen." In seiner Naivität nahm das Volk diesen Ausspruch für bare Münze. Während die Revolutionen in Preußen und Baden hoffnungsvoll weitergetragen wurden, während dort Soldaten und Bürger Seite an Seite gegen Adels- und Kirchenmacht marschierten, kehrte man in München blauäugig zu den heimischen Bierkrügen zurück. Immerhin hatte man einen neuen König; daß sich in Wirklichkeit gar nichts geändert hatte, wurde übersehen. Was scherte die Münchner auch die nach wie vor schlimme Not auf dem flachen Land? Die Not der Keuchner, der Landstreicher, der ledigen Mütter, der Tagelöhner. Und dazu die Not derer, die zu Verbrechern geworden waren, weil die von Adel und Klerus geprägte Gesellschaft ihnen keine Chance im Leben gelassen hatte.

Nichts hatte sich geändert im Bayerischen Wald, trotz der Münchner Revolution. Noch immer stand auf den Kopf des Michael Heigl Blutgeld; noch immer nicht hatte er die kleine Landwirtschaft erwerben können, die er sich nun schon seit einem halben Menschenalter ersehnte. Noch immer blieb dem Heigl, dem Hütstempendirndl und dem Maulaffenhiasl nichts anderes übrig, als mit dem Haufen der Landlosen zu rennen, weil an den Privilegien der Reichen nicht gerüttelt worden war.

* * * * *

Während also in diesem März 1848 der neue König den Thron bestieg, hockten in einer Winkelwirtschaft in der Nähe von Grafenried Dutzende von Abgerissenen zusammen. Und dann kam ein großer, hagerer Anfangsdreißiger herein, hinter ihm eine junge Frau mit frechen Augen sowie einer, dem der Mund ungewöhnlich breit im Gesicht stand. „Ich hab' gehört, daß ihr nach Ungarn gehen wollt, ins Banat", sagte Michael Heigl, setzte sich auf die Ofenbank und zog die Resl neben sich.

„Im Banat kann sogar einer wie du zum Großbauern werden!" rief übermütig ein Kürbenzäuner. Er schwenkte einen Wisch, der von vielen schmutzigen Fingerabdrücken gezeichnet war. „Da steht's schwarz auf weiß! Jeder kriegt ein Stück Land in Ungarn; er muß sich bloß verpflichten, daß er es auch bebaut. Steuerfrei bist du auf Jahre hinaus, und das Saatgut gibt's auch noch gratis!"

„Und auch sonst hat's genug Arbeit dort unten!" rief ein anderer. „Es ist nicht wie in Bayern, wo unsereins bloß verhungern oder fechten kann. – An der Türkengrenze werden jetzt massenweise Festungen errichtet. Wenn einer da geschickte Hände hat, kann er auch schnell reich werden..."

„Was ist, Heigl? Gehst du mit nach Ungarn?" mischte sich ein entlaufener Soldat ein, den Michael aus dem Künischen Gebirge kannte. „Das wär' doch besser für dich, als wieder einen Sommer lang von den verdammten Gendarmen gejagt zu werden! Das Bauernhandwerk hast du doch gelernt beim Ramsrieder, oder? Und wenn die Resl wieder schwanger wird, dann könntet ihr das Kind auf eurem eigenen Grund und Boden großziehen. Bräuchtet es nicht mehr anderen Leuten vor die Tür zu legen, wie einen Kuckucksbalg..."

„Ein eigenes Anwesen, nur für uns allein..." sagte das Hütstempendirndl versonnen. Und das Maulaffenhiasl setzte hinzu: „Ich könnt' euch den Knecht machen, bis ich selber eine Frau finde, die mit mir einen Hausstand gründen will..."

„Schlecht wär' das alles wirklich nicht", stimmte Michael Heigl zu, wandte sich dann wieder an den ehemaligen Soldaten: „Wann wollt ihr denn aufbrechen nach Ungarn?"

„Übermorgen sind alle beisammen, die auswandern wollen", lautete die Antwort.

„Dann haben wir noch Zeit, ein paar Sachen vom Kaitersberg

zu holen", entschied Michael. Resl nickte und strahlte dabei vor
Freude. Im nächsten Moment sprang das Hütstempendirndl auf,
machte ein paar Tanzschritte und begann ein Lied zu singen, das
in diesem Jahr im Wald in aller Munde war:
„A Liadl tu' I enk singa, a Liedl, ganz neuch:
I will jetza gehn auf Ungarn und ins Österreich..."
Die anderen fielen ein, auch der Heigl und der Maulaffenhiasl;
dann wurde ausgelassen gefeiert, bis der Räuber und seine Gefährtin aufbrachen, um zum letzten Mal für lange Zeit auf den
Kaitersberg zu steigen und dort ihr Bündel zu packen. Vor allen
Dingen wollte der Schnauzbärtige seinen Stutzen zerlegen und
transportfertig machen, denn ohne den hätte er sich auch im Ba-
nat nackt gefühlt.

* * * * *

Der bunte Schwarm zog die Donau hinunter: vor allem aben-
teuerlustige Burschen und junge Frauen, die zu Hause nichts zu
verlieren, in der Ferne aber vermeintlich alles zu gewinnen hatten. Nur mit dem, was sie auf dem Leib trugen, wanderten die einen; andere hatten eine oder zwei Geißen bei sich, manchmal
auch einen einachsigen Karren, auf dem ein bißchen Bettzeug und
Bauerngerät festgezurrt waren, und in den Sielen hingen dann die
Besitzer selbst. Musikanten gab es inmitten der Horde, die im
Laufen ihre Ziehharmonikas spielten; ab und zu jaulte dazu ein
Waglhund, so wie auch Michael Heigl einmal einen besessen hatte. Selbstverständlich lief der eine oder andere Beutelschneider
oder Einbrecher in der Horde mit, und unter den Männern gab es
keinen, der nicht in der Lederhosentasche das Stilett stecken hatte. Michael selbst schleppte einen Fellsack mit Proviant sowie einigen goldenen und silbernen Pretiosen, die sich in seiner Höhle
angesammelt hatten; auch der Stutzen befand sich in seinem
Gepäck, samt Pulverhorn, Kugelbeutel, Zündhütchen und der
Gußform für das Blei. Der Maulaffenhiasl trug Beil und Säge bei
sich, um im Banat damit so schnell wie möglich die erste Hütte errichten zu können; die Resl hatte ihr bestes Gewand an und dazu
noch ein anderes im Bündel und pfiff im Dahinlaufen so fröhlich
wie ein Frühlingsvogel.
    So zog der bunte Schwarm die Donau entlang, sieben oder acht
Dutzend Menschen; scherzte und sang sich durch die Tage und
lagerte in den Nächten auf einer Sandbank oder auf einer Lichtung im Auwald. Wenn die Horde durch ein Dorf kam, folgten ihr
oft scheele Blicke; wurden die Fensterläden zugeschlagen oder
die Hunde losgelassen, doch das störte die Ungarnwanderer we-

nig. Sie alle blickten unverdrossen vorwärts ins Banat, wo sie endlich auch einmal ein menschenwürdiges Leben und ein bißchen Glück zu finden hofften.

Sie erreichten Wien; dort kam einer der Zwielichtigen bei einer Messerstecherei um. Die anderen beredeten das Unglück auf ihrem Weg weiter donauabwärts und verdrängten die Erinnerung schließlich. Über Preßburg, Komorn und Waitzen näherte sich der bunte Schwarm Budapest. Jetzt floß der Strom genau nach Süden; als er sich nach weiteren Wochen wiederum nach Osten wandte, lag das Banat offen vor den Auswanderern aus Bayern. In Pancevo, gleich hinter Belgrad, gab es eine Regierungsstelle, wo die Neuankömmlinge sich registrieren lassen mußten. Ein Inspektor der k. u. k. Doppelmonarchie händigte ihnen, nachdem er sie auf das Haus Habsburg vereidigt hatte, die Zuteilungsscheine für ihr Land aus. Danach zerflatterte die Horde; allein zogen der Heigl, die Resl und der Maulaffenhiasl noch ein Stück weiter, auf Vrsac zu, bis schließlich der Grund und Boden, der ihnen gehören sollte, vor ihnen lag.

Mai war es mittlerweile geworden; die Sonne brannte so heiß wie im bayerischen Hochsommer auf die fahle Sandebene. Michael Heigl und seine Gefährten sahen sich jäh ernüchtert, denn so weit das Auge reichte, war nur kümmerliches Gestrüpp zu sehen; dazu verfilztes und bereits zu dieser Jahreszeit vergilbtes Gras, durch das ab und zu eine magere Zieselmaus huschte. Aber kein Baum, kein Bach; überhaupt nichts, was einem diese Gegend hätte heimisch machen können. Nachdem sie das ihnen zugewiesene Areal umschritten hatten, spuckte Michael auf die krustige Erde und knurrte wütend: „Beschissen haben sie uns! Ebensogut könnten wir das Ackern in einer böhmischen Sandgrube versuchen!"

„Da wird nie was anderes wachsen als Disteln und Dornengestrüpp", stimmte Resl zu. Sie setzte sich auf einen sandverschliffenen Steinbrocken und begann zu heulen.

„Und die Jagd können wir auch vergessen", schimpfte der Maulaffenhiasl. „Himmel, Arsch und Wolkenbruch! Wenn das die Großzügigkeit des Kaisers von Österreich ist, dann scheiß ich drauf!" Er hieb sein Beil in die verdorrte Erde. „Als ob ich uns einen Hof aus Ginstergestrüpp zimmern könnt'..."

„Aber wenigstens einen Windschutz müssen wir zusammentragen", entschied Michael. „Und aus ein paar Steinen eine Feuerstelle bauen. – Morgen dann schauen wir uns einmal in der Umgebung um. Es müssen ja noch andere Neusiedler da sein;

vielleicht können die uns einen guten Rat geben."

„Daß wir uns gleich aufhängen sollen – das werden sie uns raten!" versetzte der Hiasl. „Pfui Teufel! Ich glaub', es wär' besser gewesen, wir wären im Kötztinger Winkel geblieben. Trotz der Gendarmen dort. In der Fronfeste könnt' man mehr zu fressen finden als in dem verfluchten Sandloch hier..."

Am nächsten Tag zogen sie weiter, machten sich auf die Suche nach Leidensgenossen – und fanden auch welche. Die waren schon während der letzten Jahre nach Ungarn ausgewandert, hatten ihre Enttäuschungen erlebt und sich schließlich notdürftig an den Westhängen des Banater Gebirges festgekrallt. Dort standen nun ihre armseligen Hütten; kaum mehr als spannentief waren ihre Ackerfurchen in den steinigen Boden geritzt, und es wuchs auch hier nichts weiter als höchstens ein wenig dürftiger Hafer, dazu in kläglichen Büscheln Flachs. In der kurzen Zeit, die sie hier waren, hatten sich die Männer krummgeschunden; die Weiber waren ausgemergelt, lange vor ihrer Zeit. Kinder gab es auf diesen jämmerlichen Hofstellen kaum; nur die wenigen, die bereits mit ihren Eltern hergekommen waren. Die meisten dieser Hungerleider starrten teilnahmslos auf die Neuankömmlinge, ließen sich lange betteln, bis sie den Mund aufmachten, und wußten dann immer nur das eine zu sagen: „Der Teufel hat das Land hier verflucht. Nichts wächst richtig. Früher oder später werden wir alle verrecken."

„Weil ihr so blöd seid, hierzubleiben!" schrie zuletzt, nach einer Reihe bedrückender Tage, Michael Heigl einen der Unglückspropheten an. „Schiebt's also nicht dem Teufel in die Schuhe, sondern eurer eigenen Dummheit!" Dann wandte er sich, während der Banater glotzte, seinen Gefährten zu und sagte: „Wir haben genug gesehen! Hier kommen wir auf keinen grünen Zweig. Auch dann nicht, wenn wir uns bucklig schinden. Es soll halt nichts werden mit dem friedlichen Bauernleben..."

„Aber was sollen wir dann anfangen?" fragte das Hütstempendirndl bedrückt.

„Zurück müssen wir", entschied Michael. „Ein gutes Stück wieder die Donau hinauf. Hinter Budapest wird's besser, das haben wir gesehen, als wir hergekommen sind. Vielleicht, daß wir dort unser Glück machen können..."

„Bloß gibt's dort wieder kein Land für uns", versetzte der Maulaffenhiasl. „Die Äcker sind zwar gut, nur sitzen da die Adligen, Kirchenherren und Gutsbesitzer drauf, und ich glaub' nicht, daß sie ihren Reichtum mit uns teilen werden..."

„Das wird sich herausstellen!" erwiderte Michael Heigl grimmig. „Das Einbrechen und Wildern haben wir schließlich gelernt..." Seine Hand glitt über den Lauf seines Stutzens, den er längst wieder zusammengesetzt hatte. „Morgen brechen wir auf! Sollen Dümmere als wir in der Sandgrube verhungern, die uns der Kaiser so gnädig geschenkt hat!"

Seine Gefährten nickten, und so war es entschieden. Tags darauf zogen die drei nach Nordwesten davon, auf Szeged zu, und bald besserte sich ihre Lage tatsächlich.

* * * * *

Die Pußtahirten drückten ein Auge zu, wenn Michael Heigl seinen Stutzen knallen ließ. In der Grasebene war das Wild auf weite Entfernung hin auszumachen; Michael mußte sich gegen den Wind anschleichen, um zum Schuß zu kommen. Am offenen Feuer briet dann das Wildbret; was die drei Bayern nicht selbst verbrauchten, vertauschten oder verkauften sie an die Hirten in ihren Schafwollhosen. So hatten der Renegat und seine Begleiter Wein zu trinken und bald auch Silbergeld im Sack, und das Fortkommen bis Budapest wurde ihnen leicht. In der ungarischen Hauptstadt schlug der Schnauzbärtige außerdem günstig jene Pretiosen los, die noch vom Kaitersberg stammten. Die drei feierten ein paar Tage lang in den Tavernen an der Donau, und jetzt war es bereits Juli geworden. In den letzten Tagen dieses Monats zogen sie weiter nach Preßburg. Und dort sah es dann ganz so aus, als könnten sie wirklich noch in Österreich seßhaft werden.

Resl hatte die verlassene Taverne entdeckt und schnell herausgefunden, daß sie zu pachten war. Jetzt berichtete sie den Männern mit leuchtenden Augen: „Die Gastwirtschaft kostet nicht mehr als fünf Gulden Miete im Monat; das bringen wir leicht auf. Auch Wein und Lebensmittel können wir günstig kaufen und so das Beisl wieder eröffnen. Preßburg ist außerdem ein gutes Pflaster; viele Fremde kommen her. Wenn wir es schlau anfangen, werden wir uns hier noch eine goldene Nase verdienen..."

Der Maulaffenhiasl war sofort einverstanden. „Ein Wirtshaus ist immer gut", sagte er lachend. „Und gleich hinter der Stadt beginnen die Wälder. Da kannst du unter der Hand immer für frischen Rehbraten sorgen, Michl!"

„Das wär' schön blöd!" versetzte der Schnauzbärtige. „Wenn wir die Taverne betreiben, dann soll's dort auch ehrlich zugehen! Und überhaupt haben wir's dann nicht mehr nötig, krumme Sachen zu machen..."

„Genau!" bekräftigte das Hütstempendirndl. „Jetzt werden wir anständige Leut'!"

„War ja bloß ein Spaß", lenkte der Maulaffenhiasl ein. „Mir ist's ja auch lieber so. – Also, Michl, was ist? Packen wir's?"

„Ja", erwiderte Michael Heigl. „Schließlich wird's Zeit, daß wir einmal was Rechtes auf die Beine stellen in Österreich!"

* * * * *

Der Sommer drehte sich in den August und dann in den September hinein. Schon nach wenigen Wochen war die Taverne der drei Bayern bestens frequentiert. Der Wein war gut, das Essen reichlich, und ab und zu tanzte die Resl zur Freude der Preßburger Gäste. Ungarn kamen, Böhmen, Slowaken; das ganze Völkergemisch, das die Donaumonarchie auf so reizvolle Weise unverwechselbar machte. Woche für Woche konnten die Betreiber des Beisls kräftige Profite einstreichen. Doch dann holte die große Politik sie ein und zerstörte den Traum vom friedlichen Leben schlagartig. Denn auch in Österreich brodelte es seit einiger Zeit revolutionär, und die Ausläufer des durchaus verständlichen Aufbegehrens gegen Adel und Klerus schwappten nun auf einmal auch bis Preßburg.

„Wir brauchen den Kaiser überhaupt nicht mehr!" schrie ein Viehhändler, der aus dem Marchkreis in die Stadt gekommen war. „Weg mit dem Ferdinand und eine Republik eingerichtet!"

„Und den Metternich muß man auch aufhängen!" brüllte ein anderer Gast. „Der bringt's fertig und läßt noch auf das Volk schießen, bloß weil es eine Verfassung will! Der Metternich ist ein noch größerer Verbrecher als der Kaiser selbst!"

„Freiheit für Böhmen!" mischte sich ein wandernder Prager Glasbläsergeselle es. „Warum müssen wir denn überhaupt alle von Wien aus regiert werden?! Wir Böhmen, die Ungarn, die Slowaken, die Serben... – Haben wir denn nicht früher unsere eigenen Könige gehabt?! Nieder mit der Habsburger Monarchie! Auf den Misthaufen mit ihr!"

„Hochverräter, verfluchter!" klang es da von der Tür her. Ein Trupp österreichischer Soldaten, an ihrer Spitze ein Korporal, war eingetreten. „Ein gottverdammter Hochverräter bist du!" wiederholte der Unteroffizier jetzt. „Sag' noch ein Wort gegen den Kaiser, und ich mach' dich einen Kopf kürzer!"

„Ein seniler Trottel ist er, der Habsburger!" schrie der Glasbläser. „Ein Unglück für die Welt – und ganz besonders für Böhmen. Aber wir werden auf dem Hradschin wieder..."

Ein Splittern ertönte, ein scheußliches Knirschen. Der Korporal hatte einen irdenen Weinkrug gepackt und ihn dem Wandergesellen ins Gesicht geschmettert. Der flog rücklings über die Bank, spuckte Blut und zersplitterte Zähne – im nächsten Moment war die allgemeine Schlägerei im Gange.

Anfangs sah es ganz so aus, als würden die Soldaten die Oberhand behalten. Doch dann mischten auch der Heigl und der Maulaffenhiasl mit – selbstverständlich auf der Seite der Rebellen. Der Maulaffenhiasl setzte dem Korporal zu, bis der auf allen Vieren nach draußen retirierte. Ihm hinterdrein flogen die anderen Uniformierten aus der Taverne. Die Sieger brachen in infernalisches Gebrüll aus, ließen den Maulaffenhiasl hochleben, tanzten auf den Tischen und begannen Revolutionslieder zu grölen. Bis dann auf einmal die Tür von neuem aufflog und ein ganzes Dutzend Gendarmen in den Gastraum stürzte. Und jetzt wendete sich das Blatt; jetzt wurden die Revolutionäre zusammengeschlagen, zuletzt schlossen sich die Handschellen um ihre Gelenke.

Resl war schon längst nach oben geflohen; in letzter Sekunde schafften es auch der Heigl und der Maulaffenhiasl. Unten brüllten die Gendarmen nach dem Wirt und dem Schenkkellner. „Schnell!" drängte Michael. „Das Geld einpacken – und was man sonst leicht tragen kann! Und dann weg! Hinten hinaus!"

Es dauerte keine drei Minuten, dann flüchteten sie über ein Schuppendach in die Nebengasse. Was sich an Münzen, Wein und Lebensmitteln unten in der Schankstube befunden hatte, war verloren. Doch einiges hatte in den Schlafkammern unter den Matratzen gelegen, und das hatte das Trio retten können. Auch seinen Stutzen hatte der Heigl bei sich, gut verborgen in seinem Reisesack. So verdrückten sie sich, während vor dem Wirtshaus die Gefangenen abgeführt wurden. Im Schutz der Dunkelheit schlichen sie bis zum Stadtrand und verschwanden zuletzt im Auengebüsch an der Schütt. „In der Taverne brauchen wir uns gar nicht mehr sehen zu lassen", knurrte dort der Schnauzbärtige. „Kruzitürken auch! Warum haben sie mit ihrer Revolution gerade bei uns anfangen müssen?"

„Das mußt ausgerechnet du fragen?!" schimpfte Resl. „Bist doch selber gleich wie ein Wilder auf die Soldaten los! Und der Hiasl auch!"

„Weil uns halt der Böhm' so sympathisch war", rechtfertigte sich der Maulaffenhiasl. „Der hat schon recht gehabt mit dem, was er über den Kaiser gesagt hat. Denkt doch bloß einmal daran, wie uns der Habsburger im Banat angeschissen hat! Haben wir da seinen Soldaten nicht ganz rechtmäßig eins in die Visage hauen dürfen?!"

„Narren seid ihr, alle zwei!" beharrte das Hütstempendirndl. „Wegen eurer Dummheit haben wir das schöne Beisl verloren, das uns zu reichen Leuten hätt' machen können! – Was sollen wir jetzt bloß anfangen?"

„Nach Bayern müssen wir heim!" versetzte Michael Heigl.

„Nach Bayern?" fragte der Maulaffenhiasl erstaunt.

„Ja, weil sie in Österreich Steckbriefe gegen uns ausgehen lassen werden!" erklärte Michael. „Weil wir für die Preßburger Polizei jetzt Umstürzler sind! Deshalb müssen wir so schnell wie möglich zurück über die Grenze! Sonst sitzen wir bald im Kerker, zehn Jahre oder noch länger, weil wir uns an einem Aufruhr beteiligt haben."

„Aber daheim suchen sie uns doch auch!" wandte der Hiasl ein.

„Das ist was anderes", erwiderte der Schnauzbärtige. „Daheim kennen wir jeden Weg und Steg, da können wir den Gendarmen immer entkommen. Aber hier sind wir Fremde; da haben sie uns gleich am Wickel."

„Dann laufen wir am besten gleich los", sagte Resl.

„Ja, in die Marchwälder hinein – und dann hinüber nach Brünn und Prag", nickte Michael. „Wenn wir erst in Böhmen sind, haben wir das Schlimmste hinter uns. Hoffentlich schaffen wir's auch bis dorthin..."

Niedergeschlagen verließen die drei ihr Versteck vor der Stadt, in der sie versucht hatten, ehrlich zu werden, nachdem aus dem Bauernhof im Banat nichts geworden war. Und in Preßburg wurden tatsächlich Steckbriefe gegen sie ausgegeben, doch ehe die aus der Druckerei kamen, waren Michael Heigl und seine Gefährten schon weit über den zuständigen Gerichtsbezirk hinausgekommen.

RAUBMORD

In der Küche des Hudlacher Einhödhofes drehte die junge Bäuerin die Gewichsten fürs Mittagessen. Hin und wieder fingerte ein Strahl der nun schon wieder kräftigen Maisonne durch das kleine Fenster. Wenn die Bäuerin dann gegen das Licht zwinkerte, konnte sie die nördlichen Hänge des Kaitersberges erkennen. Einmal dachte sie dabei flüchtig an den Heigl, der den Gerüchten nach hoch oben unterm Gipfel sein Versteck gehabt haben sollte und angeblich jahrelang in der verrufenen Wildnis gehaust hatte. Doch jetzt hatte man schon lange nichts mehr von dem Räuber gehört. Nach Ungarn sei er verschwunden, hatte der Hudlacher Bauer im letzten, im 48er Jahr, im Hohenwarther Wirtshaus gehört. Daß seitdem Ruhe herrschte, konnte den Hudlachern nur recht sein. Der Hof war nicht groß; gerade fünf Kühe standen im Stall, unter den Hochgestellten im Kötztinger Winkel hatte man keine Verwandtschaft, und deswegen hatten die Hudlacher während der vergangenen Jahre mehrmals unter den Einquartierungen zu leiden gehabt. Aber in letzter Zeit hatten die Gendarmen ihre Patrouillen weitgehend eingestellt; es waren keine Einbrüche mehr vorgekommen, keine Überfälle, auch kaum noch Wilddiebereien.

Die junge Bäuerin legte die letzte Fingernudel auf dem Leinentuch ab, reinigte die Hände im Wasserschaff, rückte dann die Pfanne über die Herdringe. Das Schmalz begann zu schmurgeln und zu zischen. Jäh spritzte es auf, als die blaßgelben Teigröllchen hineinglitten; schnell begannen sich die Gewichsten goldbraun zu färben.

Wieder blickte die Frau durch das Fensterloch auf den Hofplatz hinaus. Es konnte jetzt nicht mehr lange dauern, bis der Bauer zurückkehrte. Mit der Vogelflinte war er auf den Bergacker hinaus, um dort ein paar der lästigen Krähen wegzuschießen. Während sie das Essen vorbereitete, hatte die Hudlacherin in der Ferne ab und zu eine der dünnen Detonationen gehört.

Jetzt wandte sie sich vom Fenster weg, um einen Krug mit saurer Milch aus der Speisekammer zu holen. Als sie wieder in die Küche zurückkam, erstarrte sie. Das irdene Gefäß entglitt ihren Händen, krachte auf den Estrich und zerbrach. Die gestockte Milch spritzte nach allen Seiten weg. Der Kerl mit dem geschwärzten Gesicht, der sich unbemerkt ins Haus geschlichen hatte, kam langsam auf die junge, zu Tode erschrockene Frau zu; die Hände mit den hornigen Nägeln gegen sie ausgestreckt.

Die Bäuerin fand die Sprache wieder. „Nein!" schrie sie. „Jackl! Hilf mir!"

Wie zum Hohn knallte weit weg erneut ein Flintenschuß.

„Das Geld her – und alles, was du sonst Wertvolles im Haus hast!" forderte der Räuber. Seine rußbeschmierte Visage verzerrte sich zu einem tückischen Grinsen. „Dein Mann kann dir nicht helfen, das weißt du selbst!"

Die Frau fuhr herum, wollte fliehen. Doch sie war nicht schnell genug. Ein paar Schritte schaffte sie, dann war der Verbrecher bei ihr. Seine Hände krallten sich um ihren Hals, würgten ihr die Luft ab. „Her mit dem Geld!" schrie er. „Oder ich bring' dich um!"

Die junge Bäuerin krümmte sich verzweifelt im unbarmherzigen Griff des Mannes. Kämpfte – und instinktiv zuckte dabei ihr Bein hoch. Das Knie traf den Kerl an seiner empfindlichsten Stelle; aufheulend fuhr er zurück. Die Hudlacherin kam frei, rannte um den Tisch herum, auf dem eine tönerne Platte mit eisernen Füßen stand. Die Bäuerin hatte nachher die heiße Pfanne mit den Fingernudeln auf diesen Untersatz stellen wollen. Jetzt griff sie nach der Kachel, schwang sie wie eine Waffe gegen den Räuber. Einer der Eisenfüße fetzte ihm einen blutigen Riß in die Wange. Doch dann spürte die junge Frau einen furchtbaren Schmerz im Handgelenk; der Verbrecher hatte es ihr gebrochen und ihr das Schlagwerkzeug aus der Hand gerissen.

Einmal noch schrie die Hudlacherin gellend auf, dann zerbrach etwas in ihrem Schädel. Den Schmerz bemerkte sie schon nicht mehr. Mit einem einzigen grausamen Hieb mit der Kachel hatte der Mann sie getötet. Wie ein Bündel Lumpen brach sie auf dem Estrich zusammen. Der Räuber warf das Mordwerkzeug weg, würgte, ermannte sich und rannte nach oben in die schöne Stube. Er brauchte nicht lange, um alles Wertvolle in einen mitgebrachten Sack zu stopfen. Dann hetzte er aus dem Haus, hetzte dem Kaitersberg zu; verschwand im Schutz des Waldes. In der Küche des Hudlacher Hofes verbrieten die Gewichsten. In ihrem Blut lag die junge Frau, und so fand sie wenig später ihr Gatte.

⋈ ⁕ ⁕ ⁕ ⁕

Aus der Ferne hatte der Hudlacher den Mörder noch wegrennen sehen. Daß ihm jetzt, nachdem er wieder denken konnte, sofort der Heigl in den Sinn kam, war kein Wunder.

„Der Räuber vom Kaitersberg ist's gewesen!" sagte er wenig später vor den Gendarmen aus, nachdem er wie gehetzt hinüber nach Hohenwarth gerannt war. Und er bestätigte diese Aussage einige Stunden darauf auch in Kötzting vor dem Richter: „Der Räuber vom Kaitersberg war's! Der Heigl! Kein anderer!"

Der Amtsrichter gab daraufhin Großalarm im Kötztinger Winkel. Die örtlichen Gendarmen wurden aus ihrer Frühjahrsruhe aufgestört. Weitere Polizisten wurden aus Viechtach, Cham, Straubing und Regensburg angefordert. Als man die Hudlacherin drei Tage später zu Grabe trug, patrouillierten bereits mehr als hundert Uniformierte in der Gegend. Immer näher kamen sie den vom Urwald bedeckten Hängen des Kaitersberges. Und in der Höhle unter dem Gipfel verbargen sich in der Tat Michael Heigl, Resl und der Maulaffenhiasl. Nach ihrer Rückkehr aus Ungarn hatten sie sich einmal mehr in die Bergeinsamkeit geflüchtet.

Doch jetzt lag der Kaitersberg keineswegs mehr verlassen da. Die Gendarmen lauerten in Reitenberg, Arndorf, Traidersdorf und am Birkberg; ebenso natürlich in Hudlach. Mehr als einmal hatte Michael sie aus dem Schutz eines Gestrüpps heraus beobachtet. Eine knappe Woche nach der Beisetzung der Hudlacherin hätte eine Streife ihn um ein Haar entdeckt. Außer Atem kehrte er zur Kaverne zurück, wo seine Gefährten auf ihn warteten. „Wenn wir hierbleiben, werden sie uns früher oder später erwischen!" keuchte er. „Der Mord an der Hudlacherin hat sie rebellisch gemacht wie einen Schwarm Hornissen! Irgendwann werden sie den Berg bis zu den Gipfelsteinen herauf absuchen, dann sitzen wir in der Falle! Wir müssen weg!"

„Aber wohin?" fragte ängstlich das Hütstempendirndl, das seit drei Monaten wieder schwanger war.

„In Böhmen drüben, auf der Landstraße, wär's jetzt zu anstrengend für dich", erwiderte Michael Heigl. „Schon bald hast du wieder einen dicken Bauch. Aber ich weiß ein gutes Versteck auf dem Hohen Bogen. Auch für den Hiasl ist Platz dort..."

„Ich geh' nicht mit!" versetzte da der Maulaffenhiasl. „Der Hohe Bogen ist mir zu gefährlich. Ich geh' weiter weg. In die Oberpfalz hinüber. Dort kennt mich keiner, dort kann ich irgendwo unterschlüpfen."

„Wahrscheinlich ist's wirklich besser, wenn wir uns trennen", stimmte der Schnauzbärtige zu. „Die Polizisten wissen, daß wir in den letzten Jahren immer zusammengewesen sind. Also suchen sie auch nach zwei Mannsbildern und einer Frau. Wenn ich mit der Resl nach Norden geh' und du allein nach Westen, können wir vielleicht unsere Spuren verwischen. Nimm dir mit, was du brauchst, Hiasl. Ich geb' dir auch die lange Büchse, Pulver und Blei dazu. Hab' ja selber immer noch den Stutzen."

Der Maulaffenhiasl bedankte sich mit feuchten Augen. Dann verloren sie keine Zeit mehr. Sie teilten, was sich in der Höhle fand. Als über den Kaitersberg die ersten Nachtschatten krochen, umarmten sie sich noch einmal. Wenig später waren sie in entgegengesetzten Richtungen im Urwald verschwunden.

* * * * *

Ungeschoren erreichten Michael Heigl und Resl das Versteck am Hohen Bogen. Auch der Maulaffenhiasl war wie vom Erdboden verschwunden. Während der Sommer über das Waldgebirge zog, brachten Michael und die Schwangere sich mühsam durch. Der Renegat legte Wildfallen; ließ ab und zu, wenn die Luft rein war, den Stutzen knallen. Im Herbst dann, als Resl bereits schwerfällig geworden war, lief plötzlich eine erstaunliche Nachricht durch das Kötztinger Land, erreichte ein paar Tage später auch den Hohen Bogen: Wie durch ein Wunder hatte man den Mörder der Hudlacher Bäuerin gefangen – und es war nicht der Heigl!

Der erfuhr die Neuigkeit von einem Hausierer, auf den er zwischen dem Schwarzriegel und Hundzell stieß. Ohne daß der Kleinhändler wußte, mit wem er es zu tun hatte, erzählte er: „Alle haben gedacht, der Heigl ist's gewesen, aber dann hat einer zu Viechtach im Wirtshaus gewaltig mit dem Geld herumgeworfen. Ein einfaches Knechtl ist's gewesen, und der Kerl war früher auch einmal beim Hudlacher Bauern im Dienst. Wie er jetzt die Gulden so reichlich hat springen lassen, ist das ein paar anderen verdächtig vorgekommen. Die haben die Gendarmen geholt, und wie die den Burschen gefilzt haben, sind Sachen zum Vorschein gekommen, die in Hudlach geraubt worden waren. Der Halunke hat daraufhin gestanden, daß er die Bäuerin erschlagen hat. Jetzt haben sie ihn schon nach Straubing gebracht, und er wird wohl bald aufs Schafott kommen."

Nachdem Michael Heigl diese Nachricht gehört hatte, atmete er tief durch. Dann drückte er dem Hausierer einen seiner letzten Gulden in die Hand, ließ den verdutzten Kleinhändler einfach stehen und lief in einem Zug zum Hütstempendirndl ins Versteck zurück. „Die Jagd ist abgeblasen! Sie haben den wirklichen Mörder gefangen!" rief er der Resl schon von weitem zu. „Wir können zurück in den Kötztinger Gäu! Jetzt wird man nicht mehr so gnadenlos Jagd auf uns machen wie im Sommer!"

175

Auch die Blonde war erleichtert, wandte jedoch ein: „Wie der Mord geschehen ist, haben sie sofort dich verdächtigt, und so wird's auch in Zukunft sein! Wann immer einer was anstellt, wird's heißen: Der Heigl ist's gewesen! – Manchmal glaub' ich, wir hätten doch besser in Ungarn bleiben sollen. Denn in der Heimat werden wir nie unseren Frieden finden, das hat die Sache mit der Hudlacherin gezeigt."

„Aber das ist doch jetzt ausgestanden", wischte Michael ihre Bedenken weg. „Jetzt muß doch sogar der dümmste Gendarm einsehen, daß ich kein Mörder bin und mir die Hände nicht blutig mache. Jetzt, wo sie den Richtigen gefangen haben..."

„Vielleicht haben sie jetzt erst so richtig Blut gerochen", erwiderte Resl. „Und wollen zum Hudlacher Mörder unbedingt auch noch dich!" Mit ihrem schweren Leib preßte sie sich an ihn. „Angst hab' ich, Michl. Ein Gefühl, als ob bald etwas ganz Schlimmes passieren würde!"

„Das kommt davon, weil du wieder mit einem Kind gehst", versuchte Michael sie zu beruhigen. „Und allein schon wegen deiner Schwangerschaft müssen wir in den Kötztinger Gäu zurück. Hier, in der zugigen Felsspalte, kannst du's nicht zur Welt bringen. Da ist's in unserer Räuberhöhle am Kaitersberg schon gemütlicher. Und wenn es ganz schlimm kommt, haben wir immer noch ein paar Freunde unter den Katenleuten..."

Da gab die Blonde nach – aber die schlimme Vorahnung, von der sie gesprochen hatte, blieb.

* * * * *

Wie sich bald herausstellte, hatte das Hütstempendirndl sich nicht getäuscht. Denn die Häscher hatten jetzt tatsächlich Blut gerochen und wollten ihrem Erfolg mit dem Hudlacher Knecht nur zu gerne einen weiteren hinzufügen. Die Patrouillen blieben in den Weilern und auf den Einöden stationiert. Wenn Michael Heigl auf seine Weise fürs tägliche Brot sorgte, mußte er jetzt sehr weit laufen. Bis Regen und Weißenstein hinüber oder bis Furth hinauf kam er auf seinen Streifzügen. Im November und Dezember ging er auch ein paarmal ins Böhmische, wo er mit Schmuggelgut den einen oder anderen Gulden verdiente.

Dann war es bei der Resl wieder einmal soweit. An einem der letzten Tagen des Jahres 1849 brachte sie ein Mädchen zur Welt. In der Räuberhöhle gebar sie es und hatte wieder einmal nur ihren Geliebten als Geburtshelfer. Doch der Renegat nabelte das Kind nicht schlechter als irgendeine Hebamme ab und brachte es in der

176

Januarmitte in die Viechtacher Gegend, wo er ein geeignetes Bauernpaar wußte. Dem legte er den Säugling in den Stall; sagte dann, gegen das Wohnhaus hin, seinen Spruch auf. Und die Bauersleute nahmen das Kind an und hielten sogar den Mund gegenüber den Gendarmen. Die freilich streiften weiter; auch ins neue Jahr hinein.

Die Polizisten patrouillierten jetzt auch in der Oberpfalz, wo der Maulaffenhiasl auf einmal viel von sich reden machte. In den Jahren zuvor war er immer nur der Mitläufer des Heigl gewesen, doch jetzt, mit der langen Büchse in der Faust, wurde es plötzlich schlimm mit ihm. Mit kleinen Einbrüchen und Wilddiebereien gab er sich nicht mehr zufrieden. Auf sich allein gestellt, wurde er innerhalb weniger Monate zu einem gefährlichen Gewaltverbrecher. Und was er sich schließlich in Arpflet, einem unscheinbaren Weiler in der Chamer Gegend, leistete, sollte ihm das Genick brechen.

Dort war Hiasl in das Anwesen eines Zimmerers eingedrungen und war über die Frau hergefallen, die sich allein im Haus aufgehalten hatte. Mit vorgehaltenem Gewehr hatte er sie aufs Bett gezwungen und gefesselt. Dann hatte er eine Kerze angezündet und die Flamme so lange gegen die Fußsohlen seines Opfers gehalten, bis die Frau ihm verraten hatte, wo das Geld versteckt war. Mit ein paar Gulden Beute war der Maulaffenhiasl hohnlachend verschwunden – doch seine Spur hatte er nicht mehr verwischen können. Im Handumdrehen saß ihm eine Streife aus Cham im Genick.

In Brunndorf stellten sie ihn. Hiasl riß die vom Heigl ererbte Büchse hoch und wollte Widerstand leisten. Doch die anderen waren zu fünft und schlugen ihm die Waffe aus der Hand, noch ehe er den Hahn aufziehen konnte. Auch zwei Pistolen nahmen sie ihm ab, dann legten sie ihn in Eisen.

Joseph Pongratz, genannt Maulaffenhiasl, wurde nach Kötzting gebracht. Dort machte der Richter kurzen Prozeß mit ihm. Er verurteilte ihn zu lebenslanger Kettenstrafe und ließ ihn nach Straubing in den Kerker der dortigen Fronfeste abtransportieren. Auch nach dem Versteck des Heigl hatte der Jurist den Delinquenten eindringlich befragt. Der aber hatte, trotz seines eigenen Unglücks, eisern geschwiegen. Möglich, daß deswegen seine Strafe um so härter ausgefallen war. Doch der Hiasl, obwohl zum Schwerverbrecher geworden, hatte deshalb seinen alten Wandergenossen und Freund noch lange nicht hingehängt. Jetzt vegetierte er im Straubinger Verlies, und die Nachricht von seiner Festnahme und Verurteilung gelangte auf Umwegen zuletzt auch zu Michael Heigl.

Wochenlang schlich Resl mit verheultem Gesicht herum. Auch Michael litt in dieser Zeit wie selten zuvor. Wenn es den Hiasl erwischt hat, kann es auch mir an den Kragen gehen, dachte er nun oft. Wie ein Fingerzeig des Schicksals kam ihm die Einkerkerung des alten Freundes vor. Als ob ihm gezeigt werden sollte, daß der Krug eben nur so lange zum Brunnen gehen kann, bis er bricht.

Oft grübelte der Renegat stundenlang vor sich hin, aber allmählich überwand er den Schock und begann neuerlich zu wildern, zu paschen und zu räubern, denn irgendwie mußte er den Lebensunterhalt für sich und das Hütstempendirndl ja beschaffen. Und wie er den Gendarmen durch die Lappen gehen konnte, wußte er schließlich besser als der Hiasl, der nicht so erfahren gewesen war wie er. So ging das alte Spiel im Kötztinger Winkel weiter: Die Gendarmen pirschten nach wie vor verbissen auf den Räuber Heigl, doch der war letztlich stets der Gerissenere.

KOPFGELDJÄGER

Das Jahr 1850 brachte dem Königreich Bayern scheinbaren Aufschwung. Zumindest äußerlich begann das Land sich glanzvoll zu geben. Zur führenden deutschen Kunstmetropole mauserte sich München. König Maximilian II. versah nicht nur bayerische Maler und Bildhauer mit Aufträgen, sondern förderte auch solche aus dem Norden. Symposien veranstaltete der Monarch grenzübergreifend in seiner Residenz. Süd- und Nordlichter, freilich stets der staatstragenden christlichen Weltanschauung verpflichtet, durften bei solchen Gelegenheiten glänzen. Freigeister waren selbstverständlich nicht zugelassen. Der beste Kopf Bayerns, der Philosoph Ludwig Feuerbach, hatte schon im Jahr 1836 dem akademischen und öffentlichen Leben entsagen und sich in die Verbannung auf ein Dorf bei Ansbach zurückziehen müssen.

Auf seinem Schloß am Starnberger See versammelte Herzog Max in Bayern, der Onkel des Königs und Vater der damals noch kindlichen späteren Kaiserin Sisi, statt dessen vernebelte Schädel um sich. In sehnsüchtiger Erinnerung an das feudale Mittelalter hatte man dort einen Ritterbund begründet; neugotische Schwerter und Morgensterne klirrten auf der herzoglichen Tafel zwischen schäumenden Keferlohern. Während ein veritabler bayerischer Herzog solchermaßen gefühlsduselte, verzeichnete man im industriellen Bayern die sogenannte erste Gründerzeit. Fabriken und Kinderarbeit brachten den adligen und klerikalen Aktionären immer größere Profite ein. Logischerweise wurde das bayerische Steuersystem um eine allgemeine Vermögenssteuer, eine Kapitalrenten- und eine spezielle Einkommensteuer erweitert. Die Erträge freilich kamen nicht denen zugute, welche die Vermögenssteigerungen erwirtschafteten: den Arbeitern und kleinen Leuten, sondern den anderen, die schon immer im Fett gesessen hatten: neuerlich Klerus und Adel. Der Hochadel wiederum, vor allem vertreten durch die Könige von Bayern, Hannover, Sachsen und Württemberg, spielte in diesem Jahr 1850 mit dem Gedanken, ein großdeutsches Reich zu gründen. Das nötige Kapital wäre dank der für einen Hungerlohn schuftenden Arbeiter vorhanden gewesen. Glücklicherweise wurde dieser Herrschertraum – zumindest damals – noch nicht Wirklichkeit. Erst einundzwanzig Jahre später sollte das Unglück dann über Deutschland hereinbrechen.

Immerhin gab es im Oktober dieses Jahres 1850 in München bereits Kolossales in anderer Form zu enthüllen. Die ungeschlachte Statue der Bavaria dräute plötzlich über der Stadt. Protzig hatte man den Münchner Himmel mit einem Bronzeungetüm verschattet, während sich auf dem flachen Land und besonders im Bayerischen Wald das Volk nach wie vor mühsam nach der Decke zu strecken hatte.

* * * * *

Zu kämpfen hatte in diesem Jahr 1850 auch Michael Heigl. Was er und das Hütstempendirndl aus Preßburg hatten retten können, war längst wieder den Weg alles Irdischen gegangen. Hinter Schloß und Riegel saß der Maulaffenhiasl und konnte dem Pärchen auf dem Kaitersberg nicht länger hilfreich zur Seite sehen. Ganz auf sich allein gestellt, mußte der Schnauzbärtige jetzt wieder baldowern. Daß er dabei auf Kötzting verfiel, war kein Wunder. Dort, am Marktrand, war er aufgewachsen, dort hatte er mehrmals in der Zelle gesessen, dort kannte er sich eben am besten aus.

Etwa zur selben Zeit, als in München die neuen Steuergesetze erlassen wurden, stieg der Renegat nächtens ins Kötztinger Amtsgericht ein. Fand sich schnell bis zum Kassenraum durch und machte sich über die große Geldtruhe her, die dort eisenbeschlagen in einer Ecke stand. Doch an dem mächtigen Behältnis versagten die Künste des ehemaligen Schlosserlehrlings: Weder konnte Michael den Geldkasten aufsprengen noch ihn mit sich fortschleppen, denn die schwere Truhe war in den Eichenboden eingeschraubt. Fluchend und erfolglos mühte sich Michael Heigl bis zum Morgengrauen ab. Dann wurde es draußen auf dem Marktplatz allmählich lebendig; durch eines der rückwärtigen Fenster mußte der verhinderte Räuber schleunigst das Weite suchen.

Aus verständlichen Gründen hatte er eine Wut im Bauch; die trieb ihn ein paar Tage rastlos um, während oben auf dem Kaitersberg das Hütstempendirndl auf ihn wartete. In Haibühl schließlich vermochte er dann immerhin den Opferstock der dortigen Kirche zu knacken, und zuletzt tauchte er mit dieser Beute im Wirtshaus von Thening auf, wo sich bereits eine lustige Runde von Landstreichern versammelt hatte.

Daß sich einer am Geldkasten des Amtsgerichts zu schaffen gemacht hatte, war inzwischen auch in dem kleinen Dorf bekannt geworden. „War dir etwa das Kötztinger Truhenschloß zuwider?" begrüßte der Wirt grinsend den Heigl.

„Den Stutzen hätt' ich dabei haben sollen! erwiderte der Schnauzbärtige. „Ein paar Kugeln gegen den Riegel – dann hätten wir jetzt wochenlang saufen können..."

„Oder auch nicht", fiel ein Kraxenhausierer ein. „Denn wenn die Kötztinger Gendarmen die Knallerei gehört hätten, dann würdest du jetzt schon selber hinter einem großmächtigen Riegel sitzen."

„Da ist was dran", erwiderte Michael. „Immerhin hat's dank göttlicher Hilfe bei einem anderen Einbruch geklappt, so daß wir jetzt trotzdem fröhlich sein können!" Er warf Gulden und Kreuzer auf den Tisch und rief dem Wirt zu: „Bier und Schnaps für meine Freunde! Der Haibühler Pfarrherr bezahlt heute alles!"

„Kreuzkruzitürken, das ist der Heigl, wie er leibt und lebt!" rief einer aus der Runde. „Der hat ein Herz für die Armen und ist einer von uns!"

„Was denn sonst?" schrie der Räuber, und dann wurde es schnell lustig im Theninger Wirtshaus.

Bis tief in die Nacht hinein feierte die ausgelassene Horde, und der Kraxenhausierer wußte den Renegaten mit einem wilden Lied über seinen mißglückten Kötztinger Einbruch hinwegzutrösten:

„Am Gnögei haust ein alter Graf,
dort drob'n halt er sein' Geisterschlaf.
Auf oamal rumpelt er umdum,
und haut mit seine Boana rum.
A Schatz steigt auf, is lauter Gold,
und aus is's Gfrett, wer sich den holt.
Drum auf und drauf und hebt's ihn los,
versoffen wird er dann im Gschloß!"

„Heut' versaufen wir bloß eine Handvoll Pfaffengeld, aber bald hol' ich mir wirklich einen Schatz!" schrie Michael Heigl, als der Sänger geendet hatte. „Wenn schon nicht in Kötzting, dann eben in Viechtach, auf dem Rentamt dort. Dort steht auch eine schöne Geldtruhe und die ist nicht am Fußboden festgeschraubt, das weiß ich ganz genau. Weil: Das hat der Maulaffenhiasl noch ausspekuliert, eh' sie ihn in der Oberpfalz gefangen haben."

„Es lebe das Viechtacher Steueramt!" brüllte der Hausierer. Die anderen stimmten ein, und in der Theninger Wirtsstube wurde es immer noch lustiger.

Freilich hockten in der Gastwirtschaft nur die liederlichen Landfahrer; von den Theninger Bauern ließ sich an diesem Tag keiner sehen. Höchstens daß der eine oder andere einmal kurz

181

durch eines der offenstehenden Fenster hereinspähte, wenn er mit einem schwer beladenen Fuhrwerk vorbeikam. Denn es war Erntezeit; die Landwirte hatten keine Muße, um im Wirtshaus herumzusitzen. Und noch weniger die Keuchner, denn sie mußten unter der Aufsicht der wohlhabenden Bauern vom ersten bis zum letzten Tageslicht schuften.

Trotzdem fand irgendein Mißgünstiger Gelegenheit, Michael Heigl bei den Kötztinger Gendarmen hinzuhängen; wer es war, hätte später niemand zu sagen gewußt. Tatsache war indessen, daß nach wie vor mehr als hundert Gulden auf den Kopf des Räubers vom Kaitersberg standen – und mitten in der Nacht polterten plötzlich sechs Uniformierte in die Theninger Gastwirtschaft. Mit drohend erhobenen Gewehren bauten sie sich vor der Tür und den Fenstern auf, während die Saufkumpane des Schnauzbärtigen sich aufgescheucht zusammendrängten. „Wo steckt der Verbrecher?!" überschrie der Kötztinger Brigadier den allgemeinen Tumult.

„Wer denn?" fragte frech der Kraxenhausierer.

„Der Heigl, du Falott!" brüllte der Gendarm und rammte dem anderen den Lauf seiner Waffe in den Magen. Keuchend krümmte sich der Mann zusammen.

„Der Heigl ist nicht da", rief daraufhin tapfer der Wirt.

„Nicht da?!" schnaubte der Brigadier. „Das werden wir schon sehen!"

Das Wirtshaus wurde vom Keller bis zum Dachboden durchsucht. Doch von Michael Heigl fand sich nicht die geringste Spur. Daß er gerade auf dem Häusl gesessen hatte, als die Gendarmen in die Wirtsstube eingedrungen waren, brauchte man den Uniformierten ja nicht unbedingt auf die Nase zu binden. Jetzt jedenfalls war er fort – und hatte seinen Häschern einmal mehr, und diesmal sogar buchstäblich, was geschissen.

In ihrer Wut verhafteten die Polizisten daraufhin die ganze Landstreicherhorde, die dank der Spendierfreudigkeit des Schnauzbärtigen mächtig angetrunken war. Daß der nächtliche Zug nach Kötzting hinüber daher ziemlich lustig und lautstark verlief, war daher kein Wunder.

Michael Heigl indessen war genau in die entgegengesetzte Richtung gerannt. Und kurz vor Morgengrauen drang er ins Viechtacher Rentamt ein; ganz wie er es in der Theninger Gastwirtschaft prophezeit hatte. Diesmal glückte ihm der Raubzug. Der Viechtacher Kasten mit den Steuergeldern war nicht am Fußboden festgeschraubt und war auch sonst nicht so unhandlich wie der Kötztinger. Der Renegat konnte ihn davon und hinauf auf den Kaitersberg schleppen; dort krachte dann eine Kugel aus dem Stutzen gegen das Vorhängeschloß. Und damit hatten der Räuber und das Hütstempendirndl wieder für eine Weile ausgesorgt.

Die Obrigkeit freilich schäumte. Bis nach München mußte der Raub der Viechtacher Rentamtskasse gemeldet werden. Aus der Hauptstadt kam zuletzt der Erlaß, daß das Kopfgeld in Sachen Heigl auf zweihundert Gulden aufgestockt werden müsse – und damit hob nun die große Zeit der Kopfgeldjäger an.

* * * * *

Beinahe unablässig streiften die Polizisten im Herbst und Winter 1850; nicht anders war es im 51er Jahr. Aus halb Bayern waren zusätzliche Gendarmen ins Waldgebirge abgestellt worden. Ungefähr zweihundert Uniformierte – ebensoviele wie Gulden auf Michael Heigls Kopf standen – patrouillierten jetzt Tag und Nacht. Doch trotz des riesigen Aufgebots blieb der Renegat letztlich ungeschoren, denn ebenso wie er hatten auch die Uniformierten gewisse menschliche Schwächen...

Schuld an der Misere trugen vor allem die zweihundert Gulden. Dieses Vermögen wollten sich die meisten Polizisten am liebsten ungeschmälert unter den Nagel reißen, ohne später mit den Kameraden teilen zu müssen. Infolgedessen lief so ziemlich jeder auf eigene Faust los und wachte eifersüchtig darüber, daß ihm kein anderer Uniformierter in die Quere kam. So wimmelte es im Kötztinger Gäu zwar von Gendarmen, doch das Netz vermochten sie nicht zuzuziehen, weil der eine nie wußte, was der andere tat. Immer wieder schlüpfte Michael Heigl durch die Maschen und drehte der Staatsmacht eine lange Nase. Wurde der Boden doch einmal zu heiß, verschwand er einfach für eine Weile ins Böhmische hinüber, und das Hütstempendirndl lief mit ihm. Die übereifrigen Kopfgeldjäger wiederum verhafteten im Verlauf dieser Monate eine ganze Reihe Unschuldiger, die außer einer gewissen Ähnlichkeit nichts mit dem Schnauzbärtigen gemeinsam hatten. Über solchen Reinfällen für die Gendarmen verstrich das 51er Jahr, und immer noch waren der Renegat und seine Geliebte auf freiem Fuß. 1852 allerdings ließ sich die Obrigkeit etwas Neues gegen den Räuber vom Kaitersberg einfallen.

Die Staatsmacht blies zu einer allgemeinen Treibjagd auf Michael Heigl. In den Dörfern des Bayerwaldes wurden scharf formulierte Erlasse angeschlagen und zusätzlich von den Kirchenkanzeln herunter verkündet. Besonders betroffen waren die

Bauerngemeinden, die rund um den Kaitersberg lagen. Die dortigen Bürgermeister wurden verpflichtet, aus allen wehrfähigen Männern und Burschen Suchmannschaften zusammenzustellen. Denen wurde ein Trupp Gendarmen beigegeben, und dann begann die Jagd. Mit alten Flinten, Sensen und Prügeln bewaffnet, marschierten die Aufgebote in die Wälder hinein; voran die Uniformierten mit ihren schweren Büchsen. Doch sonderlich willig zur Menschenjagd zeigten sich die Zivilisten nicht. Vor allem die Kleinbauern und Keuchner standen innerlich auf der Seite des Räubers. Zwar durchstreiften sie die Wälder und führten die Polizisten manchmal sogar recht nahe an den Gipfel des Kaitersberges heran – aber immer nur dann, wenn sie von Verwandten oder Freunden in anderen Dörfern gehört hatten, daß der Schnauzbärtige selbst nicht in der Nähe war.

So kostete diese Art der Treibjagd die Gendarmen viel Schweiß, brachte aber kein Ergebnis, und als das Jahr 1852 in seinen Herbst kam, befand sich Michael Heigl noch immer auf freiem Fuß. Ja, er schien nun immer wilder und gefährlicher zu werden; zumindest in der Einschätzung der Uniformierten, die es eben nicht besser wußten.

* * * * *

Einsam stand die Irlmühle da; nur ein älteres Ehepaar hauste recht und schlecht in dem Gebäude mit dem oberschlächtigen Wasserrad. In der Nacht vom neunten auf den zehnten Oktober hörten der Müller und sein Weib plötzlich ein Geräusch. Jemand riß und hebelte unten an der Haustür herum.

Unter der Bettstatt hatte der Müller ein Beil verborgen. Jetzt tastete er zittrig danach, doch ehe er es an sich bringen konnte, krachte unten die Tür auf. Kaum eine Minute später stürzten zwei Burschen in die Schlafkammer, zerrten das erschrockene Paar aus dem Bett, versetzten dem Mann ein paar derbe Schläge und forderten: „Geld her!"

„Wir haben doch gar nichts im Haus!" jammerte die Müllerin; gleichzeitig versuchte sie, sich die Gesichter und Gestalten der Einbrecher einzuprägen. Untersetzt war der eine; groß, hager und dunkelhaarig der andere. „Gar kein Geld haben wir da, ich schwör's bei der Muttergottes!"

Da zog der Hagere eine Pistole aus der Tasche und ließ den Hahn knacken. „Eine Kugel schieße ich dir zwischen die Augen, wenn du mich noch einmal anlügst!" schrie er.

„Auf dem Dachboden – in der alten Kommode..." keuchte da in Todesangst der Irlmüller. „Holt's euch – aber laßt uns das Leben!"

Der mit der Pistole grinste, verschwand augenblicklich nach oben. Der andere warf den Müller zurück aufs Bett und fesselte ihn an den Pfosten. Gleich darauf band er auch die Frau fest. Dann ging er zum Fenster und spähte in die Dunkelheit hinaus, ob dort nicht etwa ein ungebetener Zeuge auftauchte. Dem betagten Ehepaar hatte er auf diese Weise den Rücken zugewandt.

Die Fesseln der Frau saßen nicht richtig. Es gelang ihr, zuerst den einen, dann auch den anderen Arm frei zu kriegen. Hastig beugte sie sich unter die Bettstatt und bekam das Beil zu fassen. Mit einem irren Funkeln in den Augen sprang sie auf und schwang die Axt gegen den Schädel des Einbrechers. Der fuhr im letzten Moment herum. Der Hieb ging fehl, streifte ihn nur an Wange und Schulter; trotzdem spritzte sofort das Blut.

„Hundsmatz!" schäumte der Räuber, entriß der Frau das Beil und schlug sie mit der flachen Schneide besinnungslos. Der Müller lief blau an und schien kurz vor einem Schlaganfall zu stehen. Wie tot lag seine Gemahlin auf dem Flickenteppich neben dem Bett.

Der zweite Ganove kehrte zurück. Mit einem einzigen Blick erfaßte er, was geschehen war. Er versetzte der Frau einen brutalen Fußtritt und reckte einen alten, vielfach gestopften Socken, in dem es metallisch klirrte, gegen den Müller hin. „Ist das euer ganzes Geld?!" schrie er den Alten an.

„Ja! Bei meiner Ehr' und Seligkeit!" keuchte der Mann.

„Auf die ist geschissen!" schrie der verwundete Einbrecher. Er wandte sich seinem Kumpan zu. „Trau' ihm nicht! Los, wir durchsuchen das ganze Haus!"

Dies geschah. Doch viel Wertvolles fanden die beiden Räuber nicht mehr. Lediglich eine Spieldose mit einem Gehäuse aus Elfenbein, einen Augsburger Taler aus dem Jahr 1626 sowie ein paar andere Kleinigkeiten. Zurück in der Schlafkammer, schnürte der Hagere die Sachen in ein Bündel. „Wenn ihr uns bei der Polizei hinhängt, zünden wir euch das Dach über dem Kopf an!" drohte der Untersetzte.

Gleich darauf waren die beiden Burschen verschwunden; so schnell wie sie gekommen waren. Die neblige Herbstnacht verschluckte sie. In der Schlafstube befreite sich der Müller, bemühte sich um sein Weib und brachte die betagte Frau zuletzt wieder zu sich. Den Rest der Nacht beratschlagten die beiden hin und her. Am Morgen entschlossen sie sich, die Gendarmen zu verständigen – trotz der Drohung des einen Räubers.

„Zwei waren es. Und der eine, der Große, kann der Heigl gewesen sein", gab der Irlmüller in Kötzting zu Protokoll. Dann beschrieb er dem Brigadier die Spieldose und den Augsburger Taler haargenau.

„Damit können wir den Schwerverbrecher überführen, wenn wir ihn geschnappt haben", sagte zuletzt der Gendarm.

„Ja, falls ihr ihn erwischt", räsonierte die Müllerin, die sich schon wieder ganz gut erholt hatte.

* * * * *

Nach wie vor war der Kopf des Michael Heigl zweihundert Gulden wert, und die Untat in der Irlmühle bewirkte ein übriges. So mancher, der dem Renegaten bisher die Stange gehalten hatte, zeigte sich jetzt empört. Ein Raubüberfall auf ein Rentamt oder einen Protzbauernhof war eine Sache. Anders sah es aus, wenn einer wie der keineswegs wohlhabende Irlmüller das Opfer war und dazu auch noch ein altes Weib malträtiert wurde. Deshalb arbeiteten diesmal zahlreiche Bauern mit den Uniformierten zusammen, und als sich in der Gegend von Hohenwarth zwei Burschen sehen ließen, auf welche die Beschreibung der Müllersleute paßte, wußten die Polizisten schon eine Stunde später Bescheid. Sechs Mann hoch, rückten sie in den Wald aus und griffen zu. In der Tat waren ihnen die beiden Räuber von der Irlmühle ins Netz gegangen; die Spieldose und der Augsburger Taler, die man bei ihnen fand, bewiesen es. Dumm war nur eines: Daß es sich bei dem Hageren nicht um den Heigl handelte.

Vielmehr nannte sich der Gauner Peter Laumer, und sein Komplize hieß Michael Raimer. Unbekannt waren die beiden dem Kötztinger Richter immerhin nicht. Auch sie hatten einiges auf dem Kerbholz; zusammen mit der Schandtat in der Irlmühle würde es für zehn bis fünfzehn Jahre in der Straubinger Fronfeste reichen. Dorthin wurde das Duo bald darauf abtransportiert, doch zum Leidwesen des Kötztinger Richters befand sich Michael Heigl nach wie vor auf freiem Fuß.

Mehr noch: Die Stimmung in der bäuerlichen Bevölkerung, die bereits gegen ihn gerichtet gewesen war, hatte sich nun erneut gewandelt. Was den Raubüberfall in der Irlmühle anging, war der Renegat vom Kaitersberg unschuldig gewesen. Jetzt behaupteten viele, sie hätten ihm ein solches Verbrechen überhaupt nie zugetraut. Der Heigl sei schließlich keiner, der auf alte, wehrlose Leute loszugehen pflege. Der hole sich seine Beute vielmehr bei den wahren Gaunern: den Gutsbesitzern, Prälaten und Steuereintreibern. So kam es, daß Michael Heigl in den Köpfen und Herzen

186

der Menschen im Bayerwald wieder der wurde, der er auch vorher gewesen war: der Volksheld und edle Räuber, den es nicht zu jagen, sondern nach Möglichkeit zu schützen galt.

Rasch hatte sich die Meinung der einfachen Bevölkerung wieder geändert; ganz richtig war sie trotzdem nicht. Denn zwar war der Schnauzbärtige kein skrupelloser Gewaltverbrecher wie der Raimer oder der Laumer, aber er war auch kein Held; kein edler Ritter oder Robin Hood des Waldgebirges. Er war letztlich schlicht ein Ausgestoßener, dem die Herrschenden keine Chance zur Verwirklichung seiner bescheidenen Träume gelassen hatten. Einer, der deswegen ein wildes Leben abseits der gewöhnlichen Pfade zu führen gezwungen war – und der sich trotz allem bemühte, anderen armen Teufeln kein Unrecht zu tun. Doch das genügte, um den Nimbus entstehen zu lassen. Denn auf diese Weise lebte Michael Heigl anständiger als so mancher, der scheinbar die Moral für sich gepachtet hatte, in Wahrheit aber die Menschen ärger schädigte, als dies einem einfachen Räuber jemals möglich gewesen wäre.

Die Herrschenden jedoch hetzten den Renegaten weiterhin. Gerade weil er am Überfall auf die Irlmühle unschuldig gewesen war, haßten sie ihn jetzt um so mehr. Blamiert fühlten sie sich; tückisch wurden sie, weil das Volk über ihren Irrtum lachte. Deswegen mußte der Räuber vom Kaitersberg jetzt schärfer denn je gejagt werden. Damit die Herrschenden von ihren eigenen Fehlern und Irrtümern ablenkten konnten. Weil sie zudem einen Sündenbock brauchten, um vieles andere, was im Land nicht stimmte, verschleiern zu können. Deswegen gaben sie sich in diesem Herbst und Winter des Jahres 1852 nicht damit zufrieden, den Raimer und den Laumer gefangen zu haben, sondern sie wollten jetzt auch noch den Heigl haben; koste es, was es wolle. Und so vermehrte sich die Zahl der Kopfgeldjäger im Kötztinger Winkel weiter.

* * * * *

Das einfache Volk schützte Michael Heigl nach wie vor. Doch die Obrigkeit, die Protzbauern und der Klerus wollten ihn jetzt um jeden Preis in Ketten oder tot sehen. So kam es, daß nun neben den Gendarmen auch Rudel betuchter Bauern zu streifen begannen. Eine dieser Horden kämmte, von Neukirchen her kommend, im Spätherbst die Wälder am Hohen Bogen durch – und stieß dort auf einen Verwilderten, der sich im Schutz einer Felswand einen offenbar schwarz geschossenen Hasen am offenen Feuer briet.

Die Neukirchener Bauern hielten sich in Deckung. Der abgerissene Kerl am Feuer bemerkte sie nicht. Er wurde auch nicht gewahr, wie zwei wieder wegschlichen, nachdem sie mit den anderen geflüstert hatten. Die beiden liefen in einem Zug bis Hohenwarth und alarmierten den dortigen Polizeiposten. Noch in der gleichen Nacht hetzten die Gendarmen den Berg hinauf. Der Verwilderte schlief inzwischen am erloschenen Feuer. „Dort ist er, der Heigl!" raunte einer der zurückgebliebenen Bauern, als die Uniformierten und ihre Zuträger im Versteck angelangt waren. „Jetzt könnt ihr ihn packen!"

Die Polizisten taten es. Sie warfen sich über den Schlafenden, schlugen ihn zusammen und fesselten ihn. „Haben wir dich endlich, Heigl!" brüllte der Brigadier, der den Renegaten nie von Angesicht gesehen hatte.

Verstört keuchte der Überfallene: „Aber ich bin nicht der Heigl! Ich schwör's!!"

Für die vermeintliche Lüge erntete er weitere Schläge. Dann wurde er hinunter nach Hohenwarth und am nächsten Tag nach Kötzting gebracht. Dort kam es zu einer weiteren unerhörten Blamage für die Obrigkeit.

Denn der Richter ließ den vermeintlichen Räuber ausreden, als er abermals behauptete, nicht Michael Heigl zu sein. So konnte der abgerissene Kerl seine Geschichte vorbringen. „Ich hab' mich im Wald aufgehalten, um dem Heigl einen Hinterhalt zu legen", berichtete er. „Ich hab' gedacht, wenn ich mich als Wilderer verkleide, schöpft der Heigl keinen Verdacht, falls ich ihn treffen sollte. Und wenn ich dann sein Vertrauen gewonnen hätte, dann hätte ich ihn unversehens überwältigt..."

„Himmel nochmal, wer bist du denn dann?" schrie ihn der Richter an.

„Lutz heiße ich", erwiderte der andere. „Und ich stehe als Königlich Bayerischer Geheimgendarm in Landshut im Dienst. Der dortige Kriminalhauptmann hat mich hergeschickt, damit ich den Heigl fange..."

„Sie Riesenroß, Sie blödes!" schnauzte der Richter. „Ist es Ihnen denn gar nicht in den Sinn gekommen, zuvor mich und die hiesige Gendarmerie zu informieren?!"

„Nein", bekannte der Geheimpolizist.

„Dann fahren Sie auf der Stelle zurück nach Landshut und melden Ihrem Vorgesetzten, was für eine Dummheit Sie hier angestellt haben!" brüllte ihn der Richter an. „Und sagen Sie ihm, daß er mir ja keinen Deppen wie Sie mehr herschicken soll! Das ist doch die größte Blamage, die mir in meinem ganzen Leben passiert ist! Was glauben Sie, wie die Bauern jetzt wieder über uns herziehen werden. Bis gestern haben wir wenigstens die großen Hofbesitzer noch auf unserer Seite gehabt, doch das könnte sich sehr schnell ändern, wenn die erfahren, welche Idioten die Regierung gegen den Heigl ins Feld schickt. Die Bauern lachen sich doch halbtot über uns. Und der Heigl selbst ist wieder einmal der große Sieger, der Volksheld! – Raus mit Ihnen! Raus, ehe ich mich vergesse!"

Ausgesprochen kleinlaut zog der Geheimpolizist ab. Selbstverständlich kam die Geschichte bald auch Michael Heigl zu Ohren. Und der freute sich königlich darüber, während er an der Seite der Resl gemütlich auf dem Strohsack in der Höhle unter dem Gipfel des Kaitersberges lag.

* * * * *

Der Kötztinger Richter dagegen zermarterte sich den Schädel, wie die peinliche Scharte wieder auszuwetzen sei. Zuletzt fiel ihm der Fendl ein; jener Jugendfreund des Renegaten, der zusammen mit Michael Heigl nach dessen Ramsrieder Zeit für eine Weile als Landstreicher unterwegs gewesen war. Später war dieser Martin Fendl immer mehr auf die schiefe Bahn geraten. 1850 oder 1851, der Richter wußte es nicht mehr so genau, war er nach einer Reihe von kläglichen Diebereien ins Ebracher Arbeitshaus gesteckt worden. „Dort könnte man ihn jetzt wieder herausholen, wenn er bereit wäre, der Gerechtigkeit einen Dienst zu tun", murmelte der Richter. Ein Plan – vielleicht nicht ganz legal, aber was machte das schon – hatte sich in seinem Kopf auszuformen begonnen. Und schon ein paar Tage später veranlaßte der Kötztinger Jurist alles Nötige.

Martin Fendl, genau wie Michael Heigl inzwischen zum Mittdreißiger geworden, wurde per Schub nach Kötzting gebracht. Heimlich geschah es; zu nächtlicher Stunde betrat er das Gerichtsgebäude, wo er bereits erwartet wurde. Der Richter bot ihm einen Stuhl an, fixierte ihn dann lange und scharf, bis die Spannung für den Fendl beinahe unerträglich geworden war. Als sich seine hagere Gestalt unter dem Blick des Juristen zu krümmen begann, sagte der: „Du hast noch drei Jahre im Arbeitshaus abzudienen, nicht?"

Martin Fendl bestätigte es unterwürfig.

„Eine lange Zeit!" insistierte der Richter. „Aber man könnte dir die Strafe vielleicht auch erlassen..."

189

„Erlassen...?! Wie...?!" Der Sträfling verschluckte sich vor Aufregung. Manische Hoffnung und dazu ein kriecherischer Ausdruck standen jetzt in seinen unsteten Augen. „Wie, Herr?" wiederholte er.

„Wenn du mir hilfst, den Heigl zu fangen, kommst du auf der Stelle frei!" erwiderte der Jurist. Nun lächelte er sogar. „Du bist doch einmal mit ihm befreundet gewesen, nicht wahr?"

Martin Fendl erinnerte sich an den unguten Vorfall in Lam. „Das ist lange her", sagte er zögernd. Seine Augen wirkten jetzt ängstlich. „Und den Heigl fangen – das ist nicht einfach..." Er rutschte auf seinem Stuhl hin und her. „Das kann sogar gefährlich werden, wenn das einer wie ich versucht! Wenn's schiefgeht, sticht er mich am End' noch ab, der Heigl! Ein Wilder ist das, ein Mörder..."

„Du willst mir also nicht helfen?!" Die Frage des Richters kam wieder scharf und ungnädig.

Der Sträfling zog den Kopf zwischen die knochigen Schultern und schwieg.

Der Jurist spielte mit seinen Schreibutensilien. Ganz leise insistierte er endlich: „Das Arbeitshaus in Ebrach ist nicht allzu schlimm, gell Fendl? Da gibt's andere in Bayern, in denen solche wie du härter angepackt werden, das weißt du doch, Fendl, nicht? Weißt du auch, daß es mich nur einen Federstrich kosten würde, dich in ein solches Haus zu schicken? Wo du drei Jahre lang die Hölle auf Erden hättest? Weißt du das, Fendl?!"

Der kleine Gauner schluckte krampfhaft. Endlich brachte er heraus: „Wie sollt' ich es denn anstellen, den Heigl zu fangen?"

„Aha, du hast begriffen!" Nun klang die Stimme des Richters erneut freundlich. „Du willst mir also helfen, weil du eingesehen hast, daß es besser für dich ist. – Ja, und wie du es anstellen sollst, das werde ich dir schon erklären. Angenommen, du wärst wieder auf freiem Fuß. Würdest du dir dann zutrauen, irgendwie mit dem Heigl Kontakt aufzunehmen?"

Der Sträfling überlegte. „Ich müßt' mich bei den Keuchnern um den Kaitersberg herumtreiben", sagte er dann stockend. „Müßte denen erzählen, daß ich aus dem Arbeitshaus ausgebrochen bin." Allmählich sprach er flüssiger. „Und ihnen auch vormachen, daß ich dort ein großes Ding ausbaldowert hab'. Daß man, zum Beispiel, an einem bestimmten Ort leicht einen Einbruch machen könnt'..."

„Sehr gut!" lobte der Jurist. „Du müßtest den Leuten aber auch sagen, daß du das Ding nicht allein drehen kannst. Daß du einen

190

wie den Heigl dazu bräuchtest. Und wenn er dann darauf an-
springt..."

„Dann verrat' ich ihn!" fiel Martin Fendl ein, grinste jetzt sogar.
„Eigentlich ist's ja ganz einfach. – Bloß den Heigl darf man dann
nicht mehr in meine Nähe lassen, wenn man ihn erst einmal geschnappt hat! Das müßt Ihr mir versprechen, Euer Ehren!"

„Er wird keine Gelegenheit mehr bekommen, sich an dir zu
rächen", versicherte der Richter. „Also, dann gilt es, Fendl! Heute
nacht bist du aus dem Ebracher Arbeitshaus entsprungen. Deine
Kluft behältst du an. Das macht deine Geschichte um so glaub-
würdiger. Zum Leben bekommst du Geld von mir. Kannst ja den
Keuchnern sagen, du hättest es irgendwo gestohlen. Und wenn es
mit der Festnahme geklappt hat, bist du wieder ein anständiger
Mensch. Kannst dann ein neues Leben anfangen."

Der Sträfling nickte, und jetzt glänzten seine Augen.

„Das Kopfgeld gehört dir auch, wenn du es schaffst", setzte der
Jurist großzügig hinzu.

„Damit könnt' ich mir eine Wirtschaft kaufen!" frohlockte der
Arbeitshäusler und schien jetzt direkt begierig darauf, sein ge-
fährliches Spiel so schnell wie möglich zu beginnen.

* * * * *

Schon wenige Tage später, Martin Fendl drückte sich zwischen
Berghäuser und Gotzendorf herum, stellte ihn Michael Heigl. Aus
einem Gebüsch heraus sprang er plötzlich auf den verschneiten
Weg. „Da schau her, der Fendl", sagte er leichthin. „Ich hab'
gehört, du suchst mich..."

Schnell überwand der Verräter seinen ersten Schreck und gau-
kelte dem Schnauzbärtigen aufrichtige Wiedersehensfreude vor.
Den unliebsamen Vorfall in Lam vor vielen Jahren erwähnte er
mit keinem Wort. Vielmehr tat er ganz so, als seien er und der
Räuber vom Kaitersberg die ganze Zeit über die besten Freunde
gewesen. Als Michael Heigl es hinnahm, legte der Fendl seinen
sorgfältig vorbereiteten Köder aus.

„Im Viechtacher Rentamt sind sie so leichtsinnig wie früher",
erklärte er verschwörerisch. „Der Geldkasten dort läßt sich immer
noch ganz leicht wegtragen. Und du hast ja schon Erfahrung darin, Michl. – Was meinst, wenn wir dort noch einmal einsteigen
würden? Im Arbeitshaus hab' ich von einem gehört, daß gerade
jetzt viel Geld in der Steuerkasse liegt. Er wollt' sie eigentlich
selbst holen, aber dann haben sie ihn wegen einer anderen Sach'
geschnappt..."

„Und warum machst du den Einbruch nicht allein?" wollte der Schnauzbärtige, ein wenig mißtrauisch, wissen.

„Weil ich zu unerfahren in solchen Sachen bin", erwiderte der andere scheinheilig. „Ich hab's zwar ausbaldowert, aber nur mit dir zusammen hätt' die Sach' Hand und Fuß. Du bist der berühmte Heigl, nicht ich..."

Nun grinste der Räuber vom Kaitersberg. Dann streckte er dem Lockvogel die Hand hin. „Das Geld könnt' ich schon brauchen", sagte er, als Martin Fendl einschlug. „Wird wieder ein harter Winter werden für mich und die Resl..."

„Ein ewiges Hungerleiden ist's bei uns im Wald", nickte der Arbeitshäusler. „Auswandern müßt' man. Auf ein Schiff gehen und nach Amerika hinüberfahren. – Mit dem Viechtacher Geld könnten wir's schaffen, Michl!"

„Amerika", murmelte der Renegat. „Das Hütstempendirndl hat auch schon öfter davon geredet. Aber ob's drüben wirklich besser wäre? Ist halt doch ein fremdes Land, und wie's unsereinem da ergehen kann, das haben wir in Ungarn gemerkt." Nachdenklich spielte Michael mit seinem Stilett, zog es halb aus der Scheide, stieß es wieder zurück, fuhr mit dem hornigen Fingernagel über den Griff. „Amerika..." murmelte er dabei noch einmal.

Martin Fendl war zufrieden. Er hatte seinem ehemaligen Fechtbruder, den er nun verraten wollte, etwas zum Nachdenken gegeben. Hatte ihn mit dem Traum vom Auswandern noch heißer auf die Viechtacher Rentamtskasse gemacht. „Zuerst einmal müssen wir das Ding drehen", sagte er jetzt. „Was meinst du, wann sollen wir es anpacken?"

Michael Heigl bedachte sich nicht mehr lange. „In drei Tagen ist Neumond", erklärte er. „Dann steigen wir ins Rentamt ein. Bis dahin trennen wir uns wieder und lassen uns möglichst von keinem sehen."

„Und wo treffen wir uns dann?" wollte der Fendl wissen.

„Auf dem Predigtstuhl oben", bestimmte Michael. „Um die Mittagszeit. Dann sind wir gemütlich in Viechtach, bis es Mitternacht wird."

* * * * *

Den Stutzen unter dem Arm, stieg Michael Heigl drei Tage später zum Predigtstuhl hinauf. Es war noch nicht ganz Mittag, als er den Gipfel erreichte. Vom Fendl war weit und breit nichts zu sehen. Beinahe eine Stunde verstrich, und der Räuber vom Kaitersberg wurde bereits ungeduldig, ehe sich der andere endlich zeigte. Schwer atmend legte er die letzten Meter zurück und stieß hervor: „Da bin ich!"

„Spät bist du dran", erwiderte Michael. „Ist dir was dazwischengekommen?"

„Gar nichts", beteuerte der andere. „Bloß der Weg hier herauf, durch den Schnee, ist halt recht hart gewesen."

„Wirst du etwa schon alt?" scherzte der Schnauzbärtige.

„Im Arbeitshaus haben wir halt wenig Auslauf gehabt", seufzte der Fendl. „Aber jetzt laß uns gleich weitergehen nach Viechtach, damit wir die Zeit wieder hereinholen."

„Dann komm!" sagte Michael und schickte sich an, den direkten Weg den Berg hinunter einzuschlagen. Martin Fendl jedoch schlug vor: „Dort drüben durch die Schlucht wär's sicherer. Nicht, daß uns am End' noch ein Jäger oder ein Holzknecht sieht und uns später hinhängt..."

„Von mir aus", antwortete der Schnauzbärtige arglos und folgte dem anderen seitlich den Berg hinunter. Sie gingen damit genau den Weg, den der Fendl zuvor auch heraufgekommen war.

Die Klamm nahm sie auf. Mächtige Tannen und Fichten standen da, mit schweren Schneebärten auf den ausladenden Flechten. Ab und zu rutschte und polterte eine naßkalte Last zu Boden. Einmal sahen die beiden ganz in der Nähe einen Bock wegspringen. Doch der Stutzen des Renegaten ruckte nicht hoch; heute war er auf ein wertvolleres Wild aus.

An einer Stelle, wo sich die Schlucht nach einem Engpaß wieder zu einem kleinen Kessel erweiterte, rutschte Michael auf einer vereisten Baumwurzel aus. Einen Lidschlag vorher war der Fendl plötzlich hinter einen Felsblock gesprungen. Im Fallen sah Michel Heigl die Gendarmen aus ihren Verstecken rennen und begriff schlagartig, daß der andere ihn absichtlich in die Falle geführt hatte.

Noch im Sturz zog er den Gewehrhahn auf. Rollte sich herum und fand Deckung hinter einer Schneewächte. Von links und rechts hasteten die Uniformierten heran, schwere Büchsen in den Fäusten. Als Michael aufsprang, um zurück gegen den Berggipfel zu rennen, knallte es dumpf. Einer der Gendarmen hatte sein großkalibriges Podewils-Gewehr abgefeuert. Die Kugel riß hart über dem Schädel des Renegaten einen Ast ab. Doch der Räuber selbst gewann die Klamm jenseits des Engpasses. Das Ausrutschen auf der Baumwurzel hatte ihm eine Chance gegeben. Wäre er nur ein paar Meter tiefer in den Schluchtkessel hineingeraten, hätte er keine Möglichkeit zur Flucht mehr gehabt; er wäre umzingelt gewesen. So aber konnte er jetzt mit Hilfe seiner eigenen Waffe den Zugang zum oberen Teil der Klamm kontrollieren.

„Halt!" brüllte er. „Keinen Schritt weiter! Sonst hat der erste meine Kugel im Schädel!"

Wie ein Mann warfen sich die Polizisten in den Schnee, suchten hinter Baumstämmen und Felstrümmern Schutz. Dann erklang neuerlich die Stimme des Renegaten: „Hast mich in einen Hinterhalt locken wollen, Fendl, du Verräter! Wolltest mich an die Gendarmen verkaufen, du Drecksack! Aber da hast du dich gebrannt! Den Heigl fangt ihr nicht! Niemals!"

Er griff unter seinen Mantel, zog eine Pistole hervor und gab Feuer. Das Projektil traf den Felsen, hinter dem sich der Lockvogel verkrochen hatte; sirrte als Querschläger zwischen die Bäume. „Wenn ich dich in die Finger kriege, Fendl, bringe ich dich um!" schrie der Schnauzbärtige.

Drei, vier dröhnende Detonationen aus den schweren Läufen der Podewils-Gewehre waren die Antwort. Die Kugeln schlugen dort ein, wo Michael Heigl eben noch gewesen war. Doch jetzt hetzte der Räuber bereits ein Stück weiter oben den Schluchthang hinauf. Nur als flüchtiger Schatten war er zwischen den Baumstämmen sichtbar, war dann ganz verschwunden. War eingetaucht in die Wildnis, in der er sich zu bewegen wußte wie kein zweiter.

Die Uniformierten verfolgten ihn nur halbherzig. Nachdem der Heigl sich scheinbar in Luft aufgelöst hatte, konnte er jetzt überall sein; von überall her konnte ein plötzlicher Schuß fallen. Bis zum Abend trieben sich die Polizisten, immer vorsichtig in der Gruppe, auf dem Predigtstuhl herum. Den vor Angst schlotternden Fendl schleppten sie mit. Doch von Michael Heigl fand sich keine Spur mehr. Der war längst in Richtung auf den Kaitersberg verschwunden.

Nur den Lockvogel brachten die Gendarmen zuletzt zurück nach Kötzting. Und dort bekam er dann den verdienten Lohn für sein Verräterspiel. „Wenn du noch einmal mit dem Heigl zusammentriffst, ist dein Leben keinen Pfifferling mehr wert!" sagte der Richter zu ihm, nachdem die Gendarmen Bericht erstattet hatten. „Er hat dir selbst angedroht, daß er dich umbringt! Deswegen glaube ich, daß es für dich am sichersten ist, wenn wir dich wieder ins Arbeitshaus stecken. – Oder bist du anderer Meinung?"

Da brach Martin Fendl zusammen. Er hatte begriffen, daß er sich besser auf die Seite des Renegaten geschlagen hätte, statt sich gegen ihn zu stellen. Hätte er sich dem Schnauzbärtigen gegenüber aufrichtig gezeigt, wären sie vielleicht wirklich nach Amerika gekommen und hätten dort ein neues Leben beginnen können. Doch jetzt bot das Dasein für den Fendl gar keine Perspektiven mehr. In der Freiheit drohte ihm die Rache des Heigl – und im Arbeitshaus würde er abermals lebendig begraben sein. Am besten ist's wahrscheinlich, ich hänge mich gleich auf, dachte Martin Fendl benommen.

Doch auch dazu war der Verräter nicht fähig. Statt dessen verlöschte sein verkorkstes Leben ganz einfach in der Besserungsanstalt des Staates; im Arbeitshaus, das noch nie irgend jemanden zu bessern vermocht hatte. Einige Monate, ehe Martin Fendl entlassen werden sollte, erkrankte er und starb. Er war keine vierzig Jahre alt geworden, und schon lange zuvor war er nur noch ein Wrack gewesen. Weil er sich zum Werkzeug der Staatsmacht hatte erniedrigen lassen, war etwas in ihm zerbrochen. Etwas Lebenswichtiges: die Achtung vor sich selbst. Der Verlust dieser Selbstachtung war letztlich schuld am frühen Tod des Martin Fendl, und Michael Heigl brauchte die Hand deswegen gar nicht gegen ihn zu erheben.

Aber auch den Räuber vom Kaitersberg hatte das Erlebnis am Predigtstuhl geprägt. Immer weniger Menschen traute Michael Heigl jetzt noch. Zwar wußte er, daß viele Keuchner und andere kleine Leute noch immer auf seiner Seite standen, doch der Renegat nahm ihre Hilfe jetzt mit schrofferem Gemüt und bedeutend vorsichtiger als früher an. Immer mehr wurde er nun zum Einzelgänger. Nur einen einzigen Menschen gab es noch, dem gegenüber er sich vorbehaltlos zu öffnen vermochte. Das war die Resl, die ihm nach wie vor ihre wilde und letztlich aussichtslose Liebe schenkte.

DER IGLHAUT

Im März des Jahres 1853 lacht Michael Heigl erstmals wieder, wenn auch mit schadenfrohem Unterton. Während über dem Deckengestein der Höhle allmählich der Schnee abschmolz, hechelten drinnen der Renegat und seine Gefährtin die absurde Geschichte wieder und wieder durch. Einmal mehr hatte sich die Königlich-Bayerische Staatsmacht bei der Jagd auf den Räuber königlich blamiert. Über die Keuchen und ihre wintermüden Bewohner war die Nachricht davon schon nach kurzer Zeit auch auf den Kaitersberg gelangt. Und der Spott über die tolldrastischen Abenteuer des Joseph Iglhaut ließ dem Heigl und dem Hütstempendirndl nun das Warten aufs Frühjahr leichter werden.

* * * * *

In Landshut hatte die Komödie begonnen. Dort griffen die Gendarmen einen Landstreicher auf, der dann zu Protokoll gab, daß sein Name Joseph Iglhaut laute; in Seidling bei Cham sei er geboren. Zuletzt habe er auf einem Hof im Regensburger Kreis als Knecht gearbeitet, wolle aber nunmehr zurück in seine Heimat.

Die Polizisten, die mittlerweile in jedem verdächtigen Unbekannten den Räuber Heigl witterten, nahmen sich den Burschen schärfer vor: Warum er über Landshut gekommen sei, wenn er doch von Regensburg nach Cham gewollt habe?! Ob er nicht doch etwas zu verbergen habe, vielleicht sogar auf sehr krummen Wegen gelaufen sei?! – Immer schärfer wurden die Fragen, doch der Bauernknecht wußte auf keine von ihnen eine vernünftige Antwort zu geben. Statt dessen verwickelte er sich immer mehr in Widersprüche, bis ihm der Brigadier des Reviers schließlich auf den Kopf zusagte: „Ein Gauner bist du auf jeden Fall! Entweder bist du mit dem Heigl im Bunde – oder du bist es selbst! Die Beschreibung im Steckbrief würde jedenfalls auf dich passen: Groß, hager, dunkelhaarig, buschiger Schnauzer und zwischen fünfunddreißig und vierzig Jahre alt..."

Bei dieser entsetzlichen Anschuldigung bekam der Bursche das Muffensausen. Stein und Bein schwor er, daß er nichts mit dem Heigl zu tun habe – auch wenn ihm der Räuber nicht ganz unbekannt sei. In früheren Jahren habe er ihn manchmal herumstreifen sehen; Cham und Kötzting lägen schließlich nahe genug beieinander.

196

„Und in letzter Zeit hast du ihn nicht getroffen?!" insistierte der Gendarmerieunteroffizier.

Da gab Joseph Iglhaut zu: „Doch! Im letzten Jahr ist er mir einmal in der Nähe von Sünching zwischen Straubing und Regensburg über den Weg gelaufen. Als Weib hat er sich verkleidet gehabt und ist dort wahrscheinlich einbrechen gegangen. Ich hab' aber gemacht, daß ich schnell weitergekommen bin..."

„Warum? Hast du dich vor dem Heigl gefürchtet?" unterbrach ihn der Brigadier.

„Würdest du dich nicht vor ihm fürchten?" versetzte der Bauernknecht.

Während seine Untergebenen verhalten grinsten, lief der Chargierte rot an und schnauzte: „Deine Pflicht wäre es gewesen, den Heigl festzuhalten!"

„Vielleicht hätt' ich's sogar gekonnt", erwiderte Joseph Iglhaut. „Der Heigl ist auch nicht stärker als ich. Aber was hätt' ich schon davon gehabt?"

„Zweihundert Gulden, du Rindvieh!" schrie der Brigadier. „Die stehen schon lange auf den Kopf des Verbrechers! Hast du das etwa nicht gewußt, du Kanaille?"

„Kreuzkruzifix, nein!" schnappte der Landstreicher außer sich. „Zweihundert Gulden! Dafür könnt' man sich ja ein Gütl kaufen!"

„Ein recht schönes sogar", bestätigte einer der Gendarmen. „Aber das ist dir jetzt durch die Lappen gegangen, du Narr!"

Aus den Augen des Joseph Iglhaut leuchtete plötzlich die Gier. Natternschnell fuhr ihm die Zungenspitze über die Lippen. „Und was wär', wenn ich den Heigl jetzt wirklich jagen tät'? murmelte er.

„Du glaubst, du könntest es tatsächlich schaffen, daß du ihn aufspürst und überwältigst?" wollte der Reviervorsteher wissen.

„Wenn er sich nicht gerade herumtreibt, steckt er irgendwo am Kaitersberg", erwiderte der stellungslose Knecht. „Das weiß jedes Kind im Wald drinnen. Und ich selbst bin früher oft auf dem Berg gewesen. Wie meine Hosentasche kenn' ich den Urwald dort." Übermütig und von der Aussicht auf das viele Geld geblendet, setzte er hinzu: „Wenn einer den Räuber fangen kann, dann ich! Ich schwör's euch!"

„Dann ist es am besten, wir überstellen dich sofort nach Kötzting!" sagte der Brigadier begeistert.

„Das können wir nicht", meldete sich einer seiner Untergebenen zu Wort.

„Warum?" knurrte der Vorgesetzte.

„Weil wir ihn als Landstreicher aufgegriffen haben – und er erst seine Strafe verbüßen muß."

Der Brigadier bedachte sich nicht lange. „Dann machen wir's anders", wandte er sich an den Iglhaut. „Zuerst gehst du für vierzehn Tage ins Loch, dann kriegst du von uns einen Marschbefehl nach Kötzting." Als er das verdatterte Gesicht des künftigen Heigl-Jägers bemerkte, setzte er hinzu: „Im Gefängnis soll's dir nicht schlecht gehen. Bist ja sozusagen jetzt ein Hilfspolizist. Kriegst drei oder vier Maß Bier am Tag und das Essen aus der Gastwirtschaft. Bist du jetzt zufrieden?"

Joseph Iglhaut nickte.

„Dann führt ihn ab!" befahl der Gendarmerieunteroffizier seinen Leuten.

Nach vierzehn Tagen hatte sich der Iglhaut arg das Saufen angewöhnt. Drei, vier Maß Bier täglich hatte ihm bisher keiner gegönnt. Auch herausgefressen hatte er sich recht schön in seiner Gefängniszelle, und als er nun wiederum vor dem Brigadier stand, tönte er großspurig: „Keine Woche wird's dauern, bis der Heigl verhaftet ist! Gleich mach' ich mich jetzt auf den Weg nach Kötzting. Blöd ist's bloß, daß ich keinen Kreuzer mehr im Sack hab'. Ein paar Gulden Wegzehrung bräucht' ich schon aus der Staatskasse!"

Das ist nur recht und billig", erwiderte der Reviervorsteher. Dann ließ er dem Iglhaut gegen Quittung fünf Gulden Zehrgeld bis Kötzting ausfolgen. Der gewesene Landstreicher bedankte sich untertänig und stiefelte forsch davon.

Die Münzen klingelten ihm in der Tasche, und auf der Straße war es nach dem Mief im Gefängnisloch bitter kalt. Deswegen sagte sich Joseph Iglhaut schon bald, daß es nicht schaden könne, sich ein bißchen aufzuwärmen. Eine Gasse weiter erspähte er eine Tavernwirtschaft und trat mit zufriedenem Grinsen ein.

Am übernächsten Tag flog er durch die Tür eines anderen Wirtshauses hochkantig auf die Straße; schimpfend warf ihm der Bräuknecht, mit dem er handgemein geworden war, seine Joppe hinterdrein. Mit aufgeschrammter Nase und einem Fetzen Rausch verkroch sich der Tunichtgut in einem Schuppen unterhalb der Burg Trausnitz. Nachdem er wieder nüchtern geworden war und festgestellt hatte, daß ihm von den fünf Gulden auch nicht ein Kreuzer geblieben war, tauchte er erneut auf der Polizeistation auf.

„Entschuldigt schon, ihr Herren, aber man hat mich ausgeraubt, kaum daß ich über Ergoldsbach hinausgekommen bin", meldete er den Gendarmen.

„Und so einer möchte den Heigl fangen", pulverte einer der Uniformierten.

Der Brigadier jedoch stellte fest: „Es ist kein Wunder, daß einer nicht mehr friedlich seiner Wege gehen kann in Bayern! Direkt balkanische Zustände sind eingerissen, seit der Heigl sein Unwesen treibt! Jetzt glaubt schon gleich ein jeder, er bräuchte bloß noch räubern und stehlen! Sogar ein harmloser Bauernknecht wie der Iglhaut ist seines Lebens nicht mehr sicher! – Aber gerade deswegen muß jetzt endlich Schluß gemacht werden mit dem Hundsfott vom Kaitersberg!" Er winkte Joseph Iglhaut zu sich heran und fragte drängend: „Du wirst doch trotzdem noch nach Kötzting gehen, oder?"

Der Landstreicher bedachte sich eine gute Weile, was dem Reviervorsteher allmählich den Schweiß auf die Stirn trieb, dann äußerte er: „Für den König und fürs Vaterland muß man schon den Kopf hinhalten! Ich werd' mich noch einmal auf den Weg machen. Aber ich hab' wieder keinen armseligen Kreuzer mehr im Sack..."

„Da helfen wir dir schon noch einmal aus", erwiderte eilfertig der Brigadier. Wenig später händigte er dem Iglhaut noch einmal fünf Gulden Zehrgeld aus, ließ ihn für die Nacht in seiner alten Zelle bleiben und brachte ihn am nächsten Morgen mit allerbesten Wünschen auf den Weg. Der stellungslose Bauernknecht geriet in schwere Versuchung, auch diese fünf Goldstücke in Landshut zu versaufen, doch zuletzt besann er sich eines vermeintlich Besseren und nahm tatsächlich den Weg Richtung Bayerwald unter die Füße.

* * * * *

Als er eine gute Woche später, gerade rechtzeitig zur Vesper, in der Kötztinger Polizeistation auftauchte, hatten die Landshuter sein Kommen bereits telegraphisch angekündigt. Mehr noch: Der Brigadier aus der niederbayerischen Hauptstadt schien ihn über den Schellenkönig gelobt zu haben, denn der Kötztinger Reviervorsteher empfing den Iglhaut so überschwenglich, daß die beiden schon bald gewaltig ins Bechern kamen. „Wenn einer den Heigl schnappen kann, dann ich!" beteuerte der Landstreicher im Verlauf der feuchtfröhlichen Nacht mehrmals, während in der Dienststelle Bier und Branntwein in Strömen flossen. Und der Kötztinger Gendarmerieunteroffizier erwiderte darauf jedesmal: „Brauchst aber ein gutes Schießzeug dazu!" Dann holte er jeweils eigenhändig eine Dienstpistole aus dem Magazin und überreichte sie dem gewesenen Bauernknecht.

Am nächsten Morgen sah sich Joseph Iglhaut im Besitz von drei Doppelpistolen. Außerdem hatte ihm der Brigadier, als ihr gemeinsamer Rausch seinen Höhepunkt erreicht hatte, auch noch einen der neumodischen Revolver in die Hand gedrückt: ein mörderisches Ding mit sechs Kugeln in der Trommel. Mühsam hatte der Reviervorsteher die Waffe für den Landstreicher geladen, indem er jedes einzelne der Bleigeschosse mit Hilfe eines seitlich am Lauf montierten Hebels von vorne in die Kammer gepreßt hatte. Schießpulver hatte der Brigadier zuvor freilich nur in zwei oder drei Kammern gegeben, doch in ihrem Zustand hatten weder er noch sein Trinkkumpan weiter auf solche Nebensächlichkeiten geachtet.

Ehe Joseph Iglhaut, sehr spät am nächsten Tag, seinen Weg fortsetzte, versah ihn der Kötztinger Polizeikommandant noch mit fünf Gulden Zehrgeld und hing ihm außerdem seinen eigenen Zivilmantel über, damit der Heigl-Jäger im wilden Wald ja nicht zu frieren brauchte. Und so zog der verkaterte Bauernknecht denn aus – allerdings zunächst einmal vorsichtig um den Kaitersberg herum und auf Hohenwarth zu, denn er sagte sich, daß man nichts im Leben zu hastig angehen dürfe. Besonders dann, wenn man einen jagen mußte, der bestimmt schon ein halbes Dutzend Menschenleben auf dem Kerbholz hatte. Dies nämlich hatte der Brigadier in seinem Kanonenrausch immer wieder beteuert und hatte außerdem lang und breit erzählt, daß der Heigl einst dem Gerichtsdiener Huber beide Füße abgeschossen hätte.

Deswegen schlich Joseph Iglhaut jetzt sehr vorsichtig um den Kaitersberg herum, wobei er an seinen drei Pistolen und dem Revolver in den Manteltaschen schwer zu schleppen hatte. Erst im Hohenwarther Wirtshaus kehrte ihm, nach etlichen Krügen Bier, der Mut zurück, und er begann gegenüber den dort hockenden Bauern mächtig zu prahlen.

„Der Erzverbrecher kann gar nicht weit genug ausreißen, als daß ich ihn nicht erwischen tät'!" schrie er. „Und dann wird er ohne Pardon aufgehängt, der Hundskerl!"

„Das hätten vor dir schon andere probiert", entgegnete einer der Einheimischen. „Aber zuletzt ist immer wieder der Heigl Sieger geblieben. Ich an deiner Stelle würde deswegen nicht so laut herumplärren, du Großmaul!"

„Ein Großmaul?! Ich?!" brüllte der Iglhaut. „Ich werd' euch schon zeigen, ob ich ein Großmaul bin oder nicht!" Mit diesen

Worten riß er seinen Mantel vom Haken und den Revolver aus dessen Tasche.

Die Bauern rumpelten zurück. „He, mach keinen Blödsinn!" rief einer. „Es war doch gar nicht so gemeint!"

Doch Joseph Iglhaut war inzwischen schon wieder dermaßen betrunken, daß die Warnung nicht mehr fruchtete. Mit irrem Blick zog er den Revolverhahn auf, fuchtelte dann wie wild mit der Waffe herum – und drückte ab. Zum Glück traf der Hammer nur das Zündhütchen hinter einer Kammer, die der Kötztinger Brigadier mit Pulver zu laden vergessen hatte, so daß es lediglich dünn knallte und ein bißchen funkte. Das jedoch machte den Landstreicher nur noch wütender. Wieder zog er den Revolverhahn zurück, und diesmal ging ein Schuß los.

Wie ein Donnerschlag dröhnte die Detonation durch den Schankraum und wölkte den Schützen und dessen Zechgenossen mächtig ein; gleichzeitig tat es an der gegenüberliegenden Wand einen höllischen Rumpler. Als sich der Pulverqualm lichtete, sahen die Bauern zu ihrem Entsetzen, daß der verrückte Iglhaut den geschnitzten Christus im Herrgottswinkel getroffen hatte. Jetzt pendelte die obere Hälfte der göttlichen Figur, nur noch mit einem Arm am Kreuzbalken hängend, hektisch hin und her, während die unteren Extremitäten des christlichen Weltenerlösers in dem säuerlich riechenden Wasserschaff gelandet waren, in dem der Wirt die Maßkrüge auszuspülen pflegte.

Betroffenes Schweigen machte sich in der Wirtsstube breit. Die ängstlicheren Ökonomen bekreuzigten sich und schienen zur Strafe für den ungeheuerlichen Frevel auf der Stelle den Weltuntergang zu erwarten. Die anderen starrten wütend auf den Kunstschützen, und einige hatten bereits kampfbereit ihre Keferloher gepackt. Joseph Iglhaut selbst jedoch schien überhaupt nicht zu begreifen, was er da angerichtet hatte, sondern lallte bloß: „Jetzt wißt ihr Bescheid, daß ich kein Großmaul bin, gell!" Dann wandte er sich dem Wirt zu: „Noch eine Maß und einen Becher Branntwein zum Abgewöhnen! Das sauf' ich noch – und dann fang' ich den Heigl und schieß' ihn zusammen wie einen tollen Hund!" Bei diesen Worten fuchtelte er schon wieder so leichtsinnig mit dem Revolver herum, daß keiner der Bauern mehr etwas gegen ihn zu sagen oder zu tun wagte. Und der Wirt schenkte ihm anstandslos das Bier und den Schnaps ein; erst dann holte er vorsichtig den halben Christus aus seinem Badezuber.

Während der Iglhaut trank, bis ihm die Äuglein zu schwimmen begannen, schlichen zwei der Einheimischen aus der Gaststube. Sie liefen schnurstracks zum Gendarmerieposten und schlugen dort Alarm. Daß einer beim Wirt damit protze, er werde den Heigl fangen, riefen sie. Aber in Wirklichkeit sei der Falott gar noch schlimmer als der Räuber vom Kaitersberg, denn er schieße wie wild mit einer Drehpistole um sich; den Herrgott in seinem Winkel habe er bereits liquidiert. Und wenn die Polizei nicht sofort eingreife, werde es sicher noch mehr Tote geben.

Also rückte der gesamte Gendarmerieposten, sechs Mann hoch, aus und stürmte die Gastwirtschaft. Joseph Iglhaut war mittlerweile vom Branntwein gefällt worden und schnarchte, quer über der Tischplatte liegend, mörderisch. Da er aber dabei noch immer den Revolver umklammert hielt, hatte sich keiner der zurückgebliebenen Bauern an ihn herangewagt. Jetzt freilich entwand ihm der Hohenwarther Brigadier die Waffe; zwei seiner Untergebenen hielten den besinnungslosen Landstreicher dabei fest, die anderen filzten dessen Mantel. So kamen auch noch die drei Pistolen zum Vorschein und dazu die fünf Gulden Zehrgeld aus Kötzting.

„Das ist wirklich ein ganz gefährlicher Räuber und vielleicht sogar ein Raubmörder!" äußerte der Befehlshaber des Polizeipostens, nachdem er das Waffenarsenal und das Geld sichergestellt hatte. „Auf der Stelle müssen wir ihn hinüber nach Kötzting bringen!"

Noch in nämlichen Stunde luden die Gendarmen ihren Gefangenen also auf einen Heuwagen und kutschierten ihn, an Händen und Füßen mit eisernen Schellen gefesselt, den Weißen Regen hinunter. Dort meldeten sie dem örtlichen Polizeichef ihre aufsehenerregende Festnahme.

Der Kötztinger Brigadier fiel aus allen Wolken. Unerschütterlich war er davon überzeugt gewesen, daß Joseph Iglhaut den Heigl zur Strecke bringen würde; statt dessen schleppten die Kollegen ihm nun statt des Wildes den Jäger heran. Und der stank nicht nur fünf Meter gegen den Wind greulich nach Bier und Schnaps, sondern hatte zu Hohenwarth auch noch eine ganz abscheuliche Gotteslästerung begangen.

„Arschlöcher seid ihr, allesamt!" brüllte der Polizeigewaltige, dann nahm er seine drei Pistolen, den Revolver und die fünf Gulden wieder an sich. Der immer noch schnarchende Iglhaut wurde ins Loch gesperrt und wenige Wochen später wegen seines umstürzlerischen Attentats auf den hölzernen Christus sowie wegen Gemeingefährlichkeit zu mehreren Jahren Arbeitshaus verurteilt.

Dies war jedoch nur ein unzulängliches Pflaster auf die Wunden der Landshuter, Kötztinger und Hohenwarther Gendarmerie, denn die Blamage, die man sich zugezogen hatte, war schlicht ungeheuerlich und gab noch auf Jahre hinaus Gesprächsstoff bei den Bauern und Kätnern ab. Immer wieder erzählten sie sich lachend, wie die Staatsmacht einen ganz außerordentlich scharfen Kopfgeldjäger gegen Michael Heigl gehetzt hatte, wie aber zuletzt nicht der Räuber vom Kaitersberg, sondern der hölzerne Christus von Hohenwarth auf der Strecke geblieben war.

* * * * *

Auch der Renegat und seine Gefährtin amüsierten sich in ihrer Höhle wochenlang königlich über die Geschichte.

„Einen solchen wie den Iglhaut dürfen die Gendarmen gern wieder einmal gegen dich ausschicken", prustete das Hütstempendirndl immer von neuem. „Dann kann uns nichts passieren, bis wir alte Leut' geworden sind."

„Höchstens daß es dann mit der christkatholischen Religion im Kötztinger Winkel recht bergab ginge", pflegte der Schnauzbärtige darauf zu erwidern. „Aber das könnt' man, wenn man an gewisse herausgefressene Prälaten denkt, eigentlich kein Unglück nennen, gell?"

„Ein Unglück wär's höchstens, wenn unser Kind nicht gesund zur Welt kommen würde", meinte dazu Resl, die schon wieder einmal hochschwanger war. Zum letzten Mal in ihrem Leben – doch das ahnte sie zu diesem Zeitpunkt noch nicht.

SCHARFE SCHÜSSE

Zaghaft kündigte sich das Frühjahr an. Im Urwald tropfte das Schneewasser von den Bäumen und gurgelte zwischen den Felsen. Doch in den ersten Apriltagen dieses Jahres 1853 schlief der Südwind wieder ein, und von Osten her begann noch einmal der Böhmische zu pfeifen und zu beißen.

Ganz genau hatte Michael Heigl das Wetter beobachtet, denn bei der Resl konnte es jetzt jeden Tag soweit sein. Als Michael dann sogar Schneegeruch im eisigen Ostwind witterte, sagte er zu seinem Weib: „Diesmal ist's besser, wenn du das Kleine nicht in der Höhle zur Welt bringst. Hast es den Winter über auf der Lunge gehabt, und wenn jetzt noch einmal der Frost einbricht, könnte die Geburt gefährlich werden. Ich denke, wir riskieren es und gehen rechtzeitig hinunter ins Tal."

Die Hochschwangere wirkte erleichtert. „Ich hab' auch schon daran gedacht", erwiderte sie. „Und im vorigen Herbst, wie wir einmal bei der Mutter in Gotzendorf gewesen sind, hat sie mir zu verstehen gegeben, daß ich immer bei ihr unterkriechen könnt', wenn's einmal ganz schlimm käme. – Es war ja der Vater, der mich nicht daheim hat sehen wollen. Aber jetzt, wo er tot ist, will mich die Mutter nicht länger verleugnen. – Bloß heimlich müssen wir halt hinschleichen zu ihrer Keuche, damit uns kein Polizist und auch kein Nachbar sieht."

„Am besten laufen wir gleich los", versetzte Michael. „Dann kommen wir mitten in der Nacht nach Gotzendorf, wenn's am ungefährlichsten ist."

„Ich glaub', das Kleine wird auch nicht mehr viel länger warten wollen..." sagte leise die Blonde.

Ein mühsamer Weg war es, den steilen Berg hinunter. Nicht nur seinen Stutzen und den Rucksack schleppte Michael Heigl, sondern bald auch die Frau mit dem schweren Leib. Bereits hinter Reitenberg setzten bei der Resl die ersten Wehen ein. Gleichzeitig machte der Böhmische Wind sein harsches Versprechen wahr und wuchs sich zum Schneesturm aus. Nadelscharf und eisig fegte es vom Tal des Weißen Regen herüber gegen die nördlichen Hänge des Kaitersberges. Die flirrenden Kristalle peitschten das glühende Gesicht der beinahe schon Kreißenden. Etwa zwei Stunden waren es jetzt noch bis zur Kate ihrer Mutter in Gotzendorf. Doch dann brach Resl nach einer besonders starken Wehe zusammen.

Michael riß sie entsetzt wieder hoch. „Weiter! Wenn du liegen-
bleibst, stirbst du!" schrie er sie an. Als er spürte, daß ihre Kräfte
nicht mehr ausreichten, hängte er sich den Rucksack auf die Brust
und den Stutzen quer über den Rücken. Dann buckelte er sich die
Blonde so auf, daß ihr Gesäß zusätzlich Halt über dem Schaft der
Waffe fand. So schleppte er sie weiter; mit pfeifenden Lungen und
selbst bald am Ende seiner Kraft. Dennoch schaffte er es bis zum
Ortsrand von Gotzendorf, wo die rettende Kate stand. Es war
jetzt kurz vor Mitternacht, und der Schneesturm tobte noch ärger
als zuvor.

Der Renegat taumelte unter das schützende Dach. „Mutter!"
schrie Resl – gleich darauf preßte eine neue Wehe ihr die Luft ab.
Nur wimmern konnte das Hütstempendirndl jetzt noch.

Ein Kienspan flammte auf, dann war die alte Frau da. Sie begriff sofort und half Michael, die Hochschwangere aufs Bett zu legen. „Das Kind kommt noch diese Nacht!" keuchte der werdende
Vater.

„Das seh' ich selber", erwiderte die Kätnerin unwirsch und ne-
stelte bereits am schneeverkrusteten Übergewand ihrer Tochter.

* * * * *

Mit letzter Kraft hatte Michael Heigl seine Gefährtin zur Keuche geschleppt und dabei auf nichts anderes mehr geachtet. Deswegen hatte er auch einen Mann übersehen, der zur selben Zeit
ebenfalls ins Dorf gekommen war.

Joseph Geiger schrieb der sich und war ein Spanschachtelma-
cher, der an diesem Tag in der Neukirchener Gegend auf Handelsfahrt gewesen war. In Gotzendorf bewirtschaftete er zudem
einen kleinen Hof – und trotz des Schneesturms hatte er das Hütstempendirndl erkannt, ehe die Stöhnende auf dem Rücken des
Schnauzbärtigen in der mütterlichen Kate verschwunden war.
Wer der hagere Kerl, der sie trug, gewesen war, hatte er sich leicht
zusammenreimen können. Und nun fielen ihm die zweihundert
Gulden Belohnung ein, die nach wie vor auf den Kopf des Michael Heigl standen.

Der Handel mit den Spanschachteln lief schlecht; schon seit
Monaten hatte Joseph Geiger nichts Nennenswertes mehr damit
verdienen können, auch heute nicht. In seinem Haus andererseits
plärrte eine Schar hungriger Kinder, und deswegen dauerte es
nicht lange, bis der Kleinbauer sich entschlossen hatte. Kurz vor
seinem Hof machte er kehrt und rannte, des Schneesturms kaum
mehr achtend, auf Hohenwarth zu, wo sich der nächste Gendar-

merieposten befand. Wenn es ihm gelang, den Räuber vom Kaitersberg ans Messer zu liefern, hätte er dank des Kopfgeldes auf Jahre hinaus ausgesorgt; nichts anderes konnte Joseph Geiger jetzt mehr denken.

Neun Gendarmen waren mittlerweile in Hohenwarth stationiert. Als der Schachtelmacher rief, daß sie den Heigl fangen könnten, waren sie blitzschnell auf den Beinen. Sie bewaffneten sich mit Gewehren und zusätzlich pro Mann einer Pistole. Dann marschierten sie, durch den nunmehr abflauenden Schneesturm, hinüber nach Gotzendorf; alle neun Mann hoch. Ihnen nach stolperte Joseph Geiger; inzwischen hundemüde von den langen Wegen, die er in dieser Nacht bereits zurückgelegt hatte. Als die Polizisten die Keuche erreichten, hing der Verräter deswegen ein gutes Stück zurück.

Kaum war auch er heran, erkannte er entsetzt, daß die Uniformierten ins falsche Gebäude eingedrungen waren: nicht in die Kate, sondern ins Wohnhaus des Bauern daneben. Dort drinnen tobten sie jetzt herum; so wild, daß allmählich das ganze Dorf lebendig wurde.

Der Brigadier hatte den Eigentümer des Anwesens gepackt und rüttelte ihn. „Wo ist der Heigl!?" schrie er ihn an.

„Hier nicht!" rief der jetzt hereinplatzende Schachtelmacher. „Drüben! In der Keuche!"

Der Polizeiunteroffizier dirigierte seine Leute dorthin um. Die niedrige Tür flog auf; mit vorgehaltenen Waffen polterten die Gendarmen in die ärmliche Stube. Sie fanden aber nur die zitternde Mutter des Hütstempendirndls dort drinnen, dazu ein paar blutige Laken. Und in den Armen hielt die alte Frau ein Neugeborenes.

Die Kindsmutter hingegen und ihr Gefährte waren verschwunden. Die Tatsache, daß die Gendarmen zunächst ins Nachbarhaus eingedrungen waren, hatte Michael Heigl und Resl den nötigen Vorsprung verschafft.

„Wo sind sie hin, du Vettel?!" herrschte der Brigadier die alte Frau an. Doch die hielt nur den Säugling fest und zuckte die Achseln. Nichts war aus ihr herauszubekommen, gar nichts. Wutschnaubend ließ der Streifenführer seine Leute ausschwärmen, hetzte sie neuerlich durch den Schneesturm. Doch der zeigte sich gnädiger als die Staatsmacht; der hatte die Spuren der Flüchtenden mittlerweile verwischt. Ins Leere liefen die Uniformierten und brachen die Suche zuletzt ab.

Tosende, unwirkliche Leere war zeitweise auch um die junge

Frau, die kaum eine Stunde zuvor geboren hatte; dann wieder wurde sie von wütenden Schmerzen gepeinigt. Kaum wußte Resl noch, daß der Schnauzbärtige sie wiederum schleppte. Daß er sie abermals auf dem Rücken trug, bis der Sturm sich allmählich legte und auch den Mann die Kräfte verließen. Am Haslbach, auf halbem Weg zwischen Gotzendorf und dem Kaitersberg, brach Michael Heigl mit seiner Last zusammen. Doch er schaffte es noch, das blutige, jetzt besinnungslose Bündel Mensch, das er bei sich hatte, in den Windschatten eines Felsens zu zerren. Dort lagen die beiden, bis der neue Tag graute. Dann schleppte Michael sein Weib zur Höhle hinauf; bettete die Wöchnerin auf die Pritsche und versorgte ihren geschundenen Leib.

Tagelang saß er bei ihr, bis sich Resl allmählich wieder erholte. Auf ihre und die Seele des Renegaten hatte sich jedoch in der Sturmnacht ein weiterer Schatten gesenkt. Ärger als reißende Tiere hatte man sie gejagt; selbst in der Stunde, in der die Blonde einmal mehr Mutter geworden war. In die Enge getrieben hatte man die beiden wie nie. Es war verständlich, daß sie sich jetzt mehr denn je ausgestoßen fühlten und entsprechend handelten.

* * * * *

In der Gotzendorfer Keuche krähte das siebte und letzte Kind des Michael Heigl: ein Bub, der nun niemals von einem Bauern angenommen werden, sondern so armselig aufwachsen würde wie einst sein Vater. Ein Kreis hatte sich damit geschlossen. Der letzte Sohn des Renegaten war gnadenlos dorthin zurückgeworfen worden, wo einst auch das Leben seines Erzeugers begonnen hatte. Egal ob in Beckendorf oder Gotzendorf – hier wie dort bedeuteten die Katen Chancenlosigkeit und bittere Armut. Wer unter solchen Dächern geboren war, war von vornherein ein Verachteter und Getretener. Er konnte sich nur zeitlebens ducken – oder wild ausbrechen wie Michael Heigl.

Was wiederum den Räuber vom Kaitersberg anging, so begann sich auch für ihn nun ein Kreis zu schließen. Nachdem er in Gotzendorf seinen Häschern so knapp entronnen war, wollten die Gendarmen jetzt auf keinen Fall mehr lockerlassen. Zusammen mit ihnen geriet allmählich das ganze Kötztinger Land in eine Art von Fieber, während die Frühlingssonne dieses Jahres 1853 kräftiger wurde. Hunderte von Uniformierten, dazu zahlreiche Kopfgeldjäger und Obrigkeitshörige, suchten nun wieder nach dem Renegaten. Und die Schlingen zogen sich jetzt immer enger um ihn zusammen.

Irgendein Schandmaul trug dem Kötztinger Brigadier zu, daß sich der Heigl in der Maierau aufhalte. Beim Zitzlsberger im Schlätzenhäusl habe er augenscheinlich Unterschlupf gefunden. Die meisten verfügbaren Polizisten streiften zu diesem Zeitpunkt ohnehin schon; also machte sich der Reviervorsteher mit nur einem Mann Begleitung in die Maierau auf.

Der Zitzlsberger war ein armer Fretter, weitschichtig mit Michael Heigl verwandt. Weil das Hütstempendirndl nach der entsetzlichen Geburt noch immer schonungsbedürftig war, hatte er die beiden für einen Tag bei sich aufgenommen. Einer der wenigen, denen Michael noch trauen konnte, war er halt. Trotzdem war dem Schnauzbärtigen das Bitten schwergefallen; er hatte es letztlich nur um der Resl willen fertiggebracht. Jetzt saßen die beiden in der kärglichen Stube des Zitzlsbergers: dankbar schlürfte die arg abgemagerte junge Frau die heiße Flüssigkeit aus der Kaffeeschüssel. Da stieß Michael Heigl plötzlich einen dünnen, warnenden Pfiff aus. Er hatte die beiden Gendarmen entdeckt, die sich dem Haus näheren; gleich darauf sahen auch Resl und der Zitzlsberger sie.

„Hinaus können wir nicht mehr!" flüsterte Michael. „Da würden sie uns gleich sehen..."

„Dann auf den Dachboden!" sagte der alte Zitzlsberger zitternd. „Da gibt's eine Falltür. Schnell, ihr findet sie schon..."

Michael Heigl griff nach seinem Stutzen und schnappte sich auch das zweite Gewehr, das er vor einiger Zeit in einer Försterei für das Hütstempendirndl gestohlen hatte. Dann hasteten die beiden die Treppe zum oberen Stock hinauf und dort weiter über die Stiegenleiter zur Falltür. Resl stieß sie auf und schlüpfte durch. Michael reichte ihr die Waffen, folgte dann und schloß blitzschnell die Klappe wieder. Unten hämmerten bereits die Gendarmen gegen die Haustür. Staubig war es auf dem Speicher und voller Spinnweben. Hinter einem Balken kauernd, hörte das Paar, wie der Kötztinger Brigadier schrie: „Wo ist der Räuber mit seiner Hur'?!"

Leiser, auf dem Dachboden kaum noch verständlich, kam die Antwort des Zitzlsbergers: „Ich weiß überhaupt nicht, wovon ihr redet!"

Einen Atemzug später brüllte der Brigadier erneut: „Wir werden sie schon finden! Und wenn wir das ganze Anwesen auf den Kopf stellen!"

Bald darauf setzte unten ein Poltern ein; Schränke wurden gerückt, Schubläden und Truhendeckel geknallt. Türen flogen auf und zu. Geduckt, die Hände um die Gewehrkolben geklammert, lauschten der Schnauzbärtige und seine Gefährtin. Plötzlich kam der Lärm näher, kam nach oben. Zuletzt waren die beiden Gendarmen an der Stiegenleiter, die zur Speicherluke führte. Ganz nahe erklang jetzt die Stimme des Brigadiers: „Was ist hier unterm Dach?!"

„Nichts! Gar nichts!" jammerte der Zitzlsberger, der mit hochgekommen war. „Bloß Ratten und Mäus'. Deswegen ist der Deckel überhaupt schon lang' zugenagelt..."

In seiner Angst hatte der Alte es übertrieben. Der Brigadier bemerkte es sofort. „Du lügst, du Hund!" schrie er den Kleinbauern an. Dann befahl er seinem Begleiter: „Los, auf die Leiter! Auf mit der Falltür!"

Der zweite Gendarm stemmte sich gegen das Lattenviereck. Er brachte die Falltür ein Stück hoch – doch dann wurde sie von oben her jäh zurückgedrückt. Die Resl, in Panik geraten, hatte es getan.

Die Uniformierten wußten damit genug. „Aufmachen, Heigl!" brüllte der Brigadier. „Oder wir schießen durch die Bretter!"

Nichts rührte sich auf dem Dachboden. Grimmig nickte der Brigadier, zog dann den Hahn seines Gewehrs auf. Den anderen auf der Leiter stach gleichzeitig der Hafer. Mit der Schulter stemmte er sich noch einmal gegen die Luke. Er brachte sie, während der Brigadier ihm noch eine Warnung zurief, wiederum einen Spalt weit auf – doch dann prallte er erschrocken zurück.

Ein Stutzenlauf drang zwischen Lattenviereck und Einfassung durch; die Detonation erfolgte fast gleichzeitig. In den Nachhall des ersten Schusses hinein knallte augenblicklich ein zweiter. Unten brüllte der Brigadier auf und brach gurgelnd wieder ab. Seine rechte Hand hing nur noch an ein paar Sehnen und Fleischfetzen. Blut sprudelte fontänenartig aus dem Armstumpf. Blutig färbte sich, nach wenigen Sekunden, auch die Uniform des Kötztingers über dem Bauch ein. Mit ihren beiden Schüssen hatten der Heigl und die Resl den Polizeiunteroffizier nicht nur verkrüppelt, sondern ihn lebensgefährlich verwundet.

Der andere Gendarm, der auf der Stiegenleiter im toten Winkel der Luke gestanden hatte, floh unverletzt. Der Zitzlsberger starrte fassungslos. Oben, vom Dach her, polterte und schepperte es. Dann herrschte wieder Stille. Über das Hausdach, dessen Ziegel sie einfach abgehoben hatten, waren der Renegat und seine Gefährtin geflohen. Von den beiden Uniformierten, wenigstens im Moment, nichts mehr zu fürchten.

Während ein rasch herbeigeholter Bader das Leben des Brigadiers knapp retten konnte, setzte eine Hetzjagd wie nie auf das Räuberpaar ein. Der ganze Kötztinger Winkel war aufgestört wie ein Hornissenschwarm; zumindest was die Obrigkeit und ihre Helfershelfer anging. Doch Michael Heigl und das Hütstempendirndl waren wie vom Erdboden verschwunden.

Dies sogar buchstäblich. Denn gar nicht weit von der Maierau entfernt, hatte ihre Flucht ein vorläufiges Ende gefunden. Michael hatte sich an einen alten Fuchsbau erinnert, der vor einiger Zeit von Jägern aufgegraben und auf diese Weise erweitert worden war. Jetzt retteten sich der Renegat und die Blonde in die Erdhöhle hinein. Scharrten Dreck und Laub vor den Ausgang und verhielten sich mucksmäuschenstill, während droben der Teufel los war.

Drei Tage und drei Nächte harrten die beiden in ihrem Fuchsbau aus, lagen zuletzt im eigenen Urin und Kot. Die Asseln krochen auf ihrer Haut; sie hatten weder zu essen noch zu trinken. Aber sie standen es durch, einer in den Armen des anderen. Standen es durch, bis das Jagd- und Rachefieber der aufgestörten Gendarmen vorerst wieder abflaute.

Zuletzt gruben sie sich, zu Tode erschöpft, aus der Höhle. Im Schutz der Dunkelheit schleppten sie sich mit letzter Kraft auf den Kaitersberg hinauf. Die Schüsse auf die Polizisten bereuten sie jetzt nicht mehr. In ihrem Erdloch hatten sie die Hölle erlebt. Was bedeuteten da noch ein paar Kugeln im verhaßten Gendarmenfleisch? Michael Heigl und das Hütstempendirndl waren wieder ein Stück weiter von der Menschenwelt fortgetrieben. Was jetzt allein für sie noch zählte, waren die Schußwaffen – und die hatten sie retten können.

MINISTERIELLE INSPEKTION

Weil scharfe Schüsse gegen die Staatsmacht gefallen waren, hatte Michael Heigl den Bogen überspannt. Das eigene Selbstverständnis sahen die Herren in der Münchner Regierung jetzt plötzlich bedroht. Rebellion und Aufstand, beinahe so wie im Jahr 1848, witterte man auf einmal im Kötztinger Winkel. Selbst der König, Max II., wurde durch die Untat des Kaitersberger Räuberpaares aus seiner monarchischen Ruhe aufgestört. Eben noch hatte er den Bau der Ruhmeshalle auf der Münchner Theresienhöhe gefeiert, hatte zudem die Eröffnung der Neuen Pinakothek geplant – jetzt mußte er mit bissigem königlichem Erlaß gegen den Heigl vom Leder ziehen. An das Ministerium des Inneren erging der Allerhöchste Befehl Seiner Majestät, mit allen Mitteln gegen die Verbrecher im Bayerischen Wald vorzugehen. Die Mühlen der königlichen Justiz begannen zu mahlen; ein Räderwerk wurde gegen den Renegaten in Bewegung gesetzt, das Menschen wie Fliegen unter seinen wuchtigen Schlägen zu zermalmen vermochte.

Ordres gingen von München nach Landshut als dem zuständigen Landgericht. Ein Befehlsempfänger dort nahm sie entgegen: ein Regierungsrat Oberndörffer, der für das reibungslose Funktionieren der niederbayerischen Gendarmerie verantwortlich war. Oberndörffer delegierte weiter an einen Untergebenen. Christoph hieß der und war Assessor am Landshuter Landgericht. Der setzte sich, kurz nach dem Maierauer Vorfall, in den Kötztinger Winkel in Marsch. Eine Inspektion sollte er dort durchführen; die Uniformierten auf Vordermann bringen und dann zum letzten Halali auf Michael Heigl blasen.

* * * * *

Zweispännig fuhr der Assessor am Kötztinger Gericht vor. Er trug einen Schmiß im Gesicht, ganz wie jener frühere Amtsrichter, der den halbwüchsigen Michael Heigl erstmals wegen Müßiggehens verurteilt und ihn damit auf die schiefe Bahn getrieben hatte. Unter dem meterhohen Kruzifix nahm nunmehr der Narbengesichtige aus Landshut Platz und ließ sich von den Gendarmen sowie dem örtlichen Klerus und den Gutsbesitzern Bericht erstatten.

Daß der Räuber noch immer auf Unterstützung durch den Abschaum des Volkes rechnen könne, wurde ihm erklärt. Daß ihm

211

nach wie vor zahlreiche Keuchen nicht verschlossen seien, und daß es diese schandmäßigen Katen tausendfach im Kötztinger Winkel und auch sonst überall im Bayerischen Wald gebe. Daß kaum mehr als menschenähnliches Ungeziefer in ihnen hause, das vor Staatsmacht und Obrigkeit so gut wie keine Achtung habe. Daß man ferner in solchen Hütten noch immer bösartige Heiden antreffen könne. – In vorbildlicher christlicher Nächstenliebe wurden solche und andere Verleumdungen gegen die Keuchner geäußert, und eines wurde dem Assessor von daher schnell klar: Daß man um diese Katen einen Würgegürtel legen mußte, wenn man den Heigl und seine Hure fangen wollte.

Schon am nächsten Tag brach der Landshuter Beamte in höchsteigener Person zur Besichtigung der vorgeblichen Verbrechernester auf. Ein Dutzend Gendarmen ritt mit ihm. Michael Heigl sah sie durch sein Fernrohr, in einem Baumwipfel am Westhang des Kaitersberges sitzend, vorbeitraben. Das Aufgebot ließ ihn ahnen, daß sie jetzt gnadenlos wie nie gegen ihn und das Hütstempendirndl vorzugehen gedachten. Einen Moment lang überlegte er, noch einmal nach Böhmen hinüber auszuweichen...

Doch dann fühlte er plötzlich eine lähmende Verzweiflung in sich, wie er sie nie in seinem Leben gekannt hatte. Damals nicht, als er nach dem Tod der Mutter in die Beckendorfer Keuche zurückgekehrt war und den Geruch von Agonie und schrecklicher Verlassenheit verspürt hatte; auch nicht, als er mit Resl zusammen im Fuchsbau vergraben gewesen war. Um eine Verzweiflung handelte es sich, die aus der Seele kam; aus seinem schon fast zu Tode geschundenen innersten Menschsein. Auf seinem Baum verzog Michael Heigl den Mund zu einem bitteren, mutlosen Grinsen und wußte, daß er nie wieder nach Böhmen wandern würde; daß ihm die Kraft dazu, die Kraft zu Aufbegehren und Flucht, abhanden gekommen war. So blieb er nur reglos sitzen und starrte; starrte auf den Zug der Häscher hinunter, an deren Spitze der Assessor Christoph aus Landshut ritt.

Der Regierungsbeamte wiederum machte sich ein ungeschminktes Bild von der Armut im Kötztinger Winkel. Allerdings stieg er nicht vom hohen Roß, wenn seine Kavalkade vor einer der Katen anhielt. Höchstens hieb er einmal verächtlich mit der Reitpeitsche gegen das dürftige Dachstroh; ließ ansonsten die Bewohner von den Uniformierten ins Freie holen. Wegen des Heigl ließ er sie ausfragen, erntete aber zumeist nur trotziges Schweigen. Angewidert rümpfte er dann die Nase im narbigen Gesicht; tat es auch wegen des dumpfen Geruchs, den die Keuchner verströmten. Öfter spuckte er aus, ehe er weiterritt; zuletzt, nachdem er einige Dutzend der Hütten und der in ihnen hausenden Tiermenschen gesehen hatte, brach er die Inspektion ab.

Zurück in Kötzting, bei Braten und Wein, äußerte er: „Auf die Bagage in derartigen Löchern wird man in der Tat nicht zählen können. Es ist jedoch so, daß diese Katen alle in unmittelbarer Nähe von Dörfern oder Weilern liegen. Wenn man also starke Gendarmerieposten in die einzelnen Ortschaften setzt und sie Tag und Nacht dort läßt, stehen auch die Keuchen unter Kontrolle. Es nützt dann dem Kriminellen gar nichts mehr, wenn die anderen Halunken ihn schützen – und früher oder später muß man ihn auf diese Weise schnappen!"

„Jawohl, wenn man nur eifrig genug Jagd auf ihn macht, kann man ihn – mit Gottes Hilfe – fangen!" bestätigte der Kötztinger Pfarrer, der als Respektsperson ebenfalls zur Tafel geladen war. „Dann wird der Unmensch endlich seine verdiente Strafe erhalten!"

Die beiden Vertreter von Staat und Kirche wechselten einen tiefen Blick des Einverständnisses. Eigenhändig füllte der Assessor dem Kleriker das Weinglas nach. „Morgen", sagte er in das Gluckern hinein, „werde ich den hiesigen Kerker inspizieren. Man muß schon jetzt darauf achten, daß es der Heigl dort drinnen später nicht allzu bequem hat. – Wollt Ihr mich begleiten, Hochwürden?"

„Es wird mir eine Ehre und Freude sein", erwiderte der Priester. Er nahm einen Schluck Riesling, fügte dann hinzu: „Denn die Bestie hat sich gegen die göttliche und menschliche Ordnung empört, deswegen muß sie nun ausgetilgt werden!"

Scharfe weltliche und geistliche Augenpaare begutachteten also am nächsten Tag die Fronfeste. Mit dem Ergebnis waren jedoch weder der Gesandte des Königs noch der Vertreter des christlichen Gottes zufrieden. Denn selbst in der bayerischen Provinz hatte es seit dem Mittelalter einiges an Fortschritt gegeben; ein wenig humaner als in den Tagen der Inquisition war der Strafvollzug inzwischen denn doch geworden. Zu ihrem Leidwesen mußten der Assessor und der Pfarrer feststellen, daß in Kötzting zumindest unterirdische Kerker nicht mehr existierten. Die Ziegel- und Holzwände der oberirdischen Zellen jedoch eigneten sich kaum dazu, an ihnen schwere Ketten mit Halseisen anzubringen. Außerdem war die Fronfeste bis zum Bersten mit Kleingaunern belegt. Einer wie der Heigl hätte deswegen möglicherweise gar noch eine Gefangenenrevolte organisieren können.

Reichlich ernüchtert zogen der Jurist und der Priester wieder ab. Letzterer zum Gebet in seine Kirche, um die göttliche Vergeltung auf das Haupt des Michael Heigl herabzurufen; ersterer in die Schreibstube der Gendarmerie, wo er folgenden Inspektionsbericht verfaßte: „Die Fronfeste ist zu klein, zur Zeit überfüllt, unzweckmäßig und zu leicht gebaut und ungünstig an der Straße gelegen. Wenn daher der Heigl gefangen ist, muß dafür Sorge getragen werden, daß er alsbald weggeschafft wird."

Während der folgenden Tage vertilgte der Assessor noch ein Erkleckliches an Bier, Wein und Braten, beäugte wiederum die eine oder andere Kate und steckte zwischendurch viel mit dem Pfarrer zusammen. Ehe er schließlich zweispännig nach Landshut zurückkreiste, verfaßte er einen weiteren, neunundvierzig Seiten langen Bericht, in dem er vor allem Gendarmen und nochmals Gendarmen für den Kötztinger Winkel anforderte; zuletzt notierte er: „Unter schließlicher Vorlage der Liquidation der erlaufenen Kosten in Höhe von neunzig Gulden und siebenundvierzig Kreuzern mit der Bitte um gnädigste Genehmigung und Einweisung verharre ich in tiefster Ehrfurcht. – Einer Hohen Königlichen Regierung untertänigster und gehorsamster Christoph, Königlicher Regierungsassessor."

Nur sehr kurze Zeit hatte sich der Untertänigste und Gehorsamste im Bayerischen Wald aufgehalten, doch er hatte es fertiggebracht, in diesen wenigen Tagen mehr Geld zu verschwenden, als Michael Heigl üblicherweise in einem ganzen Jahr zusammenzurauben pflegte. Doch der Assessor hatte im Dienste des Staates gehandelt, der Renegat hingegen aus Not und Armut heraus, und deswegen war der eine – zumindest in den Augen der Mächtigen und Wohlhabenden – ein anständiger Mensch und der andere ein Verbrecher.

* * * * *

Gegen den vermeintlichen Erzverbrecher wurde nun zur letzten, brutalsten Jagd geblasen. Und gemessen an dem, was jetzt geschah, war der Landshuter Assessor seine neunzig Gulden und siebenundvierzig Kreuzer durchaus wert gewesen. Denn mit seinem neunundvierzig Seiten langen Bericht entfachte er höheren Orts einen derartigen Wirbel, daß kurze Zeit später eine wahre Armee von Uniformierten in den Kötztinger Winkel in Marsch gesetzt wurde.

Wie Heuschrecken fielen die Gendarmen in die Dörfer, Weiler und Einöden rings um den Kaitersberg ein. Auf Schritt und Tritt stieß man in diesem Frühsommer des Jahres 1853 auf die Polizisten. Halbdutzendweise ballten sie sich in jeder Ortschaft zusammen, hielten ihre Gewehre und Säbel bereit und lauerten auf ihre Chance. Doch damit immer noch nicht genug: Staatsmacht und Klerus hetzten jetzt auch die Bauern noch einmal dermaßen gegen Michael Heigl auf, daß sich zu den Gendarmen schnell zahlreiche zivile Fangtrupps gesellten. Heugabeln, Dreschflegel, Hetzhunde und Jagdgewehre brachten sie mit – und dazu das Wissen um die vielen versteckten Pfade in Feld und Wald. So zog sich das Netz enger und enger um den Kaitersberg zusammen, und es war nur noch eine Frage der Zeit, wann sich der Renegat in seinen Maschen fangen würde.

Von Baumwipfeln und Bergflanken aus beobachtete der Räuber das Treiben in den Tälern, und immer noch hätte er aufbrechen und ins Böhmische hinüber fliehen können. Immer noch hätte ihm – allerdings mit viel Glück – das Entkommen gelingen können. Doch die Müdigkeit in der Seele des Michael Heigl war zwischenzeitlich eher noch lähmender geworden. So wartete er einfach ab wie ein in die Enge getriebenes Tier; erwartete unbewußt bereits das Ende, und an seiner Seite harrte nach wie vor das Hütstempendirndl aus.

DIE FESTNAHME

Hell war die Nacht, fünf Tage vor der Sommersonnenwende. Silbrig schimmerte der Regenfluß unter einem riesigen Mond. In den Sträuchern und Gräsern am Ufer hielt sich selbst jetzt, um Mitternacht, noch schmeichelnde Wärme. Ins Gluckern des langsam ziehenden Wassers hinein mischten sich leise Schrittgeräusche. Vom Kaitersberg her kamen in dieser Nacht vom sechzehnten auf den siebzehnten Juni 1853 zwei Menschen auf das Gewässer zu.

Viele Tage lang hatten sich Michael Heigl und das Hütstempendirndl nicht mehr vom Berg heruntergewagt. Doch jetzt hatte der Mond sie unwiderstehlich gelockt; der Vollmond, aber auch der Hunger. In der hellen und scheinbar so friedlichen Nacht hofften Michael und Resl, irgendwo ein paar Bissen erbeuten zu können.

Nun, da die beiden das Regenufer zwischen Gotzendorf und Hohenwarth erreicht hatten, spähten sie über den Fluß und erkannten drüben hinter einem Erlenstreifen die Silhouette der Aumühle. „Ob die Gendarmen wirklich nichts merken?" flüsterte ängstlich das Hütstempendirndl.

Michael legte den sehnigen Arm um sie. „Wir brauchen nicht bis direkt zum Anwesen", antwortete er leise. „Der Fischkasten liegt ja ein Stück abseits im Wasser. Wir schleichen hin, tun ein Dutzend Karpfen ab und verschwinden auf der Stelle wieder. Essen müssen wir schließlich, trotz der Gendarmen. Und gegen die hilft uns heute der Mond. Wenn wirklich einer streifen sollte, dann sehen wir ihn schon von weitem."

Resl nickte tapfer. „Du hast ja recht." Damit löste sie sich vorsichtig von ihrem Gefährten und stieg ins Wasser. Der Fluß war an dieser Stelle nicht tief. Als die beiden hinüberwateten, reichte ihnen die Nässe kaum bis zu den Oberschenkeln. Geduckt erkletterten sie das andere Ufer und arbeiteten sich gegen die Mühle hin vor.

Etwas abseits der Furt, im Schutz einiger Erlensträucher, lag ein weiteres Paar. Der Auhoferbe war's mit seiner Verlobten aus Gotzendorf. Im Herbst sollte auf dem Auhof, welcher der Mühle benachbart lag, die Hochzeit gefeiert werden. Gerade in dem Augenblick, als der Renegat und das Hütstempendirndl das nördliche Ufer des Weißen Regen gewannen, löste sich der Jungbauer für einen Moment von seiner Geliebten. Ein Geräusch und ein huschender Schatten hatten ihn aufgestört. Jetzt erkannte er im silbrigen Mondlicht den Heigl. Fremd war ihm der Räuber nicht. Als Michael noch mit seinem Waglhund hausiert hatte, war er mehr als einmal auf den Auhof gekommen. Der Bauernsohn erinnerte sich genau an das Gesicht und die Gestalt, obwohl er damals noch ein Bub gewesen war.

„Der Verbrecher ist's, kein anderer!" raunte er nun seiner Verlobten zu. Gleichzeitig machte er Anstalten, aufzuspringen.

„Und wenn er's ist – was geht's uns an?" versuchte die junge Frau ihn zurückzuhalten. „Du bist doch kein Gendarm, oder? Komm wieder her zu mir und laß den Heigl. Vielleicht hat er ja gar nichts Böses vor."

„Ein Verbrecher ist er!" beharrte der Jungbauer. „Und ich lauf' jetzt hinüber nach Hohenwarth. Dort liegt ein ganzer Trupp Polizisten. Die alarmier' ich!"

„Aber warum denn bloß?!" hielt seine Verlobte noch einmal dagegen und klammerte sich an ihn.

„Sind die zweihundert Gulden Kopfgeld vielleicht ein Dreck?!" fauchte der Bursche und riß sich endgültig los. „Du bleibst da und tust keinen Mucks! Nicht, daß sie noch gewarnt werden, wenn du jetzt zurück nach Gotzendorf rennst!"

„Aber ich hab' die Resl doch schon als kleinen Hütstempen gekannt!" jammerte unterdrückt die junge Frau.

„Jetzt ist sie schon lang die Hur' vom Heigl", versetzte ihr Liebhaber schroff und verschwand daraufhin eilig in der hellen Nacht.

Das künftige Auhofbäuerin duckte sich verstört und wagte keinen Laut mehr. Drüben tauchten die Gestalten des Heigl und der Resl jetzt in den Schlagschatten der Mühle ein.

* * * * *

Die Meldung des Auhoferben scheuchte die Gendarmen in Hohenwarth auf wie einen Schwarm Hornissen. Blitzschnell war der Trupp angekleidet und bewaffnet. Boten galoppierten nach Kötzting und nach Lam, um alles zu alarmieren, was eine Waffe tragen konnte. Die Kötztinger sollten, zusammen mit denen von Hohenwarth, den Gipfel des Kaitersberges von zwei Seiten her gegen den Regen hin abriegeln. Auf den Kopf gefallen war der Brigadier, der in Hohenwarth kommandierte, nicht. Packen wollte er den Heigl, bevor der sein ureigenes Revier wieder erreichen konnte. Wenn man jetzt nur schnell genug handelte, mußte der

Räuber in die Falle gehen. Die Lamer konnten dann sicherheitshalber den Berg von der anderen Seite her sperren.

Diese Befehle herausbrüllen und selbst abrücken, war für den Truppführer von Hohenwarth beinahe eins. Über den Weiler Haselstauden, wo sich ihnen der dortige Mühlbauer anschloß, rückten die Uniformierten in die Kaitersberger Wälder hinein vor. Und noch einer lief von Haselstauden aus mit ihnen: Der Voglbauer von Gotzendorf, einer der geschworenen Todfeinde des Michael Heigl, der mit dem Mühlbauer von Haselstauden befreundet war und nach einem Wirtshausbesuch samt seinem scharfen Hund bei diesem übernachtet hatte.

Um vier Uhr morgens befanden sich mehr als vierhundert Häscher – Gendarmen und Bauern – in den Wäldern rund um den Gipfel des Kaitersberges. Nur gegen die Aumühle hin hatte man, auf Anraten des Auhoferben, eine stille, tiefe Schneise ausgespart. Hier war der Sperriegel weit gegen den Berg hin zurückgezogen worden – und in diese Menschenfalle tappten nun Michael Heigl und das Hütstempendirndl.

Nach ihrem erfolgreichen Fischzug am Weißen Regen hatten sie sich Zeit gelassen. Nachdem sie die erbeuteten Karpfen mit Hilfe von Weidenzweigen, die sie durch die Kiemen zogen, gebündelt hatten, waren sie zurück über den Fluß gegangen; waren jedoch nur bis zu einer nicht weit entfernten Waldlichtung gekommen. Nach wie vor hatte der Mond so silbrig und lockend am Himmel gestanden; Michael und Resl hatten nicht zu widerstehen vermocht und sich in der hellen Nacht geliebt. Als sie jetzt, Stunden später, weiterliefen, fingerte über den Kamm des Kaitersberges im Osten bereits das Morgenlicht. Noch immer lag die Hälfte des Wegs bis zur Höhle unter dem Gipfel vor ihnen. Und dann hörten sie plötzlich das heisere Hecheln eines großen Hundes.

„Da hinein!" zischelte der Renegat und zerrte das Hütstempendirndl in den Schutz eines dornigen Schlehengestrüpps. Die Fischbündel blieben draußen hängen. Weder Resl noch Michael achteten weiter darauf. Viel wichtiger war jetzt der Stutzen, den der Räuber wie immer in letzter Zeit bei sich hatte. Michael Heigl zog den Hahn auf und hielt den Atem an. Verflucht auch, daß die Resl heute unbewaffnet hat mitlaufen müssen! dachte er noch.

Im nächsten Moment waren, keine zwanzig Schritte entfernt, der Mühlbauer und der Voglbauer heran. Sie bogen um einen Felsen und hatten den scharfen Hund bei sich. Zu allem Überfluß stand auch noch der Wind ungünstig. Das riesige Vieh nahm augenblicklich Witterung auf und gab grollend Laut gegen das Schlehengestrüpp hin.

Der Mühlbauer fackelte nicht lange. „Steckst etwa du dort drinnen, Heigl?!" brüllte er. Gleichzeitig riß er die Schrotflinte hoch und gab Feuer. Die Saupostenladung prasselte viel zu hoch ins Gebüsch, reichte aber dennoch aus, Michael und Resl aufzuschrecken. Auf der anderen Seite brachen sie durch die Dornenhecke. Ein Stück weiter seitlich tauchte jetzt auch noch der Hohenwarther Brigadier mit seinen Gendarmen auf. Gefährlicher war jedoch im Augenblick der Hund des Voglbauern. Der war durch den Schuß blutgierig geworden, hetzte nun knurrend heran. Michael Heigl ließ den Stutzen knallen. Doch er hatte im Laufen und atemlos gefeuert, so daß die Kugel das Vieh verfehlte.

Hinter einer Wetterfichte suchten der Renegat und das Hütstempendirndl Deckung. Mit fahrigen Bewegungen bemühte sich der Räuber, den Stutzen nachzuladen: rammte Pulver und Blei so hastig in den Lauf wie noch nie, setzte blitzschnell das Zündhütchen auf. Gerade hatte er es geschafft, da war der große Hund über ihm: riß ihn zu Boden und schnappte nach seiner Kehle.

Michael wehrte sich mit Tritten und Schlägen mit dem Gewehrkolben. Mit einem rasch abgerissenen Prügel drosch auch Resl auf das außer Rand und Band geratene Vieh ein. Zuletzt fuhr der Hund jaulend zurück, doch gleichzeitig waren der Mühlbauer und der Voglbauer heran. Ehe sie ihn packen konnten, brachte Michael Heigl knapp noch einmal den Stutzen hoch. Er feuerte und traf diesmal besser. Der Mühlbauer flog zurück; ein Streifschuß hatte ihn am Schädel erwischt. Doch der Voglbauer riß Michael im Ansprung zu Boden. Das Ringen währte nur kurz. Denn jetzt war auch der Hohenwarther Brigadier da – und mit ihm ein Dutzend Uniformierte. Unter der Menschenlast brach Michael Heigl endgültig zusammen. Er spürte die Handschellen um seine Gelenke zuschnappen; sah, wie sie, ein paar Schritte entfernt, auch das Hütstempendirndl überwältigten und fesselten.

Doch noch mit seinen letzten Kräften bäumte sich der Renegat auf; schrie und drohte den Häschern. Dann stand plötzlich der Voglbauer über ihm und schwang wütend den erbeuteten Stutzen. Der Kolben krachte herunter auf Michael Heigl, wieder und immer wieder. Der Bauer drosch ihm den Schädel blutig, die Brust, den Leib, die Arme; er drosch zu, bis Michael das Bewußtsein verlor. Erst dann rissen die Gendarmen den Voglbauern grinsend zurück. Von der Angst um das Leben ihres Geliebten gewürgt, hatte Resl alles mitansehen müssen.

Später schleppten die Polizisten und zivilen Häscher ihre Opfer im Triumph nach Kötzting hinunter. Der Mühlbauer ging aus eigener Kraft mit. Die Streifschußwunde an seinem Schädel sah schlimmer aus als sie war. Doch jetzt schwor er Stein und Bein, daß der Heigl schon allein wegen dieses Mordanschlags hängen werde.

Noch ehe die letzten Ausläufer des Kaitersberges in die Ebene des Regentals übergingen, kam Michael Heigl wieder zu sich. Sein ganzer Körper war blutverkrustet und scheinbar zerbrochen. Doch der unbändige Freiheitsdrang lebte nach wie vor in ihm. Als die Uniformierten ihn auf eine Schneise zerrten, die im letzten Winter von Holzfällern in den Wald geschlagen worden war, begann der Renegat noch einmal verzweifelt zu kämpfen. Er schwang die vom Eisen zusammengezwängten Fäuste gegen die Gendarmen und trat mit den Beinen gegen sie; traf einen zwischen die Schenkel, schlug einem anderen das Nasenbein ein. Mit dem nächsten Lidschlag krümmte er sich blitzschnell zusammen, rollte sich ab und kam wieder auf die Füße. Trotz seiner Fesseln schaffte er es, sich in ein Gebüsch hineinzuschnellen. Er durchbrach das Gestrüpp, hetzte weiter: auf eine steile Rinne zu, die ein Stück tiefer halsbrecherisch hinunter zum Weißen Regen abbrach.

Jedem Vernünftigen wäre ein solcher Fluchtversuch aussichtslos erschienen – aber möglicherweise war es auch gar nicht die Freiheit, die Michael Heigl auf diese Weise suchte; jedenfalls nicht die körperliche. Möglicherweise wollte er einfach ein Ende machen; ein jähes Ende, das seinem wilden Leben entsprochen hätte. Doch es mißglückte; ehe er abstürzte und sich zu Tode stürzen konnte, packten ihn die Gendarmen erneut. Weiter hinten gellte ein Frauenschrei auf; gleichzeitig mußte sich Michael Heigl zum zweiten Mal an diesem frühen Sommermorgen geschlagen geben.

Als sie ihn schließlich nach Kötzting hineinschleppten, wo die einen stumm auf ihn starrten und die anderen auf ihn spuckten, reagierte er auf nichts mehr. Jetzt war er nur noch ein zusammengekrümmtes Bündel Mensch; eine bis ins Innerste gebrochene Kreatur, die nun ins Loch gestoßen und dort in Eisen geschlagen wurde.

Ein paar Zellen weiter kauerte kurz darauf auch das Hütstempendirndl, ebenfalls angekettet wie ein Stück Vieh.

DAS URTEIL

Wieder hatte sich im Leben des Michael Heigl ein Kreis geschlossen. Schon als einjähriges Kind war er, weil er zur Arbeit vorerst noch nicht taugte, kaum besser als ein Kettenhund gehalten worden. Am Pflock hatte er gehangen, während seine Eltern auf den Feldern der Großbauern gefront hatten. Jetzt war der knapp siebenunddreißigjährige Räuber in einen ähnlichen Zustand zurückgefallen und sollte – anders als in seiner Kindheit – die Fesseln bis an sein Lebensende nie wieder abstreifen können.

Während die Anklageschrift gegen ihn vorbereitet wurde, blieb der Renegat in der Kötztinger Fronfeste Tag und Nacht angekettet. Nur klägliche Bewegungsfreiheit war ihm noch vergönnt. Zwei, drei Schritte seitlich konnte er knapp tun, wenn er auf den stinkenden Kübel mußte. Den Fraß stellte man in einem hölzernen Napf vor ihn hin und behandelte ihn auch darin wieder wie einen Hund. Während über das Waldgebirge allmählich der Sommer hinzog, zog sich Michael Heigl immer mehr in sich selbst und in seinen innersten Kern zurück. Hagerer denn je war er jetzt, seine ursprünglich von Wind und Wetter gegerbte Haut war fahl, fast grünlich geworden. Dumpf vegetierte er dahin. Nur manchmal, wenn er sich nach dem Hütstempendirndl sehnte, stöhnte er schmerzlich auf.

Im späten August dann drangen vier Uniformierte auf einmal in die Zelle ein, rissen Michael von seinem fauligen Strohlager hoch und droschen auf ihn los, bis ihm einmal mehr die Sinne schwanden. Als er wieder zu sich kam, merkte er, daß ihm mehrere Zähne fehlten; die Fetzen, die er am ausgemergelten Leib trug, waren blutverkrustet. Warum er dermaßen mißhandelt worden war, konnte er sich nicht erklären.

Er wußte nicht, daß in einem Schuppen, nur ein paar Schritte von der Fronfeste entfernt, nicht weniger als sieben Zentner Sprengpulver gefunden worden waren, dazu ein ganzes Bündel Zündschnüre. Irgend jemand – es ließ sich auch später nie eruieren, wer es gewesen war – hatte das Pulver heimlich in die Scheune gebracht. Möglicherweise sollte die ganze Fronfeste in die Luft gesprengt werden; die Frage, ob Michael Heigl auf diese Weise befreit oder ermordet werden sollte, blieb ungeklärt. Die Schuld an dem geplanten Attentat gab die Justiz jedenfalls ihm allein; ihm, der mit Sicherheit unschuldig war. Und weil die Staatsmacht aufgrund der Stimmung im Kötztinger Land weitere derartige Anschläge nicht ausschließen wollte, überstellte sie den Räuber vom Kaitersberg nunmehr nach Straubing.

* * * * *

Die uralte Wittelsbacherburg am Donauufer, die seit einigen Generationen als Fronfeste der Gäubodenstadt diente, hatte vor Michael Heigl viele hundert Opfer mittelalterlicher, barocker und frühneuzeitlicher Staatsgewalt beherbergt. Hunderte von Namenlosen waren hier während der vergangenen Epochen von feudaler und kirchlicher Justizwillkür hingeschlachtet worden; die Erinnerung an andere hingegen, die als außergewöhnliche Blutzeugen für die Mordlust der Mächtigen in die Geschichte eingingen, blieb erhalten.

Anno 1435 war Agnes Bernauer, die in den Augen der wittelsbachischen Dynastie nicht standesgemäße Gemahlin des bayerischen Thronfolgers Albrecht, hier innerhalb weniger Stunden festgesetzt, verhört und zum Tod in der Donau verurteilt worden. Ein Vierteljahrtausend später und nur etwa einhundertfünfzig Jahre vor der Zeit des Michael Heigl hatten in den tiefen Kerkern der Zwingburg vorgebliche Teufelsbuhlen geschmachtet; in Wahrheit unschuldige Frauen, Männer und selbst Kinder aus Geisling und Pfatter an der Donau. In den unterirdischen Gewölben waren sie beinahe drei Jahre lang von Kapuzinern und Jesuiten seelisch und körperlich gefoltert worden, ehe man sie dann nach Haidau geschleppt hatte, um sie dort zu köpfen, zu erdrosseln und zu verbrennen.

Unendliches Leid hatte die Straubinger Fronfeste in ihrer langen Geschichte gesehen; unsäglich despotischen Zynismus von Adel und Kirche, unerhörte Ungerechtigkeiten im Namen des christlichen Gottes. Jetzt, in der angeblich so guten und lebenswerten bayerischen Königszeit, hatte sich der Kerkerbau ein neues Opfer eingefangen. Nicht weit von jenen uralten Verliesen, in denen einst Agnes Bernauer und die der Hexerei Verdächtigen gequält worden waren, wurde nun Michael Heigl angekettet.

Vom September 1853 bis zum Frühsommer 1854 vegetierte Michael Heigl hier mit den eisernen Schellen um Handgelenke und Fußknöchel; in einer benachbarten Zelle schmachtete Resl. Irgendwelche Kontakte gestattete man den beiden nicht; isoliert litten sie für sich allein. Der Herbst ließ das Wasser aus den Kerkersteinen schwitzen, der Winter fror es zu eisigen Kristallen fest, das Frühjahr ließ es modrig von neuem rieseln. Auch der frühe Som-

222

mer vermochte die Feuchtigkeit in den menschenunwürdigen Löchern nicht auszutrocknen; als Michael Ende Juni des Jahres 1854 aus seiner Zelle geholt wurde, hatte er das Reißen in den Gelenken. Die Ketten nahmen die Gendarmen ihm trotzdem nicht ab. Klirrend trat der Räuber vom Kaitersberg vor seinen Richter hin.

Die Liste der Anschuldigungen, die man gegen ihn vorbrachte, war schier endlos: Räubereien, Diebstähle, Einbrüche, Mordanschläge, gefährliche und leichte Körperverletzungen. Schmuggel und Wilderei außerdem. Unterschwellig sogar Unzucht – wegen der sieben Kinder, die Michael Heigl zusammen mit Mirl und später mit Resl in die Welt gesetzt hatte.

Der Angeklagte, hoffnungslos und dadurch souverän geworden, gab ungerührt zu, was er getan hatte. Ebenso stritt er ungerührt ab, was man ihm ungerechterweise in die Schuhe zu schieben versuchte.

Am 27. Juni 1854 wurde dann das Urteil gegen ihn verkündet: „Im Namen seiner Majestät, des Königs von Bayern, erkennt der Schwurgerichtshof von Niederbayern zu Recht, was folgt: Gegen den Michael Heigl auf Todesstrafe mittels Enthauptung durch das Schwert."

Michael Heigl nahm den Richterspruch, zumindest nach außen hin, unbewegt hin.

Wenige Tage später wurde das Hütstempendirndl zu fünf Jahren Arbeitshaus verdonnert.

* * * * *

Während die Anklagepunkte am Schwurgericht verhandelt und die Urteile gefällt wurden, ging es in Straubing selbst sehr ausgelassen zu. Denn in der Stadt wurde zur selben Zeit der sogenannte Petersmarkt abgehalten. Viele Bürger und wohlhabende Gäubodenbauern beteuerten später, daß sie noch nie unterhaltsamere Tage erlebt hätten. Denn der aufsehenerregende Heigl-Prozeß würzte ihnen die Handelschaften und das damit traditionell verbundene Prassen und Saufen zusätzlich. Am Tag der Urteilsverkündung, während die Kirchenglocken über die Stadt hin dröhnten, hockten ganze Rudel in den Wirtshäusern zusammen, und immer wieder brüllte einer: „Jetzt spritzt bald das Blut des Räubers vom Kaitersberg!"

Stiller verhielten sich die Ärmeren und Besitzlosen: die Kleinbauern, Keuchner, Tagelöhner, Hausierer, Landstreicher und ledigen Mütter, die aus dem Kötztinger und Viechtacher Winkel nach

Straubing gekommen waren. Die trauerten um den Heigl und das Hütstempendirndl; die zeigten Herz, doch diese Barmherzigen beachtete – wie so oft in der Geschichte der Menschheit – niemand.

DAS LETZTE AUFBÄUMEN

Das Blut des Michael Heigl spritzte jedoch noch nicht. Denn zumindest ein klein wenig gnädiger als die Justiz und gewisse gnadenlose Schreier zeigte sich letztlich der König. Max II. von Bayern wandelte das Todesurteil gegen den Räuber vom Kaitersberg in eine lebenslängliche Kettenstrafe um.

Michael Heigl wurde nach München gebracht, in die Strafanstalt Au. Es handelte sich um das gefürchtetste Zuchthaus, das es im Königreich gab. In Eisen geschlossen, verbrachten die bedauernswerten Gefangenen dort ihre Nächte. Tagsüber, während sie härteste Knochenarbeit zu leisten hatten, schleppten sie an Fußketten schwere Eisenkugeln nach.

Michael Heigl schleppte seine Kugel die Jahre 1854, 1855 und 1856 hindurch. Und schleppte sie dann noch ein Stück in sein letztes Jahr 1857 hinein.

In München blühte zu dieser Zeit bereits das Biedermeier. Zug um Zug wurde die Stadt zu einem architektonischen Kleinod ausgebaut, zu einem Isar-Athen. Auch die Pläne für die Walhalla bei Regensburg lagen bereits in ihrer Endfassung vor. Im Zuchthaus Au waren die Lebensumstände weniger erfreulich. In erschreckendem Kontrast zum sanftmütigen Biedermeier vegetierte Michael Heigl dahin. Mehr denn je war er zu einem Gebrochenen geworden; war scheinbar nur noch eine leere, seelenlose menschliche Hülle.

Doch dann kam der letzte Ausbruch, das letzte Aufbäumen.

* * * * *

Wie in allen Strafanstalten dieser Erde gab es auch in Au Getretene und solche, die gerade wegen ihrer eigenen Erniedrigung um jeden Preis treten wollten und treten mußten. Mit einem dieser Primitiven geriet Michael Heigl zusammen.

In der kurzen Mittagspause war es, im hochummauerten Hof des Zuchthauses. Die Gefangenen hatten den ganzen Vormittag Steine geklopft, jetzt löffelten sie die Wassersuppe aus ihren hölzernen Näpfen. Ganz in der Nähe Michaels hockte ein schmächtiger Kerl, der erst vor kurzem eingeliefert worden war. Michael hatte noch nie ein Wort mit ihm gewechselt; ebenso wie er während der vergangenen bitteren Jahre kaum mit den anderen Sträflingen gesprochen hatte. Manche glaubten sogar, er sei mittlerweile überhaupt stumm geworden. Doch jetzt ertönte aus seiner Kehle plötzlich ein wütender Schrei: „Laß das! Du feiger Hund!"

Einer der Treter und Schläger hatte dem Schmächtigen den Eßnapf weggenommen. Dünne Wassersuppe schwappte über die mageren Handgelenke des Beraubten. Nun soff der Stärkere die Ration des anderen gierig in sich hinein. Schaffte sie jedoch nur zur Hälfte, denn mit seinem Schlürfen mischte sich der Wutschrei Michael Heigls.

Im nächsten Moment war die Rauferei im Gange. Wutentbrannt hatte sich der Treter und Schläger auf Michael gestürzt; wollte nicht dulden, daß ihm einer die Herrschaft im Rudel streitig machte. Der Räuber vom Kaitersberg wehrte sich geschickt und wendig wie ein Wolf. Noch einmal war er zum Kämpfer geworden, zum wild entschlossenen Streiter gegen Unrecht, Gemeinheit und Unterdrückung. Trotzdem war er dem anderen nicht gewachsen, denn der schlug sich, im Gegensatz zu Michael, hinterhältig. Mit einem blitzschnellen Tritt hebelte er dem Räuber vom Kaitersberg die Beine aus. Michael stürzte, sein Gegner warf sich über ihn. Die Kettenkugel, die Michael jahrelang hinter sich hergeschleppt hatte, lag auf einmal ganz nahe an seinem Kopf. Und sein Feind ergriff sie, wuchtete sie hoch und ließ sie auf die Stirn des Unterlegenen niederschmettern.

Als seine Schädeldecke barst, weiteten sich die Augen des Michael Heigl in ungläubigem Erstaunen. Dann, während die Lider weit aufgerissen blieben, wurden sie starr. Die Gendarmen, die jetzt herbeigestürzt kamen, zuckten wie erschrocken vor diesem letzten Blick des Renegaten zurück. Denn hell, strahlend hell wirkten die Pupillen Michaels; von einer Helligkeit waren sie im Tod, wie die Uniformierten es nie zuvor an einem Menschen gesehen hatten.

Es schien, als leuchteten diese Augen in eine Zukunft hinein, in der man Raub, Mord und Gewalt nicht mehr kannte, weil es Reiche und Arme, Unterdrücker und Unterdrückte nicht mehr gab – und der Mensch deswegen nicht länger der Wolf des Menschen zu sein brauchte.

NACHWORT

Das Leben des Michael Heigl ist – so lebendig die Überlieferungen im Volksmund auch sind – nicht lückenlos dokumentiert. Quellen sind einerseits die Gerichtsakten über den Räuber vom Kaitersberg, die in früheren Jahren bereits von Oskar Döring in seinem Buch „Der Räuber Heigl – Ein Roman und Tatsachenbericht aus dem Bayerischen Wald" gründlich und verdienstvoll ausgewertet worden sind. Doch auch diese Akten können nicht das gesamte Renegatenleben des Michael Heigl darstellen. Die andere Quelle, aus der geschöpft werden kann, ist die mündliche Volksüberlieferung: die fast zahllosen Geschichten, die noch heute über Michael Heigl in Umlauf sind, vor allem in der Kötztinger und Viechtacher Gegend. Es ist jedoch klar, daß diese Geschichten immer nur einen willkürlichen Lebensabschnitt des Räubers vom Kaitersberg erhellen können; unmöglich ist es, sie heute noch in einen gesicherten chronologischen Ablauf einzuordnen.

Ich habe deswegen im Roman versucht, diese Geschichten nach logischen Gesichtspunkten in eine gewisse zeitliche Ordnung zu bringen, wobei Irrtümer selbstverständlich nicht ausgeschlossen sind. Auch habe ich darauf verzichtet, alles zu verwerten, was über den Räuber Heigl an Legenden, Histörchen usw. greifbar gewesen wäre. Viele Motive aus der Volksüberlieferung wiederholen sich oder sind in nur ganz leicht unterschiedlichen Varianten vorhanden. Wollte man dies alles in einen Roman einbauen, so würde dessen innere Dramatik zerstört werden.

Deswegen sind im vorliegenden Werk, neben den durch schriftliche Dokumente gesicherten Tatsachen, nur die interessantesten der volkstümlichen Heigl-Geschichten verarbeitet. Manches andere wurde aus den genannten Gründen weggelassen.

Selbstverständlich mußten auch anderweitig die ureigenen Gesetze des Romans berücksichtigt werden. Gewisse künstlerische Freiheiten sollten dem Autor deswegen zugestanden werden. Es war nicht mein Ziel, eine historische Abhandlung zu schreiben; vielmehr sollte das Leben des Michael Heigl einfach so gut wie möglich erzählt werden. In diesem Sinne sollte der Roman, der nach zwei früheren Auflagen nunmehr in einer gründlich überarbeiteten und damit hoffentlich noch gültigeren Fassung vorliegt, auch vom Leser angenommen werden: als durchaus legitime Gratwanderung zwischen historischer Wahrheit und Fiktion.

Salzweg, im August 1998

Manfred Böckl

Inhalt

ISBN 3-89682-040-0

ISBN 3-89682-041-9

ISBN 3-89682-042-7

ISBN 3-89682-043-5

Blick in die Zukunft

Die magische Zahl 2000 nähert sich im Eiltempo. Was wird im neuen Jahrtausend auf uns zukommen?

Schon immer gab es Propheten, die den Blick in die Zukunft wagten, doch meist wird deren Seriosität in Frage gestellt.

Manfred Böckl, Autor zahlreicher Romane, Erzählungen und Jugendbücher, hat sich auf die Suche nach „ernstzunehmenden" Propheten gemacht.
Dabei entstand eine neue Buchreihe, die die wichtigsten Propheten und ihre Voraussagen vorstellen wird.

Im September 1998 erscheinen die ersten 4 Bände* mit Prophezeiungen von Malachias, Johannes von Jerusalem, Alois Irlmaier und Sibylle von Prag.

In Vorbereitung für das Frühjahr 1999 sind: Hildegard von Bingen, Merlin, Der blinde Hirte von Prag/ Der Waldviertler Bauer, Der Mönch von Wismar/Eismeerfischer Johansson.

SüdOst Verlag

*Jeder Band hat 96 Seiten, enthält zahlreiche Abbildungen und ist mit einem Schutzumschlag ausgestattet.

Spannend und voller Dramatik

Anno 1779 legt der Bauer Eginhart Bärnreuther die Gründungsgeschichte seines Hofes in einer Chronik nieder. Diese Aufzeichnungen führen zurück bis ins Mittelalter: Konrad und Mariann, Leibeigene des Natternburger Ritters, leben an der Donau. Als der Burgherr bei ihrer Hochzeit sein „Recht der ersten Nacht" einfordert, erschlägt Konrad einen Waffenknecht des Ritters und flieht mit seiner jungen Frau in die Wälder. Im Urwaldgebiet des Arber kämpft das Paar ums Überleben.

Die Vogelfreien behaupten sich gegen die Naturgewalten, stoßen auf weitere Feinde in Menschengestalt, finden aber auch Freunde.

Zuletzt haben sie sich mit ihrem Rodungshof Bärnreuth eine neue Heimat geschaffen.

ISBN 3-924350-63-9, Format 15 x 23 cm, 200 Seiten, Fadenheftung, Ganzleinen mit Schutzumschlag.

Der große Bayerwaldprophet

Böckls brisante Thesen zum Leben des Mühlhiasl stellen den Bayerwaldpropheten in eine Traditionslinie mit den keltischen Druiden. Aktuelle Nachforschungen des Autors belegen seine Identität und widerlegen somit die Behauptung, der Mühlhiasl sei ein Phantasieprodukt der Bayerwaldbewohner. Der Autor führt die Leser an die Originalschauplätze und zeigt den Seher Mühlhiasl als einen Eingeweihten mit Geheimwissen. Seine Prophezeiungen münden in ein Szenario des neuen Jahrtausends und des „Großen Weltabräumens". Unter dem Titel „Nur seinen Ruhm hat der Mühlhiasl nicht vorausgesehen" kündigte die Süddeutsche Zeitung dieses brandaktuelle Mühlhiasl-Kompendium an!

ISBN 3-924350-70-1, Format 20,5 x 12,5 cm, 88 Seiten, 7 Zeichnungen, gebunden, Kaschierter Pappband